没有日记的罗敷河

叶广芩文集

北京出版集团
北京十月文艺出版社

目　录 Contents

没有日记的

罗敷河

自　序

这本小书写得沉重又轻松。

说沉重，是翻出不愿触动的多年的陈旧。检看往事，虽一笑带过，但那笑终不是舒心的开怀。那些辛酸苦涩虽已成酒，既要写出来，酿制的原料就不得不细细筛拣、分析。有些章节我是流着泪写的，有些章节是将从未向人道出的事情和盘托出。我不是在写作，而是在一刀一刀地解剖自己。我的长处，我的弱点，我的随和，我的狂傲，我的成功，我的失败……尽在其中。

自己剖析自己，不是一件愉快的事情。

说轻松，是从写这本书的过程中体味到了从未有过的释放的快意。与以往写小说不同，这是在写自己，一个真实的、不加掩饰的自己。这本小书我是一气呵成的，没有提纲，没有写作设计。思风发于胸臆，言泉流于指端，完全是自己跟自己在对话，用不着遮掩什么，也用不着修饰什么。因为我知道，稍有荒腔走板便禁不住当事者与亲人的检验，这样的写作对我来说是个比较新鲜的体验。

淋漓尽致的酣畅让人感到活着的美好、写作的幸福。

三十年过去了。

我不想对那个时代多加评论，那个时代毕竟走得不远；

我也不想对自己多加评论，我还有很长的路要往前走。

任何人的一生都不可能是一个很坏的谎言，在最坏的情况下，起码也有十分之九是真实的。人到中年，就更深刻地体会到了生存的意义、责任，反省到了人生的究竟。

年轻时的磨难是一笔财富。翻弄这些财富，是与历史相对的会意，是走过人生的豁达。

不忘却过去，也不为记忆所摧毁。

法国启蒙思想家狄德罗说过："艺术所要争取的真正喝彩，不是一句漂亮诗句以后陡然发出的掌声；而是长时间静默压抑后发自心灵的一声深沉叹息，是使全国严肃思考问题而坐立不安。"

我喜欢这段话。我希望从那个时代、从这本书里，给予读者和我本人的不是荒谬和热闹，而是思考。

罗敷河的日子是我生命的精粹，是人生永难忘却的辉煌。

那年月，罗敷河没有日记……

叶广芩

1998年6月

一　京剧《打渔杀家》·颐和园的寂寞·父亲

《打渔杀家》是京剧的优秀传统剧目，一名《庆顶珠》，又名《讨渔税》。

说“讨渔税”倒是很直截了当，因为，戏里满是催要渔税的词；而且，那场很著名的架也是为了渔税才打起来的。说它叫“庆顶珠”就让人颇费解了，在我的印象中，戏里面除了划船和打架以外似乎再没有什么宝贝的成分在其中了。倘若打鱼的父女真有宝贝，早早充作税银交给丁府，不是也可免了老爹爹公堂之上那顿板子吗？我将疑问说给我的老父亲，父亲说我听戏听得糙，把一个很重要的情节给漏掉了。他说：“萧恩到县衙去首告，挨了四十板子，还让他到丁家赔礼道歉。萧恩忍无可忍，带着桂英趁夜色渡江，以献庆顶珠为借口，进入丁府，杀死丁的全家。这便是‘庆顶珠’的由来了。”

但我总觉得牵强，“献珠”这个借口实在是戏里的败笔，把它作为戏名来提出，更是喧宾夺主。好在《庆顶珠》这个又烂又俗的名儿没叫起来，足见不喜欢它的人多，不止我一个。这就好像我“耗子丫丫”的小名没在叶家以外广泛叫开一样，实在是一件很值得庆幸的事情。

我之所以喜欢《打渔杀家》，是因为这出戏我们叶家的人都会唱。不只是唱，而且还要演，那一招一式，一板一眼，都十分的地道，很有梅兰芳和周信芳的做派。至今，我的影集里还有我的大哥叶广厚和大姐叶广英在家里演此剧的“剧照”。照片上演教师爷的大哥光着膀子，系着带长穗的腰带，装出了一脸的凶恶；演萧恩的大姐带着髯口，梳着小鬏鬏，更是一脸的认真。照片出自20年代父亲的德国相机，相当清晰，画面上的大哥有十岁，大姐最多不过五六岁。五六岁的小姑娘也能粉墨登场，除了可以看出叶家众子弟的多才多艺以外，也足见《打渔杀家》在叶家的深入。如今，照片上的两位“演员”都早已作古，那悠悠的琴声与唱腔却传了下来，一直传到了我这儿。

解放前，父亲在国立北平艺术专科学校教书，那是今日中央美术学院的前身，旧时在京城是一座很有名的学校。校长是徐悲鸿，著名画家齐白石、徐燕荪等也都任过该校教师；王雪涛、李苦禅等大家均毕业于此。我的三大爷也在这所学校工作，老哥儿俩打小居住在一起，没有红过脸，没有分过家。兄弟孔怀，为小辈们做出了好榜样。老哥儿俩不惟画画得好，而且戏唱得好，京胡也拉得好。晚饭后，老哥儿俩常坐在金鱼缸前、海棠树下，拉琴自娱。那琴声脆亮悠扬，曼妙动听，达到一种至臻至妙的境界。我的几位兄长亦各充角色，生旦净末丑霎时凑全，笙笛锣镲也是现成的，呜里哇啦一台戏就此开场。首场便是《打渔杀家》，《打渔杀家》完了就演《空城计》，然后，《甘露寺》接着《盗御马》，《吊金龟》接着《望江亭》。戏一折连着一折，一直唱到月上中天。

母亲说："狐仙都出来了，散了吧。"

我们家院深房大，老北京传说大凡这样的大宅门都有狐仙与人同时居住，红黄白柳（狐狸、黄鼠狼、刺猬、长虫）是家神，是不能轻易得罪的。据说，我们家的狐仙晚上常常变成白胡子老头儿出来在院里各处溜达，有人还听到过狐仙的咳嗽和踢踢踏踏的脚步声。逢有这种情况就要早早地回避了，不要撞客了。

听母亲说狐仙出来了，大家这才收家伙，各回各的屋。

弟兄们这么热闹的时候我还没有出生。

我比我的大哥整整小了三十六岁。

生我的时候我父亲已经六十多岁了。他是光绪十四年生人。

虽然没有和父兄们在家里唱大戏的荣幸，但我却敢大言不惭地对兄长们夸口，说我在颐和园的大戏台上唱过《打渔杀家》，德和园的戏台不是等闲之辈能上的，那是杨小楼、梅兰芳等一代宗师给西太后唱戏的地方。我至今尚能背诵出戏台两侧的楹联：

> 山水协清音龙会八风凤调九奏；
>
> 宫商谐法曲象德流韵燕乐养和。

这个联是西太后过六十岁生日时，亲自撰写的。我父亲教我认字，就是从这几个字开始一天五个一天四个地认起的，也只是识字，至于那意思，是一点也不明白的。

为什么我能在德和园出乖露丑呢？这还要从我的三哥说起。

我的三哥叶广益和三嫂鲍贞都在颐和园里工作，我很多时候是和他们住在那座美丽的大园子里的。德和园大戏台东边有个夹道，那里有几个相同的小门，我们就住在其中的一个门里。门小院子却大，里面北房一排，前廊后厦，高大宽敞，连那睡觉的雕花木炕也是嵌在北墙里，古色古香，十分的与众不同。我仔细地观察过，小院不少，小孩子却没有一个，这使我感到寂寞。我渴望着回到城里，回到父母身边，但我也深谙无暇顾及我的父母的难处，母亲在数天前又为我增添了一个叫作叶广荃的小妹妹。

我们家别的不多，就是孩子特多，按大小排行，大大小小一共十四个，七男七女，我是第十三个。孩子多了就不珍贵，也不娇气，多是有一搭没一搭地捎带着养，不似今日的独生子女，上小学六年级了还要家长每天在学校门口接来送去。我常想，那时候我不过四五岁，家里把我撂在颐和园怎么就那么放得开呢？负责照看我的三哥对我更是大松心，他和三嫂白天上班，让我一个人可着园子到处乱跑，到哪儿去他连问也不问，好像这个园子就是我们的家，让人放心极了。所以，在颐和园，我像大草原上的羊一样，每天只要在吃饭的时候到颐和园东门口的职工食堂找到买饭的三哥即可。三哥夫妻俩工作都很忙，没时间做饭，我也只好跟着他们吃食堂。对颐和园职工食堂的饭我不敢恭维，我认为那是世界上最难吃的饭。当然，在以后我吃了不少食堂之后才明白，东宫门的饭其实是相当不错的。后来，三哥雇了一个很能干的、清瘦的老太太给他做饭，老太太做的饭很有水平。冬日的下午，老太太常常坐在火炉边一边跟我聊宫里的故事一边捏小点心，她烤出的小点心花样繁多，小猫小兔小鸟形态生动活泼，别说吃，就是玩也很有意思。原来，老太太的丈夫是宫里御膳房的厨子，死了。她无儿无女，没别的特长，只会做饭，被号称美食家的三哥接到家里来。这样，我随时都有点心吃了，再不要记着钟点跑食堂，这对我来说真是一件最幸福不过的事了。

这都是题外话。

一个被叶家的人叫作“耗子丫丫”的很淘气的小姑娘在园子里孤寂地住着，那实在是一段磨人性情的岁月。我常常坐在谐趣园水榭的矮凳上，望着亭台楼阁，以孩子的心，编织着一个又一个与眼前景致和我有关的美丽故事。故事里自然要有园子的主人公皇上和老太后，不能少的是年轻的渔家女桂英和她的老爹爹萧恩，我一定更是其中举足轻重的角色……夕阳西下，晚霞凄艳，园中的水色山光使人想到《打渔杀家》那段西皮导板：

白浪滔滔海水发，
江岸俱是打渔家，
青山绿水难描画，
树直哪怕日影斜。

湖水和江水一样，在夕阳里飘散着一股忧愁，一股难以说清的寂寞和惆怅。戏中英雄老去，归隐江湖，洗尽了当年的意气，只有天真的幼女相依为命，最后只好“双双走天涯”了事。那情景真的要让人为之伤心一哭了……我想，如若我认识桂英，一定要参与进去，助那父女一臂之力。倘能叫上我那些齐整英俊的哥哥们，萧家不但能够打赢，说不定那个小女子桂英的终身也会有了依靠……

知春亭畔有元朝宰相耶律楚材的祠和墓，祠内供奉着耶律楚材的塑像，是个穿白袍的老头儿，三缕黑髯垂在胸前，很和蔼可亲。三哥对我说，当初西太后修复颐和园的时候，认为自家的花园里搁着个外人的坟有点不伦不类，就想把它起走。耶律楚材给太后托梦说，你修你的园子，我住我的家，咱们总要有个先来后到。就是你们的乾隆建园时都没敢把我请出去，你能把我怎么样？西太后从此再不敢提迁坟的事，这座坟就理直气壮地在皇上的家里待下来了。我听了以后，很佩服耶律楚材的勇敢，把他看作和萧恩一样的人物。当然，那时对这位为元朝立赋税、设郡县、建户口的历史名臣并无一点了解，所见只是个白袍子，就叫他白大爷。没事就往白大爷那儿跑，跟白大爷去说话。白大爷是这座园子里我能看得见的、肯陪我聊天的好老头儿。久而久之，我们家的人都知道了白大爷，三哥常问我："今天没上白大爷那儿去吗？"

这些通连天地、混乱古今的遐想，借助这美丽的山水而生。我相信，它们在我以后走上文学创作道路，在我创作以御医为题材的小说《黄连厚朴》，以皇亲、王爷为题材的《瘦尽灯花又一宵》以及以家族文化为背景的小说《本是同根生》和《祖坟》等作品中，很难说没有起到潜移默化的作用。《上海文学》的编辑在评论这些作品时说："在她的小说里，总有一种淡淡的忧郁，一种对世事人生的茫然和感动，那似乎是一种与生俱来的个人气质。"

我想这茫然和感动大概就是来自这山与水吧！

有一回在西堤，我看见有一对情人掉到湖里，男的淹死了，浑身青紫地被抬到东门口的门诊部，用席子盖着，搁在墙根，跟他一块儿来的女的坐在台阶上哭。本来，逛颐和园是一件很高兴的事，却死了一个，那一个怎么能不悲伤呢？我看那个女的哭，就也在一边陪着她哭。因为，我觉得这实在是一件很让人伤心的、很想不通的事情。看热闹的人很多，人们多把我当成了死者的家属，劝那个女的说："你不要哭了，你也要为身边的孩子想想。"也有的人说："嗯，孩子还这么小，爹就淹死了，真惨！"我想，那个女的虽然没说什么，心里一定对旁边我这个陪哭的感到莫名其妙。我哭着想，我们家的人怎么就不怕我被淹死呢？假如席子底下躺着的不是那个男的而是我，我三哥该如何向父亲交代？于是，我就很希望我也能死一回，不为别的，就为让他们也为我好好哭一回，省得我在家里老像被人忘掉一样。

我的生活单调又无聊，西苑有飞机场，飞机每每到了这里已经趋于降落，飞得很低很低了。从我头顶飞过的飞机，不但机翼上的号码看得一清二楚，有时连里面的驾驶员也能看得见。只要外面飞机一响，哪怕正在吃饭，我也要把饭碗推开，飞快地跑出屋门，向每一架路过的飞机热情挥手致意。现在想想实在是没意思，但有一段时间它竟成了我生活的全部。我每天都在焦躁地等待着飞机的到来，来一架，我在"大前门"的香烟盒上记一架，天长日久，记了好几张烟纸，都是飞机的号码。以我的文化水平，能认识的也就是那几个简单的阿拉伯数字。可笑的是，我在记录一架飞机和一架飞机的号码时没有断开意识，所以，记到最后，竟是满篇的、毫无头绪的1234567890数字，分不清谁是谁。

这大概与那次陪哭有异曲同工之妙。

大戏台所在的德和园今日已经成为园中的重要游览点，据云需另购门票才能进入。彼时它是去后山和通向排云殿的通道，一度是我的娱乐场。有时园子里晚上给职工放电影，幕布就挂在慈禧看戏的颐乐殿前，观众则坐在大戏台上看。这情景大概是老佛爷当年万万想不到的。记忆中的大戏台远没有现在这般鲜丽辉煌，更没有这么多熙熙攘攘的游客，那时的人似乎很少。颐乐殿西面有门，有时我从后山转进殿里，在西太后听戏的南炕前向大戏台遥遥地望。繁华歇，风云灭，昔日的热闹早已无迹可循，唯有太阳明晃晃地照着，除了看到大玻璃窗上自己的影像外，再也看不出其他。于是，我怎么也想象不出，那个耳朵又聋、眼神又不济的老太太坐在这儿能把《打渔杀家》看出什么味道来。

大戏台上的青石条和起伏不平的木板台面给我留下了深刻的印象，除此之外，就是薄暮时分喧闹嘈杂的沙燕了。“依依宫柳拂宫墙，楼殿无人春昼长”，傍晚，游人都出园了，大戏台前只剩下了我和那些燕子时，双方便都显示出了难以抑制的兴奋和活跃。沙燕们这时就故意撩逗我，从我耳畔嚓地飞过，掠起一阵风——它们不怕我这个小人儿。我自然也按捺不住表现的欲望，跑上台去，对着那空旷的院落，对着那些黄黄的琉璃瓦，对着玻璃后头的“慈禧”，表演我的《打渔杀家》。

我拉着架势扯开了嗓子吼道：“江湖上叫萧恩不才是我——”

没人喝彩。四周寂然无声。

“我本是出山虎，独自一个——”

没有掌声。头顶沙燕啾啾。

稚嫩的细嗓，柔弱的小丫头，与那古旧庞大的戏台、恢宏的殿字，实实的不相称；而那叱咤风云的气势，那乳犊不惧虎的精神却留下了辉煌的篇章。

父亲来了。

我像过节一般高兴。

晚上，父亲和我睡在外间屋的炕上。我给父亲看那些飞机的号码，歪歪扭扭的铅笔字让父亲很是为难了半天，他说：“你这是什么呀，鬼画符吗?”

父亲看不懂，我很伤心。

后来，父亲就开始教我大戏台上的楹联了。再后来就走到哪儿讲到哪儿，那真无异于一段段美好的文化讲座，一曲曲流动的音乐。整个园子，数谐趣园的楹联最为清丽秀美：“菱花晓映雕栏日，莲叶香涵玉沼波”；“窗间树色连山净，户外岚光带水深”。如那景色一样，这也是让人永难忘却的佳作。

父亲从不在三哥这里多住，一则因为工作，二则他说睡觉的炕“不干净”，使他净做噩梦。父亲说，这炕自砌成以来，不知睡过多少恩恩怨怨的人，百年前的事都到梦里来了。为此，三哥借了玉澜堂门首西边一张床让父亲去睡。那里是值班室，没有古老的恩恩怨怨的炕，只有两张木板床，但父亲在那里大概只住了一宿就回来了。他对我说玉澜堂的怨气太重，戊戌政变后，慈禧在玉澜堂的霞芬室和藕香榭殿内砌了高墙，专作关押光绪之所。不宜人住，特别不宜我们姓叶赫那拉的人住。在玉澜堂只睡过一晚上的父亲，竟能借此而发挥，编出了一个他在夜里与光绪品茗谈古论今的故事。应我的要求，那晚自然又有萧恩和他的女儿桂英、孙悟空和猪八戒来凑热闹，甚至连拖着大辫子自沉于昆明湖的一代文豪王国维也由水中踏月而出，加入清谈之列。于是，出自父亲口中的玉澜堂之夜，人鬼妖聚集，热闹非凡，实实地让人向往了。如此看来，父亲以其艺术家的想象力，深入浅出地为他的小女儿编撰着一个又一个宁愿信其有、不愿信其无的故事。多少深厚的历史文化知识，由玉澜堂之夜溢出，潜入一个孩子的纯净心田。

三哥见我每天闲得实在无聊，就给我找事，让我去后山挖取开紫花的兰草，嘱我一定要连土弄回，栽在南墙背阴处。这种草在后山大片地长着，有很多，只半日工夫，我便弄回不少，沿墙栽了数排。尚不过瘾，又从后湖偷来睡莲，养在洗衣服的绿瓦盆内。彼时虽不懂“寂寞梧桐深院”的风雅，却也有“似此园林无限好”的追求，很为小院的美化花了一番工夫。

睡莲死，幽兰枯，满园秋风萧瑟时，父亲来看我。我吵着闹着要跟他回家，我说我实在不愿在这不是人待的地界住下去了。那时我还不会说什么“保护少年儿童身心健康”“培养少年儿童健康成长”一类很有水平的话，我只是一味地闹。记得是在谐趣园的知鱼桥上，父亲望着阴冷的水、枯败的荷叶说：“此景难得，此境难寻。景为水残，时为秋残，这是千古文人能够享受和欣赏却难以解释和理解的心境。你这个小东西置身于绝美之中却茫然不觉，实乃愚钝不可教也。”这些话我自然听不懂，但我知道这不是什么好话，是教训我的话，心里更是十二分的不平。

三哥在一旁说：“您说这些话是对牛弹琴，这孩子混沌着呢，她根本听不懂，每天只是傻吃傻玩。夏时挖回一院子马莲，以为是兰草，揪回一盆荷叶，都是没根儿的。”

父亲告诉我，颐和园里有一种叫作哈拉闷的东西，这东西时而有形，时而无形，荡于园中各处，常为人所见。又说因了哈拉闷的存在，这园子才有了生机，有了灵气。

我说：“我要去寻找哈拉闷，找到了捉回来，蛐蛐儿一样地养在罐里。”

父亲说如此甚好。

第二天，父亲亲自陪着我在颐和园里寻找哈拉闷。

在后湖的绿水中，在大殿的螭吻上，父亲几次说他见到了哈拉闷，我则一无所见。

父亲回去了，留下了继续寻找的我。在以后的时光里，我已无心对付燕子和兰草，而将一腔热情扑在哈拉闷上，我发誓要找到那个父亲看得见我却看不见的精灵。颐和园由东向西，自南至北，从龙王庙的码头到北宫门的石阶，从西堤六桥的桥墩到仁寿殿的流水沟眼，这些人迹难到的所在都被我细细地窥探过，不能说找得不认真。从1750年乾隆修建这个园子至今，想必还没有一个孩子将这所园林阅读得如此仔细，如此淋漓尽致。

一个炎热慵懒的夏日中午，我拒绝午睡，要去寻找哈拉闷。三哥无奈，将我扯至后山四大部洲的藏庙遗址前，指着散落在荒草中须弥石座上雕刻的光身小怪说：“这就是你要找的哈拉闷。”

我说：“不是，哈拉闷是活的！”

我的语气之坚定使三哥没有反驳的余地，他气愤地将我扔在太阳下那堆红色的断壁残垣中，独自回去了。

我执拗的脾气真不招人待见。

在这里，我不得不说点题外的话。三哥其实不是我父亲的孩子，严格地说他应该是父亲的侄子。但是，他的父母早早就故去了，由我的父亲将他抚养成人，他是我们众多孩子中身世最为坎坷的一个。三哥是个很重感情的人，他把我的父亲看作是他自己的父亲，把我们也看作是他的亲兄妹。在七个哥哥中，我最喜欢的是三哥，我对他的依赖，是女儿对父亲的依赖。1994 年，他七十一岁，患了癌症，临终前他忍受着病痛给我写了一封长达八页的信，信的最末一句话是："丫丫，你是我抱大的。"万语千言的疼爱尽在这一句话之中。

我曾一度把寻找哈拉闷的希望寄托在颐和园后山独有的白水牛儿身上。水牛儿捉来不少，骑在路边的石凳上依次排开，挑选其中个大、长相齐整令人有好感的，捏在手里唱：

水牛儿，水牛儿，
先出来犄角后出头哎，
你爹你妈给你买了烧肝烧羊肉哎，
…………

在北京长大的孩子大概没有谁不会唱这首歌。

那些水牛儿在我声嘶力竭、青筋高暴的呼喊中终于有了动静。水牛儿的露头绝非因为热情的呼唤或是烧肝烧羊肉的感召，而是受不住捏着它的热手的炙烤才极不情愿地探出头来。水牛儿先伸一角，再伸一角，慢腾腾地展开身子，甚为不满地张望一下，很快又缩回壳中。

整个过程是忍耐、惊喜与失望紧紧相连的过程。

在对水牛儿的艰苦呼唤中，并没有唤出我梦寐以求的哈拉闷。

长大以后与文学有缘，也有了一把年纪和阅历，便明白那哈拉闷是父亲用来哄小孩子的东西。文学造诣精深的父亲让他的孩子去寻觅一种精怪，从寻觅中感受中国文化艺术的底蕴，认识艺术魂魄的神奇魅力，经历只可意会不可言传的民族文化体验。后来，我打听过哈拉闷究竟为何物。人说，哈拉闷系满语，是指水怪一类。颐和园里水多，早年或许有过哈拉闷的传说也未可知……

其实，对哈拉闷的真实语意我已无心追究，那是语言学家们的事情。然而，哈拉闷对于颐和园，对于文化艺术乃至于整个宇宙人生是无时不在，无处不在，入乎其内又出乎其外的。入乎其内，故有精神、有生气；出乎其外，则有形象、有高致。这便是父亲说的时而有形，时而无形了。童年时代，是为寻找而寻找，看来是一种游戏。然而，游戏的本身又何尝不是目的？与艺术一样，是一种心的感动，是一种欲罢不能的状态。一个普通的理念，足足让人认识一生。

我的聪明的父亲，他对孩子的教育竟然是这样的。

1955 年的中秋节，父亲恰住园中，那晚他携了我与三哥三嫂同去景福阁观月。

景福阁原名昙花阁，位于万寿山脊东端，乃听雨赏月的绝佳之地，最受乾隆喜爱。后来，西太后重修改建成厅堂，赐名景福阁。中秋那晚，年少的我，无赏月雅致，而为三嫂所带糕饼吸引，一门心思只在吃上。

父亲见状对三嫂说："我花甲之年才得此女，自然怜爱有加，虽他日为鸡为凤不可预期，然资禀尚不愚笨。今放逐园中，如野马不羁，驯致为难，实出无奈，还盼鲍贞耳提面命，严加教训。否则，恐终成猪犬。”

三嫂说：“小丫丫才六岁，正是混沌未开之时，为人一世，快活也就是这几年罢了，何苦拗她。”

当时我口啃糕饼，偎依在父亲怀抱，举目望月，银白一片。居月光与亲情的维护之中，此情此景竟令我这顽劣小儿也深深地感动了。以后读了苏东坡的“明月几时有，把酒问青天”，更觉那逝去光阴的可贵，以致每每见月，便想起景福阁。那美妙绝伦的景致还当存在，而那恬静温馨的亲情却是再不会有了。

那夜的月似乎给了我某种启示，父亲第二天要返回，说是要去河北彭城。我从内心突然生出难以割舍的依恋，这种依恋的深重绝对超出了一个六岁孩子的经历。那天，我执意要跟父亲同归，任谁怎么劝也不听。我死死地拽住父亲的衣襟，整整五个小时没有松开，这使本应吃过中午饭就离开的父亲一直拖到了晚上。我那反常的举动使大人们无措，他们不知我那天是怎么了，为什么那么不听话，咧着嘴肆无忌惮地哭。

三哥说：“今儿这孩子是邪了。”

那晚，我的目的终于达到了，父亲答应领我回家。

我和父亲手拉着手向颐和园的东门走去，那天的月亮又圆又亮，照着我和父亲以及我们身后那些金碧辉煌的殿宇。那晚，父亲穿着深灰色的春绸长袍，白色的胡子在胸前飘着，一手拄着他的藤拐杖，一手拉着我，一老一小的身影映在回家的路上。我把父亲大手攥得紧紧的，心里真怕他突然变卦，又把我送回园子里去。尽管我当时仍止不住那一下下的抽泣，但还是带有讨好性质地跟他说了不少笑话。我想让他因为我的存在而愉快，而幸福，而不感到我的多余。

回到家，母亲的惊奇是可想而知的。小妹妹在发烧，老七叶广宏又逃了学，他把书包藏在了警察阁子里，自己跑得不见了踪影。警察按照本子上的地址找到学校，又找到家，我们到家的时候，那个肇事者还没有回来。到半夜，七哥才回家，一问说是到动物园看猴去了，没钱坐车，是从西郊走着回来的。

母亲一个晚上都在抹眼泪，那个叫广荃的妹妹在床上不停地哼哼，她不闹，很乖也很懂事，睁着一双大眼睛恐惧地看着训斥儿子的父亲……

这就是家，这就是生活，从这我也隐隐地感到了家里为什么总是希望我住在颐和园的缘由。我在这个家里只能添乱，我也不是个省油的灯。

第二天，父亲就去彭城了。

我和母亲把他送到大门外，母亲怀里抱着软弱得抬不起脑袋的小妹妹，小妹妹伸出小手跟父亲再见。

父亲走了几步又回过身来说："回去吧。"

我和母亲都没有动。我无法揣度父亲当时的心情，他是个事业型的人，对于离别、对于亲情似乎并不在意。那一句轻轻的"回去吧"便是告别，与妻儿的告别。

当时我鬼使神差地追上了父亲，接过了他背上的小包袱，我说我要送他一程，送他上车。我背着小包袱将父亲送到北新桥，送上了开往前门火车站的有轨电车。没有经验的我竟然跟着父亲上了车才将包袱交给他，车要开了，父亲把着车门拨开众人大声说：“让我的孩子下车！”

车开了，父亲站在车尾向我挥手，示意我快些回家。我的泪水夺眶而出，在我那颗小小的心灵里充满了悲哀。

那一别，竟成了生死的诀别。

我是父亲的孩子当中最后见到他的一个。

有一天，突然说姥姥得了急病，将母亲叫去。

我是后来随着三哥广益、四哥广明、五哥广延一块儿去的，我不明白姥姥病了却让这么多哥哥去干什么。路上，三哥难过地抚摩着我的头说：“要紧的是今后这些小妹妹们怎么办……”

三个哥哥站在黑暗的胡同里只是唏嘘。

我感到了家里发生了什么大事，但我绝没有想到是父亲。因为一个星期前三大爷还给我母亲读了父亲写给他的信，信里说在彭城那个小地方竟然还能看到京剧，行头好，唱功也好，演的是《鸿鸾禧》和《打渔杀家》……

到了姥姥家，姥姥很健康，没有一点生病的样子。

我说：“姥姥，您不是病了吗？”

姥姥没说话，大舅把我拉过去说：“丫儿，你得懂事。你不能哭，你得为你妈想想，广荃还小，你别吓着她。”

我懵懵懂懂跟着大舅进了屋，屋里有一桌子纹丝未动的酒菜，这种非同一般的阵势让人的心底一阵阵发凉。

母亲见到我，哭了。

母亲说："你父亲殁了。"

我一下蒙了。我已记不清当时的我是什么反应，没有哭是肯定的，从那儿我才知道，悲痛已极的人是哭不出来的。后来，我见到书上有"抚棺临穴而无泪"的说法，觉得它太贴切了。

原来，父亲突发心脏病，倒在彭城陶瓷研究所他的工作岗位上。

母亲那年四十七岁。

母亲是个没有主意的家庭妇女，她不识字，最大的活动范围就是从娘家到婆家，从婆家到娘家，临此大事，只知道哭，将父亲的后事全部托付给在彭城工作的堂兄——我的六哥叶广成。因直系血亲没人来奔丧，六哥就和研究所商量，将父亲的棺木暂时丘封在峰峰矿区滏阳河岸，以待不日来人扶柩回京。

原以为是数月的事，孰料，父亲的棺木在那陌生之地，一丘就是二十年。

父亲的亲儿子们谁也没想起接父亲回家，我至今对此百思不得其解。

母亲当时这一失策之举，酿成了她终生的遗憾。

母亲是父亲的第三位妻子，父亲去世时非我母亲所生的哥哥们已经成家立业，各人有各人的日子，顾及不到我们。而我母亲所出的五姐广芸、七哥广宏，以及我和小妹妹广荃，最大的不到十五岁，最小的不到三岁。弱息孤儿，所恃以为活者，唯指父亲，今生机已绝，待哺何来？

我怕母亲一时想不开，走绝路，就时刻跟着她。为此甚至夜里不敢熟睡，母亲半夜只要稍有动静，我便呼地一下坐起来。这些我从没对母亲说起过。母亲至死也不知道，在她那些无数凄苦的不眠之夜中，有多少是她的女儿暗中和她一起度过的。

年年寒食，我都与母亲在大门外烧些纸钱，祭奠千里之外父亲的亡魂；岁岁中秋，奠香茶一杯，月饼数块，徒做相聚之梦。随着岁月的迁延，年龄的增长，内心负疚愈深。对父亲，我生未尽其欢，殁未尽其礼，实是个与豚犬无异的不孝孩子。

人的长大是突然间的事。

经此变故，我稚嫩的肩开始分担了家庭的忧愁。

就在父亲去世的那一年，我带着一身重孝走进了北京方家胡同小学。

这是一所老学校，在有名的国子监南边，著名文学家老舍先生曾经担任过它的校长。我进学校时，绝不知道什么老舍，连当时的校长是谁也不知道，只知道我的班主任叫马玉琴。她是回民，是一个梳着短发的美丽女人。在课堂上，她常常给我们讲她的家，讲她的孩子大光、二光，这使她和我们一下拉得很近。

我的忧郁、孤独、沉默、敏感，很快引起了她的注意。有一天课间操以后，她向我走来，我的不合群在这个班里可能是太明显了。

马老师靠在我的旁边低声问我：“你在给谁戴孝？”

我说：“父亲。”

马老师什么也没说，她把我搂进怀里。

我的脸紧紧贴着老师，我感觉到了由她身上散发出来的温热和那好闻的气息。我想掉眼泪，但是我不想让别人看见我的泪，就强忍着，喉咙像堵了一块大棉花，只是抽搐、发哽。马老师轻轻用手拍着我的背。我知道，那时候我只要一张嘴，就会哇的一声哭出来。

老师什么也没问。老师很体谅我。

一年级期末，我被评上了三好学生。

为了生活，母亲不得不进了一家街道小厂，这就为我增添了一个任务，即每天下午放学后将三岁的妹妹从幼儿园接回家。

有一天，轮到我做值日，扫完教室天已经很晚了，我匆匆赶到幼儿园，小班教室里已经没有人了。我以为是母亲将她接走了，就心安理得地回家了。到家一看，门锁着，母亲加班，我才感到了不妙，赶紧转身朝幼儿园跑。从我们家到幼儿园足有汽车四站的路程，直跑得我两眼发黑，进了幼儿园差点儿没一头栽到地上。推开小班的门，我才看见坐在门背后的妹妹，她一个人一声不响地坐在那儿等我。阿姨把她交给了看门的老头儿，自己下班了；那个老头儿又把这事忘了。看到孤单的小妹妹一个人害怕地缩在墙角，我为自己的粗心感到内疚。

我说："你为什么不使劲哭哇？"

妹妹噙着眼泪说："你会来接我的。"

那天，我蹲下来，让妹妹趴到我的背上，我要背着她回家，我发誓不让她走一步路，以补偿我的过失。我背着她走过一条又一条胡同，妹妹几次要下来我都不允许。这使她的心感到了较我更甚的不安，像当年我讨好父亲一样她也开始讨好我。她在我的背上为我唱那天新学的儿歌，我还记得那儿歌是：

洋娃娃和小熊跳舞，

跳呀跳呀一二一。

小熊小熊点点头呀，

小洋娃娃笑嘻嘻。

路灯亮了，天上有寒星在闪烁，胡同里没有一个人，葱花炝锅的香味儿由别人家里溢出。我背着妹妹一步一步地走，我们的影子映在路上，一会儿变长，一会儿变短。一行清冷的泪顺着我的脸颊流下，淌进嘴里，那味道又苦又涩。

妹妹还在奶声奶气地唱：

洋娃娃和小熊跳舞，

跳呀跳呀一二一。

…………

是第几遍重复了，不知道。

那是为我而唱的，送给我的歌。

这首歌或许现在还在为孩子们所传唱，但我已听不得它。那欢快的旋律总让我有一种强装欢笑的误解，一听见它，我的心就会缩紧，就会发颤。作家唐君毅说得好，人周围往往构成一片无限的寂寞苍茫的氛围，“以此氛围为背景，尔后把我们有限的人生，烘托凸显出来。人生如在雾中行，只有眼前的一片才是看得见的，远望是茫茫大雾。人生如一人到高山顶立，只能听见自己的呼吸，四周是寂静无声。人生又若黑夜居大海中灯塔内，除此灯光所照的海面外，是无边的黑暗，无边的大海……”那时，我年纪虽小，已经感到了雾的迷蒙，山的孤寂，夜的恐怖……

但我至今不能忘记在我人生之路上给予我理解和爱的人们，这种刻骨铭心的记忆将伴我终生，珍藏至永远！

二　评剧《锔碗儿丁》·游艺市场的热闹·母亲

民国期间，北京评剧界曾经排演了一部叫作《锔碗儿丁》的新戏。说的是北京齐化门（今朝阳门）外发生的一件真人真事。

有一户姓丁的人家，以锔盆锔碗为业，后来不知为什么发了，有了钱，娶了儿媳妇。婆婆虐待媳妇，每日非打即骂，媳妇不堪忍受，趁无人之际一头扎进水缸，自溺身亡。此事引起媳妇娘家人和街坊们的愤怒，不答应丁家，要求大办丧事，为媳妇鸣冤。娘家和街面儿上的主事提出，出殡那天必须是内棺外椁，幡、道、禅三棚经，三十二人大杠，清音锣鼓外加西乐队。这也还罢了，最有意思的是要求婆婆打幡，儿子抱罐，让他们充当孝子的角色。那母子拗不过众人，只好答应。出殡那天自然十分热闹，据说观看者不下数万人。那个虐待媳妇的婆婆和儿子在围观者的唾骂、厮打中被搞得不人不鬼，声名狼藉。后来有文人将此事写成了戏，在京城演出，相当轰动。事主丁家认为这戏有辱名声，花大价钱将《锔碗儿丁》买断，才将舆论压了下去。丁家经此折腾，家道很快衰败，下场非常凄惨。

我的母亲是亲眼看见了那场声势浩大的出殡仪仗的。她说：“丁家所住离我家不远，都是低头不见抬头见的。丁家打媳妇也是特狠，把猫装在媳妇裤裆里，用棍子打猫，这样虐待媳妇，媳妇不扎水缸还等什么？”

我为看不到《锔碗儿丁》的戏而遗憾。与父亲们唱的《空城计》《盗御马》相比，《锔碗儿丁》似乎更让人觉得亲近。它看得见摸得着，就是在我们身边发生的事；不像诸葛亮，不像窦尔敦，只在戏台上才能见到。

能与锔碗儿的为邻的母亲，料不是生长在多么出色的地方。母亲的娘家在齐化门外坛口，一个叫南营房的一大片低矮平房的地方。用父亲的话说，那儿是“穷杂之地”。

我不喜欢姥姥家却很喜欢那五方杂处、百业云集的“穷杂之地”。因为，那里有很多难以说清的乐趣。南营房的北面是日坛的坛口，大约自清末以来，那里就形成了一个不大的、但很热闹的游艺市场。说评书的、说相声的、拉洋片的、唱评戏的、卖各样小吃的、卖绒花的、套圈的、变戏法儿的，间或还有耍狗熊的、跑旱船的，商贩艺人，设摊设场，热闹极了。每次回姥姥家，我都是冲着那些五花八门去的，看姥姥是个名义，奔热闹才是真心。

去姥姥家必须穿过游艺市场，进游艺市场必须经过一个“虫子铺”，铺外的桌子上永远摆着几个大玻璃瓶子，里面用药水泡着许许多多死虫子，蛔虫和蛔虫在一起，绦虫和绦虫在一起。虫子呈淡粉色，扭在一块儿，看着让人恶心。那是这个市场让人最不愉快的地方，我顶怵头的就是过那个虫子铺。偏巧，铺子的掌柜的跟姥姥家熟识，我和母亲每次从那儿过他都要跟我们打招呼，母亲就要停下来跟他说一会儿话。两个人说来说去便要从桌子上的虫子说到我肚子里的虫子，仿佛我肚子里的虫子的数量绝不少于那些瓶子里的数量。让他这么一说，我的肚子马上就疼起来了，真像有万千条虫在里面蠕动，唬得我连自己的肚皮也不敢碰了。末了，掌柜的就送我一包打虫子药，听他的话好像我如果不吃这药，到最后肚子里的虫子就会把我吃了一样。

母亲会很认真地把那药给我吃了，所以，一去姥姥家我就得打虫子。后来我想，没让那个卖野药的把我药死，实在是我的命大。

姥姥的家门口就是群众剧场，最早是个戏棚，后来加了围墙，添了座椅，搞得很像个现代剧场了。群众剧场只演评剧，我们家人管它叫落子，说是登不了大雅之堂的。记得当时在剧场演出的角儿当中有个叫鲜灵芝的，还有一个叫吴佩霞的，都是花旦。我看她们演过《秦香莲》《豆汁记》《潘金莲》，似乎还有《小女婿》和《刘巧儿》之类，记不清了。群众剧场是很群众的，它没有吉祥剧院那压人的气势与严整，有的只是随和与亲切。比如我看到一半戏时想回家抓一把铁蚕豆，喝点凉白开，那么，尽管回家就是了。喝了水，抓了豆回来照旧坐下来看，没人问也没人管。这在其他剧场大概不行。

评剧的戏词大多通俗易懂，与京剧相比更接近老百姓，用现在的话说是更具有平民意识。例如，同是天黑了，评剧就唱："鸟入林鸡上窝，黑了天。"京剧就该跟人绕弯子了，说："海岛冰轮初转腾，见玉兔又早东升。"不知道什么是冰轮，什么是玉兔的真能被绕糊涂了。其实就是天黑了，却唱了半天也不说天黑了，说什么"金乌坠，玉兔升"之类。相比较，我更喜欢评剧，我母亲也喜欢评剧。

最让我喜欢的玩意儿是看拉洋片的。一个大匣子，里面装了亭台楼阁的画，也有不少西洋景在其中。匣前有镜头数个，交了钱就可以扒在镜头上往里看，里面的画可以放得很大，如同真的一般。这也还罢了，最吸引人的是拉洋片的本人，手脚并用，锣鼓齐鸣，那张嘴也不闲着，“往里看吧您哪又一张，和尚的脑袋他就长出了烟枪……”很多时候那唱词和匣子里的画片对不上号。拉洋片的唱怪声，出怪词，做怪样，能把人笑得前仰后合。有时候，我不看那片，专听他唱，他的唱远比那些画工粗糙的片子好看。现在的小孩已经完全见不到拉洋片的了，但我总觉得这个行当失传了真可惜，那通俗诙谐的唱词，来自社会底层，那怪诞夸张的扮相，未张嘴已让人喷饭了。锣鼓响起，嬉笑怒骂，眉飞色舞，令人闻之观之，觉乎听得过瘾，野得牙碜。

那个拉洋片的唱得最拿手的是《大花鞋》，说是跟天桥“大金牙”焦金池学的，是焦的入室弟子。我每回去都盼着他唱《大花鞋》，可他就不唱，他是等人多了，还得他高兴的时候才唱。所以，并不是每次去了都有听得到的福气。

因为听得多了，《大花鞋》那词还略记一二：

南山有个二姑娘，二姑娘要上庙里去烧香。
衣裳做了十几箱，就剩下一双花鞋没做上。
红缎子买了三十六匹，钢针就买了一皮箱。
十八个裁缝纳鞋底，还有十八个裁缝做鞋帮。
花鞋上绣了一个莲花瓣，绒线就用了四箩筐。

裁缝将花鞋做完毕，十八个丫鬟就抬到上房。

二姑娘穿上鞋迈了一步，哎哟哟，疼死了我的亲娘。

脱下花鞋仔细看，不好！花鞋里挤死了俩裁缝。

那丰富的想象足以让任何一个小孩子着迷，艺术的感受力或由此而诞生，艺术的表现力或由此而培养，不得而知。总之，坛口的游艺市场用父亲的话来说是“趋之者多为下流”，用我的话来说，不啻人间的天堂。

我还爱钻到书场里去听成本的《薛丁山征西》《精忠岳传》等，一天是绝听不完的，要连着听几天。这样，不得已就得住在姥姥家。尽管心里别扭，但为了那勾人心魄的故事也只好委屈了。那时，在我的小心眼儿里不能说没有嫌贫爱富的心思，长在深宅大院，与之相入相化而不觉。到了“穷杂之地”，竟是百般的不习惯，嫌姥姥家破，嫌房里的气味不好，嫌院子污浊脏乱，嫌一帮表兄弟没规矩。我甚至为卖开花豆的舅舅感到羞耻，卖开花豆，这算什么事呀？我竟然会有这样的舅舅！我从不到舅舅的摊子上去，虽然开花豆很香，尤其是刚炸出来的开花豆，对人的诱惑更是难以抗拒。但是，我从不吃它们。有一回，母亲带着我们几个回娘家，刚一进门，我们就要出去，谁也不愿意在那破房子里待。姥姥生气了，骂我们是一群狼崽子。

狼崽子们在姥姥的骂声中，站在院子里面面相觑，龇牙咧嘴，狼相十足。

而父亲，在我的印象中，压根儿就没到姥姥家去过。

不管怎么说，“穷杂之地”给予我的是另一个生活侧面，是小百姓的柴米油盐，是小门户的喜怒哀乐，是高雅之外的平常，是阳春白雪们所排斥的下里巴人。这无形中成了我生命中另一个很重要的组成部分。人们以为我所经历过的就是温文尔雅、雍容华贵，再没有其他了。其实错了。

1994年，我写了两篇小说同时发表在《延河》杂志上，一为《学车轶事》，一为《本是同根生》。我请《小说评论》的主编李星先生为这两篇东西做个短评，李星在评论中坦诚地写道："叶广芩好像是要给喜欢概括、喜欢抽象、喜欢将复杂的创作现象简单化的评论者出难题，她故意将大俗和大雅的东西联袂推出，让你难以把握哪个更代表真实的叶广芩。"是的，的确是让朋友为难了。很多人不能理解我何以能写出《学车轶事》这样很通俗、很平民化的反映社会底层的作品，何以就"获得了一个认识社会各阶层真实生活状况的视角，给读者提供一个认识当今市井社会真实面貌的窗口"。我想，这怕是不了解我生活的另一面的缘故。

话又说回来，父母亲的结合，于贫困出身的母亲来说，不是幸福，是个一生的悲剧。

1995年清明，我母亲所出的四个子女将父母的骨灰安葬在北京香山东麓法海寺旁的山坡上。墓地周围满是桃林，那时漫山的树，枝叶未绿，粉艳的花已将半山遮掩。透过花丛，可以看见秀丽的玉泉山古塔和碧绿的昆明湖水。这片山紫水明、景致优美的处所是父亲生前所喜爱的，他在1924年写的一篇笔记中详尽地描述过这个地方。当然，在他滞留于法海寺，陶醉于香山"春云如粉，春雨如丝"的绚丽时，绝不会想到这里就是他将来永眠的墓地。他的另外两位妻子，我们的另外两位母亲大概也知道这里，甚至有可能随父亲来过。因为，家中保存的大量的他们游览西山的照片证实了这种可能。来过也罢，没来过也罢，都已无关紧要，重要的是她们的骨殖并未葬在这里，而早已随着祖坟的失去而荡然无存。在此与父亲合葬的是我的母亲，是那个在叶家多少有些被看不起的“南营房的穷丫头”。这或许是后人难以接受的事实，也是父亲众多子女间不能和睦相处，乃至老死誓不往来的原因之一。

在合葬父母的那个温暖的春日，我们将父母的骨灰轻轻放入穴中，与他们做最后的告别。墓穴渐渐封严，透过越来越小的缝隙，我向穴中望了最后一眼，母亲在父亲身后站立着，已昏暗得看不清所以然。

我听到一声重重的叹息，它来自母亲。

谁都有过人生的辉煌，在这鲜花环绕的墓地，我试图找到母亲的辉煌。

这似乎很难。

母亲生时，我曾与她谈论过辉煌的话题，以她的看法，她的定亲与出嫁当是她生涯中最鲜亮的一笔了。

旧时，北京人结婚，堪称繁杂的时期当是清末到民国的几十年，仅婚前的繁文缛节就让人难以一一说清。古语有“六礼已成，尚未合卺”一说。“六礼”所含“纳彩、问名、纳吉、纳征、请期、迎亲”。母亲说大宅门的叶家仅“放定”就放了两回，先放小定，又放大定，亲事才算定妥。放大定时，叶家一切按照满族宅门府第的规矩，派媒人与家中掌事主妇来到齐化门外坛口母亲的家中。母亲很为那个放定的队伍而骄傲，那大约也是她一生中头一次看到的属于她的壮观和热烈。叶家是我的五婶妈去放的定，随同五婶妈去的还有二十四个红漆描金的抬盒，由穿红吉服的抬夫们抬着。二十四个抬盒，摆了半条胡同，红了半条胡同，很是惹眼。南营房自明朝起就是驻军的兵营，房屋矮小拥挤，邻居多是卖炸回头的、修脚的、戏园子扫堂的、打小鼓的……总之，净是些没见过世面的穷人。街坊们见了这隆重、这排场都以为陈家搁置了多年的姑娘许了个什么大人物，算得上这片姑娘出阁的最高档次了。殊不知，那为陈家人挣足了脸面的排场都是些华而不实的专为让人看的摆设。我好奇地问过抬盒的内容，母亲说有染了红胭脂的活鹅一对，以代替古礼聘娶用的雁。还有花雕一坛，绸缎四匹，如意一个，戒指手镯各一对，龙凤喜饼一双，干鲜果品四碟……在这些东西中，最重要的莫过于“过礼大帖”了。关于这个大帖，我在“文革”收拾旧物时竟意外翻出，可惜已被蠹虫侵蚀大半，断句残文，甚难辨认。今聊将可识者录之如次，以为当时风俗之证。

天地合卺坐帐交□冠带□□面向

喜神正东迎之大吉

□□送亲人堂客□土木命大吉

宜娶送亲人忌猪马牛三相大吉

宜新人上下轿用辰时大吉

□□产妇孀妇毛女不用大吉

一路逢井庙孤坟用红毡遮之大吉

…………

说来也是天意，连遇井庙孤坟都要用红毡遮挡的花轿却偏偏忘了遮挡警察，而且是日本占领时期的伪警察。

民国二十八年夏日，母亲身穿大红礼服坐在花轿中颤悠悠地经过齐化门时竟被警察拦住，说是要检查。官事无人敢拗，只好由人去查，所幸检看花轿内部时请出来一个女巡警，女巡警打开轿帘伸进头，将母亲的盖头掀开，惊诧地说："新娘子是个大美人啊！"

母亲向我描述这些的时候已经五十有五，此时的母亲当然早已退出了美人的行列。然而，她那喜形于色的表情却再现了彼时的辉煌。我不能与母亲同乐，自然也不承认那个虚假的辉煌；母亲被恭维做美人的前提是送亲太太偷偷向掀轿帘的女巡警塞了四块大洋。母亲容貌再姣好，出嫁时也已三十二岁，三十二岁的女人在那个时代已是半残的花儿，值不得警察大惊小怪。

母亲的盖头不是被父亲揭开而是被警察揭开，这点也令我不满意，我视此为不祥。从过礼大帖上看，设计得周密严谨的婚礼当是十二分的圆满与和谐。但事实是花轿一进门，母亲便知道了：属兔的、比她大"六岁"的丈夫并非如庚帖所写"山林之兔，五行属金"，而是"蟾宫之兔，五行属木"。看起来，天上的兔子比山野的兔子高贵了不少，但这一高贵竟又长了一轮，也就是说父亲比母亲整整大了十八岁，而且还有前房的大儿子……这些都是事先瞒了的。叶家坑人，实在坑得厉害，简直有些不择手段了。这无疑是因了母亲娘家的穷、没有势力，才敢这样瞒天过海地欺辱。换了别人，大概是不敢。母亲得知如此，当下如五雷轰顶，变得木讷呆傻，连步子也迈不开了。后来，母亲对我说：“为这个我哭了几天，叶家人从南营房请来了你姥姥，你姥姥站在我的床头说，闺女，认命吧。”

母亲就认了命。

但是，事情并没有结束。母亲进门不久，父亲第二位妻子的大儿子、我的二哥便偷偷离家出走了。他离去得坚决又彻底，毫不拖泥带水，义无反顾地走出了这座大宅门，走出了这个热热闹闹的家，再也没有回来。可怜了初为人妇的母亲，她不得不跟着众人到前门火车站去堵截那个执拗的长子。背着“一进门就挤对走前妻儿子”的黑锅，踟蹰在车站站台上，其难堪可想而知。后来又有话传出，说那大儿子是在母亲眼皮底下，大摇大摆地上了火车的，这便将母亲推向了更加难以辩白的窘境……事实是否如人所云，时至今日我也无机会向这位异母兄长问个明白。其实问如同不问，没多大意思。那些远年故事经过时间的磨砺，早已如风一样地散了。

这便是母亲谓之辉煌的婚礼了。老夫少妻，白发红颜，不足相当；豪门小舍，深院陋屋，贫富悬殊。如果说婚礼是一出悲苦戏紧锣密鼓地开场，那以后的日子就是愁烦、绵长的二黄慢板了。

母亲在叶家敛眉就食，俯首觅衣。妯娌们不是内务府官员的格格就是巨商的千金，大宅院里没有母亲的位置，名为太太，实为仆人，连饭也是与用人在一起吃的。吃不饱饭，饿了的时候就抓一把生米放在嘴里嚼，这情景我记事以后还经常见到。

父母亲不但年龄相差悬殊，文化修养的差异也很大。母亲只看小人儿书，她对父亲的那些之乎者也不感兴趣。父亲是搞美术的，母亲却不懂画，她只欣赏烟盒上的大美人儿。有一回，母亲教我唱“妈拍着，妈抱着，你好半天没吃了妈妈的乳哇”。大概是妈妈哄小孩子的曲儿，调子很好听。后来，父亲跟母亲有一通好闹。原来，有人听到了，将这件事告诉了父亲，母亲教我唱的是《马寡妇开店》里面的段子。《马寡妇开店》属于淫荡的小戏，流行于游艺市场那样的地界并不奇怪。但进入大宅门已不是荒腔走板，而是大逆不道了。

从此，我再也没见母亲张过嘴。

母亲也很少带我们回娘家了。

听说那个热闹的游艺市场到1957年以后才逐渐消失。

不去姥姥家的结果是姥姥常来，舅妈也常来。来了都是悄悄的，见了父亲便杌陧不安地赔着笑。她们来的目的是向母亲要些钱，母亲没有钱，钱都在父亲手里。所以，她们见了父亲就直不起腰来，眼皮也不敢往上抬。这使我很为姥姥家的人难为情，也为母亲难为情。

很快，我也就为自己难为情了。

因为父亲的死，家里的日子开始变得艰难，我的无忧无虑的生活也就此打上了句号。

小家出身的母亲不是不会计划，而是无以计划，家中从此靠典卖来维持生计。先是父亲的文物字画，后来是母亲的衣物首饰……母亲不忍与旧物相别，打点完东西就让我提着到委托商行去跟人讨价还价。后来，我写的家族小说里面有不少地方涉及了古玩方面的知识，比如对明清瓷的鉴定、对古玉真伪的辨别等，有的读者以为我或在收集古董，或是北京潘家园文物市场的常客。殊不知，那闻名中外的潘家园我至今也是一次没去过的。我的古玩知识是通过卖自家物件而获得的，其学费便是难与人言的酸涩、无奈和感伤。今天，也常有朋友拿了旧货市场上买来的所谓古董让我辨真伪，已属游戏性质。他们说："搁你是一目了然的事，搁我们就是一辈子钻不完的学问。"我开玩笑地跟他们要鉴定费，我说："知识也是财富，以前体现不出这一点，现在社会发展了，应该给知识以应有的价值体现。我们叶家用上百年的家底才培养出了我这么一个宝贝，价值自然是不低的。"

而在卖家底的当时却远没有今日这般潇洒，母亲从我手里接过卖东西的钱时，那手常常是发着颤的，脸也变得苍白无色。我也觉得悲苦难言，不敢与母亲对视。

1960 年，物价奇涨，东西奇缺，母亲的腿肿了，我的腿也按出了坑。街道补助我们五斤黄豆，那是救命的豆子啊！但我们却迟迟没有去领，因为，就是那五斤豆子的钱，我们也拿不出来。

母亲从箱子里摸出了一个鼻烟壶，让我去把它卖了。

那是个乾隆年间的套料鼻烟壶，粉料的底，淡蓝的彩，制作之精美细致，一望便知是出自宫廷作坊的物件。这是父亲生前最喜爱的一个，也是最后的一个鼻烟壶了。

我拿着它奔了寄卖店，我要用它来换回那救命的五斤黄豆。

我将那个小壶小心地递过去，在对方接过的同时我注意地看了他的表情。训练有素、老谋深算的古玩商哪里会有什么表情流露给我。他并不看那壶，却说："你们家又揭不开锅了吗？"

我低低地回答："是的。"

他说："你们家没有大人？"

我说："父亲死了。"

他说："你妈为什么不来？"

我说："她要看我的小妹妹。"

他说："你妈何必死守着，她应该改嫁。"

我看着他，紧咬着嘴唇，一句话也说不出。

他说："你才这么大，还有小妹妹，你们这么卖东西总不是长事。"

我说："我妈不嫁人。"

他还说了很多改嫁有益的话，他是什么目的，我不清楚，但我认为他跟我说这些是明显带有欺负人的性质，是欺负我们孤儿寡母，欺负我们叶家无人。情急之中，我大声说："我有七个哥哥！"

"七个哥哥"保护了我，慑于"七个哥哥"的威力，那个人不敢造次了。

我进一步敲定说："我大哥叫叶广厚，二哥叶广生，三哥叶广益，四哥叶广明，五哥叶广延，六哥叶广成……"

还没有报出老七的名字，那人已经从柜里面甩出来一元五角钱。

是啊，有七个哥哥的主儿，谁敢惹！

问题在于那个善于算计的人就没想起问问这七个哥哥是不是都是母亲亲生的。

我一路小跑回家，将实情一一相告，母亲听了当下红了眼圈。

母亲说："你长在贫困之家，要争气，此时咬得菜根，即便他年得志，也不能为绮丽纷华所动。"

我将母亲的话深深地刻印在心底，至今不敢忘记。

钱，没有不行，多了也无益，经我手从家里倒出去的古玩字画何止千万，现在看来，那一切都是虚的，看透了，也就是那么回事。如今再回过头来看财产，真有曾经沧海难为水的感慨。

当时毕竟年纪小，不谙世事，将那些脏话带给母亲，使正处于烦恼之境的母亲徒乱心曲。

真是混蛋至极！

然而，我做出的更混蛋的事情还在后面。

1962年，有邻居为母亲介绍了“一个人”。那邻居也是好心，她看母亲带着我们几个孩子是太难了，有心提溜我们一下。只是提起，并未见面，我便将此视为世界末日的降临。外面的人欺负我们，我们可以跟他们去打，但我们不能自己从里面就散了。为了“那个人”我跟母亲有一场好闹，我当着四姐的面大声指责母亲，从四姐的尴尬里我应该完全体会到母亲的难堪。但是我不，我有意地让她下不来台。我内心深处的邪恶与自私，在那件事情中得到了充分的暴露。恶毒至极！

我以绝食来抗议这件事，每天一言不发，坐在廊子上晒太阳，那形象大概与“母夜叉”无异。以后很长一段时间，我们家老七叶广宏不叫我丫丫而改叫“母夜叉”，他把夜叉的“叉”字发音故意挑高，以示为我的专有，避免与别的夜叉相混淆。这件在别人看来似乎是无所谓的事，我把它看得过于认真。孩子们当中，也只有我一个人在跟母亲对着干。而我的执拗、我的霸道，在叶家又是出了名的，这就苦了母亲。她几次找人叫我去吃饭，我均不理睬，我的心里装满了愤懑。我不能管父亲以外的任何男人叫爸爸，也不允许毫不相干的人进入这个家庭充任父亲的角色。我的父亲不是谁想当就能当的，叶家的大门不是谁想进就能进的。现成的大宅院，现成的妻子，现成的子女，在我们面前指手画脚地当现成的爸爸，没门儿！

甭管他是谁！

绝食的第三天，我已无力在廊下呈夜叉状，而改为静默卧床。

傍晚时，母亲端着一碗红小豆粥来到我的床前，母亲将粥放在桌子上，搓着手并不离开，明显地她是想跟我说什么。我将身子掉过去，把后背冷冷地甩给了母亲。

半天，我听见母亲声音低低地说："……那事儿，我给回了……"

泪水由我的眼中涌出，依着我的本意，该是抱着母亲大哭一场。但倔强的我有意不回过头去，以继续显示我的冷淡，显示对她行为的不屑，让她做进一步的反思。

无奈中的母亲，再没有说什么，她……跪在了我的床头。

母亲这一跪，无异于给了我一个响亮的耳光，我实在是个禽兽不如的东西。我知道，我这一刀，直扎进母亲的心里，我对母亲的伤害太大了！为此，我后悔一辈子、内疚一辈子，什么时候想起来，什么时候恨不得把自己揍一顿。让母亲下跪，我成什么了？如果说在以后的日子里我所经历的磨难，是苍天因此而给我的惩罚；那么，我情愿这苦难更深重一些，唯此不能减轻我心里的压力。全中国大概再也没有我这么不懂事、不孝顺的孩子了！我今天把这件事写出来，是让人们看到我的丑恶，看到我的卑鄙。我要让所有的人为此而诅咒我，以赎我的罪过。

如果说当初媒人的哄骗使母亲落入陷阱；那么，我后来的这一举动则如同落井下石。是我，将母亲生活中最后一点希望也给掐断了。男女不杂坐，叔嫂不通问，寡妇不夜哭。母亲在沉默中以礼自防，这一切都是做给女儿看的，女儿已经"懂事"了。

“懂事”的女儿考进了北京女一中。

我在学校里的学习成绩是拔尖儿的，我把对家的爱，对母亲的爱用在发奋学习上。我将来要让母亲过好日子，就必须好好学习，让母亲省心，这是我应该做到，也是能做到的。那时，母亲所生的大女儿，我的五姐叶广芸已经工作，每月给母亲十元钱；三大爷再接济一些，经济仍是十分紧张。我和七哥利用暑假打工再挣些钱，他在建筑工地上当小工，我剥云母、拆线头……我们要自己挣出新学年的学费。

愁苦憔悴的母亲变得沉默寡言了，病从心起，病贫交加，更无可诉之人。每于灯昏漏转之时一人独坐床头，呆呆地望着某一个地方，那思路分明已经走得很远、很远。母亲的生命在油尽灯枯的摇曳中苦熬，其情其景之悲，令我至今难以回首。

后来，我由学校分配去了陕西，母亲越发的虚弱了。她说：“不到万不得已，不要让孩子们回来。”这孩子们，指的就是在关中农场养猪的我和在陕北插队的妹妹叶广荃。

心血耗尽的母亲在弥留之际保存着最后一口气，她在等待着陕西的两个女儿的归来，她有话要对我们说。那口气足足拖延了三天，那是一种什么样的等待，什么样的毅力啊！世间大约只有母亲才会有这种等待吧?!当我和妹妹风尘仆仆地从外地赶回来，扑在母亲的床前时，母亲已经昏迷，已经没有能力说话了。我们千百遍地呼唤着母亲，她没有反应，只有一行清泪由眼角淌下，滴到枕头上。人说这是辞行泪，是临终的人留给亲人最后的祝愿与嘱托，是全部生命的凝结。我料定，母亲的生命凝结里只有悲苦、只有辛酸，母亲的嘱托里只有担忧。

三十二岁出嫁，四十七岁守寡，六十六岁故去，一生坎坷颠踬，艰辛备尝，何曾有过舒心？何曾有过辉煌？

我问七哥，母亲临终到底要跟我和妹妹说些什么？七哥说，母亲所念，只有两个未出阁的小女儿。她反复叮咛，两个女儿将来择婿，一定要门户相当，年龄相当……

为此吃尽一生苦头的母亲是怕了。

春天，我再次去香山墓地看望母亲，与母亲的维系已被冰冷的石板隔开，再难触摸得到了。母亲在灿如云霞的桃花中安然睡去，不再为人情冷暖揪心，不再为红盐白米犯愁，她得到了永久的安宁。

我在墓前站立许久，母亲无言，我亦无言。

我要离去了，正待转身，大风忽起，山林呼啸，花雨突兀纷飞如雪，远望近观，湖光山色尽在扑朔迷离之中。风将石桌前的鲜花果品吹乱，风将我的心祭与无数花瓣高高扬上天空……

山大恸，人亦大恸。

母亲好辉煌！

三　母亲的病·离家的时候

“文革”停课在家，终日人心惶惶，我总是担心什么时候有“造反派”冲进院来，将我们做一番游斗，这样突如其来的情景，在那个时候见得多了。我们家里，父辈们留下的铺天盖地的书籍、字画，哪一件都是“四旧”，哪一件都能把我们置于死地。与其等人查，不如我们自己先查。为此，我和四嫂偷偷整理了半个月，多少绝版的善本书，多少名人的画，在我们的院子里化作了庄周之蝶；多少精美的古瓷，多少西洋的艺术品在石阶上发出脆亮的绝响。那是个空前毁灭的时代，是对文物的毁灭，对艺术的毁灭，也是对这个家的毁灭。

家已处于风雨飘摇之中。七个哥哥，除了去世的以外，大多进了牛棚，每个人头上都有一顶大得吓人的帽子，不是拿在群众手里，是结结实实地扣在他们的脑袋上。我庆幸父亲和三大爷的早逝，否则，作为陶瓷权威的父亲和充任故宫博物院特邀顾问的三大爷，是绝难逃得过这场劫难的。老辈走了，小一辈却没有躲得过去，兄弟们之间早已断了往来，跟这个家也再没有任何维系了。

唯一和我们住在一起的是四哥，四哥是三大爷的儿子，在故宫工作，每天早出晚归，脸色铁青。他虽然没有进“学习班”，料想日子也很不好过。在叶家的七个儿子中他是比较保守、比较古板的一个，跟谁也没有多余的话。四嫂是印尼华侨，住在单位，平日不回来。

大院里只剩下了母亲、我和妹妹。

同学们也不到我们家来，他们说我们家太空，让人害怕。

母亲在街道上表现着她的积极，因为，从个人出身来说她是绝对的根红苗正。叶家人谁也没想到，她那个贫穷的娘家在此时派上了用场。为此，街道上对我们才表示了一点宽容和难得的手下留情。

学校在搞“文攻武卫”。“文攻武卫”是一个奇怪的字眼，直到今天，我也没有完全搞懂它的正确含义。以当时的理解就是打，用棍子、石头、长矛代替笔和墨，那是见血的、更升一级的革命。

“红卫兵”我是无缘的，全校同学在一夜间都神奇地穿上旧军装的时候，只有我，还哆哆嗦嗦地穿着那件下摆和袖口接了又接的小花棉袄；那些终日厮混在一起的同学，一经穿上了军装，扎上了宽皮带，变成了“红卫兵”，竟出人意料地显得威武，显得陌生。

与他们在一起，我是自卑的。

我为我那些不争气的哥哥们感到羞愧，正如同我当年为卖开花豆的舅舅羞愧一样。别人的哥哥是共青团员，我的哥哥是军统特务、是三青团骨干，他们之中那些说不清道不明的是是非非，随便拉出哪一个来都能倒出一大堆。

我也为我的祖先感到羞愧。我为什么是旗人？我为什么姓叶赫那拉？我们族里的那位姑奶奶为什么偏偏还要丧权辱国，让后人跟着挨骂背黑锅？我的父亲为什么不去参加革命，而非要搞什么陶瓷，害得我连一套旧军装也没资格穿，很各色地混在革命队伍中？

我每天就是读书，因为，家里那些蛛网尘封的线装本再怎么清理也难以把它们赶尽杀绝。现在想来，那种厚积薄发的积累，那种潜移默化的浸润，正是我今日创作的丰厚积淀。我写的金家弟兄们之间生生死死的小说《本是同根生》《风也萧萧》《雨也萧萧》里，难说与这些经历没有关系。

当然，这是后话了。

1968 年，学校有信儿说要分配了。

军代表到家里来征求意见，那时母亲正病着，母亲患了青光眼，双目视力已接近零。母亲说了希望能给予照顾的话，不敢说留在身边，只说是最好能离家近一些。军代表是山东人，块大脸黑，说话很侉，长得五大三粗，却是个有人情味儿的人。他望着摸摸索索的母亲说："这次都是集体走的，都是外地，您的情况很特殊，我们会给予充分考虑的。"

考虑的结果果然很照顾，我和五名同学被分到了陕西。据说我们要进一个非常保密的部门，当时神秘得不让同学们互相打听，只说是××信箱。而除我们以外的大部分同学要去内蒙古草原，也有去陕西山区的，相对而言我们六个真是得天独厚了。在那个年代，分到一个国家级的特殊单位工作，而不是随大流地上山下乡，不是到偏远山区，这是多大的福气呀！幸运的六君子中，五个出身都是工人和革命干部家庭，都是政治上绝无半点瑕疵的无产阶级革命事业的接班人。查祖宗三代，祖先也都是革命的同路人，绝没有军统和三青团之类。当然更不会有卖国求荣的姑奶奶了。我不知学校为何将我不伦不类地夹在其中，这或许是那位军代表见了我们家的情况动了恻隐之心，有意地鱼目混珠。不，应该是珠混鱼目，抑或是像过去卖东西的搭配。总之，命运给了我一次偏爱。同学们说我是天上掉馅饼，是瞎猫碰上死耗子。因为，无论从哪方面选择，这样的事情都不应该轮到我的头上。

我感激军代表的苦心，这怕是他能做的最大照顾了。但是，这个照顾于母亲则意味着女儿的远行，意味着病中的无依。

是有些残酷。

母亲的话更少了，她在家里捕捉着我的声音，对即将离家的我倾注了太多的关注。她摸索着为我缝制了一件厚厚的棉坎肩，因为穷，买不起棉大衣，我将穿着小棉袄进入大西北，这是母亲最为揪心的。这件坎肩是用母亲的夹袄改的，它太厚了，穿在身上让人一把抓不透。它绗进了母亲全部的爱，母亲要用它来替远行的女儿抵御西北的硬风。这件坎肩我保留至今，尽管母亲不在了，母亲在双目失明的情况下为我缝制的衣服将伴我到永远。今天，我的女儿对这件厚坎肩情有独钟。这个“现代派”是看上了坎肩的样式和古朴的花样。天气一凉，她就穿上它，在房间里走来走去，从而引起我对母亲一阵阵的怀念，思路一阵阵地走神。

女儿说：“这个坎肩什么都好，就是太厚了。”

我说：“这是亲妈给做的呀！”

就要离开北京了，我到颐和园去看过，去向自己曾经拥有过的无忧无虑的短暂童年告别。

大戏台东侧的小院还在，父亲般的三哥，早已被发配到广西，几年没有音信了。小院的门锁着，我从门缝往里看，院里荒草已没膝，大玻璃碎了，窗纸也不知所终。一阵风吹过，院中衰草飒飒有声，带来“唯有南风旧相识”的意境，让人悲从中来。

也去坛口的游艺市场看过，那里也什么都没有了，如被扫荡了一般，荡得干干净净，包括那些不招人喜欢的虫子。专演评剧的群众剧院也被改作他用，门口堆着一堆钢板，好像是什么建筑仓库。舅舅还在，他已经由卖开花豆的变成了炸油饼的，在双井的小吃店上班，是国家的正式职工了。舅舅对我说：“你知道吗？我是一直不愿意上你们家的，你们家的人从来都看不起我们。”

舅舅说的是心里话，也只有在这个时候，他才敢毫无顾忌地说出这样的话来，以前他大概是敢怒不敢言吧！

我请他多多帮我照顾母亲。

求助姥姥家的人，于我还是第一次。

舅舅说：“可以让你妈搬回来住。”

我回家把舅舅的意思转达了，母亲不同意，母亲说：“住到娘家算怎么档子事呢？我又不是被叶家休了的。”

我真没一点办法了。

晚上，四嫂过来看我，谈话中她发现了母亲脸上的一小块红色斑点，搞医务的她敏锐地感到了什么，让我明天一定带母亲去医院查一查，并且指名让我们去医学院的附属医院。

第二天，我问母亲去不去，母亲摇摇头，说：“不碍事的。”

母亲不去医院自有她不去的道理。我知道，我们家别说看病的钱，就是从家里到医院的公共汽车费也拿不出了。

那时候穷，我也不知道为什么那么穷，好像大家都穷，不是我们一家。

又到了晚上，四嫂过来了，问看病的情况。

我低头不语，眼里有泪光在闪。

四嫂没说什么，一会儿，送过来十元钱，让明天无论如何去医院。十元钱搁现在实在不算什么，但在那会儿却是个不小的数目，我和母亲、姊妹一个月的生活费不过是十五元钱啊！十元钱对于双职工的四哥家来说也许不算什么，但这份情谊我会记着，永远记着。锦上添花好做，雪中送炭难求。在我以后几十年的生涯中，我记着别人的关怀，也记着关怀别人；这是因为从小知道受助的可贵。“人之有德于我也，不可忘也；吾有德于人也，不可不忘也。”1996 年，我在北京和中央电视台的几个朋友吃饭，看见墙上挂着个盖满红印章的本子，拿下来一看，原来是陕北失学儿童请求社会帮助的名单。其中有一个宜君县的叫菲菲的孩子，八岁，六岁丧父，母亲带着她和奶奶艰难度日，因交不起学费而失学。我当下与宜君县取得联系，替她将学费交清，并给她写了一封信，鼓励她要争气，要好好学习。现在，孩子的母亲成了我的挚友，报纸也饶有兴致地报道了这件事。其实，我认为这件事很难说清是谁支持了谁，就我来说似乎也没有报上说的那么高的思想境界。我只是不愿意再有别的孩子跟我一样，童年充满酸涩，我希望大家都好。

有些跑题了。

我带着母亲来到医院，大夫给母亲做了细致检查，说希望能够住院治疗。

我看看母亲，不知如何回答。住院，那得多少钱哪？我的兜里除去车费和挂号费，已经不足九元了。九元钱能住院吗?!

我问大夫是不是必须住院。

大夫说："必须住院。"

大夫语气的坚定，毋庸置疑。

我再一次将目光投向了母亲。

母亲说："我不住院。"

母亲语气的坚定，同样毋庸置疑。

不住院就回家，我领着母亲走出诊室的门时心在缩紧。我觉得我太窝囊了，身为女儿，竟能领着病重的母亲走出医院的大门——不住院！

我愧对母亲！

医生放过了母亲却拦住了我，他将诊室的门严严地关上，严肃地对我说："你知道你母亲得的是什么病吗？"

我说："不是说青光眼和风湿吗？"

大夫看着我，他身后的几个实习生也看着我。

大夫停了一下问："你们家还有谁？"

我说："还有一个妹妹。"

大夫问："再没别人了？比如能拿事的？"

在那个大夫看来，我是不能拿事的大孩子，他是好心，他不愿意把一个打击性的坏消息砸在一个大孩子头上。

我说："我有哥哥，都在外地，姐姐也不在北京，目前，我母亲跟前就是我和妹妹。"

大夫和实习生们对看了一眼，把扣着的病历翻过来，推到我面前。

病历上写着：亚急性播散型红斑狼疮。

那是绝症。

我的腿软了，嘴唇抖着说不出话来。我告诫自己，要撑住，一定要撑住，母亲还在外面等着。

实习生们为我搬来椅子，我坐下了，我的腿在发抖。

大夫说："住院有困难？"

我点点头。

这样的情形那位大夫大概见得多了，他说："不住就不住吧，你母亲的病已经很严重了，生日已经不多，一切要早做准备。"

我说："就没救了吗？"

大夫摇摇头说："红斑狼疮是胶原性疾病，跟癌症一样，现在还没有找到治愈的特殊办法。你的母亲年纪大，或许能再拖延一段时间，要是年轻的女性，也就是两三个月的事。"

这诊断无疑判处了母亲的死刑，让我怎么跟母亲说呢？

我面色苍白地走出诊室，坐在医院的长椅上，坐在母亲身边。母亲什么也没问我，在医生将我留下的那一刹那，母亲其实心里就什么都明白了。

我迈不动步子，脑子里嗡嗡作响，已经不会思维。我努力克制着，不让自己发出啜泣的声音，将眼泪咽下，再咽下……那种令人窒息的忍耐超出了一个十九岁生命的承受能力。

我说："妈，咱们歇一会儿吧。"

母亲说："歇歇吧。"

我就和母亲在椅子上坐着，坐了足足有一个钟头。母亲静静地攥着我的手，她没有说话，但我能够感觉到，她什么都知道。母亲将她的安慰、她的坦然和她对生死的豁达，通过她的手传达给我。好像我是病人，她是家属，那情景整个儿颠倒了。

当天下午，我在胡同口堵住了放学回家的妹妹，我把她拉到没人的地方将实情相告。小孩子一下吓坏了，她哇的一声哭起来，不管不顾地就往家跑。我好不容易拽住她，告诉她不能这样，这一切母亲还不知道。

她靠在电线杆上眼巴巴地看着我，半天才问："姐，怎么办哪？"

我也哭了，忍了大半天的泪水终于流下来，背着母亲流下来。

……是的，怎么办哪？

已经没治了，只好隐瞒。

那天，我和妹妹在东直门外的野地一直哭到日落西山。我们商定：在外面哭够了，回家谁也不许掉眼泪，一切都要像没事儿一样。

一进家门，妹妹强装着笑脸，扑向母亲的怀抱，她善于向母亲撒娇，也会向母亲撒娇。

话题自然说到了看病的事，妹妹拿着病历说："是风湿啊，这上面明明白白写的是风湿。"

母亲"噢"了一声再没说话。

妹妹说："妈，您的病开了春就会好的……"

母亲说："是啊，开春就好了。"

我的泪又流出来了，明显地她们都在清楚地互相隐瞒。我佩服妹妹的干练与早熟，生活已将这个十四岁的孩子推到了没有退路的地步。我将来一走，更沉重的担子便全由她来承担了，她那稚嫩的肩，担得动吗？

有消息说8月底就要动身。

为了给我凑一床没有补丁的被子，为了那新网兜，母亲偷偷地拿出家里一条最值钱的波斯毯子，让妹妹拿出去卖了。那条毯子编织的是异国风景，精美细腻，色彩艳丽，抖开来能遮住我们家一面墙。那是父亲当年为一个没有儿女的亲戚摔盆、打幡、充当孝子而得到的“遗产”。

妹妹将这个“遗产”卖了三十四元钱。

若干年后，我在某文物商店又见到了它，它的标价是两万三千四百元。

真的让人欲哭无泪了。

行期日近一日，我的心日紧一日。

也想过不走，但母亲坚决不让。母亲说：“到那边怎么说也有了正式单位，是国家的人了；你在家陪着我，难道要跟我一样当家庭妇女吗？”

妹妹也说得走，说这个机会太难得，说我出去挣了钱给家寄来，让妈也宽裕些。

妹妹的话有道理，看来，我是必须走了。

七哥由地质队临时赶回来，一来为我送行，二来为我捆行李。七个哥哥中，只有这一个与我是一母同胞，所以，捆行李这样的活儿非他莫属。

起程便在今日，1968 年的深秋。

我起得很早。

母亲没有起，她在自己的房里躺着。

我站在屋里环视着熟悉的家，桌上放着昨晚剩下的半杯残茶，一夜工夫，茶水似乎变浓、变酽，泛着沉重的暗褐色。对家的感觉，也像这茶一样，只一宿的时间，便浓缩得稠了，稠得有些化不开。屋里的地上堆放着昨天打好的行李，行李卷和箱子都用粗绳结结实实地勒着，仿佛它们一路要接受多少摔打，经历多少磨难。行李中，除了那床被子，其余都是家中的旧物，曾经伴随着父亲走到人生终点。被当地单位由彭城寄回的铁皮箱子，经过七哥的一番油刷以后，又将跟我奔赴西北……

我来到院里，黎明的光淡淡地笼罩着北京城东这座古老的宅院，油漆斑驳的游廊在晨光中显得黯淡沮丧，正如人的心境。老榆树在院中是一动不动的静，在清冷中我们彼此默默注视。它是我儿时的伙伴，我在它身上荡过秋千，捋过榆钱儿，它那粗壮的枝干里收藏了我数不清的童趣和这个家族太多太多的悲凉故事。我抚摩着树干，向它告别。老树枯干的枝像伞一样地伸张着，似乎在做着最后的努力，力图把我罩护在无叶的庇荫下。透过稀疏的枝，我看见西边天空上那弯即将落下的残月。

一想到这棵树、这个家、这座城市已不再属于我，内心便涌起一阵悲哀。

户口是前天注销的，派出所的民警将注销的蓝印平静而冷漠地朝我的名字盖下去的时候，我的脑海里竟是一片空白，不知自己是否存在了。盖这样的蓝章，在那个年代于那位年轻的民警可能已经麻木，已经司空见惯。蓝章上只有“销户”两个字。在当时，居民死亡、地富反坏右遣返、知青上山下乡、干部外调，用的大概都是同一个蓝章，没有丝毫区别。小章子决定了多少人的命运，不得而知，这对上千万人口的大城市来说实在太正常、太微不足道了，我于它不过是几千万分之一。但这几千万分之一于我就是全部，这意味着我将揣着这张巴掌大的户口卡片，离开故乡，翻山越岭，一头扎进那陌生的土地，在那里度过我今后漫长的人生。

这是命运的安排，除此以外，我别无选择。

我不知道西北有什么样的前途、什么样的命运在等待着我，但愿一切能平平安安！

妹妹已经起来了，她在廊下匆匆地梳着小辫。见了我，说：“姐，今天，我要送送你。”

我说：“不用了，有老七送就行了。”

她说：“我要送你到火车站。”

我说：“别价，你从来没走过那么远的路，这样会让我不放心的。”

她说：“我已经大了。”

我说：“你送到胡同口就行了。”

她说：“不。”

我压制住内心的酸楚，从兜里摸出两毛钱，脸色平静地交代从车站回家的路线。我说：“你出了车站往北，走到东单，坐 24 路汽车。记住，在马路北边坐，坐八站就下车，嘴上多问，千万别走丢了。”

她说：“知道了。”

我说："你最好还是不去。"

她还说："不。"

我还想嘱咐她好好照顾身患绝症的母亲，可话到嘴边又说不出口。把病重的母亲交给一个未成年的孩子，我是在推卸责任，我……实在于心不忍。

何以能安心?!

七哥从街坊那里借来了平板车，他和妹妹把行李一件一件地往门口的车上搬。

我来到母亲床前，母亲仍旧躺着，脸朝着墙，一动不动，好像在熟睡。我知道，母亲醒着。

我站了一会儿说："妈，我走了。"

母亲动了一下，没有说话。

我又说："妈，我走了。"

这回母亲连动也没有动。

我真希望母亲能说点什么，哪怕是一声轻轻的叹息，对我也是莫大的慰藉啊……

可是，母亲什么也没说。

我等着，等着……

母亲一直没有声响，更没有把脸转过来。

我迟迟迈不动脚步，心几乎碎了。临行前听不到母亲的最后嘱咐，我将如何走出家门？如何迈开人生的第一步……

七哥将行李搬完，进屋看到了这情景，他说："快走吧，没时间了。"

我用手抓着母亲的床头，不忍撒手。

妹妹过来拉我，向我使眼色，让我不要再搅扰母亲。被妹妹推着，我向外走去。出门的时候，我回过头来，最后看了一眼古旧衰老的家，看了一眼母亲躺着的单薄身影，将这一切，永远深深地印在心底。

妹妹俯在母亲身边轻轻地说了些什么后就轻轻地将房门带上。

在院子里，妹妹悄悄告诉我说："刚才关门的时候妈跟我说，你一个人在外头，要好好儿的。"

我真想跑进屋去，跪在母亲床前，大哭一场。

可是，拉行李的车已经启动……

赶到火车站，天已大亮。因为，我们是学校第一批离开北京的，所以，不少同学都来送行了，军代表和老师们也来了。认识的不认识的在车站广场站了一大片，有人还拿了相机为我们照相。当时我心里很乱，脸上在笑心里却在哭，自己也不知道都说了些什么。妹妹像小狗一样，一步不离地紧紧跟在我的周围，她明显地感觉到，我们这一分别是再难相聚了。

七哥将我的行李搬到车上就要走，说是三轮车的主人要赶着上班，不能给人家耽误了。下车时，我想跟七哥说点什么，可是，他连看也没看我，就头也不回地走了。我看见他的眼圈有点儿红，大概是不愿意让我看见的缘故。

其余的同学都有父母来送，他们除了多出我一两倍的行李以外，还有大包小包的吃的。他们的父亲或母亲拉着他们的手，一遍遍地叮嘱着关于注意饮食、关于加减衣服、关于出门在外的一切。我的同学们也在他们的父母跟前理所当然地、淋漓尽致地抛撒着他们的离别之泪。

这是一种幸福，对我来说是可望而不可即的幸福，这种让我羡慕的幸福已经远远地离我而去。

我和妹妹无言地相对而坐，注视着热烈告别的人们，似乎这一切与我们无关。

捆行李的绳头由行李架上垂了下来，妹妹站在椅子上把它们塞了塞，我看见了她小褂里面的破背心……

我对妹妹说："小荃，你礼拜三记着要带妈去验血，匣子底下我压了十元钱，是抓药用的。"

妹妹说她知道了，说那钱她昨天晚上就发现了，交给了母亲，母亲让老七打在我的行李里了。妹妹说："妈说了，你一个人在外，难保不遇上什么为难的事，手头总得有个支应才好。"

我说："你真不懂事，怎么就能由着老七把钱打进行李？"

妹妹不言语，低着头，用牙紧紧咬着嘴唇。

我的心里立刻满是后悔，在这个时刻，真不应该用这种口气对待妹妹。我缓了一口气说："你应该告诉我。"

她说："妈不让。"

我说："我到了地方就把钱寄回来。"

她说："别价，妈说了，让你头两个月别给家里寄钱，别老惦记家。另外，你那倔脾气也得改，要不会吃亏。妈还说，你在外头要多干活儿，少说话，别跟谁都呛着，外头的人跟家里的人不一样。妈最不放心的还有一件事，让你一定要答应她……"

我问什么事。

妹妹说："妈让你答应她不再写诗。"

我没有说话，妹妹看着我，最终也没有等到我肯定的回答。她把眼睛转向窗外说："妈昨天一宿没睡，这些都是今天早晨你还没起来时，妈跟我说的，妈让我告诉你。"

我的嗓子哽住了，像堵了一团棉花，半句话也说不出来。

知女莫如其母，后来的事实证明了母亲担忧的正确。我狂狷桀骜的性情，孤独冷峻的禀性，使我不能仆妾色以求容，更不会俳优犬马行以求禄。离家的我在到达目的地的第二天便被打入了另册，没有几天便因"诗"的问题被打成了"现行反革命"，一通批斗过后便被贬到黄河滩种地去了。

这一切都发生以后，我才体会到母亲亲子、爱子的拳拳苦心。但为时已晚，无法补救了。

我至今不写诗，一句也不写，怕的是触动那再不愿提及的伤痛。因为，我愧对母亲。

那天，在火车里，由于不断上人，车厢里变得很拥挤。妹妹看着同行者们的大包小包，突然说应该给我买两个烧饼，路上当午饭。没容我阻拦，她已经挤出车厢，跑上站台，直奔卖烧饼的小车而去。

那时候，站台上的食品是不要粮票的。所以，无论什么时候，车站里的食品车前永远拥着一堆人。

我从车窗里看见妹妹在身上摸了半天，终于掏出钱来，那钱正是我早晨给她的车费钱哪！我隔着车窗大声阻止她，她没听见。她使劲地钻进人堆，挤到烧饼车前。

这时，车开动了。

妹妹抬起头，先是惊愕地朝着移动的车窗观望，继而大叫一声举着烧饼向我这边狂奔。

“姐——”

我听到了她的呼喊，也看到了她满面的泪痕……

八站地呀，她将如何一步步地走回去……

我再也忍不住了，趴在小桌上放声大哭起来。火车隆隆地载着我和我那毫无掩饰的号啕，驶过了卢沟桥，驶过了保定，驶过了黄河，离家越来越远了……

在我离家的当天下午，七哥赶回了赣南。

三个月后，妹妹插队去了陕北。

母亲去世了。

家乡一别，三十年。

四　《陌上桑》的罗敷女·两层楼的鸡窝

我想我是中暑了。

卡车下面有人大声呵斥，让我下车，那声音在我听来竟是来自天边般的遥远。头晕、无力，半个身子是麻的，没有任何知觉，脑子似乎已经不会思维。

抬头望，南面有峻秀的山，山形如国画般的奇特。恍惚间我想起了搞美术的父亲，想起了徐悲鸿给我四哥画的那些大树……眼前的山，想象的树，给了我一丝清新，我艰难地活动了一下身体。

有谁说那是华山。

我没想到华山这么雄伟。

“下来卸车！你难道还要让我干吗？”下面又在催促了。

我不知如何从那高高的车顶溜下去，但我已经看见有人先我下了车，我从北京带来的用波斯毯子换的被子已经被人扔了下去，摔在一堆肮脏的垃圾上。我试着抬了抬腿，不行，右侧的腿已经不属于我，右边的胳膊也明显地抬不起来，我用手掐了一下，没有痛感，这时要是谁给我做截肢手术可能连麻药也是多余的。我害怕了，我感到眼下这种身体状况绝不是一般的中暑，也绝不能用一般的“压麻了”可以了断。我多半是得了中风，得了半身不遂。

“青面兽”在砰砰地敲击着车帮，他是农场负责管理我们的领导，一个敦实的、脸上永远没有笑容的青脸汉子。看见他，不由得让人想起《水浒传》里的“青面兽”杨志来，杨志押送生辰纲上路的那股硬劲、狠劲，跟他押送着我们和给农场拉的必要生活物资，从西安到这里大同小异。看得出，自从他从我们单位革命领导小组接收了我以后，就一直对我抱有明显的敌意。来改造的“牛鬼蛇神”里面只有我一个女的，这就难免在众人中很显眼。年轻轻的就反对无产阶级革命司令部，足见“中毒”之深，可见是个要随时给予高度革命警惕的、不可掉以轻心的人物。所以，漫长的来路，我就一直在卡车顶上晒着、颠着，驾驶室里空着，“青面兽”也没发话让我坐进去……

没有再赖在车上的理由了，一狠心，我向车下滚去。我的身体重重地摔在地上，将地上的暄土砸得腾起老高。“青面兽”退后了几步，用手扇着，他奇怪我为什么会用这种方式下车。

我则在庆幸我骨骼的坚硬，它们没有因为这一摔而折断。

几个大麻包紧跟着我而滚下，“青面兽”责令我将它们搬到厨房去。

麻包饱满而生硬，散发着花椒的香气，我就是躺在它们上面从西安来到三门峡库区的。我拽了一下麻包，麻包纹丝不动，连站也站不稳的我，实在想不出该怎样挪动这些近二百斤重的庞然大物。有个穿白衬衣的人过来了，一声不响地帮我把这些沉甸甸的家伙们拉进厨房，拍拍手上的土走了。

厨房里的炊事员正在嘟囔，说事先也不通知就一下子来了这么多人，让他没法招架，光是馍就得三笼，而他现在连面也没有发，如何蒸得出来？见我拉着麻包进来，他如同见了救星，问我能不能给他帮厨。

我看了看身后的“青面兽”，等待他的指示。

“青面兽”青着脸对炊事员说：“李瘪，你要有阶级斗争观念呢，你以为她是谁？她是用诗来攻击无产阶级革命司令部的现行反革命。”

被叫作李瘪的炊事员不说话了，眨着一双小得不能再小的眼睛看着我。我相信看别人他绝不敢这样肆无忌惮，但是，看我他敢。因为，“青面兽”已经明确地说了，我是“反革命”。

对反革命有什么敢和不敢呢？

李瘪让我把刚拉进来的麻包挪到墙角去，他说：“你把它们搁到我的脑袋里头是想麻死我？我死了谁给你们这些反革命做饭？”

我赶紧又把麻包往墙角拉，当然拉不动，最后还是李瘪帮我拽过去了。

由此，我想到我的麻木，大概是在花椒上歪了一路的缘故，可能不是中风。

我从垃圾堆里拉出我的行李，来到分配给我住的屋。这是一间干打垒式的九平方米土屋，窗户没有窗棂，用塑料布蒙着；门没有门扇，用一块床板顶着。同屋已经住进了一个女性，是个拖拉机手。她跟我不同，她是光荣的农垦战士，我是劳动改造对象，虽然同住一屋，却是有天壤之别。

我不知道拖拉机手姓甚名谁，自己的身份更不便于主动搭话，就默默地收拾自己的东西。

拖拉机手也不理我，很显然她对我的到来持不欢迎态度。事后我才知道，因为安排了我和她住一个屋，她已经找“青面兽”交涉过了，她说她不能和阶级敌人睡在一起。毛主席都说了，要警惕睡在我们身边的阶级敌人，我成天睡在她身边，她怕什么时候我会把她暗害了。

“青面兽”说：“真要那样就给你算烈士。”

拖拉机手想了半天，还没搞清楚划算不划算的时候我就住进来了。

安顿好了行李，我就坐在自己的铺位上想心事，想我离开北京以后的情景，越想心里越发堵。

进单位以后人人都要填写一份表格，我如实地填了，自然对组织十二分的忠诚老实，尤其社会关系一栏，更是体现了我对新单位的绝对信赖，不惟有军统和三青团以及什么姑奶奶，连八竿子打不着的海外关系也进入其中了。于是，我不入另册谁入另册？我不下地狱谁下地狱？磨难于我接踵而来。

从北京到西安的第二天，我就感到了我是异类的尴尬，与我同来的五名同学全部被派往某空军基地，说是去执行一项要紧的任务，唯独将我排除在外。我不知趣地问革命领导小组负责人朴斯水，为什么不让我去？

朴斯水说：“那里对政治条件要求极严，不是谁都能去的。你嘛，是绝对的不行。”

我问怎么不行。

朴斯水说：“叶广芩，我明确告诉你，你不符合进我们这个单位的条件。所以，你只能进大门，进到里面的通行证不能给你盖章。”

我说：“既然不符合条件，你就应该把我退回北京去，我也并不是多么喜欢这个地方。”

朴斯水说：“退回去，那不便宜了你？”

朴斯水不能“便宜”我，这感情极为鲜明的话语足以说明，在我刚到单位的第二天，在这位朴大人的眼里，我已经上了另册，属于另一个阶级阵营的人了。其实，那些同学到那个基地去，不过是在招待所里给做好的主席像章涂漆。朴斯水有意搞得这么分档次的神秘，大概也是他斗争策略的一种吧。“文革”十年，造就了一大批随时要将人分类的“阶级斗争专家”，他们的脑海里永远捕捉着“阶级斗争的新动向”，时刻寻找着“斗争的对象”，他们不能没有对立面，他们无时无刻都得呈跟谁“过不去”的状态。什么时候大家平平安安地过了一天，他们便觉得这一天对他们是白活了。唯恐天下不乱，唯恐对方的阵营后备成员匮乏，是他们“革命”的唯一目的。我总认为，是那个特定的环境激发了有些人阴暗的心理。当然，大部分人是盲目无意识地跟随。有些人则不然，那是一种卑鄙、歹毒心理的大暴露、大展现、大表演。那种特殊的政治环境对他们来说是最适合不过的土壤，是最理想的、最美好的进步机会。应该说他们的本质就是晦暗的、邪恶的。

朴斯水就属于后一种人。

其实，人本来就是大同小异，谁也不比谁坏多少，谁也不比谁好多少，何苦要把人置于死地而后快？往往善良的人、清纯的人是最不善于自卫的。要伤害这样的人，对朴斯水这样的人来说，易如反掌。

在以后我遇到这样的人还真不多。

我对此君持不能理解的态度，后来，他全身长了一种流黄水的疮，高挽着裤腿。在他灰溜溜地被调离单位的时候，因为他太不得人心了，竟然没有一个送行者。我过去想跟他说些什么，或是希望他能跟我说些什么。但是，当我走到他面前，看到他那双阴鸷的、冰冷的、拒人于千里之外的眼睛，我便明白什么话也不用说了。在做人的基准上，我们存在着太大的距离。

那是一个“墙倒众人推”的年代，我的处境很快被有些人误解，也很快被有些人心领神会。于是，风起青萍之末，我无意间念的一首诗被同寝室的某位从北京一块儿来的同学上纲上线，报告给了以朴斯水为首的革命领导小组，革命领导小组当即就将我揪了出来。这位一块儿从北京来的同行者从背后捅来的这一刀，将我彻底刺伤，使得我才到单位没几天就稀里糊涂地当上了“反革命”。这一切自然和我的出身、我的家庭必然地联系起来，连我在北京的命已垂危的母亲也受到株连，她被大字报诬蔑为：狗母亲！

我没有为母亲挣来钱，却挣来了谩骂。

在批斗会上，我说：“你们打我、骂我、讨伐我都可以，但你们不能侮辱我的母亲！”

我的话被一阵猛烈的口号声压了下去。

后来，虽然他们不再提“狗母亲”这样的话，但我的出身已经明确成了我犯罪的“历史根源”“阶级根源”和“社会根源”。蹴前至后，动辄得咎，多少莫须有的罪名在企图“变天”的前提下不容你辩解地全部成立。最强有力的总是最有理的，一切都是强大的说了算。对于我的任何诽谤也都是允许的，因为，我已经属于“异类”。贼咬一口，入骨三分，那痛直痛到人的心底，让你连吭也吭不出来。同室者疾言厉色，终日汹汹，令人刻无宁晷。更有临之以威、恫吓以刑的所谓交代问题的轮番战役；有连篇累牍、杀气腾腾的大字报的大轰大嗡；有循名责实、疾风暴雨的批斗会的推波助澜。平心而论，在当时，不满二十岁的我能够持重地没有乱了方寸，实在是十分的不容易了。我谁也不敢相信，谁也不敢倚靠，往往是前来关心你的人，就是第二天在批斗会上最能拿出新鲜货色、最能博得喝彩的人。那时候常常让我想及的是荀子的《性恶》：“人之性恶，其善者伪也。”其性恶说在当时的确得到了我深深的共鸣。我认为，荀子不愧是荀子，他对人性的精辟总结，在我的处境中得到了印证。

现在回过头来再看，我原谅朴斯水和那个背后捅刀的同学，他们实在也没有从我身上捞取到任何好处，反而失去了更多。对他们我不想多加谈论，人应该学会宽容，宽容也是一种强大。

也有微微的暖风吹来。

对我的斗争正在如火如荼时，我的妹妹由陕北来看我了。她对我的处境全然不知，她怀着一腔即将与亲人相聚的喜悦，奔我而来。

那天正要对我进行升级的斗争会，妹妹上午到达，我上午 8 点半要被提上台去，接受批斗。其时的尴尬与难堪，那欣喜与苦涩相缠的情感，委实用语言难说清的。同事中有个叫张秀兰的大姐，她向革命领导小组直言提出将批斗会推迟两天，以让我们姐妹俩有个相对平静的见面机会。大概持此意见的不止她一个人，据说响应者甚众，人们对这种捕风捉影、循名责实的批斗会也觉得没什么意思了。

那次，朴斯水破天荒地开了恩，特给我放假半日。

妹妹来了，我去火车站接她。站台上，我们相遇了，她向我跑过来，亲亲热热地喊了一声："姐。"

我的眼泪差一点儿就流下来了。

我想起了不久前她举着烧饼追火车的情景，想起了生死未卜的母亲，想起了自己目前的处境，真是五内俱焚，肝肠寸断。

我装作很轻松很高兴地把她拥在怀里，让她一定要多住几天，好好看看长安这座有十一个王朝在此建都的古城，我会好好陪着她逛一逛。她的脸兴奋得通红，不住地点着头。看着她的幸福神情，我的脸也在笑，真是跟戏词上说的一样"将万种愁绪都付与芳心一寸"了呀！

那种心与形的分裂，我至今想来仍然感到不寒而栗。

前不久，有个朋友问我："叶广芩，要给你三十年的时间，让你倒回去重新活，你干不干？"

我坚定地回答："不！"

往事不堪回首，蹉跎的日月，谁还愿意重走一遍？我情愿不要那重活的三十年。

妹妹住了一天就要走，从陕北到西安，近千里路，那时的交通十分不便，她来一趟，仅步行来回就要走一百多里路，花的代价可想而知；但她只待一天就走了，聪明的她嗅出了我周围政治气氛的紧张，窥出了她存在于此给我带来的麻烦。

她执意要走。

我将她送上火车，给了她五元钱，十个馒头。这十个馒头她一直要吃到延长县刘家河后段家河生产队。

她一脚踏着车门，一脚踏着站台却迟迟不愿上车，末了语重心长地说了一句：“姐，你要好好儿的。”

我临离开北京时母亲给我的嘱咐也是“要好好儿的”……

“好好儿的”，怕是由不得我呀！我向她点点头，那头点得太勉强，让人看不出是点头还是摇头。

车走了，我的心也空了。

辛酸的短暂相聚，只给双方的心理增加了沉重。

接下来，我就被贬到了农场。

我是戴着“反革命”的帽子下来的。

跟我一块儿下来的还有几个，都是“牛鬼蛇神”。

住在我左边的是个叫浏阳河的“反动”诗人，他在单位的斗争会比我开得热闹，因为他的不低头认罪，他的会便很有看头。他的罪名也是因为写诗，据说影射了无产阶级司令部，十分的恶毒，十分的阴险。他的诗被抄在大字报专栏上，还配以讽刺他的彩色漫画，可谓图文并茂，这使得他的专栏和他的批斗会一样的有看头。我至今还记得批判栏上他写的那首《青门引》，再过“西大”所见——

风驱黄叶游，
飘飘洒洒东西流。
生物园里草幽幽，
自生自灭一年一寒秋。

北门沉沉挂铁锁，
三呼无应酬。
寂寥石子路上，
鸡皮鹤发几教授。

这样的诗在那个“五洲震荡风雷激”的年代未免颓废消沉，未免与时代格格不入，未免不是向无产阶级进攻，批他是应该的。后来，浏阳河当了延安地区文化文物局的局长，我也当了报社的记者，我们俩在延安见面谈及“文革”时的情景时，都颇有感触。他说大字报专栏将他的诗作登出，从此，他的声名大震。那是他处女作的发表，很有影响、很有声势的发表。有这样的发表机会很难得，也很幸运，当然也很独特。

与浏阳河同屋住的还有个叫郭寅正的中学语文教员，他也是入了另册的。因为，他喜欢古典诗词，又因为爱之乎者也地泛酸，便被学校喻为“有病”、思想不健康。于是，便被责令下来劳动改造。帮我往厨房里拉麻包的就是他。

我右面的小屋里住的是一个被人叫作“扁脸”的消防队员，听说是个坏分子。他怎么坏，我不便打听，也不想打听。不过此君在农场也很没人缘，见谁跟谁打，脾气暴躁得厉害，永远是处于六亲不认的状态。后来，“扁脸”很快被开除遣返回农村了，我就一直没见过他，也没听过他任何消息。

但我总怀疑此君在精神上有毛病。

农场位于三门峡库区，这里有上百万亩的肥沃平整土地，是人称白菜心的关中八百里秦川重要的产粮区。夏是麦子，秋是棉花和玉米，间或还有油菜和杂豆，这些肥得流油的上好良田从来不会闲着。后来，因为修建三门峡水库，每年夏季水库蓄水时这里就会被淹，政府从 1958 年开始，到 1962 年，用四年的时间将库区内的二十八万人分批分期迁移到河西走廊及其他地方，这就是有名的库区移民。当然，跟以后的三峡大移民相比难免小巫见大巫，但在当时，可是一件牵动上上下下的事情。

老百姓搬走了，大水漫上来了，这儿就成了一片汪洋。然而，库区涨水的时间毕竟有限，一年也不过两三日，水很快就退下去了。涨水并不影响收庄稼。相反，被河水浸润过的土地反而更松软、更有沙性，非常适合于种花生等一些经济作物。

我们就是利用这空隙来种地的，这里有华阴、大荔、朝邑等好几个国营农场，解放军及西安的不少大单位在这里也有地盘。望不见边的平整土地上，几乎完全是现代化农机设备在耕作，联合收割机轰隆隆开动起来，跟电影里演的“大丰收”的情景一样，很壮观、很能让人豪情满怀。

我所在的农场在渭河与罗敷河的汇合处。

渭河是陕西境内最主要的一条河流，它源出甘肃渭源县的乌鼠山，进入陕西后变宽变缓，冲刷出了肥沃的渭河平原。使得陕西关中有了充盈的粮仓，有了旱涝保收得天独厚的优势。渭河河渠纵横，自汉至唐，皆为关中漕运要道。明清以后，水土大量流失，河道淤积，才不见了行船。渭河从我住的小房后面自西向东流过，水流至此，河面已有数百米宽阔，河水中的泥沙量不比下面的黄河少，凝重沉缓，无声无息，仿佛驮着多么沉重的负载，怀着多么苦闷的心情。罗敷河是一条南北向的清水河，从秦岭东部的罗敷峪流出，欢腾跳跃，带着华山的峻秀与清丽，在我们这里与渭河相遇。黄的渭河与绿的罗敷河，两股颜色分明的水流出十余里也混不到一块儿去。这条美丽的花带子河，携手奔向前面不远的潼关，奔向那水天一色、气势磅礴的黄河，东流而去。我躺在自己的床上，能闻到屋后河水的泥腥，也试着站在床上从小窗户往外看过，除了天，什么也看不见。

渭河对岸是朝邑境界，那里有著名的丰图义仓，是清光绪年间朝邑人户部尚书阎敬铭倡议修建的。义仓修建历时四年，动银三万余两，修好后，西太后朱批为“天下第一仓”。光绪二十六年，这里有过大旱，多亏丰图义仓赈济灾民，活人无数。所以，后来朝廷表彰阎敬铭说：“尝以烦疴给假，闲居养白傅之年，乃逢旱魃为灾，当路设黔敖之食。”

我很想看看那“天下第一仓”，但我不敢轻举妄动。我的活动范围至多就是罗敷河附近和农场范围的大田里。我不能远走，连星期天去农建师41团的团部买卫生纸也要请假，要限定时间。

罗敷河的水很清、很凉，两岸水草茂密，晚上无人之时，我常常到河里去洗澡。在我的心里，我把她看成了一条女性化了的河流。这大概是受了古乐府《陌上桑》里“秦氏有好女，自言名罗敷”的影响。罗敷河很美，想必罗敷女也很美，否则，采桑于陌上的罗敷，不会使登于台上的赵王产生“见而悦之，因饮酒欲夺焉”的非分之想。罗敷不为权势所动，“乃弹筝，作陌上歌以自明焉”。会弹筝的罗敷女当然也不会是一般人，不会是李白后来所描述的“秦地罗敷女，采桑绿水边”的那种单纯的农家女……总之，罗敷河让人想到了罗敷女，罗敷女使人想到了不畏权贵的铮铮铁骨，想到了恬静与美好。

我把罗敷河当作了我的朋友，当作了我精神的依托。

库区还有一大自然壮观就是刮风，刮旋风。直立于天地间的粗壮而巨大的旋风在空空荡荡的田野里旋转着前进，将草屑树枝卷上天空，随风而舞，轰轰烈烈，十分壮观。我从来没见过这么大、这么多的旋风。小时候听家里人讲故事，那些旋风往往是和鬼连在一起的。所以，我就想，空旷的库区，怎么会有那么多鬼呢？而且都是粗粝的大鬼。因为，那么大的大旋风，小鬼儿无论如何是驾驭不住的。从鬼自然就想到了离此不远的潼关，想到了那千古不歇的古战场。汉献帝建安十六年，这里打过一场大仗，曹操与马超曾在此遭遇。万人杀来，矢如雨下，其情其景可想而知。又有李自成率义军在此地毁灭性地突围，小仗则更不计其数。“河水萦带，群山纠纷。黯兮惨兮，风悲日曛……此古战场也，常覆三军，往往鬼哭，天阴则闻。”我望着那无端而起的大风，望着那翻卷腾挪的大柱，想及苍苍庶民，谁无父母？谁无手足？谁无夫妇？“生也何恩，杀之何咎？其存其没，家莫闻之”的感慨，心里竟满是悲凉；联系到自己的境遇，更是有说不出的酸楚。我默默地向那一个个失落的旋风投去关注同情的一瞥，和它连上一条穿透时空的线，在与旋风相交的刹那，我甚至能听到兵器的撞击和他们粗重的喘息，感到了他们怦怦的心跳与灵魂的战栗，看到了他们惊异又熟悉的眼神。他们在风的裹挟下也看着我，默契与理解在无言的对视中已心领神会，彼此心神为之一动，一切都无须再多说了。

这种在别人看来带有精神病性质的无聊游戏只属于我一个人。在我兴致勃勃地追逐旋风与旋风对话的时候，思想里不知又萌生了多少“反革命”成分在其中。当然不敢让别人知道，不然那罪名该大得很呢！

我们的农场其实没有几个人，除了五六个“牛鬼蛇神”以外，只有一个领导，就是“青面兽”。“青面兽”以外还有拖拉机驾驶员、炊事员、保管员、会计员、出纳员等。后来农活不忙了，“反动诗人”们也获得了解放，回了大城市，我也破格升级，当上了饲养员。这是组织上对我的信任，他们不怕我把圈里的四头猪药死，足见已经把我看成了“自己人”。这使我有一种受宠若惊的喜悦，有一种扬眉吐气、翻身当家做主人的幸福之感。我至今仍怀念和猪们在一起度过的难忘时光，想念那些由我亲手喂大的通人性的猪们。

农场的“场部”（就是我们居住的地方）有个很大的土围子，在当初是村庄的大围墙，是为了防水、防匪而垒的。老百姓走了，库区的水漫上来，围内的房屋已全部倒塌，被泥土掩盖。曾经是一个充满活力的人欢马叫的村庄，如今只剩下一片黄土、几丛野蒿了。“日光寒兮草短，月色苦兮霜白”，以往那红火的日子已随着移民而走远了，连点余音都没有留下。

我们所住的房子都是用土坯垒起来的屋，这种土坯陕西人把它呼之为“胡基”，名字十分古朴文雅。不是用泥，而是用干土，将土搁在一个固定的木框里，用石锤砸，用脚在上面跺，脱出一块块宽一尺、长一尺半的土坯，待它干透，就可以盖房了。大约也只有陕西略带胶性的黏土才可以这么做，就好像我小时候在北京特意搞来的胶泥瓣儿，非得用这种泥才能用模子磕出各种各样的泥饽饽来，其他的泥不行。我们用土坯盖的房简陋至极，顶上一层油毛毡，用砖压着，在接缝处糊几条泥。有时风大，会把房顶也揭了去，我们要追出几里地才能把它追回来。追赶房顶的情景很有意思，几个人在旷野奔跑，那旋风好像是成心逗我们，故意把油毡卷得有几层楼房高，有时又在地上盘旋，眼瞅着抓到手了，又把它呼地一下扬上天去。逢有谁家的房顶被风掀了，必得全体出动，一个人很难把它追回来。

我们在土围子里还盖了一座宽敞的砖砌的高台阶的仓库，以保证在库区的水漫上来的那几天，打下来的粮食可以安然无恙，不遭水淹。土围子的大门坐北朝南，我们住的一排土房紧贴北墙，房前偌大的空地是打麦场，西面是不长菜的菜地，菜地中有一口没有遮拦的井，是当年村民的遗留。我们吃水、洗衣，全是靠这口井。井水浑浊，并不清澈，水质也不好，咸而涩，喝在嘴里牙碜。

我到农场的第二天，“青面兽”就给我派了活儿，说农场准备从朝邑买回五十只小鸡，鸡小的时候可以在屋里养，大点了必得有个窝才行。他让我在仓库的东山墙边给鸡们盖一个窝，并且言明，一定要砖木结构的，泥坯不行。第一，泥坯抵不住水淹；第二，挡不住黄鼠狼。我认为他说得很有道理，但是，我不知道到哪儿去买砖。

他说：“砖还用买吗？”

我巡视了一下一览无余的“场部”，没有看见一块砖的痕迹。我不知道“青面兽”是不是要让我烧砖。那年月，什么样的奇迹都可能发生。

“青面兽”用脚点着地说：“砖就在地底下，咱们的脚底下都是一码的大瓦房。你刨吧，刨出来的砖盖十个鸡窝也用不了。毛主席教导我们说：‘无产阶级只有解放全人类，才能最后解放无产阶级自己。’”

我最终也没闹清楚刨砖头盖鸡窝和解放全人类有什么必然联系，“青面兽”有时说话不搭调，这多半与他只有小学文化水平有关。

我掂着一把镐，像考古研究人员探古墓一样开始在土围子里找被土掩盖的房屋。

太阳很毒，四周白花花的一片，我沿着土围子走了几圈，不知该从何处下镐。别人都在午睡，整个农场亘古般的寂静。土围子外面的麦子已经开始泛黄，远处华山的五峰，莲花一样擎着苍天，笔直的山峰后面，涌起了菜花一样的云。我茫然地将脚下的土地刨了个坑，以期能刨出砖墙、屋瓦什么的。但是，除了干硬的土，什么也没有。我又换了个地方继续刨，这次我决心刨得深一些，那样或许能有砖。我不想在“青面兽”面前表现得太无能。

汗顺着我的脸往下流，又很快被晒干，干了的汗结成一层盐粒，用手一搓唰唰地往下掉。我已经挖了二尺深了，但还没见到砖墙之类的东西，我对自己的选择开始持怀疑态度了。

我跑到井边，打上来半桶水，洗了洗脸，将那水泼向菜地，干透了的土地将那水瞬间就吸光了。我又打了半桶，准备喝。当我弯下身，将嘴凑近那桶的时候，这才发现桶里的水竟混得不见底，不惟是混，还漂浮着许许多多的小生物，它们在水桶里快活地翻腾嬉戏，比游艺市场上的虫子还可怕，简直让人无法下嘴。不能容忍的是水的气味，这大概与它离厕所太近有关，且不说地下水的渗透，就是雨水的冲刷，也难保脏物不进入井中。在水往低处流的同时，粪尿也是往低处流的。

但是，我毕竟太渴了，除了眼下的水以外我别无选择。我用手拨开那些活物，捧了自认为是干净的一掬一闭眼，喝了下去。

有了第一口，就有第二口、第三口……

似乎没有想象的那么可怕。

我想，应该向“青面兽”建议，将厕所建得远一些，把井口砌个围栏，定期向里面投放消毒剂，这样才能符合饮用水的要求。就是革命派对自身的健康也是应该重视的，我想我的提议大概不会成为新的罪状。

远远地我看见“青面兽”站在我挖的坑前在大声地喊叫，周围站着炊事员李瘪和众“牛鬼蛇神”。“牛鬼蛇神”们是被叫出来训话的，李瘪是自己出来看热闹的。

我跑到坑前面的时候，“青面兽”正义愤填膺地说：“这是阶级斗争新动向，这是明目张胆地搞破坏，麦子马上就要上场了，她在场院中间挖这个大坑是什么意思？其险恶用心是明摆着的。我要把这件事情向上边报告……”

“牛鬼蛇神”们都无精打采地听着，大家都是见过世面的人了，对这些已经习以为常、司空见惯，没有谁表现出过多的兴趣和热情。只有李瘪站在那里挤眉弄眼的一脸兴奋。

我赶紧将情况说明，并说了改造井的事，希图被赦。

“青面兽”却并不通融，他说：“你们单位把你交过来的时候就说了，你是个很会伪装的阶级敌人，你是一条化装成毒蛇的美女……”

李瘪在一边纠正说："是化装成美女的毒蛇。"

"青面兽"并不理睬李瘪，继续说："你不要强词夺理，声东击西，现在铁证如山，你只有老老实实低头认罪才是唯一的出路。负隅顽抗，只有死路一条！"

我说我真不知道地下哪儿有砖。

李瘪在旁边推波助澜地说："这家伙气焰嚣张得很哩。"

"青面兽"说："她再嚣张也嚣张不过无产阶级专政！"

我看见"牛鬼蛇神"中有人掩嘴在窃笑，一回味"青面兽"的话，也觉颇不妥，"嚣张不过无产阶级专政"这是什么话呀，给他一个上纲上线立时就会让他吃不了兜着走。当然，我是不敢偷着笑的，我只能面无表情、默默不语地低头站在那里。"牛鬼蛇神"们也多一事不如少一事，持隔岸观火的态度，做壁上观之状。

我没想到刚来农场就铸成大祸，挖了打麦场，被作为"破坏生产"的新"动向"报告给了上一层领导。上边让我写出思想动机，于是，我被关在小土屋里写检查。照旧是"家庭根源""历史根源""社会根源"地写了满满的十几页，看似很深刻、很痛心疾首，其实脑子已麻木，连自己也不知道都胡诌了些什么。我不明白，我为什么总是这样倒霉？好像命运偏偏要和我作对，无论走到哪儿，都会成为众矢之的，成为别人注目的中心。我不能解释这一切，而且只能把它们归结为"命"。命蹇事多乖，谁也奈何不了的。1995 年，我到庐山开会，见到南京作家储福金，都说他会"四柱推命"，八字批得极准。我就让他给我算，不是算将来，是算过去，我让他给我看看那几年我是怎么了。他看了却说："好着呢，一马平川。"

好一个一马平川!

在我写检查的时候，浏阳河们在场院的边缘挖出了大量的青砖，那些砖被他们整齐地码在食堂外边，让我看了不免羞愧。

晚上，隔壁的屋里传来两位诗人的对话。郭诗人说他在刨砖的时候刨出来一个五分硬币，还有一个陶制的小盆，应该说这是地地道道的出土文物了。浏诗人就问硬币上有没有制造年代。郭诗人说有，是1958年的钱。浏诗人大概从自己的兜里拿出一个同样的硬币，说这样的钱多得是，郭诗人的钱实在算不得什么出土文物。郭诗人不服，说虽然都是五分硬币，一个被土埋过，在地下沉寂了十年，另一个在市面上流通了十年，当然不一样。郭诗人说他挖出的那个小盆也不是寻常之物，年代肯定比1958年要早，陕西有得是半坡那样的遗址，说它是新石器时代的物件也不一定。浏诗人说那样的小盆农村家家都有，那是尿盆，黄河移民，犯不着将尿盆也移走……

我躺在床上听着他们的闲聊，心里十分羡慕。他们的谈话虽无意义，却也是一种交流，一种人与人之间的交流，一种彼此平等的交流。与我同屋的女拖拉机手想必也没有睡着，她无声无息地躺着，对我认真地做出了人畜有别的矜持。我想她活得未必比我轻松，不知她听了隔壁的聊天有什么感触?

早晨起来，我看见郭诗人挖掘出的“新石器时代”的小盆被扔在院子里，碎成了几片。

割麦就在这几日，“青面兽”和“牛鬼蛇神”们处于紧张的准备阶段，打麦场被认真地平整过，浇过水，用石碌碡一遍遍碾过。我挖过的坑已与整体连成一片，看不出任何痕迹了。我每天的工作是跟着大家拉石碌碡，绕着场院一趟趟地跑。拉石碌碡谁也偷不了懒，稍不用力，那绳子就弯了，大家都怕自己的绳子弯，就都拼命朝前跑。这样一来，就干得很有速度。一天下来，人人都腰酸腿疼，直不起腰来。

拖拉机手在检修拖拉机，以保证在那关键的几天不出麻烦。

朝邑那边来信儿，让去拉小鸡。

“青面兽”让我在晚饭前一定要把鸡窝盖起来。

面对那些青砖我犯了愁，因为，从小到大我从没见过鸡窝是什么样的一种建筑形式。毛主席说，不打无准备之仗，我当然不能例外。从褥子底下拿出一张白纸，在上面画了几种我认为应该是鸡窝的小房子，准备广泛征求意见后再付诸行动。

“青面兽”拉鸡去了，其他的人在麦场上忙碌，农场里的闲人只有李瘪，但我不想去找他，我知道狗嘴里吐不出象牙来。我拿着图纸茫然地望着在麦场上拉着石碌碡跑来跑去的人们，最后，还是决定谁也不靠，完全靠自己。

我在仓库的东墙搭起了一个很像样的鸡窝，受《打渔杀家》“架上鸡惊醒了梦里南柯”的启发，我把鸡窝盖成了上下两层楼，以便有“架上”的实质。殊不知，打小跟着父亲溜出来的戏词，只是听音取意，却并不明白其内容的真实意思，就像我将“二八的俏佳人”永远唱成“爱发的小虾仁儿”一样，我把“稼场鸡”永远地认作了“架上鸡”，这么一来，使得农场的鸡就像鸟一样，上了架。

“青面兽”回来，围着那“富丽堂皇”的两层楼一声不吭地转了几个圈。

我将图纸奉上，以使其了解鸡窝的内部结构。孰料，“青面兽”

抓过图纸看也不看，就将它撕碎，一脚踢出的同时“妈拉个×”的骂声也脱口而出，我的鸡窝顷刻之间被捣毁，轰塌成一堆烂砖。

那时候，人们总爱说“放下屠刀，立地成佛”这样的话，那是幡然悔悟的代名词。但我则有另一种理解，我的理解是，“放下屠刀，立时了断”，其实这是一种可怕的轻生观念在思想中的潜动。“立时了断”，怎么“了断”？佛是没有的，所以，也成不了佛。所谓的“放下屠刀”，是指放下杀自己的刀，杀完了，自然不会老举着它，那刀必然会放下，接下来便是一了百了的静。好极了！

我的神情使“青面兽”不解、迷惑，他戳指大骂了一会儿之后走了。

李瘪幸灾乐祸地来了，我知道，他其实一直在不远的地方看着。李瘪抱着胳膊歪着脑袋说：“你的鸡窝咋不用泥？这不一推就倒？”

我这才明白“青面兽”发火的原因，我哪儿知道盖鸡窝必须用泥呀？

那天，我没有吃晚饭。

李瘪又将这一新动向报告给了“青面兽”。

“青面兽”在场院里大声说：“耍什么封建主义脾气？向谁示威哩？不吃就不吃，饿她三天，她屎也吃！”

我不是向谁示威，我是真不想吃饭。

那时候我不知道，我已经得了肝炎。

又起风了。

大旋风从东荡过来，七扭八歪地奔北而去。一片纸，被卷上高高的天空，随着风远远地飘走了，那是我设计的鸡窝。

五　投毒的风波·与死神擦肩而过

拿“动辄得咎”这个词来形容我当时的处境似乎并不非常准确，“得咎”也是我确有错误、罪有应得。对此，无论如何批判与斗争都是应该的，都是不过分的，我心服口服。

我来农场以后干的最大坏事就是收麦前夕的那次“投毒”了。

最先发觉不舒服的是炊事员李瘪，他说他心慌，做不成饭了。当时，我和“青面兽”正在空仓库里侍弄那些刚买回来的满地跑的小鸡。李瘪来了，李瘪说他看太阳的颜色是蓝的，喘不上气儿，怕是活不过今天晚上。李瘪的脸色的确不好看，发青发绿，一边说话一边捂着胸蹲在了门口。“青面兽”让我数数李瘪的脉搏，我数了，一数吓一跳，他每分钟的心跳至少在一百五十次以上。

我说：“李胜利（李瘪的大名）的脉不是在跳，是在奔，是在万马奔腾地涌动，已经数不清了。”

李瘪一听就瘫在地上昏过去了。

我们把李瘪抬到宿舍，给他喝了一大缸子很浓的糖水。那时候白糖十分紧缺，这糖是准备夏收熬绿豆汤和过端午节为大伙儿改善伙食炸油糕时用的，由“青面兽”单独保存。

我问要不要去请大夫。

“青面兽”说先看看再说。

医务所在团部，往返要走四十里路，要请大夫得用拖拉机去接，接来了还要管一顿好饭；可是，我们的食堂里目前连青菜也没有，大家吃辣椒面拌面已经吃了半个月了。辣椒面拌面在陕西被叫作油泼面，即在煮好的面上捏一撮辣椒面，用热油一浇，再搁点盐和醋就是上好的饭食，是农民待客的饭。“青面兽”和保管员等人对此十分热衷，他们说天天能吃上油泼面真是神仙过的日子，这是当了“国家的人”才有的福气。他们的祖辈、父辈一生为之奋斗的就是天天能吃上油泼面。先人们没赶上的好日子让他们赶上了，这得托共产党的福，托毛主席的福。为此，他们没有理由不忠心耿耿、踏踏实实地跟着毛主席干革命。

谁反对毛主席就坚决打倒谁！

谁反对油泼面也坚决打倒谁！

我对油泼面不敢恭维，吃两顿可以，吃多了上火、烧心，一个星期吃下来就满嘴是燎泡，让人从心里向往那绿色的青菜。我到土围子西边的菜地观察过，名为菜地的地方长了各种各样的草，没有一棵菜，想必这儿是以前移民们的菜地，不是我们的菜地。我对缺少维生素的油泼面不敢表示出丝毫的不满，否则有贪图资产阶级享乐之嫌。严重的口腔溃疡使我的吃喝受到限制，夜晚一躺下来，燎泡们似乎有愈演愈烈之势，疼痛使人难以入睡。那时，我常常扪心自问，别人都能活为什么就我感到不足呢？也是我资产阶级修正主义太厉害了，大家对我的批判也不是没有道理的。

但是，这样的饭用来招待上边来的大夫，那就有点太说不过去了。“青面兽”虽然人高马大，但日子过得却十分仔细，他不会为我们其中的任何一个人（包括革命群众）花钱出力到十里外的11团菜地去买菜，他认为那样太奢侈、太浪费。在他看来，有燃面（干面）吃就挺好、挺实在。人没有粮食吃就活不了，但没有菜则无碍大局，吃菜是锦上添花的事情，有没有无所谓。

他无所谓了，我们也得跟着无所谓。

李瘪喝了一大缸子糖水后，说好一点儿了，说气儿顺了，“青面兽”就索性打消了请大夫的念头。

这时，会计进来了，说他头晕恶心，并说拖拉机驾驶员李艳芳正在场院里吐，连苦胆都吐出来了。

“青面兽”就让我把李艳芳架回宿舍去。

我在场院边上找到拖拉机手，她已经吐得昏天黑地，蹲在地上起不来了。我要扶她回宿舍，她不让，很固执地把我伸过去的手甩开，挣扎了许久，终于捂着肚子自己走回去了。

全农场的人大概只有我和“青面兽”没有反应，其余的人都躺倒了。

不得已，请来了大夫。

诊断的结果是食物中毒，究竟是什么食物中的毒，一时还查不出来。大家和往常一样地吃油泼面，连葱花也没放，并没什么新花样，从来都没有异常，怎么偏偏就是今天出了问题？

“青面兽”召集农场全体革命职工开会，“牛鬼蛇神”们除外。

病病歪歪的革命群众集中在大仓库里，或坐或卧，各抱地势，集思广益，开始寻找阶级敌人的蛛丝马迹。

革命群众在寻找投毒的阶级敌人时，有问题的“牛鬼蛇神”们待在自己的屋里都神魂不安，谁都不知道会有什么样的命运降临到自己的头上。

革命群众的揭发会还没有开完，我就作为“投毒犯”被提溜出来了。

“青面兽”喊我到他办公室去，我就去了。

我慢慢地走过那排小土房，在众“牛鬼蛇神”复杂而惊恐的目光注视下，一步一步迈得很稳重。我心里是出奇的镇静，我想这一去或许从此就把自己交待了，或许再也不会回到这间小屋来了……

有一种走到头的坦然。

其实是一种绝望。

“青面兽”的办公室兼着卧室和重要物品保管室，里面汗味烟味蒜味脚臭味敌敌畏味混成一体，让人一进去直想打喷嚏；加之很多小鸡在他的炕上毫无目的地乱跑乱叫，伴以半导体里吼着移植成秦腔的《红灯记》，简直是乱成了一锅粥。

房间里除了“青面兽”以外还有李瘪和一个被人们叫作大鼻子老万的人，老万是卡车司机，是上星期“青面兽”把他从渭南农场调过来的，为的是收麦子时配合拖拉机拉麦粒儿。老万是临潼人，梆子脑袋，用陕西方言说是东西厦（头），南北调，方脸阔嘴高颧，长相跟秦始皇陵出土的兵马俑相似，有着关中人的特征。当然，那个时候兵马俑还没有挖出来，临潼县宴寨公社的社员还在兵马俑们的头顶上一丝不苟地打机井，使我暂时还无法把大鼻子老万和他那些固定了的祖先联系起来。老万不惟长得怪，性情也怪，他和李瘪不同，李瘪对谁不屑都挂在他那张脸上；老万不同，老万常常盯着你不说话，也不回避，达到一种此时无声胜有声的威慑效果。要不，就在很突然的时候把你拦住，让你背一段十分生僻的语录，那语录十之八九被考的人会背不出，多是“帝国主义的寿命不会很长了，因为他们尽做坏事”之类。被拦住的人甭说背，就是读着也觉得生疏。这时，老万就甩着大鼻子教导对方说：“这是毛泽东思想很重要的篇章，是伟大领袖专门针对你们这些人对新华社记者的谈话。你们必须要好好学习，深刻领会。”有一天，大家正蹲在食堂外面吃饭，老万一边用筷子搅着面一边心血来潮地让我大声回答什么是“三忠于、四无限”。本来这都是很熟悉的，但在这地点、这场合，脑袋竟一下子卡了壳，怎么也说不出来了。老万得意地说：“你要是能说出来就怪了，那你就不是革命阵营的对立面了。”

为此，我很怕老万，不怕别的，就怕他的出其不意。

现在，“青面兽”在办公桌后面坐着，李瘪和大鼻子老万一个在炕沿上歪着，一个在门槛上蹲着。三个人都是一脸的严肃、一脸的正经、一脸的自信。

后来我才知道，办公室里三个人，一个是主审，两个是旁证。如果我要抵赖，他们就出面一下把我整死。老万和李瘪存在的另一个作用是从阶级斗争的安全出发，他们要保护领导，以防我狗急跳墙，干出前不久新疆石河子一个叫什么珍的女工被逼杀人的事情。他们考虑得很周全。

“青面兽”深明斗争韬略，一反往日青面獠牙状态，而是和颜悦色地问我：“你最近都干了些什么呀？”

我干什么了他怎么会不知道？我每天的活儿都是他派的，明知故问，他却反过来问我，明摆着，是在套我的话。

我说：“抓革命，促生产了。”

李瘪说：“你也配抓革命？”

老万说：“别跟她绕圈子，这东西很狡猾。”

“青面兽”对大家说：“打开《毛主席语录》第11页，看第二段。”

李瘪和老万立即神奇而快捷地变出了小红本，看来一切都是事先计划好了的。

我没有带语录本。

老万说：“语录本应该随时带在身边，现在看出来了吧，这就是感情问题。我们工人阶级、贫下中农和党和毛主席是最亲的，我们和红宝书从来都是一时一刻不分离的，不像你。”

我说这段我可以背。

“青面兽”朗朗地开头了：“伟大领袖毛主席教导我们说——”

我们一齐接上：“蒋介石对于人民是寸权必夺，寸利必得。我们呢？我们的方针是针锋相对，寸土必争。我们是按照蒋介石的办法办事。蒋介石总是要强迫人民接受战争，他左手拿着刀，右手也拿着刀。我们就按照他的办法，也拿起刀来。现在，蒋介石已经在磨刀了，因此，我们也要磨刀。”

又是蒋介石又是磨刀，杀气腾腾的气氛已经起来了，我感到了前途的不妙。

合上语录本，“青面兽”问：“你到厨房去了没有?”

我问是昨天还是今天。

李瘪抢先说是今天，并且明确指出是“今天早晨”。

我说：“当然。”

“青面兽”说：“什么是当然?”

我说：“去了。”

“青面兽”说：“去了就是去了，不要用‘当然’来打马虎眼，革命群众的眼睛是雪亮的，想混是混不过去的。”

我说我从来就没想过要混。

“青面兽”说：“那好。我问你，你到厨房重地干什么去了?”

我说：“打洗脸水。”

“青面兽”说：“打完水你又干什么了?”

我想了半天，想不出还干了什么。

“青面兽”说：“你没往水缸里撒了什么?”

我说：“撒了。”

听到这句话，我看到“青面兽”是一脸如释重负的喜悦，李瘪和老万也激动得站了起来，大有抓到一条大鱼的意外。

“青面兽”说：“很好，坦白从宽，抗拒从严，顽抗到底，死路一条。这个道理你应该明白。”

我说明白。

“青面兽”说：“希望你好好配合我们，争取宽大处理。下面，我问你，你往水缸里投放的是什么药品”。

我说："是次氯酸钙。"

李瘪按捺不住地喊："记下来，快记下来，毒药的名字是什么什么钙！"

大鼻子老万狠狠地瞪了李瘪一眼。

"青面兽"不动声色地问："从哪儿搞来的药？"

我说："就在我宿舍的墙角放着，是走了的卫生员留在那里的。"

"青面兽"问："你为什么要往水缸里投药？"

我说："不仅是厨房的水缸，连西墙的水井里也被我放了药。我以前说过，这里的饮用水太脏，需要进行杀菌消毒处理，要不然全躺倒了谁去收麦子。"

老万说："现在已经都躺倒了，你的目的达到了。"

我说："这个结局出乎我的意料。"

李瘪说："早在你的意料之中了，你别装了。"

在这种情况下，我的一切辩白都是徒劳的，最好的办法就是沉默。

"青面兽"说："把药拿来。"

我要去，"青面兽"说："让李瘪去。"

李瘪飞快地跑了。好半天，李瘪才将放在我房内墙角的大玻璃瓶子取来，进门便说："没有什么钙，只有这个。"

"青面兽"读着上面的标签说："是漂白粉吗？"

老万说："你把那个叫什么钙的药藏哪儿啦？"

我说："就是这个。"

老万说："不对，这是漂白粉。"

我说："次氯酸钙就是漂白粉，漂白粉就是次氯酸钙。只要上过初中的化学课，就都知道。"

大家都不吭声了。

"青面兽"说："得拿到团部去化验一下。"

老万拿着瓶子专程跑去化验了。在老万没有回来之前，"青面兽"让我老实地在屋里待着，不许乱说乱动，不许搞反革命串联。

化验的结果，这个瓶子里装的不是次氯酸钙，而是氯化钾。

我一听到这个结果，当下就傻了。

明明写的是漂白粉，怎么就变成了氯化钾呢?!

这可真是投毒了。

我跳到黄河也洗不清了。

在农场紧张的收麦前夕，"青面兽"却去了西安。人们对他在关键时刻的离去议论纷纷，好像这一切与我有关。因为，人们在谈论这些的时候都在有意识地躲避着我。

虽然没死人，性质也是十分严重的，甭说政治上的乱七八糟，仅以"投毒"一条就是枪毙的罪，我知道我在劫难逃。我终日等着警车响，等着公安局来抓我。我想在进到那里边之前应该把自己的事情好好想一想，好好处理一下，至少对生死不知的母亲应该有个交代，但是提起笔又不知写什么好。怎么跟母亲说呢？将这一切如实相告，那无异于对母亲雪上加霜。算了吧，是死是活一切由别人了断，我什么也不说，听天由命吧。我写了一封报平安的信给母亲，料想照旧得不到回音。自到陕西以来，我往家里寄的信都如石沉大海，双目失明的母亲是无法写回信的……以她的身体状况看，大概拖不过今年……

一想到母亲，我的心就碎了，就控制不住地想掉眼泪。是的，跟母亲比，我的处境不能算是难。

心里很乱，整宿整宿地失眠，吃不下饭，肝区常常隐隐作痛，身高近一米七的我，瘦得只剩下八十斤。

跟一个骨头架子没有两样。

几十年后为肥胖而发愁而减肥，为各种减肥药的效果不显著而恼火的时候，我的记忆中却早已忘记自己曾经有过的随风倒的模样，忘记了富裕舒展的生活所应有的满足。人哪——

屋漏偏遭连阴雨，在仓库里养着的五十只小鸡突然开始拉稀了。

老万从别的连队找来一个兽医，为我们的小鸡看病。我跟在兽医后面给他当下手。

说是兽医，不如说是医兽，在给小鸡看病的同时，他开始对我动手动脚。

我当然不敢把请来的大夫怎么样，我的身份也不允许我对革命群众有丝毫的不敬。在那种情况下，我只有“躲”。

他把我的“躲”看成了软弱，竟然追到我的宿舍来了。

我想他是看错人了，他料定我这个小“反革命”绝不敢当众说出来什么，就是说出来了也不会有人相信，他今天的便宜是占定了。那天，拖拉机手恰巧不在屋里，这使得兽医更有恃无恐。他拉过我的手说：“你在发低烧。”其实那一段时间，我天天都在发烧，那是肝病在作怪，只是我自己还不知道罢了。

我的手被兽医拉着、摩挲着，心里一阵阵犯恶心。

我一直为自己每临大事有静气的做派感到自豪，自家排解不开是自家的事情，但我会永远示人以镇静和清醒，轻易不露些许失态和慌乱于人前。

我冷冷地对兽医说："你到我的房间来有事吗？"

他猥亵地说："你在病着，我来给你看看病。"说着，一双鸡爪一样的手就要往我的怀里伸。

我记起了父亲的教诲：见势不趋，见威不惧。一个小小的兽医，一只井底的蛤蟆，大概他还没搞清他是谁，更没搞清我是谁。我的另一种本性顷刻间复活、膨胀，血立时充盈了全身。我再也无法遏制自己，将数月来的怒气与压抑全发泄在向我贴近的那张丑陋不堪的脸上。

那张肉在里、骨头在外的脸，被我着着实实地扇了一巴掌。

我还从没有这样抽过人，没有这样痛快、解气地在任何一张脸上淋漓尽致地表达过我的感情。

我的手感非常好。

兽医一句话没说，低着头捂着脸蹿出门去，蹬上他的自行车就出了土围子。

李瘪追到大门口说："给你备了客饭哩！"

兽医不理，一溜烟地跑了。

老万在后面追出几步喊："咳，那些鸡咋弄？"

我坐在自己的小土屋里半天没有动弹，我知道我又一次闯了祸，因为兽医的拂袖而去，使五十只小鸡的生命危在旦夕。这责任用不着推卸，应该全由我承担。倘若那个兽医再在外面胡说些什么，我的脸上将在"政治问题"之外，又添上一道媚艳的"生活作风问题"的油彩，这是比前者更好看、更能引起人们兴趣的一笔。其好看、好听的程度，在寂寞、单调的农场生活中，会远远地超过了翻来覆去的八个样板戏。

小鸡开始一只只死亡。

它们得的是白痢，我每天用温水将它们堵塞的肛门清理干净，然后用眼药水瓶子喂它们高锰酸钾水，以图解决日趋严重的危急局面；但老天不开恩，一切似乎于事无补，小鸡们一只接一只地死在我的手里，死在我的脚边，死在仓库的角角落落。

我紧张地等待着“青面兽”和公安部门的到来。

我紧张地等待着将由兽医那里散布的谣言。

我紧张地紧盯着日少一日的鸡群。

我觉得很累。

我想歇，彻底地歇，一种从里到外的疲倦使我连眼睛也懒得睁了。我习惯了恐惧、习惯了委屈，我不再想什么，也不再希望什么。世界很大，但是，没有我立足的地方；天空很蓝，但是，没有属于我的一片。生活已经将我抛弃，留给我的只有绝望。

我向前伸出手去，能抓住的只有风。

要是确实知道了发生了什么样的苦难，那倒也没什么，只有在这提心吊胆、等待苦难来临的前夕才是最难忍受、最熬人的。

夜晚，我坐在罗敷河边，将我的生活细细地捋了一遍又一遍，深深地感到了生的凄苦和艰难。命运的折磨让人心力交瘁，到了无以支撑的程度，我已经觉不出自己究竟是活着还是死了。悲伤没有了，眼泪也没有了，什么都没有了……

一弯新月高高地挂在天上，空气中泛着苦艾的清香，明天就是端午节了，明天农场全体人员就要全力以赴开始收麦子了。对别人来说这是一个快乐的、收获的日子，是盼望了一年的美妙时节，我却有些麻木。农场里，除了我以外，谁都有些说不出的兴奋，炸油糕的香气由食堂溢出，那是明天的午餐。上午，老万还到河边揪了不少宽苇叶子，说是给食堂包粽子用，还杀了一头猪。

我想，这些我怕是吃不着了。

罗敷河水在夜色里闪烁着点点银光，银光里走来了“头上倭堕髻，耳中明月珠”的美丽的罗敷女，那是我的朋友，不会鄙视我的无比深情又无限柔顺的朋友。我明白，和她在一起，我的一切会变得简单而轻松，会变得快活而宁静。她向我伸出手来，我探过身去一把拽住她，准备与她携手而去。

双脚触到冰凉的河水，我猛地惊醒。

就这样走了吗？

不能。

这样去了，是自杀，我自己纵然一了百了了，难道要用“自绝于人民”的罪名去伤害气息奄奄的母亲和在延长受苦的妹妹？难道还要给在各个牛棚的哥哥们添上更为灰暗的一笔？

我得换一种死法，换一种不给家里人添麻烦的死法。

九死之余，忧畏百端。

“不如归去——”

月光下传来杜鹃的叫声，是我在颐和园里听过的罕见的四声杜鹃。这鸟儿一声声叫得极慢、极全，仿佛是特意为了让我听清，是家乡的鸟儿来呼唤我了。小时候听人说杜鹃一声啼叫一口鲜血，所谓“杜宇一声裂石文，仰天啼血染白云”“一叫一春残，声声万古冤”，那情景一想便让人感到悲壮、凄惨。如今，这鸟儿千里万里地飞来，来到罗敷河边，告诉我说：“不如归去。”

是的，“何不归去”？“鸟啼一夜劝归去，谁道东川无杜鹃。”

我为那鸟儿声嘶力竭、毫不停歇的啼叫而揪心，“午夜枝头血满唇”，到明天，“血满唇”的将不只是唤我回家的杜鹃……

明天，我将用我自己的办法告别人世。

我终于可以回家了。

决定一旦做出，心里竟是出奇的平静，一种超脱的感觉遍及全身，舒坦、自在、洒脱、轻松、快活。

原来，死是这般的美好！

第二天，联合收割机在田野上转起来，前面拖拉机手李艳芳轰隆隆驾着拖拉机，拉着收割机，巡洋舰般地在麦海中勇往直前；旁边是老万开的大卡车紧紧相跟，割下的麦子经过脱粒，哗哗地流到卡车的车兜里。集满一车就拉到场上，其余的人都在场院里晒麦子。我的任务是在收割机后面的草车上负责集草，即脱过粒的麦草集满一车，就将车后的围栏一抽，草垛就方方正正地拖到了地上。

集草是最脏最累的工作，挨晒、吃土、颠簸，最让人受不了的是把围栏向上那一提，力气小了，提不高，那垛就散了。我站得很高，草车的两边有仅可站一个人的木板，身后有低矮的栏。

我随着收割机在大田里转了一圈又一圈，田很大，收割机的行走路线是转着圈地割，不似我以前想的平行着行进。转了几圈我便窥出，在转弯的时候草车会和卡车转成直角，这时我只要轻轻往下一跳，进入卡车的后轮子是顺理成章的事。

这是一条最近的、最便捷的回家之路，车转弯的时候，无论是前边的李艳芳还是旁边的老万，他们谁也看不见我，我可以从从容容地以最便利的方式跳下去。下去以后不需两秒钟，我就会被碾压成泥，会微笑着、心满意足地踏上我的归路。

没有人会以为我是自杀。因为，我没有给人留下任何自杀的把柄：我没有遗书、没有遗言，更没有透露出任何迹象。为了掩人耳目，我甚至把我的东西搞得很乱，今天早晨连被子也没叠。

人们会认为我是不小心从草车上掉下来而发生的意外。

天衣无缝的设计，下一步就是实施了。

死其实是一件很不容易的事情，真的到了该迈出那关键一步的时候，一种生存的本能又在把我往回猛拉。我是个固执的、不会轻易改变主意的人，当时似乎并没有什么更多的想法，所谓的心理分析都是我后来的臆测；之所以没有马上就跳，并不是胆怯，而是留恋，对亲人的留恋，对家的留恋，对往事的留恋，对我二十年生命的留恋……这不是一下就能割舍得开的。我知道，只要我告别人世的消息一传到北京，母亲会很快随我而去，我会在另一个世界里孝敬我的母亲，明明白白地孝敬母亲，再不做那些至今想起来让人后悔的糊涂事情。

我会在父母面前细细地哭诉我经历的一切，倾倒我的委屈……

而对生者，则用不着解释。

车声辚辚。

是催促，也是召唤。

我想，转到北边我再跳，那样正好对着家的方向。

车转到北边。

我想，转到南边再跳，再好好看一眼华山。

车转到南边。

我想，转到东边再跳，那里有罗敷河。

车到东边。

我想，要不就到西边……

一圈又一圈，我的灵魂已经出窍，我已经不属于我，我其实已经死了。

李艳芳和老万在认真地工作着，倘若他们知道后面草车上将要发生的一切，他们恐怕要不约而同地踩刹车了。

该看的都看了，该想的都想了，没有必要再拖延了。

收割机在转东北角那个弯的时候，我什么也没想，就向车下翻去，我只是觉得我该走了。

也就在我翻车的同时，拖拉机和卡车也咔的一声刹了车。

如同刚来农场那天我从车上翻到地上一样，我重重地摔在刚收割过的麦田里，我的左半身紧紧地贴着卡车的轮子，那车只需向前半分，我就不是我了……

老万面色苍白地跳下来，钻到车底下，用手推了推靠在车轮上的我，颤着声问：“轧着你了吗？”

我没理他，我向后靠着，闭上眼睛，什么也不想说。

我觉得很舒服。

我觉得很凉爽。

李艳芳也惊慌失措地跑过来，她的脸色不比老万好看，带着哭腔说：“这怎么得了啊，出了这样的事！”

看见他们俩的模样，我一时真以为我死了，我以为那个车轮子已经从我身上过去了，我感到了一种解脱，一种死过之后的解脱。

死不过如此啊！

剩下的麦子得让“牛鬼蛇神”们用镰刀来割了。原来是联合收割机的圈越转越小，到最后转不开了，巧就巧在在我跳下来的一刹那，老万和李艳芳几乎同时踩了刹车。他们当然不是为了我，而是为了那转不开的麦地。在他们看来，我的落车是因为急刹车造成的，是他们造成的事故。老万更是为我落地的地点而后怕，他的脸色半天也没有变过来。他想，倘若他的脚再慢一点……

有人说过：“充满戏剧性和命运攸关的时刻，在一个人的一生中和历史的进程中都是难得有的。这种时刻往往发生在某一天、某一小时；甚至常常只发生在某一分钟，但它们的决定性影响却是超越时间的。”

我从车底下爬出来，拍拍身上的土，径直向我的小屋走去。我要展开被窝，美美地睡一觉。

这一觉睡得昏天黑地，直到傍晚才醒来。

窗户外面的田野里传来机器的声响，场院里大家正将摊晒的麦子往一块收拢。

屋内，窗前的木箱上放着一个大号搪瓷碗，里面有几个油糕和粽子，可能是谁给我端来的午饭。躺在床上，我想了想事情的前前后后，想了那些心里一个个解不开的死疙瘩，自己忽然扑哧一笑。

都是扯淡，去屎！

这两个很粗俗、又很管用的词从那以后成了我的座右铭。后来，无论再遇到多么难排解的、多么不尽如人意的、多么能使人气炸肺的事情，都可以用这两个词了断。

“扯淡，去屎”，真好！万金油般的，不信您就试试。

那天，我认定了那两个永赋生命力的词汇以后，就感到了肚子饿。我坐起来，毫不犹豫地把那些端午节的奉献都吃了。

我不是屈原。

踏着夕阳我来到田里，联合收割机和卡车还在转，这回草车上换了郭诗人和另外一个神。我站在地边等，等待那一组庞大的机器转过来，以便上去继续干。这时，会计跑来了，说“青面兽”回来了，“青面兽”在找我，让我到他的办公室去。

我回身向场部走去，背着灿烂的阳光，带着无限的坦然，等待的终于来了，一切反而并没什么可怕了。事至而不惧，顺其而自然，我料定事情再翻不出什么新花样来了。

人连死都不怕了，还怕活着吗？

场部里并没有预想的警车，也没见到穿警服的警察。麦子已经被堆积起来，盖上了席子，待明天再晒过就可以入库了。人们都已散去，各自在屋前洗漱，准备着吃晚饭了。

我来到“青面兽”的办公室，“青面兽”问我感觉怎么样。

我不知道什么感觉怎么样，就装傻充愣地看着他，一句话也不说。

他说：“看来这回把你摔得不轻，别落下什么后遗症。”

我才明白，“青面兽”指的是上午的事情，问的是我摔的感觉。我当然不能说什么，最好的办法还是沉默。

“青面兽”说：“李艳芳上午跟我说了，事故的责任在她，她不该在拐弯的时候急刹车；李艳芳的胆子很小，她哭了，是吓的。我批评了她，待会儿她回来了你再不要难为她。”

我忽然对拖拉机手充满了歉意，我说：“这事不怪她，怪我自己，是我自己下来的，跟她没关系。”

“青面兽”说：“你不怪她就好，这事情就再不要提了，免得影响她的情绪。为了这事，她连午饭也没吃，咱们只有这一个拖拉机手，在夏收的大忙时候要全凭她把地里的麦子收回来。”

我想起了木箱上被我吃掉的油糕和粽子，那八成是拖拉机手的午饭，就更感到对不住她。

“青面兽”从抽屉里拿出一张证明来，翻弄了一下说：“那瓶药的事，我到西安搞了个调查，这是那个叫秦基金的卫生员写的证明。他来农场的时候带了一大瓶漂白粉，来了以后发现拿错了，就没敢用，搁在了墙角，走的时候又忘了拿。我让他写了证明，这事儿和你没关系。”

我觉得“青面兽”人虽然厉害，虽然没有人情味儿，但至少在这点上还是很尊重客观事实的，起码他还知道要搞调查研究，要把事情的前因后果搞清楚。不似专搞政工出身的朴斯水，揣着明白装糊涂，一味地搞逼供信，不整出几个“反革命”来不算完。

我忽然觉得鼻子发酸，就把头低下去。

“青面兽”说：“你明天不要上草车了，你在场院干。”

我说知道了。

“青面兽”又说：“歇着去吧，没事了。”

我跟“青面兽”说起了那些鸡，认为有必要把兽医的行径揭露出来，不能再被动地由别人来泼脏水。于是，我说了那天所发生的事情的全部经过，说了兽医的拂袖而去。“青面兽”听了一拍桌子站起来大骂道：“妈拉个×！”

我不知道他是在骂我还是在骂兽医。

那天晚上，我沏了满满一缸子糖水，站在土屋的门口，等着拖拉机手李艳芳的归来。

六　拖拉机手的友谊·当猪倌的荣幸

自从发生“掉车”事故以后，李艳芳对我的态度有了很大改变，她心里有着某些歉意，总觉得对不起我；但我对她的歉意更甚，我知道应该向她将一切说明，而事情一旦明了，后果又不堪设想。最起码，我会失去暂时的安宁，而李艳芳本人也会转歉为恨。倘若我的计划成功了，无疑受害的第一个人是她。现在，她越是想弥补过失，越是要找机会跟我说话，我越是躲着她。我发誓，以后有机会，一定要向她说明白事情的真相。

李艳芳是广东人，深眼窝，大眼睛，普通话说得极差。虽然是南国女子，却一点儿也不娇气，干活儿很泼辣，说话也很直率。如果不是因为与我有政治上的隔膜，我想我们两个应该是能合得来的。她原在广东农场开拖拉机，调到陕西的农场来，是为了离在西安工作的丈夫近一些。目前，夫妻俩虽然仍旧隔了百十里路，但至少一两个月能相聚几日，比在广东方便多了。

李艳芳对换休假很计较，一个小时一个小时地攒，攒多了就坐火车回西安，有时，她丈夫也来。她的丈夫长得很英俊，像个电影演员。每当她那英俊的丈夫来了，我就得找个地方去凑合几天，将土屋让给他们。让出土屋的好处是可以得到那位丈夫从西安带来的些许食物，比如加了肉的炒咸菜丝和他自制的腌萝卜干什么的。那时候的肉是一个人一个月半斤，我分吃小夫妻的肉炒咸菜丝每每觉得很不安，但李艳芳的丈夫很大方地让我吃，用筷子大箸大箸地往我碗里夹，他不以我是"反革命"而视为异类。为此，我心里很感激。李艳芳也让我吃，很诚恳、很客气，但我不希望仅仅因为那次"事故"就让她很被动地改变对我的看法。所以，每到吃饭时，我就端着碗早早地躲开了。

自那次集体"中毒"以后，其他人的身体很快就恢复了，唯独李艳芳，仍旧是不停地吐，脸色也很难看。麦收过后，紧接着播种玉米，玉米播种完了要压绿肥，即把长得有一尺多高的豆子翻耕在田里，充作肥料。这些都要用拖拉机耕作，是些农时性很强的工作。全场只有一个拖拉机手，因此，在我们都松了一口气的时候，李艳芳却仍旧黑夜白日地加班。

"牛鬼蛇神"们的任务是刨砖头，"青面兽"最近对这个工作抓得很紧，也很有兴致，他准备用刨出来的砖盖一排大砖房，改善大家目前的居住环境。谁都觉得用"出土文物"来建设家园的想法有些"天方夜谭"，不一定实现得了。但"青面兽"却坚定地说："毛主席说了，无产阶级只有解放全人类，才能最后解放自己。"既然"青面兽"这样说，谁也不好再说什么，干就是了，反正闲着也是闲着。所以，当时农场的情景是，病病歪歪的女拖拉机手一个人在田野里大展宏图，我们在土围子里慢慢腾腾地寻找"出土文物"，进行着细致的挖掘工作。

挖掘“出土文物”是一件很能引发诗性的事情，只要“青面兽”不看着，浏阳河和郭寅正立即成了活跃分子，他们俩比赛似的念些古人写的和他们自己写的诗，必要的时候还要进行即兴创作。他们很快活，好像从没把自己的政治问题放在心上，好像活着就是为了诗，到农场来改造是最值得纪念的事情。我的情况他们也知道，于是，就很自然地把我视为同类，以为我也会和他们一样，加入唱诗的行列。但我从来不敢张嘴，无论谁写的诗，我一听就有一种发自心底的惧怕和抵御，那是一种糟透了的感觉。下了工，诗人们常到渭河大坝上去，昂着脑袋，伸着胳膊，迎着风，高声地朗诵他们的诗。因诗而累的他们在逆境中却仍能钟情于此，足见文学的魅力。与他们相比，无论是思想的锤炼还是文学的修养，我都差得太远。对于这两位半疯似的人物，我采取敬而远之的态度，我知道，我和我的家庭再也禁不起任何折腾了。

“青面兽”后来对他们也很宽松，因为，“青面兽”对文化有一种说不出的敬畏。只有小学文化水平的他，在“大学问家”们面前，很知道自己的斤两，他不因政治的优越而无视自己的欠缺，我认为这正是“青面兽”高明的地方。也由此，我把他划入了好人的行列，他对我们这些人的认识，也有一个过程。谁都不是先知先觉的哲人，谁都不是一个完人，学会宽容，学会包容，是非常必要的。在那个特殊的年代里，“牛”和“放牛的”都逐渐走向了成熟。浏阳河们只是因为写诗犯事，并没有我那些复杂的社会关系，所以，“青面兽”和他们的接触比我更多一些。端午节那天，诗人们不知从哪儿搞来了雄黄，兑在酒里大喝特喝，边喝边吟：

> 惟天地之无穷兮，
> 哀人生之长勤。
> 往者余弗及兮，
> 来者吾不闻。
> …………

我听着这段长歌当哭的楚辞，心里自是有同病相怜之感。“屈原既放，悲叹之余，眇观宇宙，陋世俗之隉狭，悼年寿之不长，于是作为此篇。思欲制炼形魂，排空御气，浮游八极，后天而终，以尽反复无穷之世变。”那天，“青面兽”也夹在其中，为诗为酒而彻底打破了阶级界限，大有欲与诗人试比高的壮志豪情。“青面兽”也摇头晃脑地喊道：“中华儿女多奇志，不爱武装爱红装。”博得了诗人们的喝彩。我在隔壁小屋听见，实在有些忍俊不禁。不是领导无意读错，而是诚心如此。在“青面兽”看来，武装就是武装，共产党可以武装，国民党也可以武装，而红装就不一样了。红色是革命，是无产阶级的专用颜色，自然就是该不爱武装爱红装了。

农场总共就这几个人，“青面兽”自打那次搞我的调查回来，好像也有意识地想和大家改善些关系。他是怎么想的，我不知道，但他的变化是明显的。相跟着，李瘪和老万也都不再那么横眉立目了。大概谁都明白了一点，在这个孤立的、清苦的土围子里，相聚本身就是一种缘分，朋友也罢，“敌人”也罢，谁都活得不易。

我敏锐地感觉到了这种变化，也许这种变化不是来自别人，而是来自我自己。我渴望得到平静和安宁，但是，追求平静和安宁的路在当时却只有一条，那就是改变自己的心情。我不能靠外在的条件获得安宁，安宁是在某种心理状态下对社会的审视。一切在于我自己。

“青面兽”指派我协助拖拉机手工作，于是，我就每天给李艳芳打饭，帮她洗衣服，有时还到大田去给她送绿豆汤。

夏日的田野，蒸腾着热浪，跟下了火似的，连空气都是烫的。我戴着草帽，抱着绿豆汤，在地头上等着。周围没有一棵树，也没有可遮蔽的任何东西，皮肤晒得生疼，像要裂了一样。身边的罗敷河已经没有了丝毫凉意，没有涟漪，没有声音，连河边的草也垂下了头。在炽烈的太阳下，一切生物都蔫了，都没了精神。

远远地在地的尽头，在强光的照射下，李艳芳驾驶的拖拉机晃晃悠悠地出现了，四野无人。红色的拖拉机远看去像一只红色的小甲虫，在气浪的扭曲中显得单薄、弱小、怪诞、虚幻。李艳芳就在那怪诞与虚幻之中越来越近了。我迎了过去，看见驾驶室里的李艳芳面色通红，汗流浃背，大口地喘着气，干裂的嘴唇冒出了血花。

见了我，她已经说不出话，接过绿豆汤一通猛喝，继而又哇的一声全吐了。

我拍着她的后背让她歇一歇，她将我一推，又上了车。

我也钻进了驾驶室，敢情里面比外面还热、还闷，那种被活蒸的感觉，让人想到了上了屉的螃蟹。

拖拉机一趟趟地在田里走，单调又枯燥，我才知道李艳芳每天就是一个人孤独、寂寞地一遍遍周而复始地在田野里这样重复、重复……

周围太静了、太空了。

日本著名作家池田大作说过，在人们的心灵之间，有一种类似琴弦一样的东西，它能使人想到并同情他人，进而奏出互相感应的美妙乐章。要时常抚弄心之琴弦，表达出自己的心声……

此后，我经常利用送水的机会陪着李艳芳耕地，为了表示对我的感激，李艳芳就教我开拖拉机。

有几次“青面兽”到地里检查，不满地说：“李艳芳，你也是老师傅了，怎么耕的地跟长虫过道似的。”

我和李艳芳都不说话，好在“青面兽”没有再往下深究。再以后，每当我耕完了地，最后一道便由李艳芳来收场，这样从大面上一看，边是直的，至于里面，则是歪的、斜的、弯的，五花八门了。我帮着拖拉机手耕了好几天地，按说技术应该相当熟练了，但我还是走不直，这跟我以后开车犯的是一个毛病。开车倒车我从来没有倒直过，在公路上开车也有过多次进麦子地的记录。这大概是混淆了拖拉机和汽车的界限，思想上产生了错位，忘了自己在干什么了。

有一天晚饭后，李艳芳很神秘地把我约到罗敷河边，说要给我介绍一个对象。我听了心怦怦地直跳，因为这样的事情在我还是第一次。自中学以后，我一直在女校读书，几乎从来没有接触过异性；工作后，还没有熟悉周围的情况就当了“反革命”，令人们对我避之唯恐不及。而与我同来的同学们，则无一例外都或有了朋友，或成了家。

我成了个地地道道的孤家寡人。

但我根本没有闲心和兴致谈朋友，我的家庭拖累和家庭背景是个太沉重的包袱。不是所有的男人都有勇气接受这个包袱的，也不是所有的男人都能接受一个“反革命”当老婆的。当然，降低条件、随便凑合一个也未尝不可；但我想，与其那样窝囊一辈子，还不如单身孤独一辈子。窝囊与孤独相比，窝囊更可怕。另一方面，别人挑我，我们家就未必不挑别人，叶家对姑爷的挑剔，简直是太苛刻了。叶家七个女孩中，我是老六，我以上的五个姐姐都已出嫁，五个姐夫均非等闲之辈，都是学有所成的专家。我们家顶讲究的就是学问，老一辈给子女们的择亲标准是：养女攀高门，娶妇则要必不如我家。虽然家已风雨飘摇，七零八落，但那势还扎在每个家族成员的心灵深处。尽管父亲不在了，尽管母亲已生日无多，但家族对姑爷的接纳，将来恐怕仍要经过几个哥哥的严格审查才能算数。目前他们虽然关在牛棚里，但早晚有出来的时候啊。

李艳芳说的是某厂一个工人，家里有个瘫痪在床的老母亲，工人是个独生子，急于娶个媳妇进门，好照料家里的生活。工人的条件是只要对方脾气好、身体好，能够孝敬老人就行……

李艳芳说：“男方所要求的条件不高，你对他绰绰有余。”

工人对他母亲的孝心让我感到钦佩，也能理解；但反过来想，如果哪个男的肯入赘我们家，心甘情愿地伺候我瞎眼的妈妈，我还能挑人家什么呢？当然那条件也就只剩下脾气好、身体好了。

我总感到这是在找保姆，不是在找媳妇。

李艳芳反复强调了对方政治的清白，一家几代，都没有被杀、关、管、斗的，从祖父就是贫农，跟杨白劳一样的贫农，给地主扛活，受尽剥削与压迫。父亲是和骆驼祥子一样的洋车工人，母亲是捡煤核儿的，后来给人当女佣。父亲前年去世，母亲去年瘫痪，工人本人是三级锻工，一个月挣四十八元钱，如果再加上工种补贴六元钱，那就相当可观了……

李艳芳说："人家说了，只要结婚，就把工资都交给你。让你当家。"

我对当不当家没兴趣，就是今天，已经结婚二十年了，说实话，我也没当过一天家。我对那些柴米油盐的烦琐，向来是能逃就逃的。我现在的家是老公公当家，他会计出身，九十多岁了头脑比我还清晰，每当他在桌前为家里的那点烂账噼里啪啦拨弄那些算盘珠子、振振有词地念什么"三一三十一，四一四十二"的时候，我都在想：费这么大的劲究竟值不值？而那个时候，尽管对方将"当家"这一在他看来是很有诱惑力的做法作为优惠条件提出来，我心里却难免不生出"小家子气"的想法。不是当家就是小家子气，而是把它郑重提出的本身，说明了那个家庭对当家的重视程度。大凡这样的家，都不是太好当的，只这便和我的性情相差甚远。

我不忍当面拒绝李艳芳，因为，我看得出她是在诚心诚意地帮我，她企图用与工人联姻的事实来改变我的窘境，改变我糟得不能再糟的政治条件。

我只是反复强调我的条件差。

结果我越说不行，李艳芳越上劲，越突出了她这一决策的正确。

无奈，我便使出最后一招，像刚参加工作填表一样，将家里的所有有问题的亲属，给对方列了一个大单子，托李艳芳转达。

李艳芳将单子小心地叠好，装进口袋，打保票地说："你放心，这事百分之百地成了。人家是工人，不怕沾染，你进了无产阶级的家庭，自然而然地就无产阶级化了。"

旧时提亲有换庚帖、合八字一说，我这个没有生辰八字的、装满"牛鬼蛇神"的"庚帖"可谓独特。

经李艳芳一开头，好像人们一下子都灵醒过来，突然发现了我的"处理"价值，都要给我介绍对象了。农场里不下四五个来说媒的，那情景真有"扒堆贱卖，存货不多，欲购从速"的劲头。看得出他们提的对象也的确是经过反复比较和深思熟虑的：

某甲：河南人，刑满释放，在西安新生机械厂就业，钳工，文化程度小学三年。

某乙：甘肃人，四十一岁，司机，爱人两个月前喝敌敌畏自杀，有两儿一女。

某丙：江西人，三十七岁，售货员，离异，家庭出身恶霸地主（已被镇压），有三子（随母）。

某丁：陕西人，二十三岁，犯过生活错误（与其邻居通奸）。

…………

我不能说这些人都不好，他们也都是很优秀的、很实在的人，但从他们身上，我窥出了自己的档次，若将我的名字排在某丁的后面，将比前几个都有过之而无不及。是的，物以类聚，人以群分，这话一点儿不假。

李艳芳说："小叶，你要实际一些。"

我明白她的意思，我说我很实际。

下雨的时候不出工，李艳芳闲得无聊，就将候选者很认真地做了一个排行榜，将每一个人做了一个扑克牌一样的小卡片，吃完饭，就拿出来在床上摆。那时候扑克牌是“四旧”，不让生产，也不让玩，李艳芳就只好玩我的“对象”了。李艳芳将那些人一会儿摆成横的，一会儿摆成竖的，一会儿又斜了，一会儿又成了三角，转眼又成了圆圈儿……

她说：“小叶，我给你介绍的那个是大王，谁也压不住他。”

我问她谁是小王。

她说：“大概要算某乙了，某乙本人没有问题，又是司机。司机好，这个职业吃香得很。”

我说：“某乙已经有三个孩子了。”

她说：“孩子是财富，是早晨的霞光。”

我问：“为何是霞光?”

她说：“你才是早晨八九点钟的太阳，他们就只好算霞光了，是还没出来的太阳。”

我说：“可他们的爸爸那个大太阳已经过了中午啦，他比我大二十岁。”

她说：“你不是说你的大哥要活着已经五十岁了吗?”

我说：“那可不一样。”

她笑着说：“我想，只要比你爸爸小就行。”

我说：“我爸爸要活着已经八十岁了，比我爸爸小就行，你的年龄跨度也太大了呀！你还是把小王换换吧，这个不能当小王。”

她说：“那就只好让某丙当了，某丙本人也没问题，就是出身的毛病。”

我说：“某丙充其量只能当个老K，出身问题是很重要的，老子英雄儿好汉，老子反动儿浑蛋。我已经浑蛋了，你再给我找一个浑蛋来，那可真成了二屎了（陕西对这个词汇有“二百五”和“男性睾丸”之意）。”

她就笑着在床上滚，笑够了继续做她的游戏。

这个游戏玩得我心里一阵阵发酸。

李艳芳很热心地为我和那个孝子大王牵线，甚至不顾疲劳，跋涉二十里到团部去看对方有没有信。

半个月过去了，没有信来。

她说：“婚姻大事，搁谁也得慎重些，那家人恐怕得好好商量商量呢。”

我倒是巴不得他们商量不出结果来，但反过来我又感到失落，连做保姆的条件都不够，我的价值也实在是低得太厉害了。不是我在挑人家，是人家在挑我。

有一天，我跟李艳芳在地里压绿肥，她开着开着突然把头趴在拉杆上，痛苦地皱着眉。我问她怎么了，她向我摆摆手。我让她歇一歇，她不听，硬是咬着牙把那片地耕完。

回到场部下车的时候，我看见驾驶室的座椅上血迹一片。我赶忙追到宿舍，李艳芳已经歪在床上，地上竟然也是一摊血。

我问她是不是来例假了，她摇摇头。

我这才明白她是怀孕流产了。

赶紧报告了“青面兽”。

“青面兽”进来就嗔怪李艳芳为什么不早说，李艳芳说在广东，她的战友们挺着大肚子还在开拖拉机，她以为自己不碍事。

找来大夫，给她打了止血针，但仍是流血不止。大夫说要往西安送，团部那个小门诊部怕是解决不了问题了。

“青面兽”急了，他一边让会计骑车到团部，给李艳芳的爱人打电话，让她丈夫带救护车来罗敷火车站接应，一边组织人护送病人。

运输工具只有那台拖拉机，于是，卡车司机老万就充当了驾驶员，由我护送着李艳芳到火车站。

这真是一个没招儿的招儿，汩汩淌鲜血的李艳芳坐拖拉机一路颠簸四十里，再换车西行百余里，就是好人也颠得差不多了。

李艳芳安慰大家说不要紧，歇两天就好了。

“青面兽”说：“还敢歇？这是人命关天的事情！”

后来，李艳芳就哭了。

就这样，我们上了路。

小小的驾驶室里勉勉强强挤着老万、我和李艳芳三个人，老万的一举一动不得不十分的小心。李艳芳夹在我们两个中间，全部重量几乎都压在我身上，我不得不用半个身子扛着她。血顺着她的裤角往下流，她已经很虚弱了。我从没有看见过这么多的血，望着李艳芳渐渐失去血色的脸，我怀疑她这样挺到西安究竟还有没有救。至于那孩子，谁也不指望能保住了。

刚下过雷阵雨，路上一片泥泞，也多亏了我们这台“东方红”履带式拖拉机，才得以在泥地里走出了速度。老万开得很稳，他很巧妙地绕过一个又一个大坑。我很佩服他的技术，换了我，可能会把拖拉机开成勇往直前的坦克。

太阳在西边冒出一角红色，落在滩地上，落在我们的身上，给我们的心情带来些许暖意。华山的下部遮挡在云雾里，只露出几个红光闪耀的峰顶，如同一幅奇绝的国画，又如一架云蒸霞蔚的屏风，美丽极了！

李艳芳抬起头看了半天霞光中的华山说："多好的景致……"

我们都没有说话。

李艳芳拉过我的手说："你把我的东西收拾一下，我要是回不来……"

我说："不会。"

李艳芳将我的手攥紧，我感觉到她的手很凉、很湿。

李艳芳说："小叶，你很善良。"

我用力捏了捏她的手。

她冲我微微一笑，在霞光的映照下，那个笑很灿烂，也很好看。

车上的血越洇越多。

我催老万再快些。

老万说："我们快了，到罗敷也是等。你别指望火车，罗敷是个小火车站，十趟车九趟不停。"

李艳芳的头已经无力地歪在我的肩上，一晃一晃地摇。

我真担心她死在路上。

还好，我们把李艳芳送上救护车的时候，她的神志还清醒。她在担架上拽着我的手，迟迟不愿松开，当时她已经说不出话来了。

我说我会去看她，一定去，她才松了手。

李艳芳走了以后再没有回来，她的行李是“青面兽”托人捎走的。死里逃生的她，终于和她的丈夫调在了一起，那是血的代价。我很想去看看她，但又怕因为自己的身份给她添麻烦。直到“四人帮”被粉碎，我平了反以后，才费尽周折地找到她的家。她已是两个孩子的母亲了，那两个孩子都很漂亮，像她的丈夫。我到她家时，她正在用黄芪炖老母鸡，她说她的身体虚得厉害。她逼着我喝了一碗油腻腻的鸡汤，直喝得我浑身冒汗。她说真以为见不到我了，没想到还见着了，说着就擦眼泪。问及我的个人情况，当得知我还是单身一人时就说一定要为我物色一个好人，并不好意思地说：“还记得那个大王吗?”

我说：“就是那个孝子?”

她说：“对，我一直没有告诉你，其实他早就回话了。看了你写的表，他觉得不合适。”

我说：“去屎。”

她也说：“去屎，咱们再找。干吗非在一棵树上吊死。”

我找李艳芳的主要目的是将那年“掉车事故”的真相告诉她。李艳芳听了以后愣了半晌说：“还是怪我。”又说，“大难不死，必有后福。”

我说：“但愿吧!”

她说：“那是一定的，小叶，你这人会有出息的，我看人是不会错的，咱们走着瞧。”

我问她为什么?

她说：“因为你善良，善有善报。你信不?”

我笑了笑。

农场内有母猪阿花，产仔三个，个个活泼可爱。“青面兽”命我照料猪们的饮食起居，不必再到大田里劳作。是信任，是照顾，是关怀，是量材适用，均不得知。但至少我可以多些自由，可以日日与猪相伴了。

我很重视我的新工作，干得很卖力。

相处久了我便发现，猪并不像人想的那样，傻笨、贪婪、肮脏、懒惰；猪也是很有思想、很有人气儿、很有感情的动物。我接手时农场的猪圈脏臭不堪，除了李瘪每天往那槽里倒些剩饭菜以外，并没人理会阿花和它的儿女们。猪们饥一顿饱一顿不说，就是圈里的烂泥，便使阿花和它的儿女们的蹄长期浸泡在粪水里，几头小猪的蹄子已经溃烂了、化了脓。它们虽然不会说，但我知道那也很疼、很痛苦。所以，我用了一星期的时间，将圈里的烂泥清除干净，铺了厚厚的一层新土，然后着手治疗小猪们的烂蹄。清洗是必要的，我试着把一头小猪赶到罗敷河浅水处。猪怕水，没过脚面的水也令它惊恐地如要杀它般地大声叫嚷，不听吆喝地四处乱窜。好在猪崽不大，吸取经验，下次在给猪洗脚之前我便用绳子在圈里把它绑上，然后，像提行李一样把吱吱叫的小崽提到河边，连头带脚一通猛洗。

这一举动受到李瘪的揶揄，李瘪逢人就说：“我说个谜语你猜，小姐养猪——”

大家便起着哄说：“洗脚。”

小猪不洗脚怎么能好呢？那流着脓水的蹄，常常疼得它们一下下地抽搐，我为它们涂抹紫药水（在当时，我手里只有紫药水），它们虽然不情愿但还是接受了。很快，它们的脚就都好了。后来，别人又教给我认识了猪能吃的草，我每天剜来一筐，配上食堂的下脚料，阿花们的伙食营养便十分丰富了。

小猪们在飞速地长。

“青面兽”说：“长得太快了，没地方挂肉，得让它们跑一跑。”

我遂明白，猪得长架子，不能一下子催得太肥了。于是，将猪圈打开，每天赶着阿花的儿女们到田野里去转。我虽然养了很长时间的猪，但对养猪的程序至今搞不明白，在我以后的经历中，并没见到有赶着猪满世界吆喝的。就是养猪场也是在栏里喂，没看见成群的猪在猪场周围转，更没见过有专门放猪的人。那个时候的我，却怎么就成了猪倌呢？我查过历史，史书上有载：梁鸿“牧豕于上林苑”；孙期“牧豕于大泽中”。这梁鸿与孙期都是历史上有名的人物，“上林苑”乃皇家园林；“大泽”乃河流湖荡，均属野外。由此可知，放猪一职业古已有之，看来并非是自我而始了，也不是“青面兽”的独创。

猪是聪明的、有感情的动物，只要我一向猪栏走近，它们就一个个将前蹄搭上矮墙，冲着我摇头晃脑。开始我以为它们是为了吃，后来发现它们是想跟我亲近。特别是当我用手拍它们的头顶的时候，它们那份高兴是发自内心的，小尾巴频率极高地转着圈，耳朵也一扇一扇地抖动。三十年后一个养猪专业户对我说，那是猪快乐的表示。由此我知道，我的阿花们在我照料它们的那段时间里，它们是很快乐的。

小猪们很高兴出去，野外的自由天地比低矮的棚圈要开阔多了、舒服多了。阿花也是个很尽责的母亲，有它在，省了我不少心，它会很负责地看管住它们，不让它们跑远，并且到时候将它的儿女们带回来。

我站在高坝上，向着空旷的田野高声喊："啰——啰啰——"

一会儿，阿花们就会从草窠儿里、从玉米地里走出来，向我靠拢。后来，我又收养了一只叫作"黄黄儿"的狗，黄黄儿和阿花们相处得很好。我一啰啰，不但阿花来，黄黄儿也来。狗与猪相比，狗的情绪似乎更热烈些，猪则很含蓄。

最近，阿花的表现有些异常，不听话，也不照看它的孩子，还乱咬东西。

李瘪告诉我，西边井里泡着阿花的一个崽。

我一点数，果然少了一头，跑去看那井，里头的确有一头死猪，什么时候掉下去的不知道。

我再一次想到，井周围应该砌个围栏。"青面兽"刨出了那么多砖，砌十个围栏也够了，他怎么就想不到这一点呢？阿花也是，不但不顾及它的子女了，反而把它们追咬得满世界逃窜，弄不好这头落水者就是阿花追击的结果。我正想着，阿花扭着大屁股过来了，在我眼前的地上来回地蹭，一边蹭一边哼哼叽叽。一头小猪也过来了，阿花见到，张开嘴就冲了过去，小猪吓得哧溜一下钻进了厕所。我一见，气不打一处来，顺手抄起一把锹，追得阿花绕着场院疯跑。我赶阿花进圈去，阿花偏不，成心跟我绕圈子，兴奋地拖着长声嘶叫，我在后面穷追不舍。它的两个小儿女则欢快地蹦跳着，在我的裆下钻来钻去，偶有被我踩着后腿的也不计较，打个滚儿又追上来。逐渐地它们摸着了规律，便和母亲跑成了一条线，嗖嗖地沿着场院猛窜。

"青面兽"从地里回来了，见了这情景说："叶广芩，你怎么把猪放成了这样？"

我说："这阿花最近疯了。"

"青面兽"说："阿花这是跑圈呢。"

我问什么是跑圈？

李瘪就在"青面兽"后面吃吃地笑。

"青面兽"说就是发情。

我说那怎么办？

"青面兽"说："这么着吧，明天你带着阿花过渭河，到河对面村里找一个叫丙蛇的，让他给阿花配个种。"

我问要不要什么手续？

李瘪说要结婚证。

"青面兽"瞪了我一眼，又瞪了李瘪一眼说："就配个种，要屎手续。你待会儿上会计那儿领配种费一元钱，再报三毛钱误餐补贴。"

我说行。

"青面兽"说："本应该把阿花绑在自行车上带过去，但车子让老万骑回家了，老万要下星期才回来，那样就错过时候，赶不上趟了。"

我不知道为什么还有赶不上趟一说，但又不好问，反正让我带阿花去我带它去就是了。就像在北京，老师带我们去打预防针。

"青面兽"说："得小心点，阿花不是个老实货，路上别出差子。"

我说："不会，阿花刁虽然刁，我的吆喝还是听的。"

"青面兽"说："那就好。"

第二天早上，我用绳子拴着阿花，又折了一根棍儿，就赶着它上路了。

我沿着渭河大堤逆流而上，在41团团部过了河，沿康庄大道再走半个钟头就到了。早晨的太阳迷蒙蒙的，河面上飘着雾，水也看不大清楚，有几次停下来，以为错过了渡口。阿花还算争气，时前时后，走得很有速度。人说猪会按路走，这话不假，逢有岔路它便会停下来，等待我的指示，绝不胡钻乱跑。我对阿花的配合与理解表示赞赏，蹲下来拍了它几次脑袋。

就这样，太阳还没往南转，我们就到了那个小村。那个村叫什么名字，我已经记不清了，好像是南尚乐村，也好像是南寨村、南铺子村……今天，单单只记住一个“南”字，后面的全忘了。

进了村我就问丙蛇家，别人都知道，并很热心地给我指路。

正顺人指的路走，手里的猪绳猛地一紧，一低头，果然是阿花有异，它不知急什么，四个小蹄飞快地倒腾，嘴里开始哼哼，拽着绳拼命往前跑。

我料定丙蛇家快到了。

有几个半大小子在路边起哄。

我心里便埋怨阿花感情也太兜不住，不就是跟公猪干回事吗？总该含蓄一些，怎么能这般张狂、这般兴奋，还要觍着脸大声地叫唤，真没意思！

阿花的叫声引出一些闲人，多是村里的老娘儿们，她们对尴尬的我先作惊奇状，继而哈哈地乐。有人说：“这女子眉眼细发着哩。”也有人说：“农场的人也是，打发个女子来……”

我心里在怨“青面兽”考虑不周。

阿花到底挣脱了绳子奔进一座土墙院。

我也跟了进去，院里有几个圈，每个圈里都关着猪，那些猪都很大、很壮实，毛色也漂亮。

这大概就是专管配种的丙蛇家了。

屋里出来个男人，我一问，他说他就是丙蛇。

我说："我是来给猪配种的，我们农场的领导雷长兴让来的。"

他说："我怎么看着你眼生得很。"

我说我到农场时间不长。

丙蛇"噢"了一声再没问什么。他看着正拱圈门的阿花说："这个货我认识，它来过不止一回了。"丙蛇又问阿花上一窝下得怎么样？

我说："不怎么样，一窝黑，有一个昨天还淹死了。"

丙蛇说："你们的雷头就是舍不得钱，上次他要是肯多花三块，阿花这窝下得一定很精彩。目前，像阿花这么有母性的猪不多见，搁在农场是可惜了。"

丙蛇说着走到阿花跟前，掀起尾巴看了看说："屁股掉线了，正洪期，今天正是时候。"

我跟在丙蛇的后面，想帮点什么忙。

丙蛇问："你们雷头交没交代给阿花配甚种？"

我说："配一块钱的种，他让你给他开个条子。"

丙蛇说："这老雷，吝啬得很，现在哪有一块钱的事！"

我问："最低价是多少？"

丙蛇说："怎么也得两块。"

我说："我手里只有一块三，那三毛是我的误餐补贴。"

丙蛇说：“你再添两毛吧，一块五，算我照顾你们老雷了，下次你让他自己来，我们一总清账。”

我问：“一块五和谁配？”

丙蛇说：“一块五只能和潘克配。”

我问：“潘克是谁？”

丙蛇说：“就是圈旮旯卧着的那个。”

我说怎么又是个黑的，能不能换个色儿。

丙蛇说：“约克夏好，四块。”

我不吭声了。

阿花被放进潘克的圈，不争气的阿花立即凑过去，用鼻子嗅那头笨黑猪的后部，样子十分猥亵。

丙蛇说：“女子家怎么看这个，寻个地方歇着去。”

我就怏怏地出了院门。

村边有一片瓜地，有个小棚子，我朝那小棚子走去，想的是碰上个好说话的老大爷，说不定能蹭个西瓜什么的。

没有老大爷，瓜棚外头有个青年人在看书，看的是《欧阳海之歌》。

聊了几句便知道，看瓜的人叫喜茂，是回乡知青，跟我同岁，也是属鼠的。他是68届高中毕业，毕了业没学上了，只好回家种地。喜茂说他原先在大荔念中学，大荔中学是个老学校，出了不少人才。要不是“文化大革命”，他会考到陕西师大去，他的志愿是当一名几何教师。

喜茂这话我信，因为，我看到瓜棚的草铺上还扔着几何书，扔着喜茂的理想。

喜茂见我看那些书，就说："没事就做些题，要不该荒废了。"接着，他就给我出了几道题让我做，好像不用问，我将来也跟他一样要当几何教师似的。

我说我不喜欢数学，我喜欢文学。

说喜欢"文学"的时候，我的心直发慌，是在那种情况下第一次对人直率地承认我"喜欢文学"的不安。"几何"不会让人当"反革命"，文学却可以让人当"反革命"。文学能把人烧死。

我们又聊了半天，很投机。

喜茂问我是不是农场的知青。

我说是。我没说我是"反革命"。

喜茂说："你一定是西安来的，那儿可是大地方。"

我说我是从北京来的。

这回喜茂的眼睛都瞪圆了。

这是我走出北京以后，第一次感到自豪，一种偷偷摸摸的自豪。

后来喜茂就请我吃瓜，他的瓜不甜，是专为取籽用的，叫打瓜，一拍就开，那籽儿又大又黑，漂亮极了。于是，我便知道了世界上还有专吃籽儿的瓜。

吃完瓜我说该走了，我估计丙蛇那边已经完事了。

喜茂好不容易在农村遇到知音，他让我再待会儿，说丙蛇是他四大，他四大会替我看住阿花的。

我说："不敢待了，时间长了领导要批评。"

喜茂说："这我懂，你们公家人和我们农民不一样，干什么都有钟点。”

喜茂就扔下瓜地跟我一块儿上他四大家。路上，喜茂反复叮嘱我一定再来，来了就直接找他。他说他在村里待得太闷了，周围都是一些没有文化的、很愚昧的人，他自从回乡以后，还从没有像今天这样痛快地跟谁谈过话。

我们俩都有一种相见恨晚的感觉。

多少年后，我跟丈夫提起这种感觉，提起这段短暂的、令人难忘的推心置腹的友谊。丈夫说：“你们当时会不会是要搞对象啊？”

丈夫这么一说，让我直发愣。是啊，当时怎么就没想到这儿呢？这怕就是很单纯的青年的友谊了。如果事情向另一方面发展，我想我对喜茂未必有那么美好的感觉，事情也未必有那么完美的结局。当然，今天也未必有对青年时期伙伴那样完整的思念。

喜茂今天在干什么？他当没当上几何教师？这对我来说永远是个谜，一个不想破解的谜。人生中，应该有谜，都清楚了，生活本身就缺少了魅力，多了实在；这对搞文学的人来说，不是一件值得称道的事情。

那天，喜茂陪我来到丙蛇家，阿花已经完事，正喷着气拱地上的一摊泥。

丙蛇向我要两块钱。

我说：“怎么忽然又贵了，刚才不是说好是一块五吗？”

丙蛇说：“跟潘克配一回应该是两块钱，我要你一块五不假，另外五毛钱是鸡蛋钱。”

我说：“我也没买你的鸡蛋哪？”

丙蛇说："潘克干一次事儿体力消耗得厉害，得用四个鸡蛋补，要不三天就垮了，这钱向来是母猪出。"

我说："这话听着怎么这么难听。"

丙蛇说："这搭的人都这么叫，惯了就好了。"

我说："我没钱。连我的误餐补贴都让你收走了，我自己的两毛钱也搭进去了，你怎么还跟我要钱，你把我害得已经连中午饭都吃不上了。"

丙蛇仍不通融，他说："雷头那个狗日的自己不来，打的就是这主意，他这么干不是第一次了。上次是让个半傻的做饭的来，这回换了个碎女子，都是些不拿事的，我再不能干这白搭钱的营生了。"

幸亏喜茂在，他帮我说了不少好话，丙蛇才答应把鸡蛋钱记在账上。

临走，丙蛇从屋里给我拿出两块锅盔，让我路上当干粮。

我揣上那两块硬得可以当砖使的锅盔，就赶着阿花沿河往回走。阿花跟我闹别扭，三番五次向后退，不打算快走。我心里很没底，多花了钱，还不知道怀上没有，又不敢使劲打，怕打出麻烦。

真让人伤神！

阿花正在跟我较劲，被我拖着朝前走的时候，那个被我抽过嘴巴的兽医从对面走过来了。河堤上没有旁路，这真是冤家路窄了。俗话说，狭路相逢勇者胜。我决计毫不退缩，扬着头，目不斜视地迎了上去。守正为心，疾恶不惧，他不就是个兽医吗？

那兽医也发现了我，他似乎吃了一惊，看了我那气若风云的势头，大概是为躲避锋芒吧，就从堤坡的草间溜下去了。一种胜利者的喜悦充满我的胸臆，我觉得我很勇敢、很优秀。

风不知又从哪儿冒出来了，远处的华山，近处的河水统统笼罩在迷茫之中。太阳如一张白纸剪就的圆，很怪诞地挂在天上。风扑过来，细沙打得脸生疼，我用上衣掩着脸、弯着腰、顶着风，艰难地前行。回头看阿花，也是满脸的不高兴，并且有随时准备逃跑的迹象。大风中，我喂了它半块锅盔，以笼络感情、鼓舞斗志，孰料它却卧下了，扭卷着细绳一样的小尾巴，无精打采地眯起了眼。

我急了，照准阿花的丰臀就是一脚，阿花大叫一声蹿起，钻入荒草，再无踪影。

我“啰啰啰”地喊叫，在那块地界转了一遍又一遍。

满目的河水，满目的野草。

说是出来配种，倒把猪配丢了，我不知道回去该如何向“青面兽”交差。至少，我是辜负了他对我的信任。我在堤坝上坐下来，思虑着该如何对付回去以后的难堪局面。

罗敷河水正缓缓地与渭河汇合，淡绿的河水让人的心变得恬静。我想，人心大概就像这河水一样，清的、浑的，浑然一体，浩荡东去。这样的事搁以往我会掉眼泪，会为自己的境遇感伤，会为生活的磨难不平；但那天，我竟是很平和、很冷静、很从容，我想我是成熟了。在生活的磨砺中，渐渐地成熟了……

我不再是一个多愁善感的女孩子。

太阳西沉，我开始往回走。

看见了场部的屋顶，看见了“青面兽”站在堤上迎着风远远地向这边望。

我的黄黄儿蹦跳着迎了过来，扑到我身上，接着“青面兽”也过来了。

我说：“阿花丢了。”

“青面兽”说：“阿花早回来了，跟崽们在圈里耍哩，恁大人，连猪都不如。”

七　7月的田野·我当吹鼓手为死人送葬

地里的草都长疯了，迫切的任务是给大田的玉米锄草。

我由畜牧业被调到了农业，和“牛鬼蛇神”们在一起突击拯救玉米。农场的“牛鬼蛇神”已所剩不多，有的被“结合”走了；有的被“解放”走了；有的被“遣返”走了，他们当中大部分是“搞错了”。那时候还没有“平反”这一说，揪错了就揪错了，也用不着赔礼道歉，谁都知道也要允许革命者犯错误的道理。我天天盼着将我遣返回原籍，但看来上级没有这个打算，我也只好在罗敷死心塌地地当我的“反革命”。

谁也不再拿我这个“反革命”当回事，连我自己也不当回事了。

依我的本意是到厨房去做饭，顶替李瘪的角色，我对炊事工作有着特殊的爱好。我馋，自然对饭食比较挑剔，李瘪做饭的拙劣技术我实在看不上。李瘪在部队当过兵，他说他当的是骑兵，草原上的骑兵，还给我们看他骑着大马的照片。照片上的李瘪又瘦又小，那马又高又大，给我的感觉李瘪不像个骑兵，像个弼马温。到后来才知道，李瘪原来在部队是喂马的。有人说那叫“驭手”，就是给部队赶大车的，但实际是李瘪连“驭手”也没当上，他只是普通的饲养员。饲养马的李瘪来饲养我们，这饭就做得粗糙中有了饲料的水平。他熬的棒子面粥永远放碱太多；他蒸的发糕永远是死王八肉色；他在腌制萝卜的缸里永远还腌着许多蛆。当然，还有永远的没有青菜。

同不指望遣返回北京一样，我从不指望会把我调入饮食业。“青面兽”是绝不会把厨房重地交给一个“反革命”的，他再开明、再友好，也还不至于糊涂到这个地步。

天越来越热，许久没有下雨了，每天下午都刮风，六亲不认的黑旋风。四周没有树，出了房门就是大太阳，晒得人人都跟李瘪蒸的发糕一个颜色。天气有些反常，谁说要地震，大家就对地震很向往。那时，唐山的事还没有发生，没人想过地震的险恶，只是觉得有意思。就是真地震了，油毛毡的顶棚也砸不死人，地震斜了庄稼照样长，在大家都闲得百无聊赖的时候为什么不来一次地震呢？

但是，地终归没震。

我们每天终归还得在地里锄玉米。

玉米已快有人高了，是李艳芳走时播下的，所以，一看见玉米我就想起了拖拉机手。现在，整个农场就剩下我一个女的了，更显得孤单和寂寞。

7月的玉米地里闷热难耐，人只要进去一会儿，浑身就湿透了。我的手臂、腿、脸被玉米叶子划了一道道口子，让汗水一浸，生疼。锄草时，每人两垄，一字排开，我干得慢，往往落在后面，这就形成了别人都走得好远了，我还在后头“磨洋工”。其实，不是磨洋工，是我的手上打起了血泡，别说锄玉米，只要手一碰锄把，就钻心地疼。更倒霉的是，因为地里湿气大，出汗多，戴不成眼镜，每当进玉米地时我都得把那个劳什子摘下来，眼神的不济使手里的家伙没了准头，一锄搂下来竟是自己的脚面，当下血流不止。

没有时间痛惜可怜自己，实在的也没什么可可怜的，别人都能干，只有我这么窝囊，除了说明我的无能再没有其他。咬着牙硬挺着也得干。后来，锄着锄着我就发现前面的草不知被谁清理过了，这可以使我掂着锄很轻松地跑上一截，跑到有草的地方接着锄，这时往往已经跟前面的人相差不远，听见人们说话了。我很感激这个无言的帮助者，不知是哪一位“神”。

再次开始时，我注意了我的左右，发现左邻是诗人浏阳河，右舍是诗人郭寅正。

我被夹在了诗歌的中间。

照顾是短暂的，很快我就能赶上大队伍了。脚上的伤口已结痂，手上的血泡已变硬，那把锄使在手里也如笔杆般地利落，如筷子般地得心应手，真是想哪儿点哪儿，指哪儿打哪儿。胳膊也不再被划破，一层皮也被练出来了，黝黑发亮，光彩照人。

我是一个很合格的农民了。

前不久，与一位叫柳树梅的医生相遇，她对我说：“时光荏苒，大家都在变，但是，无论你怎么变，你给我的最初印象我却忘不了。那时，我是在医院看见你的，我们彼此不认识，但是，你那健康的田野的肤色，浑身上下太阳的气息，那双豁达清亮的眸子，只让我感到一股清新、一种朝气和一种在当时很不多见的气质。”

其实，与这位大夫初次见面的时候是我病得最重的时候，我的肝病由于没有得到及时治疗，已经由急性转为了迁延性，不得不依助药物了。我时时在人面前掩饰我的病痛和软弱，哪怕是在医生面前，我的装模作样也成了一种下意识。我明白，在当时，要看我笑话的人不少，希望我永世不得翻身的也大有人在，想踏上一只脚的人还在伺机寻找机会。所以，我要活着，就得学会自己给自己舔伤，就得学会在整你的人面前露出你不屈的人格和出自骨子里的骄傲。

每次到西安看病都是一次不愉快，相比之下，我对农场的感情是深之又深了。那里是“坏人”们的集中地，但在当时的情况下那里是个难能找到的避风港。

避风港什么都好，就是饮食单调，每天早晨照旧是碱粥、发糕就着自制的腌萝卜，李瘪就想不出什么吃食。大鼻子老万蹲在石碾子上很认真地舔着粥碗，他的大糙碗是从县城羊肉泡馍馆里捎带出来的，比任何人的碗都大着几号，每回打饭都能占很大便宜。李瘪和老万的关系不错，我在当猪倌的时候因为常到厨房去取泔水，几次看见李瘪偷着跟老万吃独食。只要人们都下了地，李瘪就偷偷给自己烙小饼，放很多很多的油，使那饼都黄得失去了面的本色。李瘪的饼不给别人吃，只给老万吃，他跟老万是老乡，老乡在他们看来，比什么都亲。我就想跟我一块儿从北京来的老乡，想那位背后捅刀的同学，她怎么就没有李瘪这种精神呢？

李瘪吃饼从来不背着我，他或许知道我不会给他往上捅，或许认为我捅了“青面兽”也不会信。在他的眼里，我是个无足轻重的小角色，用不着防范。只要一逮着机会，他就烙饼，这已经成了定式。厨子偷嘴，自古有之，本不该奇怪；但我认为，应该对李瘪提一提青菜的问题，只吃小饼怕不能解决人体维生素的匮乏。

这天“青面兽”给我们派任务，两人一组，到大堤上去检查鼠洞，说是月末月初罗敷河与渭河要涨水。“青面兽”又给我们分了地段，这段大堤的保护工作由我们负责，并明确指出，谁那段塌了，就拿谁是问。

查鼠洞是个艰苦的工作，并不是将堤上的窟窿堵上就完，你要查清洞的走向、真伪，必要时还要跟一窝耗子作战。我们都带着狗，农场里养了五六条狗，我的黄黄儿也是其中之一。我们瞅准洞口，将其掘开，一旦鼠们由窝内惊慌窜出，那种人呼狗咬的场面是很有意思的。说狗拿耗子是多管闲事，可我们的狗，个个都是拿耗子的好手。

我们刚在堤上干了一会儿，老万就不见了踪影，我想起吃早饭时李瘪的鬼鬼祟祟，就猜出老万又是吃饼去了。于是，我那灌了一肚子碱粥的滑肠子马上开始咕咕地响，我扔下锹向土围子跑去。

绕到厨房背后，一股饼香果然随风飘来，嗅着那饼香，我想象得出李瘪歪着脑袋咬饼时的模样，我真有些看不起他。我三步两步奔进厨房，果然老万和李瘪正蹲在灶前吃饼。今日李瘪这饼烙得可谓空前绝后，焦黄焦黄的，透着精神。

见了我，李瘪问：“你干吗来了？”

我说回来喝水。

李瘪说：“你才喝完粥。”

我说：“又渴了，你那粥碱太大，叫渴。”

老万看见我，脸上就很挂不住，有点儿不知怎么办才好，一张脸变得通红。

我一边喝水一边说：“老李，你应该给大家搞些菜来，不能老吃腌萝卜。”

李瘪眼一瞪，大有不能容忍反革命犯上作乱、乱说乱动的劲头。他说：“用不着你教训我！”

我说：“要是有个青菜汤，这烙饼不是更好吃吗？”

老万的脸更红了。

李瘪说：“喝完了没有，喝完了快走人。”

老万说：“她的话也对，是该给大伙儿弄些菜来。”

李瘪说：“咱们那片菜地碱性特大，什么都不长，我在那儿种过萝卜、韭菜、黄瓜，可什么也没长出来。”

我说：“咱们可以到11团去买菜。”

李瘪说：“买？来回二十里地，这么热的天，为那几口菜，划得来？我还做不做饭啦？”

我说我可以去买菜。

李瘪说：“你？连猪都不如的人，你能挑得动菜？”

我说挑不动我可以少挑，有点菜总比没菜好。

老万觉着被我窥见他的短处，总有些不好意思，就顺着我说话。老万说：“让她去试试也好。”

李瘪说：“这事得向领导汇报，要领导点头了才行。”

领导点头了。第二天，“青面兽”让我去11团买菜。

我担着箩筐走出了土围子，大家都知道我去买菜了，故而对中午的饭寄予了很大的希望，盼炖肉一般地盼着那菜。

酷热的7月，我挑着两筐菜往回走，前面是西红柿和茄子，后头是黄瓜和洋白菜。久未见到蔬菜的我，见到这些嫩绿鲜红，备感亲切，除了垂涎欲滴外，就是哪样也不肯放弃。我买了不少，为的是把近几个月大家缺的菜补回来，却忽视了自己的体力，当那对沉重的担子搁上我的肩头的时候，我立刻意识到我犯了一个什么样的错误。

硬着头皮歪歪斜斜地往回赶，只走出两百米就挑不动了。我把担子换了个肩，又走。肩膀开始火辣辣地痛，汗也往眼睛里流，嗓子冒火了。我不敢歇，前面还有十里路，泄了气就挑不起来了，难道这回又让人说：连猪也不如吗？

眼前的黄土路悠荡荡地甩向远方，路上没有一个人，在方圆三十里内除了11团就是我们。在这样炎热的夏季，没有谁会挑着担子走在无遮无拦的黄河滩上。断了流的渭河已经沉淀变清，成了一汪死水，只有罗敷河还在欢腾地流着，那无休无止的绿水，来自秦岭深山。死一样寂静的旷野，相伴的只有罗敷河水，这一股水流给人以世间还有生命的提示。

而我却陷在热的昏沉中。

西红柿在前面的筐里摇荡，红润的果实在阳光下，在7月的田野的衬托下，如画面上的亮光，在人的视线中跳跃，周围什么都没有了，只有红色、红色。那是夏日的精灵，是7月的诱惑，是田地的馈赠。就为了那耀眼的柿子，我的担子卸下来了，我抓起一个巨大的西红柿，张嘴就咬。西红柿酸甜的汁液甘露般地浸润着我的肠胃，一股清凉自上而下遍及全身。舒服，真舒服！那舒服让我激动得发抖，激动得泪水夺眶而出。

在前不见古人、后不见来者的黄河滩上，我泪流满面地、发狠一般地吃着西红柿。我心里极清楚地知道那西红柿不属于我，它们是公家的财产，我这样做是真正地在犯错误，是不折不扣地在侵吞国家财产；如果谁因为这事儿将我批判一通，将我打成反革命，我会心服口服地走上那批判的高台。我自然也知道"见利不亏其义""君子必慎其独"是人品的上乘，但我在那个时候，却怎么也管不住自己的嘴，管不住了，根本管不住了……

吃了多少西红柿已经没数，与放纵相应而生的就是后悔。拍着鼓鼓的肚皮想的是自己的下贱；想自己外君子而内小人的卑鄙；想磊落胸襟竟砸在几个西红柿上未免觉得不值。我看不起李瘪的偷嘴，但就目前来说，我和李瘪究竟有什么不同呢？

老万偷吃了小饼还会脸红，我的脸不但不红，还会绷得平平的，给厨房一五一十地交账。

后面那些路，是在装了一肚子西红柿以后，一边走一边骂自己的不知不觉中走回来的。李瘪见了那些菜以后很感动，他把两筐菜称了一下，一共是一百三十四斤半。在场的人都惊呆了。

李瘪说："真不敢小看你呢，能挑这么多。"

"青面兽"也说："我想着你也就能买回几个西红柿。"

我心里说我可以吃几个西红柿。

打那以后，谁一提到西红柿，我就会想起偷嘴这件事。

政治形势稍微宽松一些了，我们也有了星期天；尽管是两个星期休息一天，这对"牛鬼蛇神"们来说已经相当满足了。

一休息我就过河去找喜茂。也不进村，就在他的瓜棚跟他聊天，吃他的不甜的打瓜。喜茂对我北京知青的身份很看重，他老说我是大地方来的人，好像我的一举一动都代表着北京。我几次想告诉他我不是知青是“反革命”，可几次话到嘴边都张不开口。

喜茂对北京也很感兴趣，他说大串联的时候进了一回北京，用他的原话说是“驾着中国第四次核试验成功的东风，从库区来到了天安门”。

喜茂说北京很大，比大荔县城大多了，就是他住的“北京第五建筑工兵师”的师部都比朝邑镇大。他们上北京不用买票，他们是毛主席请去的客人，他们上了火车，火车就一直朝北开，连弯也不拐。

我说拐弯了，你们没有感觉到就是了。

喜茂就愣说火车一直没拐弯，他们是直奔的北京。

喜茂说他在火车上还作过一首诗，说着就将那首诗在草稿纸上很快地写了出来。

我看那纸上写着：

火车啊火车，你怎么这么慢，
你怎么爬也爬不远？
火车啊火车，你要长上翅膀，踏上飞轮，
驾着东风，奔向北京，
奔向伟大领袖毛主席身边。

如果说喜茂将来能当大诗人而不是几何教师，我一点儿也不怀疑。因为，从这首诗里我看到了他绝不低于浏、郭两位诗人的气质和修养，这个喜茂真是了不得！

我说我曾经在永定门火车站欢迎过外地来的红卫兵。

喜茂说他们一出站台就受到了领袖一般的列队迎接，当时他激动得哭了。

我说我就是欢迎者之一。

喜茂说：“欢迎时唱的那首歌很好听，好像不是语录歌。”

我就给喜茂唱在永定门欢迎他们时唱的那首歌：

> 红卫兵呀好威风呀，
>
> 革命串联到北京呀。
>
> 我们大家来欢迎哟，
>
> 满怀激情迎战友、迎战友。

喜茂说：“对，对，就是这首歌，调子很婉转的，当时我咋就不认识你哩，可惜得很。”

我说：“我也不认识你呀。”

喜茂很诚恳地对我说：“毛主席是11月3日接见我们的，他在天安门上走来走去，走过来我没看清，走过去我又没看清，只见了个影儿；回来后我的同学都说看清了，看见毛主席红光满面，向我们微笑，我也就跟着说看清了，清楚极了，其实是什么也没看清。”

我说：“天安门那么高，你在广场离得又那么远，怎么能看清楚呢？眼睛再好也是有限的，你的同学都在说瞎话。”

说完这话我就后悔了，怕喜茂也像我那位同学一样，将这话捅出去，使我“反革命”的罪状再加一条。

喜茂好像对我的话并不在意，他说他上北京除了看毛主席以外还有一个目的，就是看故宫，看看过去皇上住的地方。这是他爷爷的意思，他爷爷说了，到北京一定要去看看金銮殿，这不是任何庄稼人都有的机会。所以，喜茂看完毛主席就看故宫去了。但是，故宫关了门。

“文化大革命”中能让孙子上北京看金銮殿的爷爷大概不是贫下中农，我巧妙地打听喜茂的爷爷“是不是学习《毛选》的积极分子”。

喜茂说：“我爷爷不但是学习《毛选》的积极分子，而且是连任数届的生产队党支部书记，是革委会主任，是全村尚门一姓的最高长辈，是真正的贫农。”

我一句话也说不出来了。

毛主席没看清，故宫没看成，喜茂认为这趟北京去得很窝囊。

我就给喜茂说北京、说故宫、说颐和园，喜茂瞪大了眼睛很认真地听。

喜茂对我很敬佩，我也觉得只有在喜茂跟前，我才像个人。

农场的诗人们不甘寂寞，他们有着太旺盛的精力，有着强烈的主观随意性。星期六这天，浏诗人与郭诗人突发奇想，他们决定趁着干活儿之机偷跑，去爬华山，去拜访在华山与赵匡胤下过棋的陈抟老祖。

他们约我同行。我说不敢。

我说：“明天虽是星期天但并不休息，早晨一点卯一切均真相大白，那罪过非同小可。”

浏诗人说："就当咱们把休息日记错了。"

郭诗人说："郑板桥老人家苦闷极了的时候就把夭桃砍断，就焚琴裂画；就把鹦哥煮熟，佐我杯羹；就烧尽文章毁尽名。我们上一趟华山算什么？"

我很喜欢郑公的这首词，就让郭诗人把它连着背了几遍，可惜今天原句已经记不清了。我只感觉郑燮的这首词实在是"词有别调"，跟我的心境再贴切不过了，用现在的话来说是一种彻头彻尾的世纪末情绪，那种两脚踏翻尘世路的决绝，跟我们是何其相似啊！

我还是不敢同行。

诗人们就派任务给我，让我去厨房为之窃馒头若干，咸菜数块，以做路途食粮。那时的华山，荒无人迹，所有的庙观都遭到红卫兵的打劫，千百年来几代人十几代人建造起来的房舍均成了断壁残垣，道士们也被勒令下山还俗去了。诗人们说，他们此次上山，不但能看到自然之美，也能看到残缺之美，是千载难逢的机会。

诗人们所言极是，在以后华山的不断修整、建设中，在登山索道的建立后，再想看昔日那古旧、沉寂的华山是根本不可能了。现在推给我们的是繁华热闹、房新瓦亮的华山；是商贩云集、人群熙攘的华山。

我记得那天我将两位诗人一直送到华山底下就回来了，诗人们对我的举动大惑不解，浏阳河蹬着山道，歪着脑袋问我："你真不跟我们上？"

我说："不。"

我想以后有上华山的时候，对这座壮丽的山峰，不能采取这种偷偷摸摸的举动。

后来，我如愿以偿，在农场彻底“放羊”以后，我一个月之内爬了五次华山。

那天，我还是回来了，没有和诗人们上山，我连夜赶回农场，第二天参加劳动。

照旧是堵老鼠洞。

上午的时候喜茂过河来寻我，因为，老万和拖拉机一道被别的农场借去帮忙了。所以，喜茂找到我的时候只有我一个人在和老鼠们作战。

喜茂说他爷爷死了。

我说：“就是让你看金銮殿的那个爷爷吗？”

喜茂说是的。喜茂说他是来请我帮忙的。

我赶紧说走不开。

喜茂说不是让我走，是让我给他写几个时下正流行的革命曲子，送殡时吹奏。

我问：“以往你们都吹什么？”

喜茂说：“以往的曲子都不能用，是四旧，没人敢吹了。”

我说：“这事看起来容易，其实很不好办。”

喜茂说：“正因为不好办，所以我才来找你，这事搁一般人死了也就不吹了，但我爷爷是全村的大（此处读 duò）人，是大人就不能冷冷清清地上路对吧？所以，就得吹，但又不能让公家的人不高兴，就得请你帮着挑些能吹的革命曲子。”

喜茂的要求让我很为难。

在当时，样板戏不少，语录歌更多，但用来作送葬的吹奏却均为不妥，既不能太欢快给人以幸灾乐祸之嫌，又不能太悲伤有感时愤世之忌。思来想去，我就写了《下定决心，不怕牺牲》和“天上布满星”（歌曲名为《不忘阶级苦》）等几首我认为还说得过去的简谱，让喜茂拿回去让乐人练。

喜茂拿着那几张纸匆匆地走了。

那一天，我心里乱糟糟的不踏实，总觉得要出什么事。果然，下午喜茂又来了，说我写的那些字码没人认得，吹不出。

我说：“这我就没办法了。”

喜茂说：“你过去教一教就可以了，乐人说了，你只要能唱出来就行。”

我看了一眼堤上，堵鼠洞的人们已经开始往回撤了。

喜茂说：“没有用的，你们干的这些活都是白搭，水一上来，这里本来就是存水的库区，设堤挡谁呀。”

我说：“在水没漫过堤的时候，我们这里还算农田，水淹上来了，我们这里就是水库。”

喜茂说：“反正淹也罢，不淹也罢，你们都一样地拿工资。”

下了工，我就跟喜茂过河去了。

在路上喜茂说：“村里人听说歇了几年的吹乐今夜要复出，都要在灵前听曲儿呢。”

我说：“期望值太高了，会失望的。”

喜茂说：“农民好对付，你就是吹跑了调，他们也会对你很崇敬。”

我第一次来到喜茂家。他们家在村中间，离丙蛇家不远，黑门洞，门框上贴着“为有牺牲多壮志　敢教日月换新天”的对联，横批是“继往开来”。字是楷书，写得端庄规整，无疑是农村秀才所为。只是我觉得上下两联并不十分对仗，尤其是那“多”和“换”两个字……

灵堂设在当院，搭着棚，进进出出的人很多。我随着喜茂一进门就听见有人说：“乐人来了。”也有人说：“怎的来了个女鬼子？”

我当时对“鬼子”这一称呼非常不解，若干年后，调到了报社文艺部，到陕西旬邑去采访唢呐民间艺术，才知道陕西老百姓将吹鼓手俗称为“龟子”。“龟子”即“龟兹”也，龟兹古时是西域天山南麓的一个擅长音乐的城国，即今日的库车、阿克苏等地。自汉以来，丝绸之路的沟通，使西域的音乐传入长安，并普及到民间。龟兹乐一度成为乐曲的代称，唐朝元稹的《连昌宫词》中便有“逡巡大遍凉州彻，色色龟兹轰录续”的词句。当地老百姓将我呼为“女龟兹”，追溯历史，这词真是雅得不能再雅了。

而在那天，我只是把它理解为“女鬼子”，是跟“日本鬼子”相提并论的一族，而在封建士大夫的眼里，吹鼓手是连讨饭也不如的下九流。

先到的乐人已经在厦屋里坐着了，是邻村一个老汉，抱着个脏兮兮的唢呐，木木呆呆的。见我进来，翻了翻眼睛，也没有多余的话。

喜茂说：“原本还有个拉胡胡的青年，临时被叫到县里毛泽东思想宣传队去了，眼前就只剩下了这个吹唢呐的老汉。”

我看见“天上布满星”的曲子在老汉脚底下扔着，就拾起来，问老汉能不能吹。

老汉说："弄不成。"

我问怎么弄不成？

老汉说："我看不懂。不戴镜子看不见，戴上了镜子净是1234，那1234咋吹哩？"

我把"天上布满星"给老汉哼了两遍，没想到老汉竟能随着哼唱低低地吹下来，其敏锐的乐感令我吃惊，也令我对这位木讷的农民不得不刮目相看了。但是，让他单人吹奏，却又说"弄不成"。

我又唱，他又吹，临了还说"弄不成"。

喜茂有些急，喜茂爹也有些急，我更急。

喜茂说："不行就吹那些老调。"

老汉说："我不敢，今天吹了，明天我就得进毛泽东思想学习班。"

喜茂他爹也说不妥，说那样影响不好。

喜茂说："那总不能让她老带着唱吧，那样不累死人家。"

喜茂他爹想了想问："你这女子会不会吹笙？"

我说会。

喜茂他爹就不知从哪儿拿来个笙递给我。

笙对我并不陌生，我自儿时便与它打过交道。在我们家的堆房里就有一个破烂的笙，与那些京胡、崩子、锣镲混在一起，为父亲们唱戏的伴奏。家中本无此物，是有一位擅唱程派青衣的亲戚的提议，说青衣唱腔加笙伴奏，可以突出柔美哀婉的效果，父亲就购置一笙。买了又无人吹，便在杂物堆里冷落着。我那时尚小，出于淘气与好奇，常将那笙从堆房里拿出，捂在嘴上，呜呜呀呀地吹。为什么不拿别的单拿笙呢？是因为笙捂在嘴上就能响，不像笛，吹得脑袋炸了也出不来声音，更不像胡琴，能发出杀鸡一样的噪音。每当我们家的笙在院中惨兮兮地发出颤音，我的大大（大伯母）就会出来干涉，老太太颤巍巍地站在廊子上训我说："干点什么不好，还要当吹鼓手吗?"我不理她，照吹。老太太的娘家过去是内务府的官员，规矩多得厉害，她在叶家爱倚老卖老，我就倚小卖小，两个人形成了尖锐的对立面，谁也不服谁。她见说服不了我，就说："我得告诉你妈去，让你妈管你，好端端地吹笙，不吉利!"我才不管什么吉利不吉利，更加劲地吹，直吹得昏天黑地，吹得口吐白沫，吹得黑眼仁儿往上翻，吹得一丝气息悠悠欲断……

同在德和园大戏台上有过唱戏的经历一样，我在大戏台上同样有过吹笙的表演。那回是在颐乐殿放完电影《小姑贤》之后，职工们意犹未尽，就让我们几个小孩子表演节目，我和三四个光头的小小子给大伙儿吹笙，因为是即兴，事先没有练习过，所以，吹的曲子很简单，就是那个谁都会的"梭米发，米斗来"。

许是大大不该有那样的预言，内务府格格的话终于应在了我身上，使得我后来来为这个毫无瓜葛的关中老汉吹奏送葬曲。这是个出人意料的人生插曲，时空与命运的交汇在这里形成了一个躲不开的、事先设计好了的奇特的点，无法回避，无法抗拒。我至今还常常想，渭河边上那个被绿树掩映的小村应该还记得我，记得二十多年前的一个黄昏，一个说北京话的"女鬼子"为村里的一位大人送葬，吹了一支又一支曲子……

那天给我笙的时候喜茂说："这笙是我爷爷的，他生前喜爱得什么似的。"

吹唢呐的老汉说：“用长水的笙给长水送葬，长水准高兴，这也是天意，将来我死了，怕没人会拿我的家伙给我送葬了。”

老汉说的是实话，看这架势，附近大概再不会有第二个人吹唢呐了。

死者的笙是十七管十七簧的老式葫芦笙，年代相当久远了。端起这管沉甸甸的、因手磨汗浸而紫得发黑的笙，我只觉得是一种缘分，一种与喜茂家、与这位被叫作长水的死者，与这个河边的小村庄的一种缘分。

天底下有些事都是定好了的。

唢呐声起了，声音拉得长长的，在节拍上完全是即兴发挥，彻底脱出了我提供的曲子。“天上布满星”的第一个音“天”，最多一拍，但至少让这位老爷子延长了三十倍。

一声长长的“天——”凄厉地划破了沉闷，直冲云霄。

绝了！

老汉在不少地方还加入了哭腔颤音，比如“生产队里开大会”这句，“生产队”三个字被老汉的唢呐字字斩断，一字一顿，像是人在悲痛欲绝中上气不接下气地诉说；后头“开大会”，是悲声大放的恸哭。老汉的吹奏中突出了生命的精髓，突出了生的坚毅、死的重托。我却还要为他弄什么谱子，实在是不自量力地寒碜自己。

我彻底折服了。

一院人哭声顿起。

现在是我跟着老汉的调子走了，衔着笙口，我跟着他吹了下去，唢呐的高亢与响亮中糅进了低音笙的松软与甜美，糅进了如泣如诉的沉吟。悲中感痛，痛中有悲，使人的身心随之而颤抖、而共鸣。

曾听说，笙与琴都是充满阴气的奇妙之物，有“深松窃听来妖精”的说法。尤其是笙，更可感召鬼物，本不属于这个世界的物件，却阴差阳错地来了。古人说它能吐凤音、作凤鸣，“能令楚妃叹，复使荆王吟”；今人赞它柔润清丽，比二胡亮，较笛子甜，在管弦乐中，能起着管乐和簧乐的两重性质，使活跃的声部结合起来更能达到完美的和声效果。正因为如此，在长水老汉的葬礼上，它与唢呐的密切配合烘托出了一种情绪、一种氛围，也烘托出了死者人生终点的最后一片灿烂与辉煌。

我吹了一个晚上，忘却了身形，忘却了荣辱，一身精力化作了迤逦情丝，与西天的晚霞融为一体，飘荡而去。

前一段时间，气功热大兴，我曾问过气功师，吹笙可不可以“入定”，他摇头；我就想，他一定不会吹，吹笙是全身心地投入，能达到一种息心忘念的超然状态。这与气功“入定”有何差异？当然，这都是后话了。

记得那晚我要回去时，喜茂的娘包了许多花馍送给我，流着眼泪说了许多许多感谢的话。更要命的是喜茂的爹领着全体孝子齐齐地给我跪下了，认认真真地给我磕了头。从跪在地上那一张张悲痛已极、疲倦已极的脸上，我看到了感激、看到了真诚、看到了关中父老乡亲的纯朴厚道及数千年中华文化在他们心底的沉积。

我感动极了，抱着门框大哭了一场，那是我自到陕西以后唯一一次酣畅淋漓的哭。我是在哭自己，哭自己的委屈，哭家庭的坎坷，哭自己失却的人格和自尊……

那晚，吹得痛快，哭得痛快！

不知什么时候落起了小雨，喜茂把我送过河，一直送到农场后面的大堤。

分手的时候我对他说，为他爷爷当吹鼓手的事以及他们家里人给我下跪的事千万不能让我们这边的人知道了。喜茂说你放心，说他爹已经跟大家都打了招呼，说公家人不比农民，是有组织的，此事谁也不许向外人胡言传。

我说："要是你喜欢，以后，我可以教你吹笙。"

喜茂说："那笙明天就随我爷爷埋了。"

于是，我明白了，这晚为什么我会将笙吹得这般出奇地好。将军已去，大树飘零，壮士不还，寒风萧瑟。

这是它最后的绝响了。

笙是有灵气的东西，它是有感应的。

八　与父亲的团聚·鸭倌为猪倌写讲义

农场的牛鬼蛇神们全部走光了，只剩下了我和几个留守的工作人员，其中有“青面兽”、李瘪、老万、保管员、会计和一个叫老张的工人。老张是管理机械的，什么播种机、收割机等都归他管，从修理、保养到使用。老张的老婆带着两个女儿“随军”，从河南老家跟到农场，没有户口，就在农场捡没收干净的庄稼。他们的生活很艰苦，但是两口子很恩爱，我很羡慕他们。没事儿的时候我就到老张的媳妇那儿去坐坐，老张的媳妇长得相当漂亮，是那种春妮式的中国标准美人，老张可能就是凭着技术工人的身份才把家乡的鲜花摘到手的。媳妇很聪明，也有文化，会管家。她明明知道我在农场是什么角色也不歧视我，做了什么好吃的一定要叫我。尽管那些好吃的大部分是“捡来的”，比如麦子仁粥、烀老玉米、盐水煮花生什么的。

诗人们撤离的时候当然要制造一些与众不同的气氛，他们站在大卡车顶上三呼“万岁”，不是喊“毛主席万岁”，是喊“雷长兴万岁”，把个“青面兽”吓得脸更青了。“青面兽”冲着他们大声嚷：“不许喊！”哪里制止得住，两个人都如脱缰的马，没人管得着了。其时，两位都已经平反，郭诗人要回河南老家任教，浏诗人要去延安走马上任。解放了的诗人们用幸福的眼光看一切都是美好的，都是阳光灿烂的，自然连“青面兽”也要“万岁”了。我对这两位在农场共同接受改造的难兄难弟，至今抱有无限的感激之情，他们对文学百死不回的执着追求精神，在我以后的文学生涯中起到了榜样的作用；尽管当时我回避他们，回避文学，殊不知，逃避诗歌的我，本身就已经成了诗歌的一部分。

我为诗人们的解脱感到高兴，站在大堤上与车顶上的诗人相别，双方频频挥手，互道珍重。“良友远别离，各在天一方”，谁都知道，这一分手是再难相见了。的确，从那时至今，近三十年过去，郭诗人竟音信皆无；浏诗人也是我二十年后去延安采访时偶然遇到的。青年时代的朋友，鬓间都已经添了白发。二十多年后，成了领导的浏诗人，仍旧是那样的狂狷、那样的目空一切，言谈中竟还吟出了那次偷上华山“雨夜登山我独来”的大作，却全不提回来后被罚刨烂砖的狼狈。

热热闹闹的农场静下来了，也是农闲时节，会计、保管员都回了家，全场只剩下三五个人，我们就彻底“放羊”了。圈里的猪在蹲膘，我每天喂它们三次，再不用出去放牧了。阿花被吃掉了，它的肉在锅里炖了两天才烂。

我还把西边菜地收拾出来，种了辣椒和韭菜，菜籽是喜茂送我的，他还教了我不少种菜的方法。没多久，韭菜就钻了出来，辣椒也分出了叶子。我想，李瘪说的这里“什么都不长”，在很大程度上是他懒，不愿花力气罢了。

李瘪跟我打赌，说这些菜长不大。

一闲下来我就想家了，想我那无依无靠的母亲，她不知道怎么样了？四哥来信说，他已经随着文化部去了湖北咸宁的五七干校，四嫂也去了甘肃；大四合院先是被地段医院占用，安置了一个医疗站，后来又住进了许多杂七杂八的人，已经面目皆非了。我对外人的入住不感兴趣，担心的是母亲的病，我不知道母亲一个人怎样生活。信一封一封地写回家，都没有回音。我每个月给母亲寄十元钱，还要照顾插队的妹妹，经济非常紧张。那时候最让我发愁的就是没钱。

母亲比我更紧，她彻底地放弃了治病，只是在拖延，在苟延残喘地活着，孩子们没有一个在身边，她咬着牙挺着。也亏了有那些后来搬进去的“杂七杂八”的邻居，你送一口粥，他给一块饼，才使母亲叫花子般地勉强维持着生命。儿女成群的母亲，临了落了个这样的结局，这是那个特殊的年代造成的。母亲在最后的日子里已经不能起床，这样才把地质队的七哥由外地招回，留在身边侍候。

母亲是个刚强的人，不到万不得已，她不愿意麻烦我们。天底下大概只有母亲才能做到这一点吧！

那时候我最怕听到来电报的呼喊，我知道，一旦北京来了电报，那就是百分之百的不祥。我在延长的妹妹跟我有同感，她最怕听到公社有线广播的呼唤，她说，只要窑里那个喇叭一响，她的心就要往一块儿缩。

我们都在提心吊胆地过日子。

这日接到电报，是邯郸发来的，因为当地要建楼，被丘在滏阳河边的父亲的坟墓需要迁移。二十年了，父亲一直没能回到故乡，一直暂厝在异地的河边，这实在是儿女们的不孝。迁坟的电报是在邯郸彭城的堂兄叶广成打来的，就是那个儿子一般跟随着父亲的六哥，父亲死后他留在了彭城，成了那里陶瓷研究所的负责人，干得很有成绩。“文革”时当然也进了牛棚挨了斗，虽然以后他当了全国人大代表，但在那时处境却很艰难。

我们家原在京郊东坝河有一片坟地，还雇有专门看坟的人，姓刘，家里人无论大小都把他唤作“老刘”。逢到清明，我便随父亲去东坝河的坟地烧纸，那于我无异于一次春游。父亲指点着一座座坟头说：“这是老祖，磕头。这是爷爷，磕头。这是姨太太，磕头。这是你第一个母亲，磕头。这是第二个母亲，磕头……”后来，父亲指着三个土坟说：“这是你的大哥和两个姐姐，不用磕了，给他们添把土吧。”我就走过去给我那些从没见过的哥哥姐姐们添土。他们都是父亲的亲生子女，大哥叶广厚和二姐叶广芝在1936年同时死于“闹嗓子”，其实是白喉。那时候的大哥已经二十岁，是个青年了。另一个坟是我上边的姐姐叶广蕙的，她比我大三岁。叶家的孩子们早早地到这里来集中了，我不知道父亲看了这些小小的坟会有什么感触，大概是很难过的吧。我不懂事，问父亲，我死了以后是不是也要变个小土堆挤在他们中间？父亲说：“你怎么可能埋在这里？你是要埋在别人的地里的。”我说我坚决不到别人的地里去，我就要和他们挤。老刘拄着锹在后面乐，父亲就说：“这个耗子丫丫，又犯劲了。”

那些情景想起来就像昨天一样。

“文革”期间，京畿之地的祖坟被夷为平地，祖先的骨殖荡然无存，那些拥在一起的哥哥姐姐们也不知去了哪里。父亲因在外地，因祸得福，尸骨幸然得以存留，这也是不幸中的万幸了。

河北来的电报说，事情紧迫，逾期不迁，按无主坟墓处理，就地深埋。

电报发给我自有发给我的道理，兄长们在当时几乎没有谁有此能力，叶家子女中大概有活动自由的只有我一个。这是六哥的认为，他哪里知道我脑袋上的“反革命”大帽子？倘若知道我的处境，可能也不会给我发电报了。

作为女儿，二十年前对父亲没有做到扶柩归家，已为不孝；二十年后的今天，难道还要让人将父亲作为“无主”处理，抛骨异乡吗？我没有任何理由不去。但在那种情况下能否去办这种事情绝不是以我的意志为转移的。

做孝顺孩子是家里无时无刻的教诲，哀哀父母，生我劬劳，谁言寸草心，报得三春晖。我再是“反革命”也要硬着头皮请假迁坟。

我忐忑不安地将请求向“青面兽”提出。

“青面兽”听了我的陈述，沉吟良久。

“青面兽”说：“……这是大事，我不能挡，村里就是地主死了，也得给其子女料理丧事的机会……何况你父亲是一般社会文人，跟政治无染……你是反革命，不能影响到你的父亲……”

我赶紧说：“是的。”激动得声音也颤抖了。

“青面兽”说：“给你五天假，连来带去，办完事立即赶回来，一天也不许超。”

我的眼泪唰地一下就流了下来。

“青面兽”说：“我这样做也是冒了很大风险的，你的问题毕竟还在那里挂着，没有平反的消息。”

我的眼泪还是止不住。

“青面兽”说：“你父亲都死了快二十年了，你没必要这么悲伤。快去快回，我就不向上边报告了，你不要不满足。”

我哪里会不满足？我是太感激了。在那个年月，“青面兽”能有如此恻隐之心，足见为人之宽厚。想我到西北以后，几经磨难，战战兢兢，伤痕累累，不敢问命运，不敢谈前程，只希望活着，平平安安地活着，以告慰同样伤痕累累的母亲。从没有谁把我当个完整的、正常的人而平等相待过。而今“青面兽”能坦诚慨然相允，当与他农村的出身大有关系。陕西，有周的镐京、秦的咸阳、汉唐的长安，雄厚的帝王之气与厚重的人本之气使得这里土厚水醇，气势博大；使得这里的百姓朴实、诚挚、热情、善良。就如那喜茂一家人，就如眼前的“青面兽”，他们其实都是普通的中国老百姓，是和土地一样的人。

我至今感念此君，他当时完全可以举出一百条理由不准我假；如若那样，我今日将去何处寻觅我亲爱的父亲？

我给延长的妹妹发了个电报，就立即只身奔赴河北彭城。

我来到邯郸，在杂乱不堪的火车站转来转去，没有地方粮票，买不到饭吃，只好饿着肚子。打听到早晨才有去彭城的火车，就在一家商店的台阶上坐着，等待天亮。陌生的地域，陌生的语言，呛人的煤烟，简陋的土屋，这都是父亲当年经历过的。可以想见出父亲昔日的艰难，没有对事业百折不挠的追求，他不会抛妻舍子地来到这里。

寻到六哥，他因时间紧迫已代子尽孝，做完了艰难的启坟捡骨工作。我到达时，父亲的骨殖已分别用白纸包了，装在一个纸箱中，放在六哥的办公室里。

我见到这位堂兄，只想给他跪下……

这刻骨铭心的恩德，让我一辈子也偿还不起呀！

更难启齿的是，我除了回程的路费，已身无分文，启坟所需的一切费用尚待向当地借贷。

六哥看出我的窘况，什么也没问，更没问父亲的亲子们何以在这关键的时候不出头，甚至连钱也没有资助。六哥将一切费用全部包揽了，包括火化和骨灰盒的购置，这在当时是一笔大数目。

这笔钱我到今天还在欠着。

怎么还呢？又过了二十年了，再将一二三四五的数目偿还，那对六哥的情谊是一种亵渎。

恩若救急，一芥千金。今天，我还得起钱，还不起情！

那天，汽车已经发动，在我们准备动身前往邯郸火葬场的时候，妹妹风尘仆仆地由陕北赶到了彭城。是冥冥中的一种意念，抑或是一种不可拆解的缘分，父亲众多的子女中只有两个最小的女儿来为他送葬，来接他回家了。

在去火葬场的路上，在颠簸的汽车里，我的心在和父亲说着话，我请求他保佑我们的母亲，请他帮我走出困境，我实在是太难了。从六岁就失去父亲护佑的我，只有对母亲的倚靠，缺的是像山一般父亲的依赖。那种幸福的、毫无顾忌的、带有撒娇的依赖，我没有，从没有过。所以，在我的生活中一直没有完全地舒展过，我要时刻提防着背后的空洞，一不留神就会掉下去的空洞。我的背后不但没有山一样的父亲，甚至连一堵墙也没有。

现在，我终于可以靠着父亲了，我的父亲被装在一个纸箱里。

行将焚化时，我们把纸箱打开，将父亲的遗骨取出，按顺序排列齐整。异地招魂，实堪酸痛，本应是二十年前的工作，却拖延至今，使思念家乡的父亲在漫长的等待中耗干了血肉。追念前欢，想二十年前给我编撰玉澜堂的故事，让我寻找哈拉闷，拥我在景福阁赏月又与我在电车上挥手相别的父亲已变作大大小小的纸包，摆在传送带上，缓缓滑向那呼呼的烈焰，不禁泪如雨下。

当年是我将父亲送上了电车、送出京城的，我是父亲的孩子中最后一个见到他的；父亲去世后，我又是他的孩子中第一个见到他的，也是我将他从这里接回家的。大约是命该如此，无人替代。

父亲所在的地方有响堂寺石窟，料理完父亲的事我漫步上山，去寻找父亲的痕迹。

是夜，夜凉如水，月光如银，衰草寒烟中那些北齐时代的艺术珍品活灵活现、栩栩如生。我料定，这里必是搞美术的父亲的长久驻足之处；也料定，父亲猝然倒在四千余尊精美石佛之中，虽无子女在身边，亦当含笑而去了。

山间腾起的烟轻轻地向我拢来，头顶圆月，与昔日无异，“若不严加训教恐终成豚犬”的话语犹响在耳际。我感到了，父亲就在我身边。

遥望北天，不知月照景福阁的此刻，廊下可坐着我与父亲否？

我和妹妹捧着父亲的骨灰站在邯郸车站的站台上，天上仍旧是那轮圆月，我们却要分别了。五天的时间太短，归期就在明天，我不可能将父亲的骨灰送回北京了，下面的任务只好由妹妹来完成。我们在等火车，我往西，她往北。眼看到家门口了，却不能回去，不能去看看日夜惦念的母亲，我的心在淌血。

妹妹说：“要不，你跟我回去看看吧？”

我说：“不行。”

“青面兽”准我出来已经破例，我不能再给他找麻烦，我必须按时回去。

妹妹说：“妈看了骨灰不知道会怎么样？”

我知道她是在担心，她虽然还未成年，但已经相当成熟了。

我说：“你就如实说吧，我想，妈几十年盼的也就是这个了。”

她说：“我是怕妈顶不住了。”

我没有说话。

我的车先来了，我必须走了，停车只有短短的三分钟。我在车门口向妹妹和父亲告别，似乎有许多话要说，却又一句也说不出来。妹妹紧紧地抱着骨灰盒看着我，她的东西扔在地上。她说：“姐，跟我回去吧，早晨就到家了。”

我一咬牙，转身上了火车。

妹妹的眼泪已经淌下来了，那泪在月光下，晶莹剔透。

我如期赶回农场，“青面兽”休探亲假了，我有些早知今日，不如当初的悔意；但又一想，如那样我岂不成了言而无信的人了？辜负了“青面兽”的信任，将来还如何立足？这么一想，心里也就坦然了。

接到妹妹的来信，说母亲已经很虚弱了，从她手里接过父亲的骨灰，母亲只是淡淡地说了一句“回来了”，就再没说别的。至于一些细节，更是连问也没问。我想这大概有几种原因，一是母亲病得太重了，她已顾及不到身外的任何东西；二是几十年的感情创伤，多少次的生死离别，她的心已经伤透了；三是认为父亲把她这一生害得太惨……

然而我错了，表面不露声色的母亲将巨大的悲痛深深地压在心底，给我们的是平静、是坦然，而她内心的支柱却因父亲的回家而轰然塌陷。

没有多久，母亲就病故了。

多亏了我请假按时返回，否则，这次我就难与母亲见这最后一面了。赶回家的照例是我和妹妹，还有提前回去的七哥。就是母亲的亲生儿女，也没有都能赶回来为母亲送终。

那时候谁都身不由己。

处理完母亲的丧事，很长时间我像傻了一样，几天也没有一句话。我觉得日子对我简直黯淡极了、无聊极了，我终日坐在罗敷河边，望着流逝的河水发呆。那时候，谁都会背“子在川上曰，逝者如斯夫”的名句，看着罗敷河水在脚下哗哗东去，是眼见得着的触目惊心。罗敷河是永存的，只要秦岭屹立一天它便流淌一天；罗敷女是永生的，只要中国文学存在一天，古乐府的《陌上桑》便被传咏一天。

“如斯夫”的只有我。

来农场时日已不短，会养猪了、会种地了、人壮了、脸黑了，但这怕远远不够。毕竟还年轻，我于学问的修炼还差得太远，从做人来说，还不完美。俗话说：“木有所养，则根本固而枝叶茂；水有所养，则泉源壮而流派长。”我这样在黄河滩上天天观日出日落，年年数雁来雁去能根固、能流长吗？

在湖北咸宁牧鸭的四哥寄来一幅他的画，是他在农场自己给自己祝五十大寿时躲在蚊帐里画的。这位徐悲鸿的学生也是丹青无处洒，寂寞开无主了。他画了一个大桃子，还写了一首自嘲的诗。他的字和画无疑都是上品，尤其是他那一笔章草，更是飘逸豪放、清新秀发。当时，电影《杜鹃山》的片头题字便出自他的笔下。他少年从师于罗复堪先生，罗老先生是老北京的四大书法家之一，年纪大的爱书法的人多久闻其名。当时，北京的四大书法家是宝熙、邵章、罗复堪、张伯英。罗先生晚年也在我父亲和三大爷任教的国立北平艺专和北大文学院教书法，解放后，聘为中央文史馆馆员。罗先生著有《书法论略》《论书示门人六十首》等多种著作，其中不少亲自缮写成册赠予燕京大学图书馆，至今仍为北大图书馆所珍藏，有的送予海外亲友保存。四哥照罗先生手书精心摹写的《论书示门人六十首》等，形神俱似，什袭宝藏视同真迹。后来，曾返借与先生后人发表在香港《书谱》上。

现在，四哥在云梦泽的湖陂草荡里放鸭子。

放鸭子的四哥给我寄来了字画，想必他也是技痒，无处发泄了，就只好给懵懂糊涂的养猪的“耗子丫丫”画画写字。搁以前，他的字画索要者甚多，得之者视如拱璧，是绝轮不到我的。就是90年代的今天，已是中央工艺美术学院的书法教授的他也再没想起在过六十、过七十大寿时给我送什么字画了。当然，他的字画更难求倒是真的。

我给四哥写信说我很无聊。

于是，无聊的四哥异想天开，就教无聊的我学日语了。

他早年曾留学日本，日语功底，特别是日语文法功底无人能比。

在那个时代，自学外语有里通外国之嫌，一切都是偷偷的、做贼一般。

我每周能收到一封从湖北寄来的“信”，里面是厚厚的日语讲义，讲义写在四个眼的活页纸上，密密麻麻的，一页一页地编了号，一张不差。这是四哥在野外一边放鸭子一边在膝盖上为我撰写的。他从日语假名与中国书法讲起，内中夹杂文艺评论和艺术见地，深入浅出，循序渐进，形式可谓独特，大约是中国独此一份的日语讲义了。后来，我嫁了一个在大学教日语的丈夫，他看了这份讲义赞不绝口，说这份讲义真是太珍贵了。

凭着活页纸上的那些罗马字注音，我艰难地拼出了第一行假名あいうえお，拼出了第一个日语单词：みどり（绿）。这真是日本话的“绿”吗？我反问自己。这陌生的奇怪发音与我相距的是那么遥远，对我来说是“日语”，对日本人来说也许什么也不是，让他们听了不过是一组莫名其妙的音节而已。

但我毕竟用假名拼出了“绿”。

在那昏黄的黄土高原上，在那纷乱狂热的压抑气氛中，我渴望着充满生机的、能给人以希望和祥瑞的绿，渴望着心中的绿色良田有朝一日能获丰收。

没有正规教材，没有语言环境，没有会话对象。

有的是滔滔河水和南来北往的雁。

我把自己所学的“日语”称为“罗敷日语”。

四哥说我这是“哑巴日语”。

那时能接触到的日语书籍有两类，一类是翻译成日语的《毛泽东选集》，一类是日本出版的中医杂志《汉方研究》，这些在西安的外文书店可以购到。我利用进城办事的机会将这些书和杂志买来，在农场偷偷地学习。后来，唐山的四姐知道我在学日语，就将她学过的北大日语教材给我寄来，这对我的帮助也很大。

我把背书的地点选在猪圈，一则那里脏臭，没人去，可以放心大胆地学习；二则我的任务就是养猪，待在猪圈名正言顺，不会引起人们的怀疑。1996 年回忆这段往事的时候，我写过一篇叫作《伴读》的小文。我说："皇太子读书有伴读，我学日语也有伴读，我的伴读有四个，是四个很聪明、很善良、很乖巧的猪。它们在那段时间里，真是听了不少外国话，以至于我觉着连它们的哼声也有点与众不同了。后来，我到野外去打猪草，老黑和它的兄弟们有时也溜溜达达地厮跟着，我在堤坝上大声朗读外语，猪伴读们就在不远处卧着，很知趣地不予干扰。逢有哪个跑远了，老黑便很负责地叼咬回来，不让我操心。有了那些'伴读'，我更有了学习外语的信心，因而坚持下来，长期不懈，也便有了几十万字翻译作品的问世，有了以后的出国留学，有了在国外用外语发表作品的资本，有了晋升职称时外语的免试……现在我在辅导女儿学外语的时候，常常强调'诉说对象'这一环节，当然也就常常想起那些可爱的猪伴读们。"

我可以很熟练地用日语背诵"老三篇"，背诵"毛主席语录"，这应该感谢农场充裕的时间和"青面兽"松散的管理。我还将《汉方研究》杂志上有意思的科普小文章试着翻译出来，写了厚厚几本子。我的中医知识尽管是半吊子，但那长期的汉方熏陶，近百万字的中医理论的翻译，说是日语练习，也难说不是另一门新学科的学习。

1997 年，我以中医为背景写了小说《黄连厚朴》。这是从文后我对自己当初接触中医的一次回望，想到它的辨证施治，想到它的博大精深，只让人敬畏。遍阅人情与药理，不啻“行山阴道上，千岩竞秀，万壑争流，令人应接不暇”，感动之外又是三言两语很难说得清的。人情与医理偕者也，中国人与中草药，无不与中国深厚的文化背景紧紧相关，在民族的血脉中形成了一种独特的情调，蕴涵着一种只有中国人自己才能品出的滋味。这一切，除了使中国的医学变得扑朔迷离之外，也使完美的生活变得丰富多彩和难以测度。有的读者说《黄连厚朴》中最精彩的是写知青生活的一段，那当是我在黄河滩种地的经验积累。其实，小说就是小说，尤其是这篇《黄连厚朴》，从言情角度审视它不能算是成功之作，于医理角度分析也难免不遭医家指责嗤笑。之所以敢斗胆做此瞒天过海之举，本意是在两个学科之间打个擦边球，无外是作者对生活的理解与感受罢了。然而，偏偏有些人就爱和我较真儿，把我搞得哭笑不得。曾国藩在《湖南文征序》中提到“人心各具自然之文，约有二端，曰理与情”。这就很清楚地向我们揭示了文学作品“说理”与“言情”的审美心理基础。用药理寓言情，寓变化于整齐，从而达到复杂而统一的文艺感性形式，达到臻至完美的高雅审美层次，这是我努力想做到的。当然，有药力达不到的顽症，也有医理讲不透的病因，这是《黄连厚朴》们所不能概及的另一方面。文章有些地方终因火候不到而显得呆板生涩，原因是有些道理连自己也没搞清楚，这就难免不以己之昏昏使人昏昏了。

应该说，在农场学习外语的举动，是我命运转折的关键。“四人帮”垮台后，我由农场调回原单位，行李还是去时的那个行李，却多了厚厚的一大包译稿。十一届三中全会以后，我将这包译稿随手分作两半，利用回京探亲之机，一半交给了人民教育出版社，一半交给了商务印书馆。为什么没给其他出版社呢？是因为不知道还有其他出版社。给这两家的目的也并不是为了出版，是让他们找个懂日语的人帮我看看翻译得对不对。我对自己所学的是否是日语仍持怀疑态度。人民教育出版社的编辑尹学义和商务印书馆的编辑李思敬许是为我的精神所感动，许是带有鼓励的性质，更许是当时出版业刚刚恢复，百废待兴，稿件匮乏，两个出版社不约而同拍板出书。人民教育出版社两本，商务印书馆一本。虽然都是一些科普小文章的汇集，但毕竟是国家级大出版社出版的正式书籍啊！一时我在家中名声大噪，人们说我是因祸得福，说我的日语是“捡来的”。

后来，我在峨眉山的一次会议上又见到了李思敬，其时他已是商务印书馆的副总编了。我与之谈及在农场的诸般情景，不禁唏嘘，特别说到为喜茂家吹奏送葬的事情更是伤情。思敬兄说：“不怪也，我当右派在农村劳改时也给人当过吹鼓手。你还是自愿的，友情为重，我那可是被拉去的，被迫。”我于是破涕为笑。谈到我的日语学习，这位王力先生的高足说：“君子不学，不成其德。”虽引鉴之语，亦发人深省。

我把书的出版看作是外语学习的笔试，那口试就是出国。

那该是下一本书里的内容了。

我庆幸的是我牢牢地抓住了在农场的那段时间，没有让它如罗敷河的水一样，白白流过去。

农场里没有人注意到我学日语，因为，每人都有每人的事情，纪律越松散，人们越忙。天仍是旱，玉米墒情险恶，黄土地一踩，噗噗地冒烟。收音机里天天喊“天大旱，人大干，抓革命，促生产”。

我们不干。我们整天躺在各人的铺上养神。

“青面兽”说了，天旱对库区来说不是坏事，涝了，三门峡大闸一关，水眨眼就漫上来。大水三两天能退下便好，退不下，泡久了，什么庄稼都玩儿完，玩儿完白玩儿完，没人赔你，这里是库区。什么叫库区呢？就是庄稼该做出牺牲就得随时做出牺牲，谁让你在这里种庄稼来着！

因此，我们都盼着旱，越旱越好。

我在忙着念日语的时候——

老张和他美丽的老婆正忙着打鱼，他们在渭河和罗敷河里挂上网，每天收网两次，每次均能有收获，多是又黑又绿长短不齐的泥鳅。小的有手指粗，大的有二三斤重；小的炸了吃，大的或炖或熬或红烧，吃法不少。无论怎么吃，葱蒜都要搁很多，否则，老有一股土腥味。实在吃不了，就抹上盐，高高挂起来，冬天再慢慢享用。

李瘪的女人来了，来割芦苇。本是秋天的活儿，因天旱，芦苇见不着水，秆儿早早地黄了。李瘪从此不认真做饭，心思全扑在媳妇和芦苇上面，搞起了资本主义的小尾巴。两口子给自己干活儿舍得花力气，几天工夫割了小山似的一堆。

饭照旧是多碱的棒子面粥和死王八肉色的发糕，而且质量比以前更为糟糕，大家对这饭食都很不满意。我不敢说什么，老万却不管，他说照这么下去我们都要得胃癌。“把胃整天用碱烧着，打出的嗝儿都是带冒烟的。”

我想大约是李瘪忙，有日子没请他吃小饼了。

李瘪两口子白天割来苇子，晚上就在场上编苇帘子，然后，把苇帘子就近卖给附近连队，不用走路就把钱挣了。

老万吃饭的时候用脚踢着那些帘子说：“这些帘子能卖不少钱。”

我看得出老万很眼馋，巴不得也去打芦苇。可是，编帘子的活儿是女人干的，男人插不上手，老万没有女人，就编不成帘子。所以，绝了这条挣钱的路。

李瘪的女人很开放，跟谁都爱开玩笑，在村里大概也是个泼辣女人。她敢穿着大花裤衩在人前走来走去，引得男人们的眼光常常发直。与老张两口子悄没声儿地过日子不同，李瘪两口子的日子热烈又夸张，且晚上的调笑呻吟毫不避人，安了广播喇叭似的，声音大得不行。

早晨起来，“青面兽”就批评李瘪：“注意些影响嘛，这里还有没成家的后生、女子哩，天底下就你们两口子活得滋润自在?”

李瘪只是笑。

这些日子，“青面兽”老背着手到堤上去转，半夜，他还经常出其不意地搞些紧急集合一类的军事小演习，我们倒都觉着没什么，晚上不睡白天可以睡，打个颠倒就是了。

顶不高兴的是李瘪两口子。

九　天上漂来的船·发大水了

早晨起来吃饭的时候，老万说屋后停着一只大船。

吃过饭我们就都到堤上去看那船。

船在河中间泊着，什么时候来的谁也说不清楚。老张说，他下半夜听到机器响，出来看，这船就停在这儿了，离他的网不到一百米，玄得很。

我问他船撞上网会怎么样？

老张说：“那样我这张网就毁了，十好几块钱呢。”

我想要是网把螺旋桨缠了，一定很好看，那就不是十几块钱的事情了，怕是要动用潜水员呢。

老张的大女儿说：“这船是从天上来的。”

我觉得老张的女儿很有想象力，说不定长大了以后可以当诗人。

船静静地泊着，蓝白两色，在早晨的阳光下反射着金亮的光，很有点童话的意思。船有甲板，还有一扇扇的小窗，显得很神秘。要不是船舷上搭着的背心、短裤什么的显示了它与人寰的接近，还真让人以为它是从天上漂来的。

会计说他在渭河边长这么大，从来没见渭河里有过行船，这条河就不能走船，更何况是这么大、这么漂亮的船。

老张说渭河早就断流了，往上走人都可以蹚过去，这条船是怎么过来的呢?

大家都觉得不可思议，就傻愣愣地站在那里张着嘴看，看那条白色的船。

有人从仓里出来了，看见了我们，却如同没看见一样，照旧往河里吊着什么。

老张说那人在下鱼钩，他是想钓鱼，又说那人下钩的方式很不地道，一看就知道是个外行。

“青面兽”冲那人哟嗬地喊，那人不睬，很骄傲地又进去了。

岸上的人就低低地骂，说那人是狗日的。

老张说他保证那人一天也钓不上一条鱼来。

大家看了半天，船上再也没有人出来，就回来了。

船的到来对平淡寂寞的农场生活来说是个很重大的事件，那时全国都处在一号二号的战备状态中，人人的头脑里都装着敌情，都防备着美帝、苏修在哪天夜里突然发动进攻，突然燃起第三次世界大战的战火。虽然我们的农场位于中国的最中心，东南西北从哪个方面看都够不着国境线，既不临美帝又不接苏修，但戒备照样很森严。“青面兽”教导我们说：“现代的战争是立体的，没有前后方之分，敌人往往出其不意，往最没有可能、最出乎人们意料之外的地方扔原子弹，我们万万不可麻痹大意。”我心里却常疑惑，美帝苏修往荒凉的黄河滩上扔原子弹，除非是为了进行核试验，否则，就是吃饱了撑的。但就屋后的船来说，真要是一条苏修开来的船也很有意思。那样，我们的农场就不会这样沉闷、这样寂静了，我们该干的事情就会很多，这个地方也会由此而热闹起来。我突然觉得自己很反动，盼着苏修的船进入中国内地，这样的思想暴露出来要比恢复大清王朝还严重。了不得，真是了不得的事！但我发现持这种念头的不止我一个，大家都希望这不明不白的大船和国际形势和阶级斗争有联系。我们就像盼着地震一样盼着出事，甭管这事是好是坏。整个一上午大家都在议论这条船，中午吃饭的时候，本来是各自打了饭回各自的屋，今天却都端着饭不走，很自然地集中在了食堂山墙的阴凉处。

至于我们的狗，早就体察到了我们的心态，从早晨到现在，一直在堤上冲着那船叫唤，一批下来又换一批，采取轮番叫骂的战术，充分表现了我们的戒备。

吃饭时，大鼻子老万吸溜着鼻子翻卷着油泼面说："阶级斗争必须年年讲、月月讲、天天讲。"

李瘪说："革命不是请客吃饭，不是做文章，不是绘画绣花，不能那样雅致，那样从容不迫、文质彬彬，那样温良恭俭让。革命是暴动，是一个阶级推翻另一个阶级的暴力行动。"

"青面兽"说："你们说这是什么意思？"

李瘪说："我怕那船是美帝苏修派来搞特务活动的敌舰。"

经李瘪这么一挑明，谁都觉得后脖子有点发凉。

老万说："我们打招呼他们不回话，看来是不懂。"

老张说："看出来的人的模样是黄种人，跟我们一样的。"

李瘪说："外国派特务来中国，当然要黄种，来一帮黄头发绿眼睛算怎么档子事。”

大家就看“青面兽”，“青面兽”的脸又变青了。

老张说：“应该派人上去问问。上边并没有给我们来什么过船的通知，突然出现一条船，连来龙去脉也搞不清，在我们的地界上，真出了什么事情我们大家都脱不了干系。”

大家都认为老张说得有道理，调查研究是很有必要的，无论要不要向上级汇报，这条船从哪儿来，它要干什么，我们是有责任搞清楚的。

问题是谁上船去和那些来历不明的人交涉。

“青面兽”是必须去的，他是领导，下面就是卫兵身份的随从了。

李瘪说他可以去，老万也说能去，会计和老张也跃跃欲试。

我很自觉地缩到后面去了。

但是，老张的媳妇说：“你们去都不合适，我看那条船上的人是很有知识的，应该选个相应有知识的人和领导一块儿去，才不会让他们小看我们，才能显得我们也很有知识。”

老张就问她谁很有知识。

老张媳妇说：“叶广芩很有知识，她戴着眼镜。”

李瘪说：“叶广芩不行，叶广芩是反革命，她到那条船上如鱼得水了怎么办？”

老张的媳妇说：“那你也不行，你看你那模样……”

李瘪的女人马上接过来说：“我们的模样怎么了？”

漂亮的老张媳妇不说话了，看了一眼漂亮的老张。

“青面兽”说：“别斗嘴了，下午老张和我上那条船。”

大家都不再说什么。

下午，我正在菜地莳弄我那些和草混在一起的韭菜，老张过来喊我，说“青面兽”让我也和他们一起去。我看老张，好像被他媳妇特意打扮了一番，穿了一条灰的确良裤子，再不是他每天打鱼穿的那条挽到膝盖以上满是汗印儿的破军裤。

我说我还是不去好。

老张说这是“青面兽”的意思。

我就只好去了。

我们来到船前，站在水里冲着船上喊了半天，才有人从里面睡意蒙眬地走出来，揉着眼睛问我们干什么。

“青面兽”说：“我们要上去看看。”

那人说：“上面没有什么好看的。”

老张说：“我们要跟你们的领导说话。”

那人说：“领导在午睡，大家都在午睡，大热的天，你们不午睡，在河滩里转什么？”

老张说：“这是我们的农场，我们想怎么转就怎么转。”

我用手拉了拉老张，对那人说：“这是我们场的领导雷长兴，想跟你们的领导见见面，麻烦您给叫一声。”

那人一听是领导，态度有些改变，嘟嘟囔囔地进去了。一会儿那人从船上伸出一块长板子，一头伸到河里，一头搭在船上，板子上还钉着一道道的横木条，看来是专为上下船用的。

果然，来人让我们踩着板子上船。

踩着颤巍巍的木板上了船后才知道，外表看着白亮精美的船，里面却是脏乱不堪，到处堆着仪器，还有煤油和垃圾什么的。房间不少，很小，很热，一桌一床，都乱得分不清眉眼，头顶上挂着的手巾散发着难闻的气味，小窄床上的凉席，看上去就黏黏糊糊的不爽利，更兼黏黏糊糊的床上睡着黏黏糊糊的人，在太阳的照耀下，汗流浃背地打着鼾。

不知他们如何，反正我已经热得喘不过气来了。

猛然，老张停住脚步，一脸紧张。我顺着老张的目光望去，见一个小屋子里的桌子上放着一台发报机，就是我们在电影《永不消逝的电波》里看到的那种发报机。

货真价实的发报机面目狰狞地与我们对视着。

“青面兽”也看见了，他不动声色地走了过去，我和老张也只好跟着往里走。

那人把我们领到船头一间稍大一点儿的房间，指着一个刚睡醒、正发呆的人说：“这就是我们的领导，姓柴。”

我看那位柴领导黑红脸膛，四方脸，很匀称，大热的天还穿着白衬衫。

“青面兽”先发制人，开口就问他们是来干什么的？

柴领导说：“我们是勘测队的，来测量这段河床和水流。”

“青面兽”问从哪儿来。

柴领导说：“从下游。”

“青面兽”问下游是哪儿。

柴领导说：“是盂源。”

“青面兽”说：“怎么能证明你们是勘测队的？”

柴领导说："这条船就是证明，老百姓没有这样的船。"

"青面兽"说："船不能证明。现在阶级斗争形势很复杂，这地段归我们管理，我们没有接到上面有测量船来的通知，我们要对河里发生的一切情况负责。"

柴领导说："农垦和测量是两个部门，大概是没有互相通气。"说着从夹子里抽出不少表格数字，摊在我们面前，让我们看，以证实真是测量队的。

"青面兽"接过那些表格，翻来覆去弄得哗哗响，我敢保证，表上那些复杂的数字和符号他压根儿就看不懂，但是，他看起来却很内行，不时的还在某行某个数字上用指头点一下，跟真的似的。

老张问："你们为什么要停在我们这儿?"

柴领导说："往前再没法走了，水太浅，过几天水下来了，我们还得往上走，到渭南、咸阳。"

"青面兽"把表格交给柴领导，事情已经了解清楚了，再没有待下去的必要。但转身就走又未免让人觉得尴尬，我就多了一句嘴说："你们有什么困难可以提出，我们可以帮你们。"

"青面兽"也赶紧接上说："就是，就是，别客气，我们都是来自五湖四海，为了一个共同的革命目标走到一起来了。需要我们做什么，你们尽管提出，我们一定大力支持。"

老张也说："我们都是革命同志嘛，往后就是一个战壕里的战友了。"

柴领导见我们都很热情，就真不客气地说："船上生活条件很差，既然你们就在附近，我们能不能在你们的灶上搭伙，跟你们的职工一块儿在食堂吃饭，我们可以出一个炊事员，伙食费统一结算。”

“青面兽”看了一眼老张。

精明的柴领导马上说：“一切由你们决定，要是不方便也不勉强，反正我们在这儿待不了几天。”

“青面兽”是个面热的人，一听这话马上说：“没问题，晚上你们就来农场吃饭好了。”

我说：“我们的伙食不太好。”

柴领导说：“没关系，我们的厨师老王是有级别的专业厨师。”说着就叫来一个很顺眼的胖子，交代了一些话，让他跟着我们一块儿下船。

下船的时候，老张特意看了一下早晨那个人下的“鱼钩”，才发现吊在水里的不是鱼钩是个小瓶子，那瓶儿泡在水里头，不知派什么用场。

瓶儿当然钓不上鱼来，老张说他的预言没错。

测量队的人来吃过两回饭大家就熟悉了，他们一共是九个人，都是很精干的年轻人，为首的柴领导也不到三十岁。晚上没事，他们也到河边散步，到我们的农场来聊天。柴领导对我说他根本不是什么领导，他是技术员，刚从学校毕业分配来的技术员，只是这条船上的临时负责人罢了。

我问他叫什么名字。

他说了。

那名字很一般，我没过五分钟就忘了。

我问他是哪里的人。

他说河北，又说了一个我从没听过的地名。

那地名同样很一般，没过五分钟我又忘了。

他说："知道《水浒传》里的小旋风柴进吧，那是我们的本家，我们村至今还有柴进的庄子。"

原来是梁山好汉的后代，我对眼前的柴不得不刮目相看了；当然，他的名字和老家还是记不住，留在记忆中的只有"小旋风柴进"。

由于测量队的介入，我们的伙食有了改善，李瘪索性去割他的苇子，十几个人的饭就全由测量队的客人做。测量队的炊事员是陕西蓝田人，那里不只出中国猿人，也是专门出厨子的地方，所以，饮食的花样就不断翻新：臊子面、麻什子、凉皮、搅团，都是我从没吃过的农家饭。于是，我们的胃口就得到了空前的扩展。

谁都盼着测量队的船能在河里多泡些日子。

"柴进"没事也常来和我聊天，他说他对北京也很熟，他上大学就是在北京，学校离颐和园不远，他经常到那里去玩儿，而且是不买门票硬往里混。

这使我有了一种他乡遇故知的亲切。

"柴进"聊他的大学生活，这使我很羡慕。"文革"前，我梦寐以求的就是当个大学生。

我每天下午都要去罗敷河游泳，我的水性不错，"文革"在北京，曾经从颐和园的排云殿游到对面的龙王庙。虽说是推着漂浮的大标语在水中前进与套着救生圈无异，但没些水性的还是没有胆量做此横渡之举。以往我只在罗敷河里游，自打测量船来了以后，我竟有意无意地顺着罗敷河游进渭河，在渭河宽阔的水面游出了不少花样。

测量船就泊在远处的夕阳里，那艘“从天上来的船”对我有着一种难以说清的吸引力。我知道他们在船上一定会看见在河水中戏水的我，一定会看见我不凡的水里功夫，其中当然会有那个“柴进”。多少年过去，我常常想起当年那轻薄可笑的小儿之举究竟出于一种什么样的心态和目的，受着什么样思想的支配，却怎么也说不清楚。大约是太孤独了、太压抑了、太苦闷了，渴望理解，渴望爱护，渴望别人对我的注意吧……有人说，人都有在所倾慕的对象面前表现自己的欲望。我当时或许就是出于这种心理吧。而对我来说，也确没有什么值得向人显示向人夸耀的，所能表现的也就是游泳了，其实是很可怜、很悲哀的。

我盼望着与“柴进”接触，跟“柴进”接触似乎与跟喜茂接触不同，有一种难以按捺的激动和喜悦。有时虽然没有语言交流，但只要能看一眼“柴进”，看一眼那船，我也会觉得很欣慰、很愉快。

“柴进”对我好像并没有什么特殊，他话语不多，和农场的人在一起，更多的时候他是在听着别人说话。他越是这样，越使我感到他的深沉、老练，感到他的与众不同。“山有木兮木有枝，心悦君兮君不知”，我认为我会找机会将我的感情暗示给他的，但那必须要有“机会”。女孩子要有女孩子的矜持，一切不能太直白、太匆忙了，那样会让人看不起。

这大概就是我的初恋了，严格地说它是一种情窦初开的单相思。但是，正是有了这种单相思，好像世间的一切都有了色彩，变得和从前不一样了。

我每天都在想念“柴进”，想象着他在船上做什么，想象着他和他的那些队员们的一切生活细节，想象着他的音容笑貌，想象着他的举手投足……在想象中我丢失了孤零、凄苦，感到了快活、温暖；我想，“柴进”也应该是这样想着我的。自从有了这样的感觉，我好像又很怕见到“柴进”。每逢他随他的队员们来吃饭，我都感到尴尬和不自然，但是，我又舍不得走开。因为，和他接触的机会毕竟有限。于我，那心思全不在吃饭上，每天都在魂不守舍地犯迷糊。农场的人谁和“柴进”说话我都会神经质地紧张，我怕他知道我的身份，怕他知道我的政治背景，我怕他会因此而看不起我。

我处在痛苦的煎熬中。

这痛苦是自找的，虽然有一种微甘的回味，终归是苦。

我每天数次地到河边看那船，看着他们在上面忙碌地走来走去。在那段日子，我的日语学习是彻底荒废了，咸宁来的讲义只是拆开，连看也不看，我的全部精力都放在“柴进”身上。

我其实是在等着他说什么，在等着他有什么表示。

我的心，那一半其实是空的。

早晨，又来到河边，河中一片水雾。太阳从东边的地平线升起，河面上的雾渐渐散开，露出了一览无余的水面。

没有船。

我惊愕极了，待在那里连动也不会动了。

他们走了。如同来时的神秘，走得也神秘。

从天上来又回天上去了。

天空碧蓝清爽，有一只鹰在头顶盘旋，伸展的翅膀一动不动，恰似那条在河中泊过的船。脚底下的河流出现了波浪，河水冲刷着岸边的泥沙，发出咕咕的声音，细微的浪互相催促着，正缓缓地向东滑去。一只雁从不远的草丛里扑棱棱飞起来了，仔细看还有第二只，第三只……它们呀呀地叫着腾空而起，消逝在水天相接处。

那里是一片迷蒙。

身后，白色的炊烟袅袅婷婷，是李瘪在做饭了。那是我熟悉的气味，从今往后，一切又要照旧了。碱的发糕，碱的粥……

脚下的河堤在塌陷，我没有感觉，心里反反复复的只有一句话：走了，走了……

所谓伊人，在水一方。

多少事还没来得及说，最关键的一点，我竟然没有问过他结婚了没有。我心里清楚，从今往后彼此是再也没有机会见面了，严格地说我连他的名字也没有记住。“柴进”，“柴进”是什么呀？那只是属于我的一个符号，一个一闪即逝的符号。

我快快地从堤上走回来，拿起了冷落了多少天的日语讲义，将这可怜的“初恋”抛在脑后。

扯淡！

完全是扯淡！

十年后我当了报社记者，有很多次去测量部门采访，当然，我完全有寻找这个“柴进”的机会。但我想，我已非当年的我，“柴进”肯定也非当年的“柴进”了，而那时，我对那个“柴进”毕竟知道的不多。留着一份散发着河水气味的清新回忆，留着当时的一份温馨感觉，当是明智的。

能记住的总是美好的。

东去的罗敷河水被施了魔法般地突然向西倒灌，水花拍得堤岸精湿。渭河的水变得浑浊不清，水面上出现了大大小小的漩涡，上游有草棍和树枝漂下来，辽阔荒凉的河水发出隆隆的声响。

我们随着“青面兽”在堤上站了半晌，“青面兽”说自下午开始两人一组，加紧巡视，万不可掉以轻心。于是，我们分了四组，每组六小时，掂着锹轮班在堤上转。

很累，很困。

这夜倒下就睡着了。

……梦到了如银的罗敷河和“耳中明月珠”的罗敷女，细腰肥臀的她如我在河边月下看到的那样，立在水中，向我招手，扬起阵阵水波向我涌来……

李瘪女人的一声尖叫将我惊醒，坐起来看见水已漫进土屋，脸盆、鞋子正如小船般漂浮在床沿下。翻身下床，脚一下伸进水里，很凉，打了一个冷战，睡意全无。

跑出屋外，见李瘪的女人用身体压住倒塌的苇帘堆，有几捆苇帘已随水漂出院落。男人们只穿着裤衩，站在水中央，样子有些茫然。

我突然想起了我的那些猪，蹚着水急忙赶到猪圈，果然已经进水，还好，不深，老黑正用嘴拱门。我打开门，猪们很有秩序地依次而出，在老黑的带领下照直奔向西边高地。

“青面兽”在水里喊：“水库蓄水了！”

老万和老张也喊：“蓄水了！”

我问要不要把仓库的麦子转移了。

“青面兽”说：“往哪儿转移，那里最安全，当初建仓库的时候就修了高台，早就料到有发水的一天。”

我不再说什么，但我总觉得在这种时候应该干点儿什么。

但大家谁也没有干点儿什么的意思，只是站在高台上抽烟看水景。水已经漫过了大腿，李瘪看着他那堆苇子有些慌，问“青面兽”说：“还能涨多高？”

“青面兽”说：“不碍事，用不着担心，1963 年库区水最大，不过齐腰，大半天也就退了，玉米照样收。”

“青面兽”经历过发大水，他说不碍事就不碍事，他的话大伙儿都信。

我们把日常用的零碎物件搬到高处，搬完了就又没事干了。

水还在不动声色地上涨，土墙根泛着一层白沫，一涌一涌的，发出吱吱的声音。河堤看不见了，渭河、罗敷河连成了一片，一样的黯淡浑黄，一样的辽阔无垠。华山脚下，一串灯光在水面上缓缓移动，那是进京的 280 次快车，也是今夜最后一班驶过的客车。不一会儿，电就断了，“青面兽”让点起马灯，节约用油，都到仓库的高台上集中，充分做好各种应急准备。

风从水面刮来，带着浓重的湿腥，带着呜呜的吟唱，掠过我们的身体，向西去了。厚重的云夹裹着雷声以夜为掩护，悄悄地从东面拥来，一种不安袭入每一个人的心头，大家不约而同转过脸去看“青面兽”。“青面兽”说：“下半夜保不齐有大雨，水还得涨，眼下要紧的是把厨房那十几袋白面挪到仓库来，白面让水泡了，明天当下就没得吃。”

男人们都去搬面，我也跟了过去，“青面兽”喊住我说：“你不要搬，趁着厨房没进水，跟李瘪女人烧两锅开水，再做两天的干粮。无产阶级只有解放全人类，才能最后解放自己，谁知道谁来解放我们?”

我站在水里品味“青面兽”的“解放论”，想体会“谁来解放我们”到底是什么意思。李瘪女人冲我嚷：“你倒是过来呀。”

来农场这么长时间了，我终于逮着了烙小饼的机会，于是，变得很兴奋，拉着李瘪女人手脚麻利地干起来。

我烙的当然要比李瘪高级，糖饼。

李瘪的女人边干边吃，她的饭量真大，吃了三张了还要伸手。

我说：“烙完了再吃不行吗？以你这种吃法，我烙的供不上你吃的，水眼瞅着涨到灶根了，咱们半天烙不出两张饼来，怎么交代呢?”

李瘪女人说：“我不管，反正我又不是这里的职工，就是吃你们两张饼，你们的领导也不敢把我怎么样。”

我说：“现在是特殊时期，连我这样的人都派来烙饼了，你就不要再说什么职工不职工的话了，没意思得很。”

烙到第十几张的时候灶进了水，火灭了，冒起了烟。

……老万在外头喊，声音怪怪的，李瘪女人坐在灶台上往箩筐里装着饼说：“一惊一炸的，外头是不是在闹狼?”

我忽然想起了老黑，三步两步奔出去就往西蹚，西边的水已经没过腿根，哪里还有老黑的影子。我啰啰啰地喊，一边喊一边摸，借着手里微弱的灯光四处寻找。

老万在水里莫名其妙地来回跑，哑着嗓子冲我使劲比画，把根绳子在手里不住地抡。我不知道他要干什么，就不理他，继续找我的猪。一股水涌过来，我打了个趔趄，那边老万立即发出一声怪叫，这回我听清了，他是让我站住别动。

我看见老万腰里系着绳一步一摸，很怪诞地向我走来，绳子的另一头攥在老张和“青面兽”的手里，他们的神情都紧张得变了形，让人觉得好笑。

我说：“我在找猪。”

说着又弯下腰仔细看水面，水是黑的，猪们也是黑的，在这样的夜里极难发现它们。

猛然，“青面兽”霹雷般地一声吼：“你给我站住！”

说时迟那时快，老万不知什么时候已经摸到我跟前，一把将我拽住，猛地一拉，我和他都歪在泥水中。没等我站起来，老万冲着我的后背狠狠地扇了一巴掌，那一掌太重了，差点儿没让我吐了血。

我再一次倒在水里。

李瘪要过来接我们，老万红着眼珠子吼：“别过来！”李瘪就站在那里，两条腿筛糠似的抖。

被老万连推带搡地带到了高台，“青面兽”咬牙切齿地对我说：“你不要命了！”说罢指着我站过的地方恶狠狠地说，“你不当反革命谁当反革命！”

我看那水，与别处并没什么异样，刚要说什么，倏地，一股冷气由后背渗出，我屏住了气息，冷汗涔涔而下。我的目光一下集中到我刚才站过的地方——

井！是那口没遮拦的，被水淹没了的井。

真应了“青面兽”的话，大水第二天下午就退了，这是因为三门峡开闸泄洪的缘故。玉米伏倒不多，果真可以照收。那十几张饼也很管用，刚好顶了我们的午饭。应该说，“青面兽”的决策还是很英明的。

很多河水被留在了井里，待三天后井水沉下去，我们在里面找到了老黑和它的兄弟姐妹的尸体，无一例外，它们都掉进了那口与地面平齐的井。如果老万不及时拉拽，我只需向前半步，就和老黑们一块儿奔了黄泉之路。

老万再不好，终归是救命恩人哪！

十　猎杀大雁·细狗撵兔

天气转凉，滩地的风渐渐变硬。

播上麦子以后我们就一点事儿也没有了。上边下来了任务，让利用农闲时间抓紧政治学习，并且将学习的发言记录上交，由上边检查。这样一来，我们就不得不学习了，否则，没有记录，对上边无法交差。每天，我们都处在批判之中，只要上边点了名的，我们都批。那时被点名批判的已不是我们其中的某某，而是些莫名其妙的人，是平时老百姓想也想不起来的商鞅、孔老二什么的。批了很长时间，大伙儿对谁是儒家谁是法家也没搞明白，更仔细一点说连什么是法，什么是儒都说不清楚。“青面兽”对此有高论，他说：“法家就是革命的，儒家就是反动的。”经他这么一点，果然大家立即如拨开云雾般的清晰，阶级阵线立马分明了。由此观点推论，郭建光、阿庆嫂是法家，胡传魁、刁德一是儒家；李玉和是法家，鸠山是儒家；杨子荣是法家，座山雕是儒家；“青面兽”、李瘪们是法家，我叶广芩是儒家……怎么套怎么让人觉得有点儿不伦不类，别扭。

本来是学术界的讨论，却硬要老百姓参与，让种地的闹什么“评法批儒”，无异于赶着鸭子上架；但上了架的鸭子自有上了架的鸭子的招数，批判会照样开得生动而深入。

会计兼着文书，文书是文人，担负着记录的工作。

老万是临潼人，家就在秦始皇陵下，文件说秦始皇是大法家，大家认为老万离法家最近，就推崇他第一个发言。

坐在麻包上的老万郑重其事地说：“说秦始皇是法家，法家就是革命的，革×呀！革命的法家既然是革命的，为甚还要兴师动众给自己修坟哩？我们村西头就是他的坟，占了多大地界呀，都是上好的良田，本来平平的地，硬要堆成山。听说那些修坟的工匠临了谁也没出来，他们正在里面干活儿的时候，大石头门就一层层地关上了，人都被闷死在里边。更惨的是，没有为革命法家生过孩子的媳妇们，也被赶进去殉了葬。这是浪费，浪费女人。我们村自古女人就少，革命法家少埋进些媳妇分给我们，说不定我们又能繁衍出许多新法家。我们村里人打井，水没打出来硬是从地里打出了一大批陶佛爷，上边来人看，说是革命法家的冥军，死活再不让往下挖了。我们说南边不让挖那就挖北边，上边人说北边也是法家的阵地。后来一查，东西南北都是，敢情我们被包围了，窝在村里动弹不得。井不让打，渠不让挖，霸道得很嘛！死了都这样，再别提活着的时候。就是我们村里的富农也没张狂到这份儿上。所以，这法家究竟是不是革命的我不敢说。”

“青面兽”说：“上边说他是革命的就是革命的。”

老万说：“要是秦始皇是革命的，那我们村的富农比秦始皇好多了，就更是革命的；我们村的富农要是革命的，那我们这些贫下中农就是反革命的了。‘文化大革命’革了许多年，得出的结论就是这个?”

“青面兽”说:“你不能老拿你们村的富农比,比来比去就比糊涂了。”

老万说:“我看得见的就是我们村的富农,我看不见革命的秦始皇。赶明儿我让我儿子也给我修坟呀,不说比他秦始皇的大,起码也得砖对缝的碹,用柏木棺材。”

会计问这些记不记?

“青面兽”说:“记个屎!”

讨论的结果往往一张嘴就跑偏,“青面兽”没有组织引导能力,连他自己也是稀里糊涂。他愣说商鞅是蒋介石的随身警卫,在“双十二”事变中毙命在临潼,说今日五间厅玻璃上的洞眼就是为打商鞅而留下的。他说,当时蒋介石毕竟是国家统帅,张学良胆子再大也不敢对统帅开枪,所以,商鞅就成了替死鬼。

老张说商鞅好像是被马拉死的,不是被枪打死的。

“青面兽”说:“甭管怎么死的,反正是死了,商鞅是大变法家;这变法嘛,就是变化,大变法家就是大变化家……”

李瘪故作聪明地说:“就是变戏法儿的。”

“青面兽”说:“大变化家是最革命的,他得到了我们中央的认可。所以,我们要学习商鞅,学习他的变化。当然,这也不是一下子就能学到手的,这需要技术,需要反复练习。俗话说,十年的大道走成河,十年的媳妇熬成婆。只要功夫深,铁杵磨成针。无产阶级只有解放全人类,才能最后解放无产阶级自己。人民,只有人民,才是创造世界历史的动力。”

会计问记不记？

“青面兽”很得意地说：“记。”

大家都称赞“青面兽”的发言有水平。

“青面兽”就更加得意，摇头晃脑地端着大搪瓷缸子使劲喝水。

我最爱参加这样的学习，从中可以学到很多新鲜的、闻所未闻的知识。我是没有发言资格的，我只有在一边老老实实地听，随时准备接受革命职工的帮助和指导。他们对我的存在根本不在乎，发言也毫无顾忌，很能做到知无不言，言无不尽，他们每个人都在极力地表现自己。

在黄河滩上的大仓库里，人人都是评法批儒的大学问家。

后来不知怎么的，从法家就转移到精神的存在这一严肃的大题目上，演绎成仓库语言就变得虚幻和抽象，成了纯精神的探讨。

老万对“青面兽”说：“还记得那天吗？你让我加夜班翻西边那块地，我干到11点就回来了，还剩下三五趟，愣没干完。知道我为什么回来吗？”

李瘪说：“是你不想干了，犯懒。”

“青面兽”说：“让老万说，他为什么提前回来？”

老万说：“那天天特别黑，西边有闪电，却又没雨，闷得人喘不过气儿来。你们都记住，大凡这样的天是最容易出事的。那天，我一个人开着拖拉机在西大地播小麦，我困了，一边播种一边打瞌睡。一抬头，恍惚看见前面地头上站着一个披头散发的穿白衣裳的女人，车灯一晃，女人将脸转了过去，把个脊背对着我，看来她是怕光。女人的头发又黑又长，盖过了屁股，等我赶到了地头，却什么都没有了。

我掉过头来，那女的又站在另一边的地头，远远的面对着我，车灯晃了，就又慢慢地转过身去……”

李瘪说：“是你想女人想疯了。”

老万说：“我想女人也不是想这样的女人，半夜三更在野地里转，不是野鬼就是精怪。我想，不管她是什么，我见怪不怪，不理她就是了，就照样翻我的地。又走了几个来回，那女人不见了，拖拉机开到地中间，突然嘎噔，熄了一下火，很快就又着了，就在这一熄一着的当儿，我觉着上来个人，就是在地头站着的那位，她上来了，一屁股坐在我旁边……”

我们都瞪大了眼睛，大气儿不敢出。

李瘪问：“后来呢?”

老万说：“那女的用头发把脸遮着，低着头，也不看我，一双手是绿的，长着白毛，浑身的凉气浸人。我心里害怕，不敢言语，但是，我想看看那人的脸。正这么想着，那个人就把头抬起来了，慢慢地把脸转了过来……”

我大叫一声缩成一团，让老万再不要讲下去。

“青面兽”说：“彻底的唯物者是无所畏惧的，老万你接着往下说。”

老万说：“我当时冲着那东西使足了劲喊‘呔’，一激灵醒了，那个东西像一股白烟，唰——散了。我出了一身白毛汗，加大油门就往回赶，连头也不敢回。就是现在，我也不知道那玩意儿跟来了没有，是不是就在我们周围。”

谁听了这话都不舒服，都不由自主地往前后左右看。李瘪说他以后再不能一个人在厨房做饭了，那东西万一找到厨房来他可没有老万的胆量，吓也吓死了。

会计问这跟评法批儒如何联系？

“青面兽”说：“没屎联系。谝闲传哩。”看会计已经在本子上写了几行字，又说：“该记的记，不该记的别记。”

会计说：“我怎么知道什么该记什么不该记。”

“青面兽”就说会计的脑子是猪脑子。

说到猪，大家就都想到了淹死在井里的老黑一家，都有些恶心。

很长时间我们都人心惶惶的，天一黑就缩在自己的屋里不出来，怕遇上老万说的那个白衣女人。我想，这也就是贫下中农的老万说的罢了，要是我，恐怕得被上纲上线，降不到“谝闲传”的份上。

有一天，11团的领导掂着锹找上门来了，说我们的人半夜偷了他们的花生。我们当然没人认账，天一擦黑就不敢出屋的我们，谁还有那胆量过罗敷河走十几里路去偷。

但人家有赃物为证，锹把上明明白白用红漆做着我们的记号，赖是赖不掉的。

是谁在夜黑风高的时候干了这样的事情，连白衣女人也不怕了，可真是有个贼胆子。“青面兽”向人家说了不少好话，又请11团的领导喝了一顿酒，人家才走了。

11团的领导刚走出土圈子，“青面兽”就在食堂里骂开了，说这一顿酒顶得上偷十回的花生，细算下来我们的亏吃大了。

老万说：“也不要生气，我们再捞他几回才是真的，这回我们是名正言顺的正义之偷，是为了补偿我们的破费采取的正义行动。”

“青面兽”说：“这样的事情领导不好出面，行动的指挥权就交给你老万了。”

老万说他绝不辜负领导的信任。

在老万的周密计划下，我们全体出动了，包括老张的“随军”家属。

两人放哨，三人掘进，两人装运，“青面兽”不出头露面，但也不能闲着，就在罗敷河边备好渡船，准备接应。

“趁夜色出奇兵，猛迂回，巧穿插，直捣敌人防线。”我们跟着老万上蹿下跳，爬沟越坎，不费吹灰之力就来到了11团那片茂盛的花生地。

老万说：“就是这儿了，不要言语，抓紧干活儿。”

我们就拼命挖，那花生果然又大又饱，一提溜一大串。

李瘪说：“老万，你咋知道这儿的花生这么好？”

老万说：“我事先早侦察过了。”

老张说：“难怪你轻车熟路的。”

李瘪说：“我猜昨天来这儿偷花生的就是你。”

老万说：“别说话，小心11团的狗。”

老张媳妇说：“你也是，抱了花生就把锹丢了，让人找上门去，怪寒碜的。”

老张说：“人家不找上门也不会有今天的夜袭，好着呢。”

我想，老万拿白衣女人的鬼话吓唬我们，让我们晚上不敢出门，这大概也是他偷花生的计划之一，这个老万鬼精鬼精的。

远处有手电闪烁，老万一声命令，我们都伏在田埂上，屏住气，一动不动，每个人都十分的军事、十分的到位。我的心怦怦地跳，感到这情景与真正的战斗无异。

两大口袋花生被我们担着，在夜色的掩护下，以神奇的速度向罗敷河转移。没人说话，只有嚓嚓的脚步声和口袋坠着扁担发出的沉重的吱吱声。这次行动的本身让我兴奋，竟使我觉得偷窃原来也是这般美好。当然，更美好的是这些人没有把我当外人，无论干什么，我终于成了他们中的一员。

那些花生我们煮着吃了一星期，吃得人人拉稀。我从那儿才知道，花生吃多了会坏肚子，而不是像人们传的那样便秘。实践出真知。

天气再凉些，男人们就躁动不安起来了，老张和老万不知从哪里搞来了火枪，他们要打雁了。

每到秋天，渭河的芦苇塘里就歇息着成群成群的雁，它们不是今天来了明天走，它们往往要在这个地方盘旋很久，直到很冷了才离开。那些雁都是麻色的，粗看很不起眼，但是，在阳光下仔细看，它们的每一根羽毛都辗转着色彩，随着角度的变换而变得五彩斑斓。

老张们的枪已经准备好了。

我去河边看那些雁，一大片的，有时静得没有一点声息，有时则叫得一塌糊涂。它们在河里觅食，在芦苇丛里歇息，这些齐整的、有纪律的鸟儿，给枯黄惨淡的渭河滩带来了美丽的色彩和无限的生机。秋风吹过，雁在寒水中瑟瑟发抖，我真是可怜它们。白居易有诗说："雪中啄草冰上宿，翅冷腾空飞动迟。"我心里想，怎么还不快走呢？家乡就这么好吗？南边比这里要暖和多了，危机四伏的黄河滩有什么好留恋的呢？

但那些雁还是迟迟地不走。

一天傍晚，枪声终于响了。

长河落日，萧萧风声，天地间一片血红。我认为他们干打雁这样的事有点残酷。雁是益禽，古来对雁的赞美实在是不少的，“鸿雁于飞，肃肃其羽”；“高城残照下，万里一行飞”；“拣尽寒枝不肯栖，寂寞沙洲冷”……对这样的鸟儿怎么能开枪射杀呢？

我的心里满是悲哀与失望。

大堤上，老张们手里提着淌血的雁迎着我走来，他们很夸张地向我炫耀着。李瘪将一只很秀丽的绿羽雁在我的眼前使劲晃动，得意地说：“今天夜里别睡着了，我给你们做红烧雁肉。”

那只雁的头颈像绳子一样地垂着，眼睛睁着，晶莹的黑眼睛里反射着落日的余晖，它大概到死也不理解、不明白，没有招谁没有惹谁的它，为何会落得如此下场？

我奔到芦苇丛中，大声地冲着那些雁吆喝。

我要赶起那些雁，让它们快走，快走，快走！

没有雁儿飞起，四周死静一片。

它们在更深的芦苇中躲避。

我跌坐在河岸，望着滔滔的河水，只感到生命的不易，存在的艰难。

雁尚且如此，更何况人？

李瘪做别的不行，红烧雁肉却做得很地道。农场的人都很兴奋，大家都在为雁肉而熬夜，难见荤腥的人们在厨房溢出的肉香中已经飘飘然、昏昏然，不能自已了。

我没有去凑热闹，早早地躺下睡了。在蒙眬的状态时，我听见老万在招呼大家去盛肉，老张的媳妇敲我的门，说去晚了多半会让那帮“狼”吃光。

我说不吃了。

老张媳妇隔着窗户说：“那你就亏了。”

我还是说不吃。

老张媳妇说：“要是真不吃，我就把你那一份也打了。”

我说：“随便。”

老张的媳妇就噔噔地走了。我知道，她得顾及到她的那两个馋肉馋得眼睛发绿的女儿。

“青面兽”和李瘪们就着雁肉蹲在碾盘上喝酒，是下午派老张到河对面小村沽来的一毛二一两的红薯酒。几个男人为这顿肉每人摊了四毛钱，老张跑腿，少出了一半。他们边吃边闹，“老虎、杠子、鸡”的嘶喊传入我的小土屋，清隽高雅的雁与浑浊浓烈的酒风马牛地搅在一起，让人有一种说不清道不明的惆怅。

男人们都吃得很惬意，他们开始唱了，唱秦腔：有为王打坐在某某地面……

跟大雁没有关系。

老万喝得舌头已经发直，他不利落地说：“明天还去打……”

男人们纷纷应和着：“……还打。”

第二天，按正常作息时间起床的只有我一个人，我看见石碾上一片狼藉，被嘬啃过的雁骨遍地皆是，厨房的墙根是一堆用开水烫过的杂乱的雁毛，情景惨烈而悲壮。

我来到河边，见苇丛中又有雁在起落，不禁深深地吸了口凉气：

糊涂的雁哪——

后来，男人们就每天去打雁，他们吃了多少次红烧雁肉，谁也记不清了，可叹的是那些雁，打了还来，打了还来……

我埋怨它们的没记性，细想那也是一种执着，是一种临乎生死而不惧的气节，一种“伏清白以死直”的精神。

我不如雁。

事后我才知道，打雁的并非我们这一个农场，几乎在黄河滩上的所有团队，在那个时期对雁都发动了攻击。一到傍晚，河滩上枪声不绝。经过沿途无数的浩劫，南去的雁真正能飞到目的地的大概没有几只了。

就是能到达目的地，那里也未必就是乐园。

我将那些雁翎做成了一把把扇子，为的是纪念那些在黄河滩上永远不能再飞起的鸟儿。我被召回城市以后，不少朋友都接受过我馈赠的羽扇，他们为那羽的美丽而惊叹，我就给他们讲那些大雁九死而不悔的故事。

下雪了。

河滩上一片洁白，白得耀眼。

狗们不怕冷，冬天似乎是它们的节日，它们几只、十几只地结在一起，有我们自己的，也有外来串门子的。它们在空旷的田野里奔跑跳跃，忽而一群集体朝东，忽而又朝西，跑得莫名其妙。

带头的就是老万的那只纯白大狗。

农场的狗不少，各有各的主人。也就是说，它们每个都有自己的投靠，并不是领导的分配，是自然的结合。谁也说不清楚是怎么的，有一只狗就会卫兵一样地厮跟上了你，冲你摇尾，向你献媚，对你毫不掩饰地抛撒出它喜欢你的信息，不由得你不动心。

我的黄黄儿就是这么找上我的。

黄黄儿是一只漂亮、聪明的小母狗，大眼睛，全身一片金黄。它来自城市，是夏天城里的一些年轻学生来帮助收麦子时留在农场的。我是在仓库里发现黄黄儿的，那时，李瘪正掂着镐在追赶它，黄黄儿奶声奶气地尖叫着，躲避着李瘪的堵截。

我问李瘪为什么要逮这只还没脱尽绒毛的小狗？

李瘪说为了吃。

李瘪说："它在仓库的麻袋后头躲了三天了，见谁冲谁呼噜，讨厌得很。"说罢又用镐去捅缩在旮旯的小狗。

那狗哀叫着，向里钻得更深了。

李瘪让我帮他挪麻袋，我说工程量太大，挪到半截，狗换个地方，就前功尽弃了。

李瘪说："狗日的，我下午想做炖狗肉呢。食堂小黑板上的菜谱都写出去了。"

我说："这狗太小，不比一只小鸡肉多。"

李瘪说："甭管多少，它总是肉，就是喝汤也是香的。"

李瘪在谈论吃黄黄儿的时候，黄黄儿就在麻袋后头藏着，一动不动，听他说话。

我说："把这小黄狗给我吧，怪可怜的。"

李瘪说："你要是在下午以前把它哄出来，就算它命大，就属于你；要是过了午睡的时间，你还没有把它搞到手，我和老万们可就要联合采取行动了。"

我说让我试试看。

李瘪走了，我就弯下身子趴在地上哄那只狗。我把它很自然地叫作"黄黄儿"，后来，人们说我那不是在叫狗，是在叫猫。然而，无论猫也罢，狗也罢，黄黄儿就是躲在麻袋深处不出来。

我说："出来吧，黄黄儿，你要让他们逮走就麻烦啦。"

黄黄儿还是不动。

我只看见在袋与袋的夹缝里有一双晶亮的眼睛在闪烁。

李瘪吃饭的钟敲响了，我对那双闪亮的眼睛说："黄黄儿，再不出来，你的机会就没啦，你要是被下了汤锅，那可是谁也救不了你了。"

吃完饭我又去麻袋后头找黄黄儿，它已经不在那儿了，我喊了半天也没见它出来，看来是救不了它了。

中午，我正在午睡，感觉有什么在拱我的门。我趿拉着鞋推开门一看，竟是黄黄儿，天晓得它怎么想通了，会寻到我这儿。它很会掌握时机，赶在了李瘪向它发动总攻之前，及时修正了自己的生存方针，不愧是只聪明的狗。

我从地上抱起了黄黄儿，它很害怕也很虚弱，浑身颤抖着，眼里有泪光，那双眼分明在说："是死是活，我把一切都交给你了。"

黄黄儿的信赖让我感动，我将它抱进屋来，放在地上，它委屈又胆怯地站在那里不敢乱动。

我把碗里的半块剩馒头掰了喂它，它嗅嗅，不吃，但那条小尾巴却在不停地向我摆动。

从此，黄黄儿就跟定了我，成了我的狗。我走到哪儿，它跟到哪儿；我到河里游泳，它也去。初时见我下水，它只在岸上吠，声嘶力竭地吠，后来，也奋不顾身地扑进水里，努力向我游来。黄黄儿游泳的姿势很可爱，四个小爪一起划拉，小脑袋扬着，小鼻子噗噗着。人们常将不善游泳者的姿势喻为“狗刨”，那真是委屈狗们了，它们的姿势是很优美、很科学的，当然这是对狗而言。

黄黄儿每天跟着我游泳。开始，横渡渭河很勉强，对小狗来说，体力毕竟不支；但是到夏天结束的时候，它不仅能过河打来回，还能随着我顺流而下，从容不迫地漂浮在水面上。

经常下水使黄黄儿的皮毛洁净光亮，在阳光下跑起来像一束流动的光，它的美丽在众狗之中无与伦比。黄黄儿不因为我在农场地位的低下而夹紧尾巴，反而因我的娇宠而敢向任何人龇牙。有谁对我说话的声音大了一些，黄黄儿马上会对那人晓之以颜色，毫不客气。黄黄儿尤其厌恶李瘪，逢李瘪从它身边走过，它的喉咙里便要呼噜呼噜的，这使李瘪经常是提心吊胆的。

李瘪不止一次地指着黄黄儿对我说：“你的狗不是东西，我早晚有一天炖了它！”

但是，其他的人都喜欢黄黄儿，这得益于它的美丽。

农场里最没人味儿的狗要数老万的那只大白狗了。它跟希特勒似的，永远是一脸的严肃与郑重，冷漠得让人想到那不是狗而是什么其他的东西。老万的大白丑陋至极，高近一米，细腰长腿短毛，脸特别长，我每每看到白狗那张没有表情的、失却比例的长脸，就感到这应该是马而非狗。除了老万以外，大白不认任何人，我喂黄黄儿的饭也多被它抢了去，且吃了我的并不领情，任你怎么喊，它是从不搭理你的。

老万对他的狗却情有独钟，说他的狗是上了谱的，叫细狗，产于山东梁山，有皇族血统。自汉朝以来就是皇宫里的宠物，高贵得不行，与我们那些杂种狗不可同日而语。

我不知道老万的阶级立场到哪里去了，他的狗有“皇族”血统，便被视为高贵；当他骂我是封建王朝的孝子贤孙时，我则卑贱得是提不起来的狗屎。世间的事情不能细想，想来想去便让人犯糊涂。我想，“皇族”的狗也罢，狗屎的人也罢，人和命运的冲突永远是一种伟观，一个难以破译的谜。

狗们倒很有臣服思想，它们对有“皇族”血统的细狗大白极尽讨好、卑躬之能事，这其中也包括我的黄黄儿。大白争它的饭，它竟摇着尾巴表示欢迎；有时大白看它一眼，它也激动得翻仰在地上，四爪朝天，把肚子亮给人家。我问过老张媳妇，黄黄儿一见大白为什么要采取这种姿势？老张媳妇说这是狗们对对方信赖、友好、甘愿服从的表示；不惟狗，猫也是如此，老虎、豹子也是如此。

“皇族”的大白称王称霸得厉害。

大白将我的黄黄儿咬得鲜血直流，我让黄黄儿出去奋勇争斗，黄黄儿缩在桌子底下不敢出去。我说：“黄黄儿你窝囊到家了，谁见过挨了咬夹着尾巴钻桌子的，也就是你罢……”

黄黄儿看着我，尖着嗓子拉着细声跟我说着什么。它的意思我明白，它是说：“你是我的保护神，我受了伤不找你找谁?”

我决心报复一下可恶的大白。

趁它蜷在我窗下晒太阳的时候，我过去逗弄它，大白自有王者风范，任我怎么搬弄，连理也不理。我想，机会来了，就用紫药水、红汞，将那张狭长的狗脸画得如山魈般的花哨。须臾，大白站起，抖动全身抻直前腿，伸了一个大懒腰。我看着郑重的大白，扑哧乐了，它已经不是细狗，分明是戏台上的窦尔敦了。

接下来的情景十分微妙，大白迈着“皇族”的雍容步伐走向那些杂种狗的时候，杂种狗们一齐冲着它狂咬起来，它们没见过这花花绿绿的怪物，它们把它当成了外星狗。

在集体的撕咬下，贵族的大白败得非常惨，直到它被骂骂咧咧的老万弄到冰冷的河里去洗脸，它也没有弄明白，平日归顺它的臣民为什么会在它午睡醒来之后突然发生了哗变。

冬天是撵兔的季节，也是狗和男人们的活跃时期。陕西的农村有雪天撵兔的传统，在老万的带动下，我们全体出动要跟过冬的兔子较劲了。

苍茫的雪野上，只有我们几个人，此外，就是一群张牙舞爪的狗。狗们似乎都知道我们要干什么，它们一蹿一蹿地撒着欢儿，表达着它们的兴趣和忠心。

我们一字排开往前蹚，男人手里都拿着镰，当兔子惊起时，男人手中的镰便朝着兔子逃窜的地方飞过去；一声呼哨，细狗大白就箭一样地随着镰射出，直奔兔子而去。于是，一场追逐在雪地上展开了。兔子在前面夺命逃窜，狗在后面穷追不舍，人则分路散开围截，人喊狗叫，气氛热烈。

渐渐地我窥出端倪，大白追兔，是不声不响地实追，白的狗，白的雪，往往把兔子搞得昏头昏脑，防不胜防。大白在追兔子的时候很有策略，它多是从侧路包抄，以其敏锐快捷，从速度上采取主动。而那群杂种狗则不然，它们闹哄哄地挤成一团，平时就爱扎堆，撵兔子时仍爱扎堆，瞎跑乱咬，全没有章法，不是撵兔，是在起哄。

大白叼着今年猎取的第一只兔子，很优雅地向老万小跑着奔来时，老万对我们说："什么叫血统？这就是血统！得了猎物给主人送来，绝不私吞，这就叫规矩，这就叫训练有素。"

我们就一齐夸大白。

大白仍旧是一脸的傲慢，不肯降贵纡尊。

这使我想起了庄子的话："举世而誉之而不加劝，举世而非之而不加沮，定乎内外之分，辨乎荣辱之境，斯已矣。"

再看我们那群杂种狗，仍在地里忙活，不知为什么在撕扯打架，我的黄黄儿也在里头不依不饶地上蹿下跳。

李瘪跑过去看了一下，回来说："是为了一只干瘪了的死老鼠。"

老万手里的镰冷不丁又飞出去了。

大白早已风一样地赶在镰落地点的前面，向另一只兔子发起了攻击。

那边，热闹的一群仍在为那只死老鼠而纠缠。

三十年后，我在陕西电视台的体育节目里突然又看到了熟悉的细狗撵兔的场面，那是大荔县的农民领着他们豢养的细狗在做表演。他们县成立了"细狗撵兔协会"，电视里说，这是全世界独一无二的协会，它将被列为陕西的体育项目。电视里那些细狗都长得跟大白一样，丑陋而精神，仍旧是一副贵族派头，风采不减当年。一位农民爱抚地摸着他的狗对着镜头说："这狗，是我的心尖子哩，它是有皇族血统的，自汉朝以来就是宫廷里的专用赛犬，尊贵得很。"

电视台的人问这一只狗价值几何？

农民说："不贵，也就万把块钱。"

问："养了几只？"

答曰："六只。"

问："所为何用。"

答曰："撵兔。"

我在屏幕那闹哄哄的背景上寻找老万，我想这样的协会、这样的场面是一定少不了老万的，却没有找到。静下来一推算，老万若在也该是七十多岁的老人了，七十多岁的老万大概不会再随着众人在田野里撵兔了……

我记得，几十年前撵兔的那天，大家围着火炉吃兔肉，气氛和谐欢快。"青面兽"不知怎么突然心血来潮地对我说："叶广芩，你就没想过到原单位跑跑你的事？"

没有任何思想准备的我一下子蒙了，不知道怎样回答才好。

"青面兽"说："你年轻轻的真甘心在这个小农场里混一辈子？"

我说："我愿意。我哪儿也不去，我在这里很舒畅、很幸福。"

老万说："瞎说，你太虚伪了。"

我说："我说的是真话，是发自心里的真话……"

不知怎么的，我的眼泪唰地一下流出来了，像决了堤的水，止也止不住。

“青面兽”有些慌，他说：“我没说你什么呀，你哭什么？你哭什么？”

一屋子的人都停止了吃饭，静静地看着我，看着我哭。没人笑话我，无言的理解也是一种难得的幸福。

老张的媳妇对“青面兽”说：“这不是女子自己跑的事，是要你们领导出面的。”

“青面兽”说：“我是屎领导。”

李瘪说：“你怎么是屎领导，你是咱农场的大负责人哩。”

老张说：“是应该找一找的，当初农场几十个牛鬼蛇神都走没了，又有谁是真的？我就不信这个小女子就独独的是反动的。”

“青面兽”说：“这是运动的结果，运动就像大网捞鱼，那一网下去什么都能捞上来，你就得蹲在那儿细细地捡，很多时候捡到后来，什么也没捞着，你要是想网网都满得拉不动，那除非是做梦。”

大家策动着“青面兽”到我们单位去交涉，“青面兽”说他过了元旦就去西安，让我耐心等待，不要着急。

我在一边听着大家的议论，心情很复杂，回到可怕的原单位去，我是十二分的不愿意；继续留在农场当我的“反革命”更是一百个不甘心……

这顿兔肉，让我吃得太艰难。

十一　走进文学

1974年秋天，我被调回了西安，回到了原单位。

我在医院里做护士工作。

我刻苦钻研医学，努力做个好护士。

没有朋友，没有知己，没有话语，虽然回来了，问题并没有解决，人们看我的目光不是平视的。单位组织基干民兵，我被排斥在外，有的人嫌训练艰苦，领导就指着我教育那个人："这基干民兵不是谁都能参加的，你应该珍惜，比如她，想参加我们都不要……"于是，那个人就变得十分坚定。

这样的事情要在以前，我会觉得人格受到侮辱，会悲伤得掉眼泪，但现在似乎有了改变。人格是生活演进而来的，人在生活中认识了社会也认识了自己。环境给予生活以丰富的内容，给予人以深刻的思考，思考使人变得清明与自觉。在生存的河流里，一直让自己不下沉、不随波逐流，这便是与罗敷河相伴给予我的启迪。

面对纷杂的人生，我能坦然相对了。

年龄已近三十，谈了两个对象，均以失败告终。

失败的原因也如出一辙的相似，男方单位对我的政治审查通不过。那时的男方也都很听话，单位通不过便自动终止了关系，没有谁为此事提出什么异议，更没有谁说出这辈子娶不到我就要抹脖子上吊这样很慷慨的话来。检讨自己，政治不佳固然是一个原因，恐怕很大程度上与我的孤傲、冷淡有关。人说“失恋”是痛苦的，我常问自己：“痛苦吗?”回答自然是否定的。的确，没有“恋”也就谈不上“失”，“扒堆贱卖的菜”并没有因为回到城市而摆上货架。

1978年，面对着最后一次的高考机会，我束手无策了。我被领导通知，不能参加。也是，那时我的政治情况依旧很糟糕，上大学这样的事情是要没有一点瑕疵的人去的。因此，单位只走了一个上医学院的，我照旧留在传染科病房。

病房的日子如复印机印出的一般，一页页地翻过去了。

眼看着多少生命在我的注视下悄然离去，那些离去的生命对我灵魂的震撼是刻骨铭心、难以忘却的。我至今常常想起那些与我擦肩而过又归于冥冥之中的生命，想起他们起步的刹那以及留给生者的思考，从而感到了生与死连接的和谐。

——儿子守在母亲的病床旁边，一刻不敢离开，谁都知道这位母亲也就是今明两天的事了。儿子大学才毕业，是独子，脸上还带着未经世事的稚气；母亲患了癌症，已经扩散，无药可治。疲劳不堪的儿子三天没有合眼了，母亲插着氧气在艰难地喘息，母子俩都怀着依依难舍的心情紧张地等待着那一时刻的到来。望着这对母子，我想起了自己，想起了在医院里初听到母亲身患绝症时的悲伤与绝望，想起自己没尽的孝心。似乎历史又在重复，这使我分不清守在床前的究竟是我还是那个大学生，病床上躺着的究竟是陌生的老妇人还是我的母亲。中午，儿子去食堂买饭，我来替他守护。母亲一阵躁动，继而用目光寻找着什么，喉咙里发出呼呼的声响。我赶紧凑到她跟前，那目光已在失望里定格。

儿子回来了，母亲的一切都已经结束。儿子大叫一声扑过去，将那些撤下来的管子不顾一切地使劲往母亲身上插。

撒在地上的中午饭深深地印在我的脑子里。

——她的年纪不轻了，她说她不怕死，怕的是走之前的孤独。

我说："到时候我会在你身边的。"

她说："我怎么会知道你在呢？那时候我怕都糊涂了。"

我说我肯定在。

她说："都说人死的时候，灵魂与肉体会分离，悬浮在空气中，我想那时候我会看见你的。"说到这儿，她就去看天花板，又说，"要是那样我就绕在那根电线上，你看见电线在动，就说明我在向你打招呼呢。"

我笑笑，把这些看作是病人的遐想。

她临终时我如约来到她的床前，她没有反应，其实她在两天前就已经昏迷。

她死了，我也疲倦地靠在椅子上再不想动。无意间抬头，却看见电线在猛烈地摇晃。

窗外下着雨，还有风。

——他是我的同龄人，才从部队转业回来不久，分在外科，后来，又来到了病房。闲下来，我们常在办公室里面对面地聊天。他很强壮，爱看小说，有些多愁善感。有一天，他在为一篇小说里的情节掉眼泪，那是一本刚复刊不久的《延河》杂志。

我看了那小说说：“为这伤感太不值得，这样的文章我也能写出来。”

他说：“我不信。”

我当下就把杂志的地址抄下来，让他等着瞧。

三个月后，我的第一篇小说《在同一单元里》发表了。不能说这不带有游戏性质，缺少创作的伟大与庄严；在给文学爱好者们讲创作动机时是要严格避讳，不能实话实说的。但人生这个问题实在是没有轨迹、深奥莫测的。总之，各种各样的情况和各种各样机遇无穷无尽的组合是极其复杂的。世界上的大事都很简单，都一目了然，但人生命运的转折有时却要由很琐碎的细节才能解释，而这个解释往往和结局又完全对不上号。

英国著名作家萨克雷说：“人生一世，总有些片段当时看着无关紧要，而事实上却牵动了大局。”

我拿着载有我的文章的《延河》杂志站在病房里黯然神伤。那位等着看我写出小说的健壮同行却永远无法看到它了，他于一个月前患急性肝坏死而匆匆地走了。

我想我这篇小说是白写了，它没起到它应该起到的作用。

干医务工作，这样生生死死的事情接触得实在太多了，它们都很平常。有人说，巨大的悲恸是戏剧家的夸张，而我们所遇到的都是平庸。这话我信，但正是在这平庸的司空见惯中，蕴涵着一个个你我都要经历的故事。我们无法对它加以评论，我们只能顺其自然。生命是美好的，生命同样也是艰难的，这是我十余年医务工作的感悟。俗话说“未知生，焉知死”，我想它应该倒过来理解“未知死，焉知生”。

在那篇很不像样的小说发表的同时，我接到一个叫“路遥”的编辑写来的信，他在信里称赞了我的作品，说它老到、文化韵味浓，说它很有文字功底。他在信的末尾忍不住问了一句：“叶广芩，你究竟是个什么样的人?”

我当时认为这是编辑的好奇，现在想那应该是作家的好奇。

但我对文学却没有那么多的好奇，发表了一篇小说，目的已经达到，以后也再没有继续写下去的想法。至于那个“路遥”天知道他是谁，他问我是什么样的人，我是不能说的，一旦将我的一揽子“情况”告诉他，不把他吓翻才怪。多一事不如少一事，对路遥那封热情洋溢的信我没有理睬。很快，那信连同那第一篇小说便被扔得不知去向，再也寻不着了。我没有搞文学的志向，我也不想往这条路上钻，尽管那时伤痕小说被新复刊的各类杂志轰炒得糖炒栗子般，又香又热。

大概是《延河》编辑部觉得发现个新作者不容易，他们来通知让我参加1980年省作协举办的为期两个月的第四期“读书会”，其中不乏路遥想知道“叶广芩是什么样的人”的想法。

因一切费用均由作协出，我们单位对此不好说什么，加之又新换了领导，便开了绿灯，同意我参加读书会。应该说，在走向文学的道路上，他们的确是着着实实地推了我一把。

但我不知道文学是什么。

我当时已经结婚，刚刚生了一个女儿，我是一门心思都在丈夫和孩子身上。我对文学没兴趣，我只想平平安安过小日子。我已经筋疲力尽，再也经不起任何风浪了。

我死活不进读书会。

丈夫说机会难得。

他在一篇《误入·悟出》的文章里写过当时的情景："广芩这个人一向优柔寡断、稀里糊涂，看似刚毅果断，其实不然。那年，陕西作协通知，让她去小雁塔解放军政治学校招待所参加为期两个月的读书会，她竟不愿前往，直至报到最后一天的下午 5 点钟，才被我拖到招待所去。办理报到手续诸事均由我代理，总算将她送进所住房间。临走，她又要跟我回家，问其究竟，据云看见那些'读书会'的人害怕。所怕者谁？盖指同居一室的作协创联部的黄桂花和陕西人民出版社的编辑李佩芝等人是也。在招待所大门口，我将她教训一番，如此婆婆妈妈能成甚气候，实是不堪雕琢的窝囊废。她却说她无心致力于文学，写那篇小说、发那篇小说均属一场误会。因了这场误会，才使得她来到这种令其尴尬的场合中。她说，别人都是大家、名家，唯她一人滥竽其中，众目之下实在难堪。我赌气而去，走到街口拐角处，回头望，见她仍在雨中的路灯下站着。我想，这个文学的大门对她何以如此难进，真不可思议！"

我丈夫的这篇文章自有他大男人思想的偏颇，而我内心深处对文学的恐惧是难以用语言表达清楚的。在政治上一帆风顺的他哪里能理解我的心！

在学习班里，我不得不直面了文学。

那个班里，有当年还是农民的王蓬，有专业作家韩起、文兰和马林帆等人，大家在一起谈诗论文，这使我常常想起在罗敷河边分手的郭、浏两位诗人，想起他们的激情和才气。王蓬、韩起们，也就是说读书会的所有学员都是省作协会员，只有我是只发表过一篇小说的门外汉。大家奇怪以我这样的“资历”怎么会混进了众多文学爱好者梦寐以求的读书会，我只能一而再、再而三地解释是“误会”。开会时我从不发言，缩在不引人注意的角落，每天都盼着读书会早点儿结束。

《延河》编辑部的编辑常来看我们，我知道了他们中有王晓新、有路萌、有董德理……

我问路萌他是不是又叫路遥。

路萌说路遥跟他是两个人，彼此没有亲属关系，那个路遥比他年轻，是在全国得了奖的著名小说家，陕北人，这次没来，下去体验生活了。

我感到庆幸，好像路遥的不来对我是一种解脱。

但来了一个比路遥还有名的大作家。

那天，我接到一个电话，对方在电话里说他是杜鹏程。

我说你别开玩笑。

他说：“我就是杜鹏程，老杜。”

我说要是这样我得管您叫“杜老”。

我不知道有什么事情，杜老说让我下午到他家去，他要跟我谈谈我在《延河》上发表的那篇小说。

我想我那一篇东西招来的事儿真不少。

我先找到作协，又找到杜老的家，那是当年高桂滋公馆里面的一个小平房，很简陋。我到时，杜老午睡才起，他穿着一件中式黑棉袄，个子不高，一个不起眼的小老头儿的模样，与意想中的杜鹏程相差甚远。我中学时读过杜老的《保卫延安》，印象颇深，其中的部分章节还被收入到小学课本。文中“延安，周围是山，延河绕城流过，城东的宝塔山上耸立着雄伟的九级宝塔……”等段落至今仍会背诵。那时我的心中，杜鹏程是个大作家，是个遥远的、不可触及的人物。现在，这个人就实实在在地站在眼前了，真是不可思议啊！想来是文学把两个本无关联的人连在一起，将彼此相隔的无数万水千山化解为一个点，这个点就是陕西省作家协会。更确切地说是作协的这间狭小的平房，这个温暖的、阳光充裕的冬日的下午。

我说了我是谁。

杜老说：“你原来这么年轻，看文章我以为你有五十岁了，看你的名字也不像个女的，你是搞文字工作的？”

我说我是医院的护士，我从没写过小说，这是第一篇。

杜老说：“你怎么就想起写小说了呢？”

我说有一天我看见我的一个同事在为《延河》杂志上的一篇小说流泪，就说这样的小说我也能写，就写了，发了，我那位同事却死了。

杜老说：“这篇小说写得不错，但问题也不少，我今天叫你来是想跟你交换一下看法。”说着将桌子上的杂志拿过来，递给我说：“我已经将它们改过了。”

我看到，我那篇小说果然已被老先生用铅笔做了密密麻麻的修改。

那天，整整用了一个下午，杜老为我分析我的小说，哪里应该埋下伏笔，使后面的结局才不突兀；哪里对人物的心情加以渲染，可以得到事半功倍的效果；哪里用的词应该再温和些，才不显山露水……

我很感动，作为一位文坛巨匠，花这么多时间给一个只发了一篇小说的业余作者讲论文学，而且这个作者还时时做着打退堂鼓的念头，这实在只能用“诚挚”两个字来解释了。

望着杜老那花白的头发，那略带浮肿的脸庞，我想要是以后搁笔不写了，从杜老这儿就说不过去，会使他失望的。

那天临走的时候，杜老说：“你把我改过的这本杂志拿走吧，将来你还要发很多文章，还要出集子，那时候，你就把我帮你改好的这个收进去……”

老先生连将来出集子的事都为我想到了，我感到惭愧。

我现在回过头来想，当时的杜老以他老作家的敏锐眼光看出了我存在潜力的同时，也看出了我的犹豫，他用这种方式给我以鼓励，将我引入文学殿堂的大门。以至后来我加入省作协、加入全国作协，也都是杜老热心推荐的。初入文学之境便遇良师，这是我得天独厚的福气，是机遇对我的厚爱。文学青年众多，并不是谁都有我这般的幸运！

后来，真应了杜老的预言，为出集子，我将二十年前的那篇旧作翻出。有了一番写作经历之后再阅处女作，简直有一种“惨不忍睹”的感觉。构思粗劣直白，文字幼稚肤浅，读之让人背芒面赤。而杜老之批改历历在上，品味那些修改，细密周详，既为我藏拙又不露斧凿，哪怕一个词的细微改动都蕴涵着深刻的艺术道理和人生追求。老一代作家对年轻作者的爱护与扶植渗透在字里行间，老一代作家对文学事业的完美追求和无私奉献也渗透在字里行间了。

由老一辈对我，我知道了该如何对别人。所以，在后来的编辑生涯中，我不敢有丝毫的怠慢与掉以轻心。尊重别人的人格，尊重别人的创作，文品与人品相比较，人品更为重要。

自第一篇小说之后，我连着又发表了一些作品，在陕西的文坛上有了一点极有限的名声。80 年代初，我的“问题”终于得到了公允的解决，1983 年我调到《陕西工人报》副刊部，主持副刊的工作。不久，我加入了中国共产党。

接下来我就到日本去留学了。1991 年，在一个秋雨绵绵的早晨，我收到西安杜老的爱人文彬大姐的信，说杜老已于 10 月 27 日去世了。读罢信，我头脑轰然，恐仓促看错，细读再三，字字无讹。当时，班里有五名中国留学生，消息立时传遍，人人黯然。那节课老师讲了些什么，我一句也没听清。

回国后急奔杜家，见房屋依旧、陈设依旧、气氛依旧，室内独不见先生。望着墙上杜老的遗照，想及当时为我分析修改文章的情景，不禁情难自已，泪如雨下。

杜老是我文学的引路人。

在作协的新春茶话会上，我第一次见到了我那篇小说的责任编辑路遥。

一个黑脸的汉子在我身边坐下，他看了我半天，伸出手说：“我猜你就是那个叶广芩。”

那一口陕北话，土得能掉渣。

我说我是叶广芩，我问他是谁？

他说："路遥。"

我说交道打得早了，现在才见面。

他说："相见不晚。"

我们就都乐了。

他说："你姓叶赫那拉？"

我说那是过去，辛亥革命以后我们姓叶。

他说："搁皇恩浩荡那会儿我见你怕不会像现在这么容易。"

我说："见你这个大作家也很难，你现在是社会名流了呀。"

他说："我不是名流是杂种，是蒙古人和汉人在陕北的杂交。"

我说："就跟我在农场锄的玉米陕丹一号似的。杂归杂，但是，高质高产。"

彼此好像都没有太多的正经。

我们第一次见面的谈话基调似乎决定了以后交往的随意；与跟杜老接触不同，我与路遥从没有谈论过一回文学创作。偶尔在会上与他见面，常是互相"砸"，以博彼此一笑。我白天编报纸，为别人改文章；晚上是点灯熬油地自家创作，这一切常常把人搞得呆傻木讷，两眼僵直，由此便悟出彼此不谈创作的原因，见面几句幽默机智的调侃，那是难得的身心放松。

日本有个专门研究路遥作品的年轻女学者，叫吉冈由纪。一天，她和一个日本青年来到我的家，要见见路遥。路遥来了，大家在一起喝酒。那个日本男青年头一天在电视台得了个外国人唱中国歌的大奖，很有些小得意，就在饭桌上把获奖歌曲又唱了一遍，果然是不错。

路遥说：“你唱中国的，我就唱日本的，我唱《四季歌》咱们交换。”

我直咧嘴，示意他别露怯。谁知土里土气的路遥竟把它唱下来了，调子相当准确，四段词一段不少。我问他何时会了这个，他说早就会。

那天，我录了音，除了《四季歌》以外，他还唱了不少陕北民歌。

我常想，在当年那条拥挤的文学小路上，我之所以能蹒跚前行，没有半途而废，当与这些文学的导师和朋友有关，没有他们的扶植与拉扯，我大概是另一种样子了。

以后我出国，去向路遥告别，他对我的走很惊奇，挓着两手说：“你真走？”

我说真走。

他问：“还回不回？”

我说：“怎么能不回？”

他说：“我想你也得回，咱们这种人在外头待不住，人家给个金山也惦记着往回跑，金窝银窝不如狗窝呀！”

我说他这话说得极圣明。

到了日本以后，我深感在罗敷河所过的日子的充实，有那自学的日语作基础，我并没有在语言上费多么大的精力。罗敷河的年代毕竟年轻，年轻的记忆总是牢固的，为此，我常常感念四哥。四哥是早期的留日学生，他所使用的语法及拼写规则都是40年代的；1945年以后，日本的文字有了一次大改革。所以，我跟他学的日语就显得有些古旧，但在语言交流上不受任何影响，交上作业本，老师每每给我那“古色古香”的日语来个大大的惊叹号。她自然不会知道我何以有此“功底”，而只有我才明白这一切都和那些鸭子和猪有关。

我在千叶大学法经学部学习，还在筑波大学学习日语；异域生活对我来说，是一段很有意思的日子。

我研究的课题是二战时期残留在中国的日本归国者们回到日本后在日本法律、经济上存在的问题及改进办法。为此，我阅读了大量由日本人编写的有关那场战争的资料和记录。我的最大感触是：它们不是中国人写的。你触到它们，只需读几行，便明显地感到了差异的存在。那是两个民族站在不同的角度对历史的审视与反思，是打人的和被人打的同时捂着脸的思索，尽管脸上都有伤痕，但内心的滋味毕竟不同。更由于战后五十年耳畔经常听到“大东亚圣战论”的提及和日本政要们“正当防御”的“失言”，以及对日语词汇讳莫如深多种理解的巧妙利用，除了使人感到“偷儿也有三分理”的矫情外，便是不能容忍的愤怒和厌恶。

的确，中日进行那场战争的时候我和我周围的许多人还没有出生，对那场日渐遥远的战争，我们的直接感受只是国内的大量文艺作品，其中印象最深的莫过于“文革”期间反复播映的《红灯记》《地道战》《地雷战》……我们对它们的熟稔程度几乎可以与演员做同期配音。这些作品哺育了我们这一代人。我们随着“地道战嘿地道战，埋下了神兵千百万”的歌声长大；随着“日本军阀豺狼种”的戏词认识抗战……这种情结尽管单一，但凝聚力极强。1991 年，在留学生们的一次忘年会上，大家慷慨地集体高唱“大刀向鬼子们的头上砍去”的时候，那五十年后的抗日热情仍是毋庸置疑地饱满。然而，那热情实则与丢失东三省、与南京大屠杀已无太大牵连，那只是一种生存在日本的寂寞、艰难和压抑，是一种只可意会不可言传的发泄和反抗。

整整五十年了，时间使我们与那场战争拉开了距离。

但是，我在国外的研究又使我与那场战争贴得近得不能再近，翻阅那些作战记录如同翻阅昨天的日历。不是那种刺刀见红的短兵相接，是残忍地将伤口重新撕裂……五十年后的人验看五十年前的创伤，那汩汩涌出的殷殷鲜血却同样令人惊心动魄，同样使人的灵魂震颤。

我在国外所研究的内容与文学几乎不搭界，那完全是一个陌生的领域。但换一种角度看世界、看人生，对作者来说该不是坏事。研究的过程就是对历史印证的过程，研究使人内心的震撼和愤怒化为思考。那期间我和文学彻底划清了界限，整整五年，我没有写过一篇小说。

回国后，我的工作发生了变动，从报社调到西安市文联从事专业创作。良好的创作环境使我有机会将一些思考变为了文学作品，我写了反映这方面题材的小说《风》《注意熊出没》《到家了》等。站在今人的角度回眸五十年前的战争，使我们有一种历史的空间感。正是这空间感为这些小说增添了几分严峻与沉重，它们与老一辈作家对那场战争金戈铁马、血洒战场的直接描述不同，它们是拉开了距离的。这距离是什么？我想就是今人对于人类文明文化的反顾和从文学角度来揭示人性善恶的内涵，寻求阐释历史的新的可能。作为研究日本社会问题的中国人，我想对于两国民族性的透视应该是社会的、文化的，更是历史的。当然，无论中国还是日本，似乎都有自己解不开的人性异化的死结，在走向世界、走向未来时，如果说日本必须对历史有痛苦的重新认识才能完善发展自身的话，那么，中国在对历史和现实的思考中又该悟出些什么来呢？

日本评论界对这些作品给予关注，评论家萩野修二评论我的这些反映“二战”题材的小说时说：“作品贯穿着对那一历史细部的再检讨，对人物的刻画是内在的，对日本情况的描写是准确的，没有胡乱猜测。如果作品细节描写不准确，马上会使人感到不快，甚至怀疑内容的真实。总之，这是对日本态度严峻的小说。”

写中日题材的小说能够得到其本国人“准确”的认可，我认为是对我海外几年研究的肯定。虽然我五年没有进行小说创作，虽然我在文坛上“丢失”了很久，但我并没有停止思考。

现在，我的丈夫和孩子仍在日本。丈夫在广岛女子大学教书，女儿在东京上大学，只有我一个人在国内，在我清静的家里写些我想写的东西，将那些资料和思考变为文学。正如路遥说的：“咱们这种人在外头待不住，人家给个金山也惦记着往回跑。”我有两个家，中国北京东城那座老旧的四合院里至今还有我的亲人，那是我的小说《祖坟》《黄连厚朴》们的发源地；日本广岛铃之峰的小山上也有我的家，那里也有我的亲人，那里是《风》们的产地。

说到路遥，这里不得不再沉痛地补充几句。

1992 年，我在日本听到了路遥获得茅盾文学奖的消息，与喜讯同时到来的是研究路遥的那位年轻学者吉冈由纪的讣告。那个美丽的女子患心脏病突然去世了。一悲一喜同时到来的两个消息，真让人不知如何应对了。后来，吉冈的女友在处理吉冈遗物时将她用过的书籍寄到我日本的家中，让我丈夫将其送给在中国学习日语的学生。书籍很多，我从中嗅到了吉冈的气息，感到了她的心跳，英年早逝，只能让人感到惋惜和沉重。

没想到，这份沉重很快又进了一层。

我回国后参加的第一个文学活动就是为路遥送葬。

那天早晨，我被通知去参加路遥的追悼会，震惊之外便是麻木。我到了火葬场，众多的文学朋友都来了。望着静卧在鲜花丛中的路遥，我感慨他不知我的归来，想起他常说的话："像牛一样地劳动，像土地一样地奉献。"我只是觉得惭愧。

一个好朋友不在了，永远地不在了。从今往后，这个世界的角角落落再也寻不到他的踪迹，寂静的夜里只留下了我无意间录在磁带上的他的片断歌声……

1994 年，我写了一篇短篇小说《本是同根生》，那是我第一次将笔端伸向我的家族。或许是一种尝试，或许是一种积淤已久的情感的自然流露。小说刊出后，《小说月报》《中华文学选刊》《新华文摘》等杂志先后都选用了。素不相识、从无交往的北京评论家雷达写了评论。他在文章里说："叶广芩的名字我完全陌生，竟未读过她的一篇作品；但那老练的笔触，叙述的流转和深曲，饱满浓郁的文化气息，却又说明她不可能是新手。据李星同志介绍，叶系北京籍的陕西女作家，大概是留下来的知青吧……读这篇小说，很容易把小说中的'我'与女作家本人混淆，因为第一人称的叙述真切乃毋庸置疑，不是当事人绝说不出这样的话；而且这样的小说编是编不出来的，非身历其境者不能为此，它带着明显的自叙传色彩……我喜欢它，首先因为它写出了这贵族之家的败落留给飘零子女们的真正遗产——冷漠感，想摆脱也摆脱不了，想亲热也亲热不起来……叙述人‘我’是一中年女性，她受新社会教育，还有红卫兵文化、知青文化，以至西方文化的背景，固而常抱着批判的眼光，扮演着理智的旁观者角色；但问题的复杂在于，她终究是家族的一员，遗传基因、家世烙印、寻根潜意识并未消失，这样双重的角色给小说平添了陌生化的美感。”

我想雷达先生读懂了我的心曲，那原以为只有我自己才能体味的对于家、对于人生的复杂情感，一种广大而深邃的文化氛围，一种历史的沧桑感和人情变易史，一种时代风云与家事感情相扭结的极为复杂的情绪，情不自禁地包蕴而出……

我明白了它们是能为广大读者接受、理解并欣赏的。

于是，《祖坟》《风也萧萧》《雨也萧萧》《瘦尽灯花又一宵》……一系列这类题材的作品相继而出。有一回，电视台的一位记者问我：“你最近写的很好看的充满个人体验和家族背景的小说，得到了读者的喜爱，你是怎么突然涉足并选择了这个题材的呢?”

不是“突然涉足”，是必然的开启。

在 80 年代，我虽然写了一些小说，但以家族为背景的作品从未进入我创作视野的前台，这可能与我的经历和所受的教育有关。回避个人家族文化背景成为了我的无意识，那些痛苦的感受实在地让人感到可怕，我甚至不愿回忆它们，我把它们看作是一场噩梦。在那噩梦中，被改变的太多，不变的只有人格。我将这些粗砾与苦涩泥封起来，不再触动，以尽享今日生活的轻松与自由。孰料，年深日久，那泥封竟破裂，从中冒出了浓郁的酒香……

这也要归于时代的进步、政治文化生活的宽松与和谐，使人们的视野与欣赏层次发生了很大改变，使人们变得善良而宽容。在这些前提下，我才冲破了我的无意识、家族生活、个人体验及老北京的某些文化习俗，使其不由自主地在脑海中流淌出来。我将对社会的关怀纳入传统文化的背景，让它们形成一种反差而又共生互补。写这些作品对我也是个排除各种心理隐患和情感障碍的艰难过程，应该说改革开放的政策给我提供了一个良好的创作契机。要说的是，这些对我烂熟于心却又尘封已久的人和事，令我提起笔来比较得心应手，不觉枯涩。

作家个人的经历、文化习惯同影响我们的时代一样，是不能回避的。冰心老人说过："生命路愈走愈远，所得的也愈多。我以为领略人生，要如滚针毡，用血肉之躯去遍挨遍尝，要它针针见血！离合悲欢，不尽其致时，觉不出生命的神秘和伟大。"

从家乡北京走出至今已经整整三十年了，初入人生举步之艰难已成为一笑置之的往事。青春时代，越是失败越是要构筑新的人生，当是真理。

但我不承认那是失败！

那应该是人生最精彩的篇章。

在有限的生命里，我从没有过那般的轰轰烈烈，那般的荡气回肠。

我怀念罗敷河，罗敷河是美丽的，但罗敷河没有日记。

仅以此书记之。

1998 年 6 月 16 日于西安

琢玉记

叶广芩　顾大玉　著

一　水下房上

这本小书说的是“琢玉”的事情，这个琢玉并非指工艺品玉件的雕琢过程，是指怎么“修理”我的女儿顾大玉，因为大玉也是玉。我知道，“修理”这个词用得不妥，但我一时实在找不出可以替代的其他词汇，毕竟作家也有词穷的时候。谈家事，往往舌头发短，容易偏颇，容易感情用事，容易当局者迷。希望读者能理解，能原谅。我没有别的意思，只是希望能和我的读者像老朋友一样，泡一壶茶，细细地品着、聊着、说着让彼此愉快又伤心的家长里短，说着家庭中的种种喜悦与困惑。必要时再抹上几把眼泪……我想从您那儿得到安慰，得到批评，得到指点和帮助。

在说琢玉之前先说说我自己。

按大排行，我们家有七个儿子，七个女儿，我是女孩里的老六，是属于“垫窝”的那一类。儿时，过清明节，我和父亲去北京东直门外的坟地上坟，父亲指着地里的一座座坟说，这是老祖，磕头。这是爷爷，磕头。这是姨太太，磕头。这是你第一个母亲，磕头。这是你第二个母亲，磕头……后来父亲指着三个土坟说，这是你的大哥和两个姐姐，不用磕了，给他们添锹土吧。我就走过去给我那些从没见过面的哥哥姐姐们添土，他们都是父亲的亲生子女，大哥叶广厚和二姐叶广芝在 1936 年同时死于“闹嗓子”，其实就是白喉。那时候的大哥已经二十岁，是个青年了。另一个小坟是我上边一个姐姐叶广蕙的，她比我大三岁……叶家的孩子们早早就到这里来集中了，我不知道父亲看了这些坟会有什么感触，大概是很难过吧。我问父亲，我死了以后是不是也要变个小土堆挤在他们中间？父亲说，怎么可能，你是要埋在别人家的地里的。我说我坚决不到别人的地里去，我就要和他们挤。看坟的老刘就笑，父亲说这丫头又犯浑了。后来，京畿之地的这片祖坟被夷为平地，在此之上又盖起了高楼大厦，祖先的骨殖荡然无存，那些拥在一起的哥哥姐姐也不知去了哪里。只有父亲，在香山的墓地静静地看着我们，看着我们以各种方式生活，看着我们的喜怒哀乐。

当年，父亲和他的哥哥，我们的三大爷一起生活在北京东城一座很考究很幽深的四合院里。前面院子里有树，是丁香，后面园子里也有树，是枣树。前院的丁香开紫花，清香淡雅，就像我那些美丽的姐姐们；后院的枣树每年结些莫名其妙的没有甜味的枣，也生产一些浑身长毛的面目狰狞的“洋刺子”，碰到身上痛痒难忍。这些毛病，很像我的哥哥，像老七。

父亲在陶瓷研究所上班，研究陶瓷；三大爷在故宫当特邀顾问，也研究陶瓷。他们都是有学问、有品位的人，爱绘画，爱书法，爱京戏，爱美食，也爱我们这一堆闹哄哄的孩子。

我们家的孩子多，多了便不珍贵，从不娇惯，虽是世家，对孩子养得却糙，放羊一样地养。用我母亲的话说，一个也是养，一帮也是养，大的带小的反而省事。这大概也是满族人的习惯。叶赫那拉家族老辈是崇尚武功的，讲的是勇猛精进，志愿无倦。到了我父亲这儿，家里还有刀枪剑棍，他老人家还能舞双剑，拉硬弓。祖辈的精神自然是希望能千秋万代地传下去，不走样，不颓废，发扬光大，直至永远。满族是个在铁马金戈中发展起来的民族，自然也希望他的子弟要勇武强壮，经得起风吹雨打。所以，我们家的孩子自小都很皮实，都有着顽强的忍耐力和吃苦精神。谁有头疼脑热，多是凭自己的体力硬扛，很少请大夫。病了，特殊的照顾不过是冲一碗藕粉，病人喝下了藕粉也就知道自己的病该好了，再没有躺下去的必要。我们的母亲认为，越是贫贱，越能结实长寿。所以我们每一个孩子出生后，都穿过用老年仆人旧衣裤改制的儿衣。

我小的时候很各色，淘而拗，常常没完没了地哭。早晨起来，百无聊赖，没有事干，看什么都有点儿不顺眼，干什么呀，哭着玩吧，就哭。有时一哭几个钟头，把家里哭得天翻地覆，全家人纷纷出走，四处逃窜，采取惹不起躲得起的态度。望着空荡荡的、寂静无比的院落，我在机械号啕的同时，往往怎么也想不起哭泣的初衷。这的确是件很糟糕的事情，因为这样就存在着一个下不来台的问题。

鉴于我常要这套怪把戏，我就被逼着吃一种叫作“至宝锭”的丸药。主张吃药的是我的母亲，她老说我的内火大，不泻火就要生事，就要出毛病。这药苦而凉，不给别人吃，只给我吃。为此她天天早晨要像抓小鸡子一样地抓到我，给我吃药。对她来说，这是她每天一项很重要的工作。我老盼着她能忘，但是她一天也没忘过。她将药丸在小盏里捻碎，用水泡了，然后用两条腿夹住我，捏着我的鼻子往下灌。那黑色的液体往往要在我的喉咙口呼噜呼噜地响半天，才会被我咽下去。是憋得实在受不了了才咽的，没有丝毫的积极主动成分在其中。“至宝锭”的形状像大耗子屎一般，上面有银色的戳迹，以同仁堂的为最佳。同仁堂的“至宝锭”喝到最后，盏底有红色的朱砂，母亲会用清水将碗底涮了，再逼着我将那朱砂一点儿不剩地吞下去，还要舔碗……这是一件很不愉快的事。

我出生的时候，父亲已经六十多岁了，六十多的父亲对我自然就多了惯纵和偏爱。我能在这样一个大家庭里显得活跃而灵动，与我那些严谨齐整的哥哥姐姐们大相径庭，与我所处的位置不无关系。

全家人都喜欢我，全家人也都讨厌我。

夏天午睡的时候，我穿着木趿拉板，吧哒吧哒从后院急奔到前院，站在院当中，扯足了嗓子高声吆喝：“磨剪子咧抢菜刀——”

这声震屋瓦的几嗓子，将全家几十口人从夏日的酣梦中惊醒，再没人能睡得着。我的大大（大伯母）从屋里踱出来，呵斥道，大中午的你在院里折腾什么，你差点儿没嚎出我的心脏病来！

母亲从东屋出来了，三大爷从北屋出来了……

我并不是有意吵大伙儿，我是忘了大家中午还要睡觉。

不让喊就不喊，认错吗？不！我在家里，从娘家到婆家，从来没有认过错，嘴硬，就是真错了也不会认账。我不会像小绵羊一样，扎在母亲的怀里，奶声奶气地说，妈妈我再也不啦。那不是我的风格。

那天中午，站在廊子下阴影里的母亲对站在大太阳地、浑身冒油汗的我说，你给我回屋睡觉去！

我向母亲无赖地笑了笑，这样美好晴丽的白天，怎能躺在床上睡觉呢！我当然有我自己下台阶的办法：不大声喊，小声唱戏总是可以吧？于是我在丁香树下拉开了身段，揪着脖子憋出一句："呜咿呀……儿的夫啊……"

我那一副带雨梨花、风欺杨柳的娇柔之状引得大家惶惶相视，三大爷说，这孩子该不是又得了扁桃腺炎？

母亲看了我一眼，没接三大爷的茬儿，她的脸色已经变得不好看了。她进了屋，又从屋里走出来，手里多了一把鸡毛掸子，她一边用手捋着那些花花绿绿的毛一边说，什么扁桃腺炎，我看是她的皮又发紧了。

我一见那掸子，就像运动员听到开赛的枪声，成了条件反射一般，撒腿就跑。母亲就在后面追。这套节目在叶家似乎已经有了表演程式，我是先绕金鱼缸，后蹿西游廊，再穿二道门，然后围着花坛转圈。母亲一步不落地紧追着我，那掸把子在她手里发出嗖嗖的声响，我便在那嗖嗖的声响里狂奔。这条奔跑路线，数年如一日地被重复着，没有丝毫改变。我现在想，母亲是在家里的权威面前做戏，非这样不能平民愤，其实要打到我很简单，母亲只要稍微改变一下路线，将追击改为堵截，我立马就无路可逃。

顾大玉：您真幸福，还有地儿逃！我也想逃，可是咱们家门一关，单元房，往哪儿逃？

母亲在追我的时候，永远遵循着游戏规则，母亲是不想打我罢了。

对母亲的疼爱，小时候不能理会，大了才渐渐地明白。

但是晚了。

1952年，我又有了个小妹妹。小妹妹的诞生，是我的彻底解放；母亲没有能力再来管我，将带我的任务全部交给了我们家的老七。

老七是男孩里的老小，以淘和坏在家里出名。老七的坏，可以说坏出了圈，我至今还没有见过哪个孩子能坏过我们家的老七的。他的坏是从肚子里往外坏，眼睛一转一个主意，让人防不胜防。

比如说，我们的三大爷爱听戏，每每有好戏，必定要看。那时候没有电视，看戏就得进戏园子，所陪同者，常常是我和老七。三大爷看戏要坐前排，那些年跟着三大爷我真真是看了不少戏。有时在吉祥戏院，有时在人民剧院，有时在圆恩寺影剧院。我们看过梅兰芳的《凤还巢》，看过张君秋的《望江亭》，还有一回看的是叶盛兰演的《群英会》。看来看去，就发生了这样的情景：记得有一回是去护国寺的人民剧院看新编历史剧《摘星楼》，票很不好买，我们等了好几天才等上票。那天我们走到剧院门口，老七忽然大叫不好，说是票忘带了，这样一来，我们当时就进不去了。剧场里的锣鼓家伙已经敲起，我们还在外头一筹莫展。收票的看我们老的、小的大老远的来了，却进不了门，看三大爷那飘洒的白胡子，那学者的风派，不像是胡说，就动了恻隐之心，将我们安排在剧场的最后一排。我们由最前面移到最后面，窝火自是窝火，但是总比进不来强。那天我在剧场里，看到了老七的同学，几个小孩子，没有大人领着，人模狗样地坐在前头看

《摘星楼》，我就料定，老七在票上做了手脚。果然，休息的时候，那几个孩子总躲着我们，其中一个还朝我挤眉弄眼，我就想，这个老七，真他妈坏，坏到家了！

老七是坏，我是淘。我是个有勇敢而没有心计的人，很多时候是我将老七的主意付诸实践的。于是叶家就有人说，我们俩的关系是狼和狈的关系，只要看见我们俩在一块儿，大概不会有好事情。

偏偏的，我们俩就老在一块儿。

母亲有双漂亮的皮高跟凉鞋，收在柜子里，出门才穿。老七知道我也喜欢那双鞋，就怂恿我把鞋偷出来。我说不敢，他说他可以为我放哨。在老七的支持下，我终于偷出了鞋，藏在流水的沟眼里。只要出去玩，我就从沟眼里拽出高跟鞋穿在脚上，在街上一崴一崴地走路，自我感觉颇好。现在想想，真不可思议，一个六七岁的小丫头，穿一双很摩登的高跟鞋，在胡同里跑来跑去，很是有点儿不伦不类，而且这双鞋还是背着大人偷出来的，这样的事大概也只有我能做得出。高跟鞋毕竟不如平跟鞋方便跟脚，有一天我突发奇想，决定把鞋的跟锯了，这样它就会变为一双很理想、很适合于我的皮凉鞋了。说干就干，我为自己的想法而激动，找来锯子，没费多少事就将那两个跟锯了下来。

锯下来以后，我立刻发现，这双鞋彻底不能穿了。原来，事情并不像我想的那样简单，高跟鞋锯了跟并不就是平跟，事实是高跟鞋锯了跟，那鞋尖就朝天了，那“望天吼”一样的鞋没人能穿。

母亲发现了她那双已经变得面目皆非的鞋，心疼得差点儿晕过去，她将鞋掼在我面前，点着我的鼻子一板一眼地说，我真不知道你的这些坏主意都是打哪儿来的?!

在这种情况下我当然不能吭声，我傻归傻，也还没傻到硬往枪口上撞的分上。

老七在旁边添油加醋地说，妈我知道，她的邪恶天才就是那些坏主意无穷无尽的源泉。

我认为，这帽子戴给老七才是正合适。

但是老七有老七的道理，他说，我让你偷鞋可并没让你锯跟啊，你要把跟锯了，这怪得着我嘛!

一顿打，我没逃得过去。

常听见有人说他的父母多么的文明，多么的疼爱孩子，使他从小就没挨过打，不知挨打是什么滋味之类说法。能在“和平”“文明”环境里成长起来的孩子固然让人羡慕，但总又觉得如若那样，作为孩子好像又缺了点儿什么。大凡我们胡同里，我周围的孩子们，甚至我的同学，大多都是挨过打的，几乎每个人都有过受到武力侵犯的历史，这与家庭的文明程度没有关系。

在叶家，挨打最多的就是我和老七。

所以，我打起我的孩子来就很理所当然，谁都是这么过来的，不挨打怎么长得大呢!打，是一种让小孩对教训的强性记忆。现在，在我满怀幸福地回忆起那一次次被打的经历时，只是感到了亲情，感到了爱，感到了那不可追述的温馨。我相信，我的孩子长到我这个年龄的时候，她会与我有同感。

她屁股上积累的疼痛，是幸福的疼痛。

顾大玉：得了吧，您甭为自己的暴力与武断狡辩啦！都到什么时候啦，您还在跟我玩这套把戏！您在打我的时候，绝不会想到"幸福的疼痛"。您就是在解气，在实施您的独裁！当然啦，我不跟您一般见识就是了，"不记仇"是我们孩子的美德。中国孩子的美德。

有时候，受到惩罚是应该的，这跟"独裁"不能往一块儿连。

我说两件我小时候的事情：

50年代，东直门外有窑坑，坑里积满了水，可以游泳。那水初入很浅，突兀一脚就不见了底，常有戏水的孩子淹死在里面。窑坑是东城母亲们谈之色变的所在，一听谁家的孩子上窑坑了，脾气再好的妈也得给下水者一顿臭揍。老七和我也常到窑坑去游泳，下水前他把他的裤子灌满了气，套在我的脖子上给我当救生圈，然后就扎他的猛子去了，再不管我。窑坑里的水虽然浑浊，但很凉爽，泡在里头常有没掉尾巴的小蛤蟆和一种叫作野狗子的小鱼围着你钻来钻去。它们用小嘴顶我，顶得我直痒痒，抓也抓不住。后来有个叫小三的，把我们的行径向我母亲告了密，我母亲就限制我们，不让出家门。但我们是有腿的，我们利用她午睡的时候偷偷走出去，出去的第一件要紧事是把那个小三臭揍一顿，接下来就是不带拐弯地直奔东直门窑坑。

晚上回家，母亲问干什么去了，老七当然要说瞎话，我也跟着说。我说瞎话的本事都是跟他学的，脸不变色心不跳，把假的说得比真的还真。到今天，老七还说，是他培养了一个作家。他认为，作家都是说瞎话的高手，不会瞎编就写不了小说，骗人骗得越美越是大家。

当然，这是老七的一家之言。

我们的母亲不是那么好哄的，她用指甲在我们的身上划，下过水的一划皮肤上有白印儿，反之则无。我们身上印迹豁然，瞎话立即被戳穿。于是，每人的屁股上很结实地挨了几掸把子。好在我们都不在乎，我们脸上的皮比屁股上的厚。

很快我们就发明了反检验的办法，窑坑南边有服务学校，游完泳我们到服务学校的水管子底下猛冲一气，回家就什么印儿也没有了。冲了几回，老七竟又发现服务学校的学生还义务给人理发，于是他每天冲完了凉水就大模大样地坐到那大椅子上，让那些学生给他那狮子狗一样的脑袋吹风抹油。我也不能例外，便让学生们给梳小辫，今天梳个小鬏鬏，明天梳个螺丝转儿，样式天天换。喜得我母亲逢人就夸：这个老七呀，真会带小的，看他把丫丫的小辫梳得多精致，连我都比不了。

可是服务学校的学生们并不满足于每天给我们吹风梳小辫，人家练的是理发，于是动员之下我和老七的脑袋不得不做出了牺牲：

他被人家剃成了光葫芦，刮得锃光瓦亮，头上不见一根毛；我去了小辫成了一个汉奸一样的大中分。

我们这一对宝贝手拉着手走进家门，让正吃饭的叶家人当时就喷了饭。有好事的姐姐叶广芸，不容分说，把我们拉到照相馆，非要和我们合影留念不可。推却不过，我只好肃容上座，于是就照了一张照片：

梳分头的我油光水滑，兔儿爷一样在中间坐着，一脸死猪不怕开水烫的赖相；老七在后头站着，一双小眼使劲翻腾，不知又在打什么坏主意。那个主事又出钱的姐姐则受气包一样地蹲着，护驾般地显出了小心翼翼的谦恭。每人的性情在画面上表现得淋漓尽致，毫不掩饰。

咱们接着说窑坑。

我们的皮肤日益乌黑发亮，我母亲纵然划不出印儿来也觉有诈，魔高一尺，道高一丈。老太太治人的招数真是绝得不能再绝了，她找出自己的图章，逢到午睡，就先在我和老七身上盖满了“陈洁茹”，然后放我们出去随便跑，再不怕我们下水。

这下真把我们整住了，一个夏天，我和老七身上都是红章累累，惨不忍睹。

后来我和老七住到颐和园的三哥处，颐和园知春亭南有游泳场，我们正企图脱离羁绊做入水蛟龙美梦的时候，我母亲的图章也和我们同时到了三哥手里。

三哥秉承母亲的旨意，也往我们身上盖“陈洁茹”。不同的是，母亲是家庭妇女，时间宽裕，可以细细盖来，连我们的屁股蛋儿上都得一边一个“陈洁茹”。三哥则不然，三哥得上班，他没时间在我们身上花工夫，只在我们的脑门上匆匆盖上一排就走了。

我和老七顶着一排红印坐在游泳场看别人游泳，看着在水里游来游去的人，我们很着急，因为我们下不了水。时间长了，老七到底经不住水的诱惑，下了湖。他在水里始终仰着脑袋，几圈下来，头上红印依然，很经得住检验。于是我也学着他的样子，仰着脑袋游泳，久之，那脑袋竟进不了水了。

就是现在我游泳也是抬着脑袋，不但脑门，连头发都不带湿的。

有一段时间，我和老七的活动范围不在地面而在半空，在房上。

那时候北京还没这么多高楼，灰色的平房一片连着一片，脚不挨地，能从这条胡同蹿到那条胡同去。上过房的孩子都知道，房顶的世界与平地绝不相同，妙不可言哪！我有一个叫刘箴的外甥，让他妈送来住姥姥家了。他来了就哭着闹着要走，死活不在我们家待，把我母亲整得一点儿办法也没有，花了不少零钱买好吃的哄他，怎么也哄不住。刘箴管我叫姨，管老七叫舅舅，于是舅舅和姨就把小家伙弄上了房。上了房的外甥初时惊恐万状，趴在房脊上不敢动，像只大壁虎。后来在我和老七的撺掇、鼓励下敢从北房转到南房了，后来又敢从套间跳过茅房骑到别人家的院墙上……没出三天，这孩子就让我们训练得在房上如走平地一般的利索了。在房上藏猫猫比在地上藏猫猫过瘾，无论是藏的还是找的，那份新奇，那份兴奋，那份出其不意，那份柳暗花明，都让人终生难忘。

一礼拜后我姐姐来接她儿子回家，原以为她儿子见了她会热情地扑过来，尽诉离别之苦。孰料，她的儿子竟冷冷地在房上接见了她。她儿子居高临下猫一样地趴在房檐上，傲慢地跟他妈谈判：不回家，在姥姥家住完暑假再回去。问为何不回，答曰：回去是楼房，没意思。

在上房问题上，母亲从来不限制老七，却不让我上房。她说，一个女孩家整天骑在房脊上算怎么档子事，将来出门子哪家敢要哇？不许上！我父亲比我母亲更会来实际的，他把我们家唯一的木梯子劈了，断了我们上房的路。好像天底下没有难得住老七的事儿，他从堆房里找来个不用的高花架子，搁在茅房的矮墙边，攀着花架子只需三下就上了墙。上了墙就是上了房，下边的路睛走就是了。我的个子小，攀不上那架子，得让他在上头拽才行，凭我一人的力气是上不去的。

老七在房上爱满世界胡窜，我则不然。我上房的时候要夹个破凉席，带一壶凉开水，捎几本小人儿书，在房顶的树荫下一躺，小凉风一吹，翻着小人儿书，那舒坦，甭提了！

那天，母亲让我把房上的老七叫下来，我就来到茅房的矮墙下大声喊他。老七从房拐角探出头来问我有什么事，我当时不知怎的灵机一动说："妈说让你把我也拉上去。"那天老七有点儿缺心眼儿，他就没想想母亲会不会下这样的指示，听了我的话，他二话没说就把我拽上去了。我上去了，他却下来了，把我一个人丢在了房顶上。我在上头待得很无聊，竟不知不觉睡着了。天快黑了，母亲找不着我，急了，以为我让拍花子的（一种专门拐卖小孩的团伙）给拍了去了。一家人都没吃饭，四处找，连西城的亲戚家都问过了。老七也没头苍蝇似的东一头西一头地跟着瞎找，他压根儿忘了把我拉上房这件事。父亲跟母亲闹，说她连个孩子也看不住，母亲只是哭，一点儿办法也没有。

其实我那个时候已经醒了，不知怎的，我就是不想暴露自己，就是不想言语，看着他们着急的样子，我甚至有些幸灾乐祸的兴奋。我觉得很快活，因为这时候在这个家里所有的人都在想着我。我不再是个被人遗忘的、无足轻重的老儿，我是叶家一个丢失了的大人物！

破例的，我那天从房上下来没挨打。

一晃四十多年过去了，老七已经退休了。尽管老七小时坏得流脓流水，淘尽大人的精神，但究其生活道路却平常得不能再平常了，上班下班，娶妻生子，与常人比，没有任何特殊。他的那些“聪明才智”在学习和工作上没有给他丝毫帮助；他那个一转一个主意的脑子并没有使他成为某方面的精英。退了休的老七跟所有的人一样，每日为日子、为儿女们操心。当年那个坏小子没有变成坏男人、坏老头子，这是让人释然的。

我每年都回北京，见到步履蹒跚的老哥哥拄着拐杖在藏满童年故事的旧宅里走来走去，一种亲切之情便油然而生。傍晚，西天晚霞凄艳，我和老七站在院子里环视我们的家，房子虽然老旧了，却依然高大，顶端竟与霞光相接。

我看着两鬓斑白的老七说：“当初真不知咱们是怎么上的房。”

老七笑笑，反问我：“要是今天让你再上坑里游泳，你行吗？”

我说打死我也不敢了。

后来我跟老七谈到了孩子的事情，谈到了那个总让我伤神的女儿顾大玉。老七很得意地对我说，这孩子随我。

我听到这话，浑身一哆嗦。

顾大玉：您哆嗦什么，能混到我七舅舅这样就不错了。有事业，有文凭，捞过鱼虫，倒腾过钢材，搞过传销，玩过股票，现在人家在弄古瓷鉴定。潇洒自在，比您傻爬格子、爬傻格子强了一百倍。

顾明耀：母亲的性格脾气，必然会部分地、或者完全地，甚至是变本加厉地遗传给子女。看了“引子”后，我觉得此说从生活中得到了证实，也觉得顾大玉的淘和坏其实是不难理解的。有人说，母亲小时候受的是什么样的教育，就会用什么样的方法教育孩子。此说也许不无道理。问题是作为父亲的我，作为母亲的广芩，知道得太晚了，也注意得太晚了。自己的性格脾气上有不好的地方，就该更加努力地提高自己的修养，更加有意识地积极地给孩子施以正面的影响。记得自己所受“教育”的苦楚，教育自己的子女时，就该改进教育方法，提高教育效果。广芩在这方面是不足称道的，她常对顾大玉说，你等着，将来你有了孩子，带到姥姥家来，我就要教他怎么说瞎话，告诉他怎么出走，怎么对付你。这叫一报还一报，让你也尝尝滋味。

有一天，我和顾大玉闲谈时，提到了上面说的事情。她说：“我以后不能要孩子，省得又给中国添一个淘孩子，也省得让我的孩子跟我一样挨打受气。”我告诉她，这话说错了。淘孩子要看怎么淘，淘似乎是孩子的本性，只要别让他淘得出了危险，别让他淘得染上坏习惯，就没有什么了不起的。如果能从孩子的淘里启发、引导、培养出丰富的想象能力、勇敢的拼搏精神、坚韧的进取追求，就是家长的最大成功。孩子们的“不记仇”的确可以说是“美德”，因为这是一种宽以待人的宽恕。不过，我想，疼痛未必都是幸福的，这一点儿不妨记住。己所不欲，勿施于人。想想自己的童年，也就不会再在孩子面前施展自己的威风了。

二　为人之初

怀孕的滋味因人而异，我常常想起怀着小孩的艰难。

高龄初产妇。

浮肿，高血压，心动过速，蛋白尿，学医的我完全明白，这是“先兆子痫”的早期症状，这预示着下一步的不妙。

难以控制的是情绪的改变，那一段我的心情变得很敏感，很脆弱，很糟糕，那是一种病态的情绪变异。

犯了小时候的毛病，我时常的泪水涟涟，下班坐在家里，一句话也不想说。

这使我的丈夫不安。他说，说话啊，你到底怎么了？

我说不出我怎么了。

他就开始猜测，猜我和同事闹了别扭，猜我挨了领导批评；后来竟然猜想我是不是苏修潜伏下来的特务，一推测年龄，又不太对，也没有跟苏联人接触的条件；然后就又开始考虑我是不是私下借了哪儿的高利贷……在他这般费力推理的时候，我照哭我的，实在是懒得搭理他。他这人，喜欢看破案电影，《徐秋颖案件》《铁道卫士》《国庆十点钟》一类的影片，他看过不少。之所以猜想我是“苏修特务”，是因为当时街上正在上演反特故事片《熊迹》，他是把我跟电影里的人物弄混了。就是在今天，他对此仍有偏爱。现在他是日本广岛女子大学的教授，每逢周一、二、五，下了课就要急着赶着往家跑，为的是赶上看晚上的破案电视剧。有时看到他风风火火地进门，一边脱衣服一边直扑电视机，嘴里不停地叫着“杀人事件！杀人事件!”真让人好气又好笑。

挺大的人了，童心未泯，倒也可爱。

但那时候我不觉得他可爱，只是可恶。

我在工厂里上班，他在西安的大学里教书，我们都被工作牵制着。

肚子里的生命在顽强地表现着他（她）自己，踢腾伸展，几无宁日。这是个淘气又不甘寂寞的孩子，我不知他（她）是男是女，但以这般的拳脚，这般的不知体贴母亲，我想多半是个男孩。

男女对我都一样，我的娘家，兄弟姐妹十四个，男女对半。我肚里这个是男是女就显得很无所谓。男也罢，女也罢，这孩子将来有的是姨和舅舅，有的是表兄弟姊妹，他（她）不会孤独。

丈夫家就不同了，丈夫是独子，是顾家的千顷地一棵苗。他和他的父亲对这个没照面的小孩寄的希望很大，当然男孩最好，真是女的也没什么，也很好……下一个也说不准是儿子。

我知道，没有下一个了。

以我的身体状况，能将这个安全保住就是一种幸运了。时常眩晕，时常喘不过气，血压低压到了一百二十，心跳已经超过了二百，肿胀的脚穿不进鞋，只好趿拉着一双挖防空洞时穿过的解放鞋。裤子是丈夫的，衣裳是厂里的大号工作服，脸上是一块块的黑斑，擦的是药用凡士林……我知道我很丑，我也知道我的打扮很是有点儿那个，但面对这一切，我有一种冷静和坦然。我想孕妇本身的美或许正在于此，在于这丈夫的裤子，在于一脸的黑斑和大号的工作服。是女人就要走这一步，我在乎什么！

我什么也不用在乎。

但是，当若干年后的今天，我在商店里看到孕妇的专柜，看到那些为孕妇准备的各式各样的衣服和为婴儿准备的各式各样的物品时，我深切感到了时代步伐的速度和那不可阻挡的潮流。文明、进步、和谐，毕竟成为今天的主导，成为灿烂的阳光，装点着我们的生活，左右着我们的人生。在商店里，我凝视着精美盒子里的一件淡粉色的小衣，想象着会有一个怎样的可爱的小孩子穿上它，毋庸置疑，拥有这样衣服的孩子是幸福的。

当然，没有这样衣服的孩子也不能说不是幸福的。我孩子的小衣服、小被子都是我所在的工厂一位叫孙玉婷的老师傅给我做的。我没有这方面的经验，母亲也早早去世了，这些本该属于姥姥的工作，就全由她承担起来了。她乐于做这样的事情，她在缝纫那些颇有古典风格的儿衣时脸上充满了慈祥，充满了爱意。我在一边看着她，心里也是充满了感动。我想起了我们小时候穿过的那些由下人旧衣服改制的儿衣，想起了在北京东城那座旧宅院里诞生的一个又一个小生命……

生命就是这样一代代接替，历史就是这样一圈圈滚动。

我决定回北京生小孩，那里是家，是老家，那里是最安全的地方。

对家的依恋是我人生的弱点，尽管我已经走出了几十年，尽管那里已经没了父亲母亲，我对那座充满家的气味的城市仍是情有独钟。

但是，我不能回到祖居的院落去，这是规矩，是北京人的规矩，一条至今为止仍在严格奉行的规矩——女儿在娘家坐月子，被视为不合章法。

我必须到我的婆家去，到雍和宫附近的一个叫作后永康胡同的小院去，那里有我公公购下的房产，有他的养女——一个我们叫作二姐的善良女性。后永康离我的娘家不远，隔着几条胡同，两家人彼此都是熟识的。

丈夫不能与我同行，没到寒暑假，他哪里也走不出去。为了将来孩子的降生，他能做的，就是穿着棉大衣端着小板凳，在火车售票处排了一宿队，为我购了一张卧铺车票。那时候买卧铺很难，我们没有任何关系和后门，就只有老老实实地去排队。丈夫回来将那张得来不易的票很郑重地递给我的时候，看着他大衣袖子上被人用粉笔画上的号数，只是让我心酸。

早晨，天还没有亮，他用自行车驮着我去火车站。他告诉我，如果半道有什么不好，就找列车员，千万别忍着。

我说知道。我说我给他买了十斤挂面搁在了柜子里，小缸里还有我腌的雪里蕻，我让他注意饮食调节，别饥一顿饱一顿的。

他说我走了以后他就去吃食堂，因为我一走，家里那个蜂窝煤炉子准灭，他侍弄不了那个东西。

我说他不能老吃食堂。

他说他就是吃食堂长大的。

米面的夫妻，充实而实在。

我还有些话欲说却没有说，想了想还是咽在了肚子里。我想到了或许有回不来的可能，尽管我对前途充满信心，但以身体状况而论，不能说不是危机四伏的。我的母亲说过，女人生孩子就是和阎王爷隔了一层窗户纸。对我来说，这层窗户纸其实已经捅破，我已经清清楚楚窥见了那边的一切。之所以不愿意跟他说得太多，是不想给他增加心理压力。已过了三十七岁的他，是头一回做父亲，他是个乐观而简单的人，大孩子一样的，在生活中，他的喜悦多于忧虑。

上了车，等不到开车丈夫就回去了，他早晨第一节有课，不能耽误了。他交代了两句就匆匆走下车去，看着他消失在站台上熙熙攘攘的人群中，我的心里一阵发空，有些伤感，也有些无所依靠的失落，还有些“大难来时各自飞”的无奈……

这时，肚子里的孩子猛地蹬了我一脚，一下将我拉回到现实，这使我感到了另一个“人”的存在，那个人像是在提醒：别怕，有我呢！这信赖的一脚如同无声的安慰，我用双臂抱住了肚子，就如同抱住了他（她）。是的，他（她）将陪着我一同度过这颠簸漫长的旅途，我们同呼吸，共命运，我们会一直坚持到最后。

我的乖乖。

来到了北京，不能去医院而是要先去报临时户口，否则医院不予接诊。

办事处的女同志麻利干脆，二话没说就给我办了手续，我看到她把卡片递给我的时候眼睛有点儿红，正有些惶恐，那女同志说，我女儿也是1969年从北京走的插队知青，现在还在陕北，没有回来……又说，看你这身子，八成要生一个大儿子。

我笑了笑，心里想的是她那个还在农村的女儿。

到了东四妇产医院，医院的大夫建议我终止妊娠，他们要开刀将孩子取出来。

我问不开刀是不是于孩子不好。

大夫说孩子问题还不大，从现在看，一切发育都很正常，关键是我，妊娠中毒症状已经很严重了。

我说要是这样我还是自己生。

我不希望在孩子不想出来的时候，很被动地让人掏出来。生命的历程，要顺其自然。怀胎十月，一朝分娩，果子熟了，自己就会落地，完全用不着谁去干预、去改变这个过程。我坚信遗传，我的母亲一生生了不少孩子，应该说她老人家是个很合格的子孙娘娘。在她这些众多的孩子中，没有一个是让人掏出来的。据说，她在生我的时候是在一个晚上，洗完脚往起一站，就感到了情况有变，继而我就来到了人间。我想，母亲是这样，我大概不会很难，我自己应该有能力完成这一切。分娩的过程是生命的更迭与延续的过程，是一个人将自己的基因、自己的经验、自己的生活毫无保留地交给另一个人的过程，这是一个庄严而伟大的过程。作为女人，唯有通过生产才能更趋于完整和完美，才能更体会到人生的真谛。母亲这个字眼意味着坚韧，意味着成熟。我相信我的孩子会和我配合默契，会帮助我完成这一愿望，因为我们是母子（女），因为我们血肉相连。

大夫不再坚持。

在等待孩子出世的最后几天里，我每天在胡同里散步，我必须积蓄足够的体力和耐力，以应付可能出现的一切。我沿着戏楼胡同往西，擦着雍和宫南墙而过，走到成贤街国子监的大牌坊往回折，再从柏林寺回家。国子监是元、明、清三代国家的最高学府，柏林寺是元朝遗留下的名寺……这是一条很文化很历史的路线，也是一条让人能生出无限遐想的路线。雍和宫是清世宗雍正的潜邸，雍正是康熙的第四子，所以人们最早将这里称为“四爷府”。过去雍和宫的东侧有大和斋、如意室、醉月轩、海棠院等精美建筑，戏楼是其中之一。这些建筑与西面雍和宫的中路主体连成一片，成为京城东北部一片壮丽辉煌的建筑群。可惜，东部的建筑在八国联军占领下毁于战火，只留下了墙外的一个戏楼胡同，让人们去空空地浮想联翩了。我怀着一个新的生命，在历史与文化中走着，思考着，感到了人生玄妙的不可分解的秘密。二十年后，我所写的一系列“家族小说”，背景即是戏楼胡同，连那胡同的名称也没有改变。说不定有些故事的雏形在那个时候就已经酝酿于腹中，酝酿于那悠悠的一趟一趟的散步中，与我的孩子同融一“腹”了。

雍和宫在70年代处于封闭状态，棕红的大门永远沉沉地锁着，没见有开的时候。那些宫殿的黄色琉璃瓦顶在夕阳下闪着寂寞的光，显出了亘古的苍茫，给人以深不可测之感。透过红墙，可以看见里面高大的龙凤呈祥四柱七顶牌楼，那龙凤合玺的图纹，那精美绝伦的贴金彩绘，从高高的红墙露出，透递出一组解不透的历史密码，传递出一种博大与精深。隔着墙能看见牌楼上“寰海尊亲”的字样，我觉得，这“寰海尊亲”与我的心境相当的吻合。这里是雍正的出生之地，是生命的萌生之处。一种祥瑞，一种亲情，一种说不出的对于祖宗的敬畏，让人生出无限感动。我与祖先，与宇宙生命的机缘，就在这天地之间，在自身的生命之中。

我决定为这个未出世的小东西取个名字。

取名的过程就是散步的过程，思绪在那些金碧辉煌的牌楼上萦绕，在那些“寰海尊亲”“十地圆通”上纠缠。

我决定管他（她）叫：顾大愚。

这是个男女可用，雅俗共赏的名字，大智若愚。会欣赏的能赏出中华文化的精神，不会欣赏的也能品出为人的憨直与谦逊。

看似大傻，不是大傻。

顾大愚，这是雍和宫的赐予。

在顾大愚还没有降生的时候，他（她）的名字已经先他（她）来到了这个世界上。

若干年后，我的孩子嫌这个“愚”字笔画太多，难写，加之那些表兄弟们嫌难听，未经我允许，孩子私自将“大愚”改为“大玉”。这三横一竖的“玉”自是比那个“愚”简单了许多，省事了许多，但那意思却是差得远了。大玉，大玉，大玉即璞，其实就是一块顽石，暗中还包含着“玉不琢不成器”的警寓在其中。

改坏了。

丈夫说，顾大玉这样一刻不停地折腾，都是这个名字叫的，命中注定，该着如此。

我说，名字是自己改的，折腾也是自找的。

这是二十年以后的话。

人生的过程，大的环节往往简单明了，但讲述起来却又是些琐碎的细节，我去医院检查，大夫说再不能拖延，必须提前住院。

我说不能开刀。

大夫说，不开刀就催产。打催产素，扎针灸。

整整三天，我在医院里受罪。待产室里，一批一批的产妇换过，生产对她们来说顺畅而自然。在我，却被折磨得不人不鬼，连呻吟的力气也没有了。我咬着牙缩在床上，一会儿清醒，一会儿迷糊，我已经不知道我是谁了。那个孩子牢牢地抓定我，他（她）就是不想出来，固执的家伙！

大夫最后征求我的意见：剖腹。

我说，不。

产房外面，我在京的亲人们在轮换守候等待。我的七嫂焦急地说，怎么这样难啊，是生太子吗？

谁都急，只有肚里的孩子不急。

在几针大剂量催产素的催促下，那孩子才有了出来的想法，第四天上午，我被推上产床。由于高血压和杜冷丁的作用，我只觉得天旋地转，感觉不到疼痛，感觉不出环境，那些叮叮当当的器械声，那些大夫护士的话语，都变得遥远而渺茫，看不清也听不清了……

一股温热由身体里涌出，一声啼哭响亮奏起，冲击着我的耳鼓，让我为之一振，是孩子，我的孩子！一阵兴奋由心底涌起，从头到脚，我的每一个细胞都充满了幸福，幸福得让人战栗。

过程原来是这样的，复杂又简单，痛苦又欢乐。

大夫说，是个女孩。

紧接着，一团红扑扑的东西在我眼前一晃，算是完成了母女相见的仪式，这对医院来说，是例行的公事。

我听见我的亲戚们在外面的声音：女孩！女孩！

我躺在东四妇产医院的病床上，医院在过去好像是个大宅门，后来改作了医院，那老式的窗棂老式的庭院给人一种家的慰藉。窗外有风，几只雀儿在干枯的海棠枝上顶风而立。天是阴霾的，灰蒙蒙的。宽敞得像庙堂一样的大病房里摆着十几张床，每张床上都躺着生产过了的产妇，探视的人很多，很杂也很乱。但是我感觉不到那乱，我的心已经飞了出去，我知道，离此不远的地方躺着我的女儿，那是一个独立的、完整的生命，再不是我肚子里的“踢腾”。

传来婴儿们的大合唱，合唱中有一个响亮的带拐弯的高音在领唱，能下地的产妇们都去看了，隔着玻璃辨认着自己的孩子。我不能动，医生说血压还是太高，要是再居高不下，恐怕麻烦。

到了第三天医生才把女儿给我抱来，是一个很丑的小姑娘，头发又细又软，一双眼睛很小很小，那嘴却很大很大，鼻子上长了很多细小的白泡，耳朵像是很匆忙地安上去的。总之，并不出色。

顾大玉：我现在很漂亮，您为什么要那样形容我的小时候，人家的妈怎么看自己的孩子都是漂亮的，我在您的眼里怎么就那么丑？丑也是您生的。

我看着那双亮晶晶的黑扣子一般的眼睛想，这就是在我的肚子里待了几个月的小孩吗，就是跟着我坐火车，陪着我每天在雍和宫散步的小孩吗？我们之间的对话、我们之间的默契彼此应当记忆犹新。我用手指刮了刮那个红润的脸蛋，她用嘴寻找着，想吃，嗯，她把那些记忆都变作了吃。找不到吃的，她开始哭了，听她的哭声我明白了，在婴儿合唱队中，领唱的就是她——我的女儿。

以后的事实证明，但凡有出格的事情，只要一追查，领头的准是她。

当然，学习除外。

第四天将顾大玉抱回后永康，住进了那间带花隔扇的里间，外间是二姐住着。里间墙上挂了很多清朝的字画，玻璃上吊着镂花窗帘，这是我住院这几日，二姐的儿子们所为，他们以这种很文化的方式迎接新出生的小表妹。那些字画在今天来看都是文物，但在那个时候，都是很不在意的东西。二姐有三个儿子，三个儿子三只虎一样地围着他们的妈，这使得二姐总觉得身边少了点儿柔软的东西，少了点儿细腻和贴心。顾大玉的到来，填补了这个空缺：顾大玉是住进这个家的第一个小女孩。

哥哥们都已经工作，他们对这个布娃娃一样大的小孩感到新奇。他们围着她看，看得很仔细，二姐呵斥着她的儿子们：都滚一边儿去，留神你们的臭气熏了她！

哥哥们嘿嘿笑着，并不散开。

以后便是走马灯一样地，轮着番地看“小人儿”。

十天一过，孩子的小鼻子小眼开始有了变化，变得舒展了，变得有了模样，脸蛋由红变粉，胳膊腿开始变圆，眼睛也渐渐地有了神。

二姐用两条宽带子把孩子的腿捆上，说为的是将来能长成两条秀美的长腿。我让她松开，我说捆得像个粽子似的不难受吗？二姐说小孩子都是这么捆着的，我说我就没捆过，二姐说肯定捆过的，你是不记得了。我不好再坚持，但我总替我女儿的两条腿难受。孩子没有准头地舞着一双小手，捆在一起的腿美人鱼一样地挣着，她玩得很高兴，她好像不在乎捆与不捆。突然，她“哇”的一声哭了，脸上多了一条红红的血道子，原来是她自己的指甲把自己的脸划破了。这下可不得了了！她自出生以来还没有受过这么重的伤害，她哭得闭过气去，脸憋得铁青。我束手无策，二姐一边掐她的人中一边吩咐我赶紧准备点儿水。

暖瓶里的水太烫，情急之中我抄起桌上的茶缸，将剩茶兑了进去。

那边顾大玉已经缓过气来，仍在号啕不止，将水瓶递到嘴边，竟然赌气不喝，划破了脸，她闹脾气了。

我说，这就有点儿不讲理了，这脸又不是别人给你划的，是你自己划的，你跟谁发火？凭什么发火！

二姐说，你跟个月窠儿孩子讲什么理，我们要知道这个理我们自个儿就不划了不是？于是就抱着颠，于是就肝啊肉啊地哄。

嚎渴了就喂水，一大瓶水灌下去，麻烦来了。

一点点儿剩茶根让她喝下去竟给她提了精神，到半夜两点了她还没有睡的意思，一双眼滴溜溜地乱转，必须抱着颠着走着，才能安静，你一停下她就哭。我实在困得不行，可我没有一点儿办法。到四点钟了，她还没有睡意，我对她说，我服了您了，您给我闭会儿眼行不？

二姐由隔壁披着衣服过来，见我正满抽屉乱翻，问我找什么，我说找安眠片。二姐问给谁吃，我说当然给她，我现在困得这样还用得着安眠片吗？二姐说没见过给小婴儿吃安眠片的，别吃死。我说这也是不得已的法子。

二姐没说什么，把孩子抱走了。

第二天给我送过来的时候，孩子的手上多了两个布套。

带孩子我没有经验，但我有一个原则，绝不娇惯。幼必待以严，壮无薄其爱。叶家对孩子宽松又严格的管理方法，对小孩子从不过于看重的做法，在我童年生活中已经潜移默化地融于血液里。在我的记忆中，我的父母亲从来没有将我抱在怀里拍着、哄着，乖呀宝呀地亲过。同样，我也没有见过我的哥哥姐姐们对他们的孩子有过过于亲昵的举止。小时候常听我的大大这样教训我：咱们是在旗的，外头一说在旗的就是八旗子弟，就是提笼架鸟熬大鹰，就是醉生梦死，纸醉金迷。这是不了解咱们，咱们不能跟别人的孩子比，那些引车卖浆者流对孩子只知一味宠惯，他们能有什么可求的，有点儿小手艺，做点儿小买卖，赚够个温饱就知足了。咱们不行，咱们教育子女没有别的招数，只有一个字：严。不严就不能出人才，曾国藩该是一代人物了，他的祖父在教育儿子的时候也常在稠人广座之中，壮声呵斥，毫不宽假。你记住，有出息的人都是在“严”字上站起来的。

我的这位大大娘家是满清内务府的大官，终生未生育，一直和我们住在一起，直到 1961 年去世。在她跟我说这些话的时候，不但大清已经灭亡了，就连中华民国也已经不存在了，但是她的“慈爱不姑息，严格不伤恩”的思想在叶家是一脉相承下来了。当然这中间存在着一个对待劳动人民态度的问题。我想，还是不要苛求那位已经故去的满清老太太了吧，她要活着已经一百多岁了。

问题是眼前床上这个正在手舞足蹈的小婴儿她姓顾，她跟姓叶的没有关系。围着她看的这些哥哥们，个个都是“引车卖浆者流”，老大是铁路工人，老二是铝制品厂做铝锅的，老三待业，他们的父亲是废品回收公司的。他们都是凭力气吃饭的人，没有什么文化，也没有什么高深的教养。他们不知道什么“君子教子，导之以道”，也不知道什么“宽猛相济，治家之道”，但他们都很善良，很质朴。他们在这个小表妹面前，毫不掩饰他们的亲爱之意，他们无时无刻不在表达着对小婴儿的关切。你稍不注意，他们就把她抱起来了，不光是亲，还要满屋转，还要隔着玻璃看树树，看鸽鸽，看花花……

没过满月的孩子会看个屁，让太阳光照得挤住眼睛，只会打喷嚏。

我隐隐感到，这孩子我怕是带不走了。

如我所料，回西安我是单身一人回去的，我的孩子留在了北京，留在了后永康的小院里。

回到西安，我常常感到自己是分裂的，我的大半个心在北京，在孩子身上。刮风了，我会想到北京的风是不是更大；下雪了，我不知孩子穿上了小棉裤没有……每月给孩子寄去三十元钱，这是我工资的百分之八十。那时我的月工资是三十九，丈夫的五十八块五拿了十几年，我们的经济十分拮据。我曾经给人刻蜡版，印日语讲义，刻一张是五毛钱，我把这笔钱寄到北京，让他们给孩子买辆小竹车。那时候，北京的孩子都有小竹车，他们坐在车里由大人推着满街走，竹车既可装孩子又可以装菜，必要时还可以代替小竹床。现在想想，那真是个很实惠的物件，比现在由棉布和钢管纠集在一起的婴儿车要高明多了。

简陋的竹车充满了平民百姓的味道，大概至今还能让不少人怀念。

常有顾大玉的消息传来：

会爬了，能扶着墙走了，会叫妈妈了，能吃面条了，断奶了……

她的每一个消息都让我兴奋，都让我品味半天。北京寄来大玉坐在竹车里的照片，照片上的顾大玉已经是个胖而美丽的小姑娘了。丈夫说孩子像他，因为他比我漂亮。我说像我，那神态，那气质就是我小的时候。

丈夫出差去北京，回来很神秘地对我说，你猜咱们的丫头过生日抓周抓了个什么？

我说会是什么呢？

丈夫说，大油饼！她抓了个大油饼，还是带糖的。

抓周其实就是一种游戏，谁也不会认真，有大油饼也不错。可反过来说，她跟前那么多东西，她怎么就不抓钢笔，不抓书本，不抓点儿实质性的物件，偏偏要抓大油饼呢？

丈夫说，大油饼也很实质。

我说那当然。

心里总觉得不美。

顾大玉两岁半的时候，我们决定把她接回来。

我和丈夫踏进后永康的大门，顾大玉正坐在小饭桌前喝粥，看见我们，她哇的一声哭了。因为事先已经给她做了不少工作，说爸爸妈妈要来接她回西安，聪明的她一看见我们立刻就明白了是怎么回事。她叫着妈妈，不是扑向我，而是扑向了二姐。二姐的眼圈也红了，把她紧紧搂着，再不撒手。

还没有说走，就已经这样了，这是怎么档子事啊。

先不说走的话，联络感情是必要的。

我让孩子跟我睡，尽量满足她的一切要求。

睡前，大玉提出要给她摩挲背，就摩挲背，又让摩挲肚子，就摩挲肚子，又让摩挲腿，摩挲胳膊，摩挲手，摩挲脑门，摩挲鼻子……已经是很没意思的得寸进尺了，但我照办。

吃饭的时候，一匙稀饭要像大飞机一样呜呜地飞，飞过的饭才肯咽下，否则就不张嘴。先是围着饭桌飞，后来不满足了，得绕着屋子飞，这样每喂一口饭我就得站起身在屋里跑一圈，这孩子真能把人折腾得吐血。

丈夫的感情联络得也很壮烈，将她哄出，说是去买冰激凌，用小车推着去。初时还好，一个大冰激凌吃到一半就不是她了，她要回家，她不坐车了，她开始哇哇大哭，开始在车里辗转腾挪，那冰激凌于是糊了一身一脸。丈夫不得已，一手夹着沾满冰激凌的她，一手推着车，在大街上向着家猛跑，那情景，所有当过父亲的人大概都能理解。

出了北京，哭了一路，害得火车上的人谁也睡不成，只好抱着她在火车连接处站着，她边哭边在我身上打挺。

我对这个人物简直一点儿办法也没有了。

回到西安，我请了一个月假，每天专门陪着她玩，坐电马，溜滑梯，看大象，打秋千，直到把我搞得筋疲力尽……

顾大玉背着我跑到邻居家，张嘴跟人家“借两毛钱”。邻居问借钱何用，她说打车票，回北京，她不能在这没有北海的破地方待。

是的，我在西安给她变不出北海来，她在我们这里活得不愉快。她不允许她的爸爸和她在一个床上睡觉，她让爸爸铺张报纸在地上睡。她爸爸说地上太凉，她说那你铺两张报纸吧。每回睡觉，丈夫都得等她睡着了，才能躺下，否则让她发现了，就会没完没了地哭。

有一天，顾大玉在临睡前问我，在被窝里拉屎行不行？

我一听就乐了，以为她是在开玩笑，我说，在哪儿拉都行，你在房顶上拉都没人管，只要你拉得出来。

第二天早晨，我让顾大玉起床，她说，等一会儿，我还没拉完呢。

我说怎么个没拉完？

她说，屎呀。

我感觉到事儿不好，掀开被窝一看，好家伙，热腾腾的一大泡屎！我抬起手来就要扇，竟然没处下巴掌，她的屁股上、身上全是屎……我简直蒙了，这样的情景是有生以来头一回遇到，从哪儿抓起呢？先把她从屎堆里拎出来，让她光屁股站在椅子上，再烧水洗。寒冬腊月在我们那间五风楼一样的破平房里洗澡，她冻得哆嗦，换了几盆水味还去不掉，我恨得咬牙切齿。洗完了她，又洗单子，拆被子，拆褥子，弄干净了一切，以一顿揍作为结束。

那是她第一回挨打，杀猪般地嚎，在北京她没受过这个。

我也是第一回打人，打人的感觉是越打越来气，打完就后悔。

事后我想，也是打得没理，头天晚上她其实已经请示过了，“在被窝里拉屎行不行”，我说“在哪儿拉都行”，这责任还在我，不能怪她。

我这人的特点是不会讲理，特别是对小孩子，我总爱用调侃的语气跟她说话，这就注定了我在教育上的失败，从根上的失败。按理说，发生了这样的事，我应当好好地跟女儿讲明白，不能在被窝里拉屎，多脏啊，多臭啊，给妈妈添了多少麻烦啊之类。但是我没有，我对孩子说：被窝里拉屎的感觉不错吧？

顾大玉说，没有坐盆拉得痛快。

我说，你什么时候还在被窝里拉啊？

顾大玉说，我会提前打招呼。

不是顾大玉有心气我，是她就这么想的，也是我把她的话、把她的思路往这儿引的。这种失误，当时我没有意识到，至少，在她长到二十岁的时候，我都没有意识到。现在意识到了，孩子也大了，这常常让我后悔，我跟丈夫说，再让我生一个小孩，我会吸取教训，会少走许多弯路。但是已经不可能。

别的孩子都有很高远的理想，顾大玉不行，我问她长大以后干什么，她说“卖馄饨”。这是因为她爱吃馄饨，我老不能满足她的缘故。70 年代的肉一人一月半斤，我们不可能天天吃馄饨。有一度她还想烧锅炉，是因为北京她的那位做铝锅的哥哥改行烧锅炉了；她曾想当警察，想赶马车，想砌墙，想卖冰棍，想喂老虎……顾大玉的理想都很实在，都很劳动人民。

我指着天上的飞机说，你不想开飞机吗？

她坚定地摇摇头说，不。

我问为什么。

她说飞机掉下来怎么办？

也是啊，飞机掉下来怎么办呢，这个问题我怎么就没想过。

顾大玉的另一个特点是不能一个人待着，她必须得有伴，不是我就是她的父亲，时刻得守护在左右，再不就得借个孩子陪着她玩。玩的时候她必须得处于主导地位，别人什么都得顺着她来，否则就“不跟你玩了”。这不是件好事情，这种在北京就形成的“以我为中心”的毛病，是所有独生子女的特点，也是她成长过程中，让人深感为难的地方。性格决定命运，在她以后的许多出格的行为中，追根都会追到惧怕孤独上。到今天，她也不能克服这一弱点，只要一个人，她就会处于焦躁不安之中，她就会生出些什么事儿来。我想，倘若她像我一样，有着众多的兄弟姐妹，有着一个轰轰烈烈的大家庭，大概会是一个乖孩子。

我对丈夫说，咱们对孩子应该有所冷落才好，要让她知道，她重要，别人同样很重要。

丈夫说，该送幼儿园了，这孩子得启蒙，老这么混蛋似的不行。

我说，是该送幼儿园了。

进了幼儿园的顾大玉充分表现出了她执拗的本性，从进园的第一天起她就哭，整整哭了两年，一天不落地哭，大概能进吉尼斯大全了。我每天送她去幼儿园，离幼儿园一百米的时候，她便要张开胳膊让我抱，到了五十米的地方开始变脸咧嘴，到了大门口就哇出声来，准确极了。每天上幼儿园，对她是一大难事，对我也是一大难事。我说，你不是愿意有伴儿吗，幼儿园那么多小朋友，多好啊。

她说，他们不好玩。

我不知道什么样的小朋友才叫“好玩”，看似是怕孤独，其实她的内心是极其孤独，极其不合群的。以顾大玉这样的怪拗，这样的哭闹，大概也没有哪个小朋友会认为她很“好玩”。阿姨不喜欢她是显而易见的，不止一次有人告诉我，说在幼儿园小朋友午睡的时候，我们家的顾大玉一个人站在外面的走廊上使劲哭嚎。既是这样，我每天也咬着牙照送不误，只要不闹病，哭哭也没什么，我就不信把她这坏脾气治不过来！

顾大玉：我妈在报社当记者的时候整天在下边跑。她把我放在幼儿园里全托，根本就想不起还有我。

一个叫张秀兰的幼儿园大夫，经常在顾大玉哭得太不像话时将她领到医务室，给些小瓶子、小盒子什么的哄着玩一玩。也只有在这种有人陪着“单练”的情况下，顾大玉才会暂时停止哭泣。毛病！

张大夫对我说，这孩子啊……

一种无奈。

大夫很无奈，我也很无奈。

这种无奈只是开始。

顾明耀：我是十分主张从严治教的。我所在的教研室、我所在的系部、我所在的学校，对于我的“严”可以说是众人皆知，不但在中国如此，在日本也是如此。“严”首先在于有个较高的目标，较高的标准；“严”还在于对为达到那个较高目标的一言一行只能一丝不苟，不能马马虎虎。此外，“严”也体现在严厉上，声色俱厉。“严”当然不是坏事。可是如果严而不当就成了问题。例如，那个较高的标准如果脱离现实，如果再做努力也难以达到，那就失之过严了。严的标准如果失当，任何一丝不苟严格要求也就只能使人渐渐丧失信心，渐渐失去斗志；倘若这时再来一顿严厉的批评，说不定只能起落井下石的作用。

循循善诱，要在循循，也就是按部就班，循序渐进。目标应该设定成阶梯状的，让他一步一步地往上爬，每爬上一级，他就能享受一次成功的喜悦，增加一分前进的动力和勇气。这种情况下，要求上的一丝不苟才可能得以实现，指导上的严厉批评才可能容易接受。

不管是教育学生还是教育孩子，调侃是不行的，一味的说教、单纯的指责批评也是不行的。必须多鼓励，多鼓气，让他看到成绩、看到光明；让他坚定信念，充满信心。上个月，我在我所执教的学校（日本的一所女子大学）做了一个问卷调查，听了听学生的意见。优子说上我的课时刻怕提问，时刻怕批评，一紧张讲什么也听不进去了，被问到时会的也答不上来了。真由美说上次我在走廊里表扬她理解快、反应快，她特别高兴，决定下个学期继续选我的课。真理子干脆坦率地提出，您能不能表扬表扬我们！一向委婉含蓄的日本女孩这么明确地提出要求来，可见这些意见强烈到了什么程度。

回想顾大玉的成长过程，回想我们做父母的对孩子的培养教育，至少有两点是不成功的。一是常常把“严”的目标、标准定得过高，脱离实际；二是表扬太少了，批评、调侃太多了。

三　三娘教子

顾大玉上学了，一年级的小学生，新书新本新铅笔盒，一切都是新的。上学，作为人生的体验，应该有很多值得纪念的东西留在她的记忆之中。

第一次上学，是件永生难忘的事情。

就我自己来说，许多情景至今仍清晰如昨：

我使用的第一个花书包，是母亲买了二尺红底白花的花布为我缝制的；第一个铅笔盒，上面有“木兰从军”的图案，是姐姐送的；第一块石板，是我到文具店自己挑的……那些很一般的东西，在我却庄严而神圣得无与伦比。

我所就读的北京方家胡同小学，是一所很老的学校，老舍先生曾经在这儿当过校长。学校的东边是女二中，南边是二十一中（我的丈夫是那里的毕业生），北边就是著名的国子监。方家胡同小学的教学是相当严格、相当不错的。我们家之所以选择这所学校让我去读，大概就是看中了它的古老和严格。

记得还没有开学，我们家的老七就怪声怪气地对我说，哈，您要上学啦，要上学啦……

他的意思很明白，进了学校就是马上了笼头，牛上了轭，就要老老实实受管制了，再不能水下房上，再不能天马行空。后来我也明白，进了学校，就要负起一份责任，挑起一副担子，就要认真在人生的道路上迈步走了。

第一天上学，是母亲送的我。母亲拉着我的手，和我一同走在幽长的胡同里。我不明白为什么第一天上学还要人送，但母亲坚持要送。母亲的手在学校的门口将我松开，我在母亲的目光里向教室走去。记得当时我一边走一边回头看母亲，母亲站在早晨的阳光里，穿着旗袍，她向我挥手，鼓励我自己走进去……

很美好，很有意境的画面，成了永恒的一瞬，深深地嵌在脑海里。

今天，我的孩子也成了一年级小学生，我也拉着她的手向学校走去。我把这个时刻看得很重要，基于自己的经验，我穿戴得比较齐整，为的是将来孩子回想起这一幕的时候，她的母亲是一个很清晰很美好的形象。

顾大玉走在我的旁边，嘴里啃着一根大油条，啃得热烈而认真，满嘴满手都是油。本来她在家里已经吃过早点，走过小吃摊还雁过拔毛地要，我就只好买，她就一边吃一边走，很不雅观。我问她文具都带齐了没有，她说带齐了。我把她的裤子往上提了提，这孩子动手能力很差，都七岁了，还不会系裤带，不会系鞋带，还要穿松紧带的裤子，小孩子，没有胯，裤子就老往下掉。我嘱咐她，上课的时候要专心听讲，下课要记着上厕所……

顾大玉说她现在就想上厕所。

我说，你在家不是尿过了？

她说，尿过了还想尿。

于是就找厕所，越找她越急，急得直跺脚，好像一泡尿立马就要装到裤子里了。我比她还急，身上已经出了汗，我说你憋到学校好不好，学校里肯定有厕所。她想了想说，行，就接着吃她的油条。走了不远，正好路边有个厕所，我让她去，她说她又不想去了。

我不知道她肚里那泡等不及的尿，这会儿工夫都化到哪儿去了。

有些窝火。

到了学校门口，也就是说到了我对上学记忆最初始的那一刻，我看了看身边的孩子，心里很有些庄严肃穆，想对她说点儿什么。但看着她那油嘴油手，看着那根本吃不下去的大油条，我却觉得哪里不大对头，找不到当年我和母亲的那种氛围和感觉。

有人送的、没人送的小学生们纷纷走进了学校。我蹲下来，正了正孩子的书包，又提了提她的裤子，不敢再说上厕所的话。我从顾大玉手里拿过那半根油条，她心里正巴不得与油条分离，很爽快地推给了我。我刚要说手绢在兜里，她的一双油手已经理所当然地在衣服上抹开了，那是昨天才从商店买回来的新衣服，看来她对这套衣服并不怎么在意。

将顾大玉推入校门，她混入学生当中，再没有回头看看一直站在大门口的我。

一刹那，我竟有些茫然。

这也是一种上学。

回到家里我才知道，所谓文具“都带齐了”的顾大玉，她的那个崭新的有铁臂阿童木图画的双层塑料铅笔盒，很冷落地躺在桌底下。我掏出，打开，发现里面的橡皮被切成了小碎丁，所有的铅笔都秃了头……

开学了。我不知道没有笔的新学生在课堂上会出现什么样的局面。

但我相信，在顾大玉的记忆中，永远无法寻找我初上学时的那种清新，那种舒朗，那种欢快中的淡淡哀愁。

随着时代的发展，人的感情好像越变越粗糙。

顾大玉：我的确记不得上学第一天的事了，我没有文学细胞，自然也没有您那么多的细腻情感，没有您那么清楚的记忆。您不能以您的感觉来要求所有的人，因为并不是谁都能当文学家。我们这一代，从幼儿园到学前班，按部就班地往上升，上小学跟上学前班没有什么本质不同，只是换个老师罢了，值不得大惊小怪。您干什么都爱小题大做，都爱想到意义，这是您这一代人的毛病。生活就是生活，甭想那么多。

顾大玉的爷爷从太原来了，老爷子已经退休，来和我们一起住。这是位开朗、乐观的河北老人，今年他已经九十四岁了。九十四岁的老人身体硬朗，头脑清晰，爱认死理儿，在我们家里掌管着全家的经济大权。换煤气，买粮食，一应采办都是老爷子的事情。老会计出身的他，是一流的管家。他那一手算盘，噼里啪啦，打得流水一般，荣获过太原市算盘比赛第一名，无人能比的。曾经沧海难为水，有这样的老爷子替我理财，我乐得清闲。

80 年代，一老一小在西安相遇，大有相见恨晚之感，很快就如胶似漆，难离难分了。

顾大玉放学，一进楼道就开始喊爷爷，一层层喊上去，一直喊到五楼。这时，老爷子早已经打开门在等着了。孙女进家门，从迈进门槛的一刹那起，就开始一件一件扔东西，在大门口卸下书包，在走廊丢下帽子手套，在房门口扒下大衣，等进到自己的房间时，她已经是个利利落落的小人儿了。那些衣物老爷子会跟在她的后面一件一件拾起，仆人般地任劳任怨。我不止一次说过，这样不行，但他们俩谁也不听我的。放了学的顾大玉并不做功课，她的第一件事是要骑在老爷子腿上，让老爷子一下一下地颠，美其名曰：骑大马。骑一回大马要颠一百下，要是骑手余兴未尽，还要再找补几十。这样的大马一天要骑三四回，一直骑到顾大玉小学毕业。

有一次，我看见老的和小的在他们的房间里，小的屁股上夹了把扫炕笤帚，在一下一下地蹿，老的举着两个胳膊，跟在她后头满屋转。一会儿，小的回过头捏着鼻子叫老的“阿童木”，老的竟然也嗲声嗲气地答应“哎!”老的反过来又叫小的“小白兔”，那“兔子”也“哎!”让人忍俊不禁。看老爷子这情景，真比那“含饴弄孙”的境界更进了一大步，他都变成“阿童木”了，变成机器人了，已经不是爷爷了。

顾大玉：您不要光说我爷爷，也看看您自己吧，我建议把您装大狗熊的那张照片刊在书前头，让别人也看看我的妈是怎么个模样。

老爷子疼孙女的心太切，将爱付出的太多太多。也正因如此，在后来与渐渐长大的顾大玉才变成了一对水火不容的“冤家”，竟达到了彼此不说话的地步，达到了一天作十三首诗攻击的地步。

爱之愈切，恨之愈甚。这话一点儿不假。

要说真正的“八旗子弟”，我认为应该算是以顾大玉为首的这帮独生子女。所谓的锦衣玉食，所谓的衣来伸手，所谓的不知疾苦，所谓的胸无大志，对他们一套一个准。

顾大玉：这是攻击下一代。偏见！也许小时候是有些“八旗子弟”的倾向，但家长也不是完全没有责任的。随着我们年龄的增长，会遇到许多新的问题，在这个过程中，我们将学到一些新的东西，成为能够适应社会发展的一群人。您别忘了，中国的明天全在我们身上。

我们家有一盒《三娘教子》的磁带，不是京剧的《三娘教子》，是我们家独有的《三娘教子》——一盒我在教训顾大玉时无意间录制下来的磁带。本来我用收录机正在录制张明敏的歌，突然想起顾大玉开学已有一周，却从来没见她写过作业。我拿出她的语文书，翻开第一页，指着那个大大的拼音字母 a 让她读，她不认识，问她后面的 o、e、i、u、ü 也都读不出。我火了，说：你上课都干吗去了?!

顾大玉愣愣地看着我，好像在问我，是啊，我干吗去了?

我感到了事情的严重性，关了收音机（就忘了关录音机），开始了给顾大玉补课，这一补我才知道，顾大玉不但不认识字母，也不知道四声，一个最简单的 ɑ 的四声，让她来发，竟如哑巴一样，发出了含混不清的“啊……啊……啊……”教了七八遍四声还是不会。我一拍桌子吼道：你他妈的是不是中国人？

顾大玉嘤嘤地哭了，她说，中国话我会说，中国的四声我不会说。

我说，不会说也得说，跟着我念！念错一个我打一下手板子。

接下来是顾大玉带着哭腔的、战战兢兢的发声，自然是错的多，对的少，啪啪的手巴掌声相间其中。一会儿我说，不行，打你，我的手也疼。

大玉说，您用尺子。

我说，你那把塑料尺子打折了，还得我花钱买。

顾大玉说，它已经折了。

我说，你这个 e 的发音怎么老“饿、饿”的？

顾大玉说，老师就是这么教的。

我说，你的那个破老师准是陕西人，老是把“我”说成“饿”。跟你们校长说说，把你的陕西老师换了，这不是误人子弟嘛。

顾大玉说，我们老师是山东人。

我说，山东人也一样，好不到哪儿去。

顾大玉说，您妈妈也是山东人。

我说，我妈妈那是你姥姥，现在不许扯你姥姥，我们叶家，人人都会发 e，就你们姓顾的不会。

顾大玉说，对，我爷爷也不会发 e，他管 e 叫 ne。

我一边训一边教，到最后就光剩下了训，没有了教。顾大玉已经忘了哭了，也积极参与，不断地接话茬儿，不住地添油加醋。临近尾声时，我不但训出了吹泡的蛤蟆、豁嘴儿的兔子，还捎带上了她的爸爸，捎带上了河北、山东、陕西的父老乡亲，一切都是现场制作，即兴发挥，十分的淋漓尽致。我那时还没有搞文学创作，事后一听，这不打底稿的一气呵成，用文字表达出来，竟是一段相当精彩的相声。

训斥的结束是一阵铁锅的乱响，接着是我惊慌失措的声音：

净他妈训你，我火上的一锅红烧肉都冒了大黑烟啦！

有一年，我的姐姐来西安小住，她在帮我打扫卫生时发现了这盘磁带，一听，乐得捂着肚子直不起腰来。她说这整个是一出现代的《三娘教子》，编都编不出来。现在的任何小品、相声都比不上我和顾大玉的这段表演。她建议我把这盘磁带给侯家侯耀文、侯耀华那哥儿俩寄去，作为素材奉献给中国的曲艺事业。

我说这不行，这涉及个人隐私。

顾大玉也说，这不行。

有朋友上我们家来，点着名要听《三娘教子》，说比流行歌曲好听。也有不知道我们家有这盘磁带的，来串门，闲聊的时候顾大玉就会主动向人家推荐。初时我还没觉得什么，时间长了，我就觉得顾大玉有点儿那个，再怎么说这也是揭她疮疤的东西，她怎会不怕羞呢？古语说，知耻近乎勇，那么幼年的孩子知不知呢？

顾大玉：敢给人听，这才是一种勇气，一种大度，一种境界。而且，大家听得不都是挺开心的吗？只要大家高兴，做出点儿牺牲也没什么。

我对孩子的思维常常是处于一种被动接受状态，我想不出他们要干什么，会干出什么来。但他们绝不是小猫小狗，他们所干的事情，无论好与坏，都有他们的逻辑，他们的思想。而对这些好事或者坏事的态度，则往往因家长而异了。我承认，在这方面我不是一个高明的家长，我的简单和粗暴，又成为了另一些“恶性事件”的由头。或许我还没有真正学好辩证法，或许我对儿童行为的理解过于片面。不过有些事情，就是在今天，我也是无法原谅的，不报以老拳，不足以解恨。

比如，在我调到报社工作以后，编辑部有位姓薛的同事，他的儿子与我的女儿年纪相仿。有一天，老薛把他的儿子单独锁在办公室里，令其做作业，自己出去采访了。单独待着的儿子见父亲一走，立时就成了精，三鼓弄两鼓弄，把屋里的字纸篓点着了。大家在走廊看见老薛的办公室火光闪闪，浓烟滚滚，惊呼大事不好，使劲敲门，那孩子就是不开。这时，老薛回来了，打开门，却见他儿子已用一盆洗手水将火扑灭。我记得，当时我看着狼藉不堪的办公室，看着站在一片水渍中满不在乎的薛家公子，只恨得牙根痒痒，恨不得拽过来抽两巴掌。可奇怪的竟是老薛，将孩子拉过来拍着哄着，回身对众人说，你们看我儿子多聪明，每临大事有静气，小小年纪他就知道用盆里的水灭火。

老薛对孩子的态度给我以启发，我认为我也应该换一个角度看我们家里的那块玉。人家的孩子放了火都没事儿，都能看出优点，我们家的玉连发不准四声也要挨揍，也是有点儿太不公平了。

我一定要对孩子好一点儿，一定！

那天，在回家的公共汽车上，我一路都在这么想着。

事与愿违，当我推开家门，看到我房间里的一切，我什么“不公平”的想法也没有了。

——我的书桌，桌沿被小刀削成了白茬儿，新刷的墙壁成了花脸。

原来，今天是礼拜六，下午学校没课，将这一帮魔障放回家去，“自己学习”。一个下午学习的结果，就是我的桌子由方沿改成了圆沿，我的一瓶红墨水大半洒在玻璃板上。老薛的儿子灭火是用水泼，我的女儿挡水是用纸掩。挡墨水的纸当然是信手拈来，于是我的一篇刚写好的小说便一页一页做了牺牲。这且不说，饱沾了红墨水的纸鲜艳无比，小家伙又突发奇想，变被动为主动，索性将瓶里的墨水全部倒在玻璃板上，开始一张一张地制造红纸了。湿淋淋的红纸无法安置，顺手贴在墙上……

顾大玉：电视上演过造纸的节目，那纸就是贴在墙上晾干的。所以，那红纸绝不是顺手贴的，这里面有着很大的区别。

看着惨不忍睹的桌子，看着挤眉弄眼的花墙，看着已经“不识庐山真面目”的稿子，我的火噌噌地往上冒。

不打能行吗？打！

顾大玉自然要哭，老爷子自然要护着，什么都往他身上揽，让人气恼。

我气急败坏地对顾大玉说，你赔我桌子！你赔我的墙！

顾大玉说，桌子我将来挣了钱给您买新的。

我说，墙呢？稿子呢？

顾大玉翻翻眼睛看着我，不说话。

两天以后，别人送给我的一瓶进口修正液，被全部涂在了墙上。修正液当然很有限，所以那些红印就如毕加索的画，不但是挤眉弄眼，而且是张牙舞爪了。

二十年后，在陕西的秦岭腹地，在一个叫作佛坪的小地方，我去一所学校拜访了一位名为黄文庆的年轻老师。给我很大震动的是，这位深山里的先生竟是一位教育的开放者，在他的家里，他特意留出一面白墙，让他的女儿随便往上面涂画。且不说那山里的女孩站在这面墙前是多么的自由舒展，单是黄文庆的这种做法便已让我眼界大开了。看着那面画了不少孩子图画的墙，我再一次感到了自己的失误，京师出身的我，跟山里的教书先生比，在见识上，在心胸上，竟是如此不如。

所以，顾大玉给我当孩子，不是一种幸运。

顾大玉：虽然您经常打我，训我，没有给我创造白墙，我还是很喜欢您，做您的女儿我觉得很幸运。这是现在的觉悟，而在小时候，您对我过于严厉，要求太高，常让我干些我不想干的事情，比如钉扣子，比如学琴，比如上什么英语班……我干不了这些，您的脸色就很难看，就说我笨，说我不求上进。在您眼里，我是个没出息、爱惹事的坏小孩。我无论干什么，都得不到您的表扬，这使我很难过。我决定，回北京，去找我的姑妈，姑妈和哥哥们比您喜欢我，至少他们不让我干我不想干的事情。

懒散，贪图舒服，这是人的普遍弱点，也是孩子的普遍弱点。人活着就得自己跟自己不断较劲，跟命运不断抗争，大人对这一点儿看得很清楚，孩子却不能。他们把大人的苦心当成多余，当成“缺少感情”，这实在是错了，实在是让大人受到了冤枉。我的妹妹在教育孩子时遇到了和我一样的问题，她给我写信痛苦地说：我们这个家族的妇女在对待孩子上可能遇到了同一个难题。历史上，都说慈禧对待她的儿子同治、光绪是多么的严厉，多么的冷酷，多么的不近人情。今天，我也有了孩子，我才深深体会到了那位老太太的心，体会到了她的难处。的确，我与我的妹妹深有同感，慈禧在教育孩子上，是一个极清醒的母亲，她对她的孩子并非不爱，而是那爱太艰难，她的孩子就是国家，就是大清社稷。而她的孩子又是那样的不争气，是那样的软弱……并非是哀其不幸，而是哀其不争。到了我们这一代，简直是连怒也不能怒了。小小的人儿，他们的思想比我们还活跃，比我们的主意还多。

独生子女的顾大玉们，与独生子女的同治、光绪们有着共同的弱点。

小学二年级的时候，顾大玉认为我管束太严，她离家出走了。那时候，她的父亲恰巧在云南出差，家里只有我和老爷子。

我下班的时候回家，没有见顾大玉。到学校去找，学校里空荡无人。到同学家去问，说是顾大玉今天就没去学校。

这下问题严重了，我赶紧给在外头的丈夫打电话，让火速回家。又发动他们教研室的同事和我们报社的同事，满街去找。报告了派出所，在电视台登了寻人广告，能做的都做了。

顾大玉一宿未归。

这个家庭一宿无眠。

九岁的孩子，她能上哪儿？

我火上房一样地焦急，老爷子更是不安，一宿间起了满嘴的燎泡。他的心里满是内疚，因为顾大玉是在他午睡的时候不声不响从家偷偷走出去的。老人觉得将孙女丢了，这是他做爷爷的失职，无法向儿子媳妇交代。于是，我在寻找小的同时，还要安慰老的。

我在电视机上发现了一个纸条，是顾大玉留的：

我走了，你们不要找我。

看来不是拐卖是出走，于是就赶紧找家里的东西，我发现，顾大玉喜欢的衣服都不见了。老爷子也发现，他放在抽屉里全家一个月的生活费也不翼而飞。

同事们纷纷来报告：没有消息。有人问我是不是打骂孩子了，这让我委屈。这孩子许久没有挨打了，连骂也没有被骂过，天知道是怎么回事。

学校里老师反映，同班有一个叫沈丽的孩子也不见了。沈丽经常跟顾大玉在一块儿玩，估计随着顾大玉一块儿出走的可能性很大。

我跑到沈丽的家，想共同商量办法，沈丽的母亲经不住这个打击，已经躺在了床上。沈家的亲戚朋友都来了，黑压压站了一屋子。见我来了，那些人着实没给我好脸色，仿佛是我将他们的孩子拐跑了。一个人指着我说，我们家的丽丽本来很乖，很没主意，很胆小的，都是让你们家的孩子给带坏了，真有什么，你们要负责任！

丽丽的母亲在哭，那哀怨的目光让我无法正视，在沈家人的责难中，我一句话也说不出来。后来，她家的人让我出钱，说他们找孩子雇车的车资应该由我出。我付了钱，只是觉得窝囊，觉得顾大玉这样做太差劲。

沈家对我的态度，我很能理解；但谁又理解我，替我设身处地想想呢？

第三天，丈夫的同事、交大的常秉哲教授在火车站将顾大玉“捕获”，“押解”回家。许振凯教授候在家中，做思想工作。这些国家一流学府的大学问们，整日和高精尖人才打交道的教师，面对这顽劣小儿，也是老教授遇到了新问题，其尴尬、滑稽可想而知。

教授们给我的原则是，对回来的顾大玉不能打，不能骂，要做深入细致的思想工作。

我一一应下：不打，不骂。

逃跑者一进门，我一看她那模样，差点儿没把我气蒙了。

顾大玉周身廉价珠宝，脸上抹得花里胡哨，哪里是孩子，整个一个小妖精。

我强忍着气，把她领去洗涮。

顾大玉初时还有些忐忑，不敢言语，后来看我并无怎样训斥，便胆子渐渐放大，很有些无所谓的样子了。到晚上睡觉的时候甚至有些小得意，认为这一招做得很有实效，至少是把我给整住了。出了这样的事情会没挨打，大概也是出乎她的预料。

那一晚，我给顾大玉说了不少，心平气和地讲出走的危险。顾大玉似乎什么都明白也什么都不明白，她瞪着眼睛看着我，也不知道听还是没听。

顾大玉睡了，我在灯下翻检她购回的物件，大多是玻璃珠子的项链、假玛瑙的戒指、香粉、口红、眉笔和一些杂七杂八的零食……这都来自我们家的生活费。

小姑娘知道爱美了，这也是天性，但这美的档次未免太低了点儿。想了半宿，我想出了一个绝招。

这招并不比我的母亲当年往我身上盖戳逊色。

第二天早晨，我对顾大玉说，今天不上学了。

她说，不上学干什么？

我说，上公园，去游乐场。

立时，顾大玉的眼里满是兴奋和欢乐，她实际已经旷课几天了，并不担心落下的功课。一听说去玩，竟是这样舒畅痛快，这样的性情也不是所有孩子都具备的。

我说，要去有条件，咱们得打扮得漂漂亮亮的，把你买的首饰全部戴上，化上妆，穿上你最最喜欢的衣裳。

顾大玉更是有些受宠若惊，欣喜之色溢于言表。

于是，在我的包装下，顾大玉抹了一个吃了死耗子一样的大红嘴，腮上很夸张地涂了两团胭脂，两道眉被描得卧蚕一样的死黑，还像大熊猫一样打了青灰的眼眶。她的脖子上挂了三条项链，戴了手镯，戴了戒指，戴上了她买来的一切饰物……

我问顾大玉穿哪件衣裳。

她说穿那条黄色的纱连衣裙。

就穿纱连衣裙。

老爷子在旁边看出不是个事儿，问我，你这是干什么呀你？你怎么不让她上学？

顾大玉替我回答，我们上公园！

老爷子摇摇头，叹了口气，进自己的屋，关上了门。

我推着顾大玉走出家门，没走几步，她就觉得有些不对了。10 月的天气，她穿着薄纱的裙子，尽管天气尚不太冷，但那飕飕的凉风，绝不是一层纱能抵挡得住的。

顾大玉回头看了看我。

我说，既然要美，就得付出代价，你说是吧？

她没说什么，照直奔公园而去。

因为不是放假，公园的游乐场里空荡荡的。顾大玉把每个游乐项目都玩了一遍，每换一个项目，见她的工作人员都要议论纷纷：

这孩子是怎么了？

怎么打扮成这副样子，一点儿也不好看。

小鬼儿似的。

现在的孩子，唉……

谁见谁摇头，顾大玉对自己美的信念开始动摇了。她提出了：回家，不玩了。

我说，还有下午呢。

她说，下午上学吧。

至今为止，顾大玉再没化过妆，在女孩当中，她是相当本色，相当朴素的。上个月，她在日本山口，要主持一个当地财团和留学生们的联欢会，我建议她稍微化些妆。她说不，她说这样很自然，学生就是学生，青春的美比什么都美。

我想，这孩子现在是成熟了，至少在对美的审视、欣赏上是成熟了。

顾大玉：对您的“恶治”我不赞同，您说是因为您的“教育”才使我对美有了认识，其实根本不是那么回事。应该说，您的那次“恶治”是失败的，在您洋洋得意地把它作为“经验”写给广大读者的时候，我在想，您比我姥姥在您身上盖戳的举止差远了。我那时候是还不懂“自尊”这个词，要搁今天，我不会答应您。反正，我对我的孩子不会采取这种做法。

先别这么说，走着瞧。

我信“青出于蓝而胜于蓝”这句古话。

顾明耀：无论是教育学生还是教育子女，都不能调侃，不能讽刺。因为教育者必须以诚待人，必须首先尊重被教育者。调侃、讽刺的结果是，让受教育者觉得你只有恶意并无诚心，觉得你对他只是戏弄、打击，而无丝毫尊重。

我听说过这样一件事，一位老师上课时提问，问到一个学习不大好的同学，那个同学说："我不会。"老师心里知道他说的是实话，但是嘴上却说："你不要谦虚嘛，你答吧！"于是引起了全班同学的哄笑，于是那个同学的学习成绩更是每况愈下了。仅从"三娘教子"来看，那位老师和广芩相比，确实是小巫见大巫了。"作用力"不是一个级别，"反作用力"自然相差不小，顾大玉的反抗程度也就可想而知了。缺乏不断追求、天天向上的进取精神，是顾大玉的一个很大的弱点，也是小孩子容易犯的一个普遍毛病。想必这也被她当成了一种反抗手段，你们希望我好好学习天天向上，我就偏不！假若真是这样，在顾大玉这个错误观念的形成上，家长有着难以推卸的责任。在顾大玉缺乏进取精神的这个缺点上，家长至少起了推波助澜的作用。

广芩是学医出身，曾在医院里工作过十几年。什么病该怎么治，按说心里有数，可是她却弄出一套"恶治"的理论来。她的"恶治"理论，用得相当广泛。有一年，我足癣发作奇痒难耐，今天涂土槿皮酊，明天抹华佗膏，均嫌奏效太慢。于是广芩开出了"恶治"的处方：光着脚在热沙子里走三天。暑假我顶着大太阳在学校操场的沙坑里才踩了半天，足趾就感染脓肿，倒是不痒了，是疼痛难耐了。这次"恶治"的结果，丝毫没能促使广芩对其"恶治"理论有所觉醒，就在我足疾将愈未愈的时候，广芩又对她的侄女叶昕实施了一次"恶治"。叶昕是她七哥叶广宏的女儿，特别爱吃炒鸡蛋，每次，炒一盘鸡蛋，都不等大家动筷子就拉到自己旁边，不停筷子地吃起来。广芩不是告诉她光吃一样东西、营养片面对身体不好；也不是告诉她桌上的菜是给大家吃的，不要光顾自己，而是开始了“恶治”。一下炒了数个鸡蛋，逼着叶昕一气吃完。一大盘炒鸡蛋倒是吃完了，可是从那以后叶昕再也不吃炒鸡蛋了。据说，直到现在，已经当了母亲的叶昕也是一见炒鸡蛋就恶心。这就是广芩施“恶治”的“疗效”。让顾大玉粉墨游园，是广芩的又一“恶治”实例，正如顾大玉说的，那次“恶治”同样是失败的。我问过顾大玉，怎么那么喜欢化妆？她说幼儿园表演节目时都要化妆，都要穿得很鲜艳，大家都觉得这就是美。看起来，只不过是没有分清舞台美与生活美而已，只要让她把这一点儿搞清楚，问题并不难解决。

广芩的“恶治”理论可以说是彻底失败了。对疾病无效，对思想问题、认识问题更加无效。

四　瞒天过海

小孩子长到一定程度都要经过一个爱说瞎话的阶段。这是因为他们觉得自己的智力已经很够用了，思维逻辑已经相当完美了，完全能够超过大人了，于是就开始说瞎话了。我和不少家长探讨这一问题，大家认为，小孩说瞎话，以十二岁至十五岁为最，以后逐渐变少，而逐渐不说。

开始我对这个问题没有多么深刻的认识，如果我知道这是小孩子成长过程中一个必经的阶段，我会很心平气和地对待这一切。假如我能有第二、第三、第四个孩子的话，我不会把这件事看得有多么严重。也想到了我的母亲，她对我们几个孩子时常冒出来的瞎话常常是一笑置之，并不很尖刻地随时揭穿我们。长大以后的我们，也并没有因此而变成一帮谎话大王，变成一帮不可救药的奸佞小人。

我不知道所有的小孩子都会说瞎话，我以为只有我们家的顾大玉才是唯一。我缺少做家长的经验，所以，很多时候就把顾大玉想得很坏，想得很不可救药。在处理方法上就很少有大将的风度，很有公安人员对待小偷流氓的做派。

现在知道不对了，也错过了时机，没有改正的机会了。

而在当时，我怎么就那么严厉，那么的没有城府，那么的需要事事清晰明白呢？

不过顾大玉说瞎话的水平也确实不低，远远超过了我，超过了我们家的老七。瞒天过海这样的事情我认为是不可能，而事实证明，在顾大玉身上则完全可能。

顾大玉早晨上学，我说，外面天很冷，你为什么不戴上围巾呢？

她说，我戴上了呀。

我看了看她那光光的脖子说，你明明什么也没有戴。

她说，戴着呢。

我说，你的脖子上什么也没有！

她说，围巾就在脖子上。

我说，甭玩花样，你把围巾弄哪儿去了？

她说，就在脖子上，您没看见吗？

对这样瞪着眼睛说瞎话的主儿，我不知道别的母亲遇到过没有，她把你气得肚子疼，你却一点儿办法没有。秦时有赵高“指鹿为马”的故事，那终归还是有鹿的，今天我们家这位跟我玩“皇帝新衣”的游戏，却完全是空手道，大开了无中生有的局面。

顾大玉：小孩子说谎大多是想逃避惩罚，有些在大人看来没什么的事，在小孩看来就是天大的灾难。不想个办法躲过去，心里就会很不安，结果把事情搞得越来越复杂。现在想想，小时候的谎说的是很没意思的了。

还有一回，我在家中写稿子，顾大玉从外面哭回家来，那模样甚是凄惨，衣服撕了长长一条大口子，扣子掉得一个不剩，浑身泥土，手上还有伤。我问她是怎么了，她说是同学赵雅打的。

我说，赵雅一个小丫头把你打成了这样，了得！

她说，赵雅老欺负我，老打我。

我说，你就那么窝囊，老让她打？

她说，我打不过她。

我想，小孩子之间的事情切不可认真，大人更不能搅和其中，随他们怎样打就怎样打，你不能跟他们辩理较真儿。但是看顾大玉那悲悲切切的样子我也很窝火，我说，真没出息，在外头挨了打，你回家哭什么，有本事你出去打呀，也把她的衣服撕烂了，也把她的手挖出血。

顾大玉说，您真让我出去打呀？

我说，让。

顾大玉说，那我就出去打了。

我说，打去吧，记着吃饭时候回来。

顾大玉得了圣旨一般，屁颠儿屁颠儿地跑下楼去了，我接着写我的稿子，把顾大玉的事忘得一干二净。

顾明耀：如此教育孩子，天下家长戒！

到了吃饭时候还不见顾大玉回来，推开稿子，我猛然想起让她出去打人的话，心里有些没底。赶紧出去找，却见在楼后头顾大玉正和一群孩子在玩，其中当然也有那个打她的赵雅。

我顺手拽住了赵雅说，呔，你撕我们顾大玉的衣服干吗？

赵雅奇怪地冲我眨着眼睛说，没有哇，我没有撕她的衣服。

我说，你没撕，她的衣服怎么破啦？

旁边一个叫江炜的说，那是我们到盖大楼的工地去，顾大玉爬架子，让钉子剐的。

我把脸转向了顾大玉。

顾大玉两眼忽闪忽闪地看着我。

我说，回家！

回来上楼梯的时候，隔几步我捡个扣子，隔几步我捡个扣子，无疑这是顾大玉为了将假相制造得更逼真、更惨烈而采取的措施。

我问，顾大玉，这些扣子怎么都掉下来了？

顾大玉说，是我揪的。

一不留神也能说出点儿实话来。

对什么东西都不知道爱惜，丢了东西也从不去寻找。开学一礼拜，帽子、手套、围巾，包括书包，大大小小丢了七样，也不告诉家里，均能坦然处之，好像那些东西都是白来的一般。老爷子给她丢失的物件记了个账，竟然记得没有丢得快。我说，您甭记了，丢的都不在乎，您替她记了有什么用。

老爷子说，我心疼。

的确，重新置办一条围巾不难，但重新置办一个书包，那麻烦就大了，从文具到书本，够你跑两天的。为给她买书，我就不下几回地跑过教育出版社。也是当家长的忒贱，但不买没有办法啊！她倒乐得没书，清闲，仿佛那书都是给家长念的，与她自己没有关系。

我们单位有位叫朱文杰的作家，谈了他四川爱人家的一件事，儿子在专科学校念书，父亲没有按时寄生活费来，儿子就说，龟儿子不给老子寄钱，老子就不给龟儿子好好念书。

从某种角度说，这是我们家顾大玉的翻版。

学校增加了书法课，于是我们家楼道里从一楼到五楼，便各类题词不断，能与西安的碑林相“媲美”。那时候电视里头正演《水浒传》，我们的单元门口就被顾大玉用醒目墨迹题上了“敢笑黄巢不丈夫”的诗句。这几乎成为路标，逢有外人找我，单位同事便介绍：往左拐，三十九号楼，墙上有“敢笑黄巢不丈夫”的单元便是。我问顾大玉楼道白墙上的“鸦”是谁涂的，她一口否定：不是我！

我们这座门洞，上上下下只她一个小学生，不是她，见鬼了！

但她就是不承认，在否认这一切的时候她能做到脸不变色心不跳，很有点儿地下工作者的风范，可惜生错了年代。

这也还罢了，并没有影响到我们正常的生活秩序。最让人头疼的是她时不常的给你闹出点儿信口开河的小麻烦，让你哭笑不得。

顾大玉背着书包去上学，看见个卖网套的，没话找话，张嘴管人家叫爷爷。卖网套的小伙见有人管他叫爷自然很高兴，就问她有什么事，她说我们家爷爷要买网套，顺便将家中地址相告，卖网套的担着担子爬上了五楼，才知道是小丫头兴致所至，满口胡言，遂与老爷子争吵起来。

卖网套的说，闹着玩吗，五层楼，担着担子一层层地爬。

老爷子说，那是你愿意。

卖网套的说，是你们家的人叫我上来的。

老爷子说，谁叫你上来的你找谁去。

此时的顾大玉正在学校里学唱：小鸭子呷呷呷，背起书包上学校……

我对孩子的外语一向抓得很紧，社会越是开放，外语便越是重要。交大附小的孩子们从小学便开设了英语课程，可见，学校和家长的认识是多么的一致。

问题出在我不懂英语，我对英语是门外汉，外到连二十六个字母也读不下来。以这样的“水平”来抓孩子的英语，当然困难重重。但是我有我的办法，我每天监督顾大玉早读，让她到阳台上去，大声朗读背诵。这所高等学府里会英语的大有人在，楼下人来人往，哪个都会英语，旁边阳台就住着博士生导师陈听宽教授。顾大玉要是瞎念胡念，要是想投机取巧，她就得掂量掂量，上上下下都有监听的耳朵。晚上，我要亲自检查顾大玉的课堂英语，拿着书，翻到所学的一课，让她当面背诵。不懂英语的我，在顾大玉面前要装得很在行，很有那么点儿意思才行。顾大玉的英语背得很流利，背着背着往往冒出一句汉语：翻篇！

我就赶紧翻篇。

这家伙不傻，她知道我在装腔作势。

知道我装腔就装腔，我想，只要能起到监督学习的作用就行。

有一天，我丈夫骑着车在校园里与顾大玉的英语老师擦肩而过，英语老师扔过来一句：顾明耀，把你女儿的英语好好抓抓，她这回考试得了两分。

我丈夫说，那是你的事，我是教日语的。

两个人谁也没下车，就各走各的路了。旁边有人听了就乐，我的丈夫是交大外语系主任，在大学里教了三十来年外语了，如今，他的女儿外语考试得了两分。后来有人告诉他，附小的外语考试是按百分制计算时，这位外语教育专家竟然说，不容易，外语考试百分制拿两分，太不容易了，就是蒙也能蒙出个十几分啊，她怎么拿的两分呢？

回到家，他还在为“怎么拿的两分”而困惑。我说，你也别猜了，这事必须要跟老师直接见面，再不要听顾大玉瞎白话。

我找到顾大玉的英语老师，老师告诉我说顾大玉交的英语试卷是张白卷。

我说怎么会出这样的事情，我每天都在督促她学习英语啊。

老师说你们的顾大玉英语学得一塌糊涂，上课她在下头看武侠小说，已经让我没收了好几本了，我让你们家长来领，你们从来也不来。

我说我从没接到过这样的信息。我说，顾大玉在家里背当天学的课文，背得是很好的。

老师说不可能。老师说，这孩子的英语得好好抓了，要不然差得太多。

我满头雾水地回来，拿出英语书，让顾大玉指给我看，目前学到了哪一课。顾大玉指给了我，我一看，是昨天才背过的。

我说，顾大玉，现在我已经不相信你了，你把你的同学找来，我要证实一下。

顾大玉立即叫来了赵雅。

我问赵雅学到了哪一课，赵雅接过书，毫不犹豫地翻到了一页，跟顾大玉所指相同。

我不知道我该怎么办了。

兵不厌诈乃胜战之计，我沉下脸说，你们不要骗我，我到学校去过了，老师什么都给我说了。

这一来，那个叫赵雅的立刻有些不自在了，她看了顾大玉一眼，直往后缩。内中有鬼，我什么都明白了，用眼直逼顾大玉。

顾大玉一副坦然神态，信誓旦旦地表白：就是学到这一课！

几番较量，顾大玉死活不改口，我抽出木尺子，大喝一声，把手给我伸出来！

好汉不吃眼前亏，顾大玉一看那啪啪的尺子，尖声地哭起来，好像我已经打了她一样，她的那个同学也跟着她一块儿哭，高一声，低一声，火车拉笛似的，引得我的火往上冒。

老爷子过来了说，她有错你说她，怎么又是打，不就考了个两分嘛。

见来了救星，顾大玉的哭声更高，更尖。老爷子急了，拉着顾大玉往外走，一边走一边说，什么外语啊，我们不学了还不行嘛，受这气干吗！

我最气顾大玉这副利用靠山的小人嘴脸，她很能掌握火候，知道用什么办法勾得老爷子心疼，引得矛盾向另一个方向转移，好以此脱身。老爷子往往就爱上这个当，在教育孩子的关键时刻，杀出来跟我裹乱，不把事情搅成一锅粥不算完。

这回我没理老爷子，毫不含糊地将顾大玉从他手里拽过来，把门关了，将老爷子关在门外。没了拔闯的，顾大玉软了，她的同学赵雅也很害怕，赵雅说，顾大玉，你都说了吧！

顾大玉还在犹豫。

我敲敲尺子威逼道，你到底说不说？

顾大玉说，我说，我说……

顾大玉：事情让您一写细节就特别生动，好像敌人审问革命者似的。在您的笔下，我不是革命者，倒像个叛徒。我爷爷说得对，不就是考了个两分嘛，至于这样！我说瞎话是不对，您是不是也有点儿太认真了？

原来，这学期刚开始，顾大玉就把英语书丢了，这举动无异于上阵的兵丢了枪，让人听着都有点儿恶心。丢了书的顾大玉似乎为不学习找到了正当理由，上课索性不听，看小说，画小人儿，倒也自在。问题是回家得给我交差背英语，没办法，就拿出去年的书来搪塞，人模狗样地在阳台上念，煞有介事地背，都是做给我看的。折腾来折腾去，都是蒙事儿。事情败露，又把死党赵雅拉来做伪证，那个赵雅也心甘情愿地帮着她一块儿来骗人……

我对站在一边很尴尬的赵雅说，你们是同学，是朋友，你不帮着她学习倒帮着她说瞎话，这事我要告诉老师，告诉你的妈妈。

赵雅就掉眼泪。

我说，哭什么，再哭你也不是一只好鸟。以后我要再看见你们在一块儿玩，别怪我不客气！

话是这么说，我哪里管得了孩子们的事情，在顾大玉众多的狐朋狗友中，这个赵雅，那个沈丽，还有什么叫李虹、蔡京的，都是些重要人物。

此是后话不提。

为了给顾大玉补习英语，暑假我花了两百块钱，让她进了学校举办的英语补习班。每天，顾大玉背着书包去学校，倒也很认真、准时，有风雨无阻的精神。我经常抽查她的英语书，还好，没有丢。

有一天我去买菜，下了楼恍惚间看见了顾大玉，忽地一闪，不见了，心里就有些犯嘀咕，到学校去问，才知道那个班空有顾大玉的名字，人却是一次也没去过。每天按时出去回来，都是到同学家玩去了。

我气愤得想哭，这孩子的胆子怎么就这么大呢？

老爷子也很生气，他说，以后他每天将顾大玉亲自押送到补习班，在门口守着，不怕她不学。

我说，要是学习学到了让人押送的分上，这学生当得也够到家了。

老爷子说，咱们那两百块不能白花，还是得押着她去。

我说，押送什么呀，后天就开学了，什么补习班也没了意义。

老爷子说，这孩子怎么会是这样，学习成了她的负担。她爸爸小时候可不是这样，她爸爸的学习从来没让我操过心，她爸爸没逃过学，也不说瞎话。

我说，我们小时候，孩子一大堆，我母亲从来不问我们的学习，你考了五分，老太太也不高兴，你考了不及格，老太太也不说你，一切都凭着自觉。那时候我们的确也都很自觉，除了老七差点儿以外，我们家孩子的学习都是拔尖儿的，不是班级的拔尖儿，是全学校的拔尖儿。如果没有“文化大革命”，我可以拿到“金质奖章”。现在一切都变了，关键是独生子女不好整。

老爷子说，她爸爸也是独生子女，这不是独生子女的问题……

顾大玉从“英语补习班”回来了，很从容地在我跟前继续“演戏”。她越从容，我越难过，孩子啊，你怎么就能这样骗你的妈妈……

后来我知道，这孩子一个暑假简直是玩疯了，她越自由，对我的管束越反感。受某些人的挑唆，她开始怀疑我究竟是不是她的亲生母亲……我至今对那些不负责任的大人不能原谅，他们对一个不懂事的小孩子说些不该说的话时，不会没想到后果，不会没想到给这个家庭带来的麻烦……

那是一些心理阴暗、极不善良的人。

正是因为有人挑拨，才促成了顾大玉的第一次出走，她要到北京的一个很大原因，是要她的姑姑告诉她，她的亲妈究竟是谁?!

我们的家里出现了这样的怪事：

我躺在床上睡觉，一只只肥硕的大肉虫子顺着枕边的墙往上爬。这是怎么了？我将床底下来了个大清扫，才发现下面竟如垃圾堆般的热闹：吃了几口的烤红薯，咬了一半的苹果，半拉的橘子、香蕉、饼干、点心、馒头、蜜饯，各样糖纸……这都是顾大玉吃剩下或者不想吃的，就偷偷从床缝扔了下去。

在吃上，我从来不限制孩子，我在她这个年纪的时候，正是国家困难时期，吃不饱，饥饿的滋味让人一想起来就不寒而栗。小孩子都是爱吃零食的，那时候我们正在长身体，我们却害了营养不良的浮肿，我们什么吃的也没有。今天，我要最大限度地满足我的孩子，不给她留下任何遗憾，只要她想吃，我都毫不含糊地给她买。彼时，我的丈夫已经到国外去工作，中国的，外国的，家中各种吃食常常堆积。但是我没有想到会出现这样一种情况……

在我们家顺着墙爬虫子的同时，顾大玉的朋友们正在为她捐助钱和粮票。顾大玉跟别人说，她每天吃不饱饭，常常挨饿，“后妈”在生活上对她太严苛了，她受到了虐待。于是，她的朋友就给她凑粮、凑钱，让她去买馒头，买烧饼，以解饥饿。当我的邻居、楼底下一个上中学的女孩子将这一切告诉我时，我正在清理床底下的垃圾。那个刚刚为顾大玉捐了四两粮票两毛钱的女孩觉出了哪里不对，才特意告诉我的。

我的心一阵阵发冷，手哆嗦着，嘴哆嗦着，我一句话也说不出来。

亲生的女儿，亲生的女儿……

想起了生她时的诸多艰难……

这是怎么了?！怎么了?！

一道阴影，将我和孩子隔开。在以后的十几年中，我常常想起这一幕，想起这至今不能理解、解释的古怪。

我什么也不想说了，我偷偷在老爷子跟前掉眼泪。

老爷子说，让你摊上了，这也是命。

我不知道是我的命还是顾大玉的命。

有一次，我跟报社文艺部的同事薛瑜阳谈起了自己的困惑。老薛说，您知足吧，不就说您是后妈嘛，有什么大不了的！再说是不是后妈也不是由着顾大玉说了算，跟我比您要幸福多了。

我问老薛，怎的没我幸福。

老薛说，我的儿子前一星期上法院把我给告了。

我大吃一惊说，就是在办公室放火的那个小子？

老薛说，除了他还有谁。

我说，您那位公子才上小学一年级呀！

老薛说，一年级的儿子他就把我告了呢。

事情是这样的，老薛的儿子，那个放火的薛荐，做作业很不爱惜本子，撕了一张又一张，扔了一地纸团。老薛批评他的儿子，批评也就批评了，老薛却别出心裁地让他的儿子“把纸都吃下去”。他的儿子也是倔，就吃。吃了两张，大概味道不是很好，对他的父亲说，剩下的几张明天再吃行不行？老薛说行，只要你不再扔新的，剩下的你明天给我吃完。儿子说，那您给我留着，别动。老薛就没动。第二天，那儿子没去上学，背着书包直接奔了法院，进门就告他爸爸虐待少年儿童。法院的人说，怎么虐待你了？那儿子说，他让我吃纸，现场至今还保留着。法院的人说，你爸爸是干什么的？那儿子说，是报社记者，是个很懂得国家政策的人，他是知法犯法。法院的人说，这事我们知道了，你先回家忍着吧，忍不住了你再来。那儿子说，怎么叫忍不住了？法院的人说，比如你爸爸把你的腿打折了什么的。

拿顾大玉跟老薛那个有主意又懂法律的儿子比，我的确比他幸运多了。顾大玉再怎么折腾也是在她的小圈里折腾，还没有闹到法庭上去，说瞎话就说瞎话吧，她总有说够了的时候吧。

顾大玉：妈妈，是我错了。那时候我不懂事，真的很不懂事！我误解了您的爱，在这一点上，让您伤透了心。时光已经逝去，唯有追悔，这是用什么方法也弥补不回来的。前不久，我在山口大学检查身体，医院检查我的血型为“O”，您的血型也是“O”，无疑我是您的女儿，是您真正的、不掺假的女儿。我知道，我的舅舅、姨们的血型都是“O”，这是您那个叶赫那拉家族的特征，我随您，这点儿让我自豪。说到英语学习，至今我感到羞愧，这次正是因为英语考试成绩太低，我无法报考日本一流的国立大学，报了京都大学、筑波大学，都是因为英语、数学拉分而失去了资格，教训是深刻的。倘若能重新开始，我将不是原先的那个贪玩儿、糊涂的顾大玉……正如您说的在教育我的问题上失去了许多机会，得到了很多迟到的经验一样，我在自己的成长过程中，也失去了许多机会，得到了很多迟到的经验。难道这一切非得自己亲身经历一遍才能称之为“经验”吗？我希望这本书的读者不要再犯我的错误。

顾明耀：小孩子说谎话并不罕见，我和广芩当时都有点儿少见多怪、小题大做。其实，小孩子说谎话不是无缘无故的，都有其小小的算盘。或者是为了得到什么，例如想得到夸赞，得到奖赏，得到精神上或者物质上的自己企望得到的东西；或是为了逃避什么，例如逃避学习，逃避劳动，逃避自己不愿遭遇甚至十分畏惧的批评、责罚。

一个星期六的下午，顾大玉跟我们说学校里有活动，背起书包就走了。可是她刚走不久，就有同学来找她玩儿，说今天学校没有活动。直到很晚很晚，顾大玉才回来，原来是和几个同学出去玩儿了。妈妈批评了她，爷爷批评了她，说她应该在学习上多花些时间，说她应该多帮助家里干些家务，说为了等她全家人的晚饭推迟了一个多小时，说她迟迟不回来家里人多么着急、担心。顾大玉不说一句话，只是低着头哭个不停。我走过去问，你为什么欺骗我们说学校有活动，不说实话呢？她突然抬起头来大声反问：我说实话你们让我去吗？是啊，如果她说实话，我们会问她，作业是否已经完成，下星期一、二的课是否已经预习，还得想想家里有什么家务要她帮着干，还得规定必须在几点以前回来。假如她真的已经做完了作业，完成了复习预习，并且干完了她力所能及的家务，大概也就用不着撒谎了，撒谎毕竟也是有风险的。

现在想来，纠正小孩子说谎的毛病，恐怕得从两个方面着手。一个是让他们懂得一切荣誉都只有通过自己的努力、自己的艰苦的劳动才能得到，这里来不得半点儿弄虚作假。一个是认真地掂量掂量，大人对孩子的要求是否得当，是否切合实际；孩子对大人的企望要求是否合理，是否并非过分。这两点说起来不难，真正做起来，也不是那么容易的。

五　东方魔女

顾大玉小学毕业那年，我带着她到日本去和丈夫团聚。我希望到日本换个环境，能把我肩上的教育担子减轻一些，至少，母女的关系不要搞得这么紧张。

我的丈夫在筑波大学教中文。筑波是科学城，有日本的“硅谷”之称，这里集中了来自世界各地的专家、学者，集中了日本的高精尖的科研单位和技术人才。小松树林里，有白色的小楼掩映其中，是专家们居住的所在，各种肤色的人在这里进进出出，联合国般的热闹。除了日语，英语在这里也可以流通。

在筑波，我很自觉地充当了家庭妇女的角色，洗衣做饭打扫卫生。落地窗很大，占了南面一堵墙，在收进窗外鲜花绿树的同时，擦玻璃的任务便显得突出而艰巨。与地毯同样颜色的窗帘，看上去轻柔细软，摘下来才知厚重无比，洗衣机无法转动，得泡在浴缸里用手搓。推着吸尘器满屋跑的情景很欢快，两趟下来便大汗淋漓。房间大有大的难处，每晚睡在卧室一隅，想着外面众多的角角落落，想着那个比门还大的窗，总觉得哪儿有什么响动，有什么不妥帖。于是开始怀念国内简陋的家，想那水泥地，想那半扇窗，想那崩了簧的破沙发，还有孤零零的老爷子。

顾大玉显得比我还忧郁，她整天坐在阳台上，看着树上的老鸹窝发呆。

我说，你出去转转吧。

她说不。

我说要不你找对门的俄罗斯小孩尤尔科夫玩玩?

她说她对俄罗斯崽子尤尔科夫没兴趣。

我知道，在临来日本之前，她在学校里组织了一个“少女别动队”，鼓动了一帮女生干些没有名堂的事情。“别动队”的名字很可怕，还是“少女”的，听起来就更让人忧心忡忡。为了这个“别动队”，我不止一次干涉过她，她不听，自任总司令，还委任了参谋长、大队长什么的……全是小孩子的胡闹，但她闹得很专注，很上心，很投入!

她一封一封地往国内写信，给她的那些狐朋狗友们，遥控着少女们的活动。人来日本了，她的心没来。

她拒绝学习“鬼子话”，对日本和日本人反感到了极点。之所以这样，一方面是因为这里没有朋友，没有“别动队”；另一方面是来之前受了蹲过日本宪兵队的爷爷和《地雷战》一类电影反复的教育，日本是侵略者，是坏蛋，她这个概念很明确。她骑自行车，把日本老头儿撞了，竟然死活不道歉，咬牙切齿，恶狠狠地盯着人家。抗日的热情饱满异常，气得老头儿要打她。

根据日本教育法，我们必须把她送到学校去，不管她会不会日语，都要进学校，不能待在家里。于是，就送进了筑波的竹园东中学，读初一。为了加强语言环境，家庭内部规定，在家里不许讲汉语，逼着她学日语。结果，她竟然可以做到一天不说一句话，顽强的抵抗力让人吃惊。

顾大玉成了日本的中学生，混在日本孩子中跟大家一同上课。她每天要骑着车去上学，穿着学校统一规定的校服，剪着日本女孩的发式，不说话，谁也看不出这是一个中国小孩。每天晚上，我一个字母一个字母地教她念单词，她却心不在焉，动辄便闹气，让我们给她买飞机票，要单独回中国。

当然不可能让她一个人回去，还是要强迫她学日语。学校老师花的精力比我还大，不会汉语的日本老师要教中国孩子说日本话，其难度可以想见。但老师自有老师的招数，一般课程让顾大玉跟着硬听，听不懂加强语感也好，逢有国语课，便将顾大玉拉出来单练，一个单词一幅画，大象啦，铅笔啦，小鸟啦，满满的一大本子都是班主任吉田画的看图识字。每天下学，吉田都要为顾大玉耽搁一两个小时，教她说日本话。

这一切让我觉着很过意不去，人家这样对你的孩子，图什么呀。依照中国人的习惯，总该有所“表示”才说得过去。但又不敢冒昧，给日本朋友生田打电话，告诉他我想给班主任送点儿什么。生田说万万使不得，老师是国家公务员，是吃官饭的，他们这样做是在尽职，是应该的。日本初中以前是义务教育，不收费，一切学业方面的事情都是老师的责任，教不好顾大玉是她的失职，她不能收礼，收礼就是受贿。

我说这真好，省了家长多少心哪。

对这些，顾大玉却不感动。三个月过去，她连日文假名也没有学会，也算创了学习外语的纪录。她每天之所以还有兴趣到学校，很大原因是受学校中午免费供应的午餐吸引，并不是为了学习。学校的午餐，风格以西洋料理为主，配以日本料理，一周食谱不重样，这大概也是日本独有的学校供给。城市中学的“给食中心”专门有人设计、计算、制作、运送午饭，饭送到学生手里时还是热的。1945 年，日本在战后经济还很困难的时候就施行了这套《学校给食制度》，确是有识之举。这对日本教育的普及、人民文化素质的提高起了不可估量的作用。贫困山区的孩子们，当年在尚未解决温饱问题之时，为饭而上学的是大有人在的。

白天，丈夫上班，女儿上学，家里便剩了我一个人，进进出出很有点儿百无聊赖。唯一的企盼是过礼拜五，因为这天的电视节目很好看。在洋人眼里，礼拜五是个不吉利的日子，各样的鬼魂们在礼拜五都要出来，游荡人间。这天的电视，有关鬼怪的话题每每从中午 12 点开始，一直要闹到半夜才结束。这些节目自然不能让顾大玉看，所以一到礼拜五早早就把她赶回她的房间去。丈夫对此也不屑一顾，每见我在电视机前看鬼，就抱着书本钻了书房。于是客厅里就剩下了我，亮着小灯，在昏昏暗暗中与鬼魂为伍。

有关鬼怪的电视节目中顶有意思的是现场直播，记者们开着车，带着各种仪器，钻天入地地去找鬼，有的甚至不恤工本，一直追到国外去……我在电视机前看这些节目，常常感觉到周围一片森森鬼气，吓得自己连大气儿也不敢出。越害怕越是要看，丈夫从里屋出来，看到了我缩在沙发里的模样，看到了电视里那些为找鬼而忙碌的记者，“啪”地把电视关了说，可惜了这些先进仪器，可惜了这些受过高等教育的人。

为了提高日语水平，我到图书馆去借学外语的录像带，无外是《杨先生学日语》《青蛙的一生》什么的。后来发现那里还有恐怖片，便扔了“杨先生”和“青蛙”，一总换了《大灵界》《食人族》《吸血鬼》。久之，图书馆的借书员已经将我记住了，只要我往那儿一站，他就会把新到的恐怖片目录给我找出来。有一回他问我是不是研究恐怖电影的，我大言不惭地说是。他就跟我讨论有关鬼的话题，他说他也爱看恐怖片，又说“魅力”的“魅”字很有讲究，有鬼才有魅力，没鬼什么也没有。

我为在日本能找到这样的同好而高兴，恐怖片着实是看了不少。

夏天，丈夫回国探亲，筑波偌大的房间里只剩下了我和顾大玉。一到晚上睡觉就让人发愁，有种危机四伏的感觉。月光下，窗外的小松林里树影晃晃，风声飒飒，窗帘被风吹得呼呼啦啦，飘扬如帜；电影中的鬼怪多是在这种情况下出场的……恍惚间有绿色鬼影在房内上下跳跃，大叫一声用被把自己蒙了。顾大玉由隔壁过来，问我出了什么事？我说房里有绿光闪烁，她在屋内四处巡视，终于从床底下将两只小猫拎出来，说是这两个东西在作怪。我说猫怎会有这般凶恶的眼睛，该不是吸血鬼盖格尔变的？顾大玉说我的恐怖片看得太多了，把现实跟电影混到一块儿去了。我说先别说混不混的话，今天晚上你得过来跟我睡。顾大玉不跟我睡，她说她可以睡在我的卧室门口，替我看门。我说这也行，但是她不能睡得太死。她说没问题。

是夜，顾大玉就将铺盖搬到了我的屋外，为我“站岗”。不一会儿，她的鼾声由外传进，全不顾我的吩咐，就是有一百个妖怪闹哄哄地把她抬走，她大概也不会醒的。

顾明耀：妈妈睡觉害怕，让女儿站岗，这有点儿太不正常。我从国内回到日本，顾大玉向我汇报她妈妈的种种行径，我觉得广芩的行为过于荒唐，反思这一切，关键是闲极无聊。大家都很忙的时候，她孤单单一个人待在家里，难免不生出些鬼迷心窍的事来。我认为她应该找点儿事情干干，于是让她去了千叶大学，去研究“二战”。研究战争中的日本鬼比研究电影里的吸血鬼应该说更现实，更动人心魄。

自此，顾大玉知道了我的喜好和弱点，她是个聪明人，她知道如何利用这个怎么讨好我和怎么吓唬我，以达到她的目的。十年以后的现在，她从山口大学来广岛看我，所带的礼物是两盘恐怖录像带。这比一盒点心强，点心三口两口吃没了，这录像带能看四个钟头，一动不动的四个钟头哇……看的结果是我带着她到韩国去旅游，一切费用由我出；两盘带子的作用可谓不小。

我在千叶大学，搞残留孤儿回归日本的调查，很忙，难得有时间再顾及孩子。顾大玉每天照旧骑着车去上学，丈夫去上班，三个人各成一统，成为只有在晚饭的桌上才能相碰的三个圆。

有一天休息，是天皇的生日，全国放假。日本天皇过不过生日跟我们实在没有太大关系，但利用这个假日我正好洗单子，搞卫生，包饺子，检查顾大玉的课堂笔记……一检查，我才发现她那些本子上没有丝毫的学校内容，全是一篇篇武侠小说。内容是顾大玉编的，人物均是复姓，什么“东方紫云”“欧阳高山”“上官红梅”之类，看似新奇高雅，其实俗不可耐，这也就是顾大玉的文字水平了。大概她认为这样的姓氏很有味道，比张王李赵强。小说采用章回体，每章都有标题——

女英雄战恶棍亲自出马，

勇武将斗强敌险遭暗算；

美少女巧遇少将军，

傻公子大战粉妖魔。

乌七八糟，粗俗不堪。可笑的是每页的武侠小说均由一个姓林的台湾女孩给译成了日文，其中间或还有一个叫作玛尤米的日本女孩给配了插图。大约玛尤米没见过中国的刀枪剑戟，更不知“女英雄”“勇武将”做何等打扮，故此插图画得有点儿不伦不类，不西不中，但多少还有些意思，没画成太空人。我想这点儿“意思”一定是顾大玉的介绍，不知她用的是什么招数。笔记本已经破旧，看样在班上已经广为流传过了，有大田成吾、山村一夫、木村雍三等男生在上头的点评，大意是说这部小说“跟《三国演义》一样棒”。日本的小男生们喜欢看的就是《三国演义》，他们从来没有接触过中国的武侠小说，见识顾大玉的这种手抄本大概也是有生以来第一遭，其新奇程度不亚于中国孩子初看《变形金刚》《圣斗士》。

这一切当是在课堂上制作的。老师在辛苦讲授，她在下头专心写小说，不能让人不气！

我将“国际出版社”“出版”的这些武侠传扔出窗外，大声责怪顾大玉太不懂事，太不知道珍惜机会。顾大玉不服，张口反击，竟喷出一口流利的日本话来。她的父亲呆住了，问她什么时候学会日语了？她也奇怪地问，我刚才说的是日本话吗？

顾大玉：说不定是扼杀了一个有可能超过金庸的武侠小说家，而且妨碍了中日友好交流。再说了，许日本的漫画在中国横行，就不许我的武侠小说在日本传播吗？想想看，当时的初中生如果对武侠小说感上了兴趣，若干年后的今天，日本也许会出现一个中国武侠小说族……

遂得出结论，学语言的方式并不一定在课堂上，而且小孩子比大人容易。

日本学校教授的课程很全面，除了主要课程以外还有家政课。有时候男孩女孩分开上，比如男孩学习如何做木工，女孩学习如何缝纫，如何做各样饭食，等等。充分体现了男女有别，男主外，女主内的分工。常听到顾大玉对家庭的管理提出自己的意见，都是从学校、从书本上趸来的。日本的学校就是要把女孩培养成贤妻良母，培养成举止规范的淑女，从坐立的姿势到说话的语气声调，无不一一指点到位。

由此，顾大玉可谓修炼成功，内里像火山一样奔涌沸腾，外表像小鸟一样文静依人。谁看了谁都会说，这个小姑娘真温柔，真可爱。

只有我知道，那都是假象。尤其是回国以后，跟国内的姑娘们比，顾大玉更多了日本女孩的温良气质，但是内里却没有改变。以她的种种行径相论，简直判若两人。我常说，顾大玉到日本的收获就是一套“淑女的包装”。就是今天，您看了书前面的照片，再看书的内容，大概也很难把那个很日本味儿的女孩跟顾大玉联系起来。

顾大玉：这是一种魅力！

言归正传。

一年后顾大玉在日本适应了环境，跟日本的女孩们不分彼此地混到了一起。一放学，叽叽喳喳地领回一大帮，在她的房间里折腾得鸡飞狗跳。女孩们都穿着统一的深绿色海军校服，推开房门，竟使我很难一下从中寻出自己的女儿来。

日本的女孩很开放，敢大胆地公开宣称自己的所爱是谁谁谁。有时我在外面客厅里听女孩们的议论，所谈都是某的男友比某的男友有风度；某和某约定将来结婚生几个孩子；某追某歌星，已经写了三十封信了；某男星很有人气儿，是班里二十三个女生的心中情人……

顾大玉滚在这样一群日本小疯丫头中间，让人担心。

我的邻居有个小学二年级的小姑娘，因为我养了两只小猫，那孩子没事儿就要过来看猫，一来二去，跟我们一家混得很熟。有一天那个小丫头问我播种是怎么播的，我不明白，问播什么种。

小丫头说，就是爸爸给妈妈播种呀！

我说，这些混账话是谁教给你的？

小丫头说，老师呀，老师告诉我们说小男孩和小女孩尿尿的地方不一样，小女孩将来是要做妈妈的，所以要好好保护尿尿的地方。小男孩将来长大了是要给小女孩播种的，那就是爸爸了……

我明白，这是日本学校在给小孩子上生理课，但是我没想到会给二年级的小学生讲这些……在中国，上了中学才有生理卫生课，而且常常是男女生分开教授，没有日本这么直接，甚至谈到了播种的问题。我没法回答小丫头她爸爸是怎么给她妈妈播种的这个问题，我只感到日本的教育将“性”太不当回事，一个混沌未开的小女孩，跟她说什么播种……有点儿那个。

顾大玉：日本现在的学生一个比一个开窍得早，小学就开始送情人节的巧克力了，初中就有固定的男朋友了。不教育？不教育能成吗？

有一天我在校园里碰见中国留学生陈琳，她急匆匆地跑，我问她出了什么事？她说去商店抓她的儿子，刚才有人向她告状，说她那个十岁的儿子放学不回家，现在正在商店里看黄色杂志。

看着陈琳消逝的背影，我的心在隐隐发沉。在国内，扫黄运动一个接着一个，淫秽的书籍、影像，要出笼毕竟不容易，小孩子的成长环境总是健康的。加之，几乎所有父母对孩子在男女关系方面的教育、要求都是很严格的，绝不能容忍荒唐走板的事情发生。在日本就不行了，色情广告随时插放在你的信箱里，黄色杂志作为商品与鲜花、鸡蛋、糖果一样，在商店里出售，你坐在那儿看一天也没人理你。日本的孩子从小耳濡目染，见怪不怪。中国的孩子不行，他们没有这方面的心理准备，少见多怪。来到这里，有“眼界大开”之势，让家长们躲不胜躲，防不胜防。

那天，陈琳是否抓住了她的儿子我不知道，但却使我下定了对顾大玉的房间进行突击性大搜查的决心。

趁着她上学的工夫，我实施了我的计划。

枕头底下，书柜顶上，抽屉里头，笔记本内，上上下下，登高爬梯，我一通细细搜检，忙出一身热汗。

顾大玉：严重地侵犯人权!! 我为您的做法感到悲哀，所悲的不是被侵犯的我的处境，所悲的是您作为家长竟然没有丝毫的人权意识。这是您那一代人的悲哀，是“文革”中成长起来的您那一代人在道德意识、思想意识上的缺陷，说到底还是封建的残存思想在您脑袋里作怪，一切以您的意志为目的。对我来说，您是主宰，是主宰就有权，就可以为所欲为，就可以全然不必考虑我是怎么做、怎么想的。您常以自己是“老三届”而自豪，动辄就是“我们那会儿……”不知您想过没有，如果您那会儿但凡有些民主，有些对人权的尊重，中国就不会有您这批被赶到山上乡下的“老三届”了。

我在顾大玉房间翻腾的结果，收获甚丰，缴获了三本书，一封信，两张字条，一个本子。

（1）三本书：《如何成为魔女》一、二、三；

（2）一封信：是顾大玉写给《如何成为魔女》作者某某子的，

信中溢满崇拜敬仰之词，内中不外请作者授以真传，使她成为具有魔力之少女，将来学成回国，魔法在身，报效国家，也不枉出国一趟；

（3）两张字条：是写给班上某某小男生的，约定在某处见面；

（4）一个本子：本子里面抄录了大量咒语，什么上课不让老师提问念什么咒，出门就捡钱念什么咒，想让某某人爱你念什么咒，想让你不喜欢的人倒霉念什么咒……

我的脑袋大了，我才知道敢情顾大玉的日语进步，把话说得绕口令似的利落，根结竟在这儿，竟在这些书上。毕竟那些咒语得用日语来念，中国没这东西。那个叫某某子的狗屁日本女作家这不是害人吗？这些青春少女，这些半生不熟的半大猫，本来就够让她们的妈操心了，她却还把她们往“魔”上引。整个一个添乱！日本的出版社针对青年学生出版这类图书，赚无知小孩子的钱，却不教授正经，这不是坑人吗？我不知道日本出版社的编辑机制，但我知道，这样的书在中国是坚决地出不来的。

顾大玉放学回来，我将缴获物件一一亮出，一通训导，言情书籍之类一概没收，咒语本子当场焚毁，责令顾大玉于两小时之内写出深刻检查。

顾大玉站在那里，梗着脖子，咬牙切齿，一言不发。明显的，她压根儿就不服。

两个小时以后，不但检查没交出来，连她自己也不出来了，她从里面插上了门，拒绝与我们见面。

事情有点儿僵，我决定拿出中国家长的看家本事——找学校。在国内，孩子但凡有了什么问题，只要学校、家长双方联合起来，双管齐下，你再有本事也翻不了天去。

顾大玉：首先您管理孩子的出发点就不对，什么叫“翻不了天去”啊，这种语气很像“文革”时候对“四类分子”的管制。您老怕我翻天，其实我真“翻”了又能怎么样？不就是没按着您设计的轨道走吗？您设计的轨道就那么正确？您这辆老蒸汽机车是不是也该换换了？

我让丈夫去学校，丈夫不想去。他说这儿不是中国，中国的经验在日本不一定适用，闹不好让人笑话。

我说，教育孩子成为合格的接班人，谁敢笑话咱们！

磨不过我，丈夫只好拿着三本《如何成为魔女》的书去了竹园东中学。我在家里喝着茶等待消息，我知道，他这一去时间不会短，要把情况向学校说清楚，要制定出双方的管理方案不是三言两语就能了事的。孰料，一杯茶还没喝出味儿来，丈夫就回来了。我问是不是没找见人，他说找见了，直接找的教头。

我说，怎么学校还有教头？

他说，日本的学校都有教头，类似国内学校教导主任的角色。

我说，这倒让人想起《水浒传》的豹子头林冲来了，他也是教头，八十万禁军教头。竹园东那个豹子头是怎么说的？

丈夫好像没有开玩笑的心情，他说跟学校反映了大玉的思想情况，请学校对她进行正确的思想引导，克服迷信，端正学习态度。可是学校的人说了，人的思想是逐步形成的，不是靠说教树立起来的。

学校尊重学生的思想，无权干涉他们的行动，更不能硬性指出应该干什么，不应该干什么，而只能说，什么是好的，什么是不好的，一切由学生自己决定……再说，从你们说的情况来看，你们的小孩看书非常认真，非常投入，这是一件很好的事情。

我说，日本的学校怎么是这样？

丈夫说，日本的学校就是这样，我早就说过了，这儿不是中国。

本烧了，书没了，顾大玉真是没咒念了，但她老跟我别扭着。我说往东她偏往西，我说礼拜天全家出去爬山，她偏说要在家睡觉。你真把她留家让她睡觉，她又成了精似的精神。你在外头往家里打电话，永远地打不进去，那是她和她的狐朋狗友们在联络。

有些话我没有跟丈夫说，其实最让我担心的不是魔女书而是那两张写给男生的纸条。日本人的姓名有日本人的好处，是男是女基本一目了然，用不着去猜测。从两张字条使我感到，再不能用“小女孩”的眼光来看顾大玉了。在国内，当卖馄饨的也罢，当警察也罢，当喂老虎的也罢，再不济也总还有个理想，有个自食其力的念头。到了日本怎的竟想着找男朋友，想着嫁什么样的人了？才多大呀！给日本男孩写纸条约会，她就不想想后果？嫁什么人也不能嫁日本人，这不是上赶着往火坑里跳嘛！他们那个大男子主义可不是一般的大男子主义，女人在丈夫孩子跟前像小菜碟儿似的，没有伸腰的时候。顾大玉将来能当小菜碟儿？见鬼去吧！

且不说顾大玉，就是我，也远没有给日本人当丈母娘的思想准备。

顾大玉：您想得太远了，在学校里谁没有比较要好的朋友，怎么在您的眼里，男同学、女同学一交往就是有问题，就扯到了谈婚论嫁？别说您没有给日本人当丈母娘的思想准备，我也从来没有给日本人当媳妇的思想准备啊！

我相信，所有有女儿的母亲在这个问题上都是很敏感，很多疑的。女孩子毕竟是女孩子，在她长到一定程度的时候，母亲的心就悬起来了。

顾大玉说我是“奥巴他利扬”，我不知道“奥巴他利扬”是什么意思。查字典，没这词，问顾大玉，她吭吭叽叽说不出所以然。不是不明白意思，是找不出汉语的相应词汇。我们娘儿俩折腾半天，我才搞清楚，这个“奥巴他利扬”的中文本意是“事儿妈”。我奇怪她竟然不能用汉语表达这层意思，她说有些想法的确一时很难找出汉语的表达方式。我问她心里想事的时候是用汉语还是用日语，她先说不知道，又说人在想事的时候是没有语言的。我说瞎说，人全是用语言在想事，没有谁能超越语言。顾大玉说不对，她说哑巴就没有语言，哑巴照样能想事。我说，你不是哑巴！

从此我们家里谁也不许说日本话。

这一条我和丈夫都能做到，唯有顾大玉，她说着说着就忘了，好像已经由不得她了，时间长了，她的汉语词汇越来越贫乏。她给国内的爷爷打电话，往往在汉语里边夹杂了不少日语单词，这让老爷子感到不快，跟我们说，才出去几天呀，怎的连中国话都不会说了呢？

我对说中国话爱夹带外国词的人也一贯反感，我们有些留学生偏偏还就爱这样，并以此为荣。特别是跟国内的人说话的时候，把本来很熟练的母语愣给糟蹋得七零八落，以此显示自己的新潮，自己的学问，自己的洋派，自己的与众不同。实在是浅薄。

我纠正了顾大玉几次，不能奏效。有一回国内她的干妈来电话，对方说是“干妈”，她竟然理解为“蛤蟆”，因为汉语的“干妈”发音和日语的“蛤蟆”相似，她把汉语、日语弄混了。我让她加强汉语的学习，因为在国内，中学时期正是古汉语的基础阶段，顾大玉缺少这方面的修炼不能说不是个缺憾。我让国内寄来中学主要课程的教科书，决定给她补上这一课。中国的、日本的一块儿学，应该说那阶段，顾大玉的学习负担是不轻的。

越来越退步的汉语，越来越频繁的“纸条”，这样下去实在是了不得。我跟丈夫商议之后采取了果断的一步：

回国！

顾明耀：做出回国的决定有种种原因，顾大玉的学习也是其中之一。日本的学校跟中国不同，尤其是中学。从智育教育看，他们教的内容比我们少，程度比我们差，要求比我们低，管理比我们松。我无意否定日本的中等教育，他们也有他们的好处，例如他们比较突出培养学生的兴趣而不是单纯地施加压力；他们很注意引导学生观察事物以培养其观察能力、分析能力，而不是一味地注入知识；他们比较强调尊重学生的意愿而不那么强调集体，不那么强调统一的规范要求，等等。这样就出现了在日本上完中学无法跟我国高等教育接轨的问题，哪怕只上一年也有回来后接不上茬儿的问题。至于德育教育，那就相差更远了。

顾大玉在日本上了中学，这对她的成长有积极的一面，也有消极的一面。我认为顾大玉身上的一些毛病，例如考虑什么事时考虑个人比较多，没有“他人第一”“先人后己”的概念，学习上从兴趣出发比较多，缺少全面发展打好基础的意识，各方面对自己的要求比较松，谈不上克服困难力争上游的劲头，等等，是与在日期间的某些消极影响不无关系的。

说到“性”，日本人的观念与我们中国人大不一样。前几天西安的报纸讨论带少年异性子女入浴是否合适的问题，多数读者认为不妥；而这在日本人看来，十分自然，无可非议。中学生有异性朋友，在日本也是相当普遍的。不过，我们毕竟是中国人，有我们的传统，有我们的文化。在改革开放的今天，西洋、东洋那些观念、文化必然大量地流入我国，完全拒绝是不对的，全盘照搬也是不对的。如何正确认识它们正确对待它们呢，这是我们应该好好考虑的，也是在教育子女、教育学生时必须认真对待的。现在，中学的男女生互相递个条子、约会一下，大概已经不可避免、难以阻挡了。我觉得这也不是什么洪水猛兽，但是听之任之放任不管也不行。这就给我们做父母、做教师的提出了一个如何帮助孩子正确处理这一问题的任务。在顾大玉的教育上，我有着不可推卸的失职的责任，这是应该引以为训的。

六　爷孙之战

顾大玉回国后跟不上国内的学习进度，本来在日本已经读完初中的她只好再读初二，就这也是连滚带爬地追赶，相差距离甚大。举例来说，国内有政治课，学的是马列主义的唯物辩证法和政治经济学，这在国外她听也没听过。且向来有上课不听讲的毛病，老师讲老师的，她干她的，有时连上的什么课也不知道。于是在政治课上就出现了这样的情景：老师让学生在笔记本上做答题，大意是谈谈对资本家剥削剩余价值的理解，其实这些书上都有现成的答案，只要看了书并不很难，照抄都行。但是顾大玉没有看书的习惯，她属于那种很自以为是、认为自己永远正确的孩子。她的答题可谓别开生面，她在本子上写道：

在说剩余价值之前我先说说天照大神。天照大神是女的，健壮而美丽。有一天大神闲得无聊，就坐在东海里玩耍，玩着玩着顺手从海底挖出一把泥来，随意地一抡，星星点点地就抡出了日本。至今日本是细长的一条，且多山，还是火山。这些火山今日爆发，明日地震，把日本人搞得很惨，也把他们搞得很神经质。老看着别人家的地盘大，别人家的东西好，就发展了武装，坐着船过来打架了。没打赢，就发展资本主义，一心搞建设了，把个小国建设得后花园似的。日本是资本主义国家……说资本家都是剥削的，是压迫人的人，这话我不赞同。在国外他们有自己的组织，他们给没钱的学生发奖学金……我在资本主义国家待了几年，没有看到一个资本家压迫人，剥削人，骑在人民头上作威作福。资本家的警察待人特别客气，跟大哥似的，资本主义国家的学校让我们读书不交钱，完全是白念，还管饭。咱们也应该向人家学，不说管饭，管顿早点也行……

我看了顾大玉的答题，汗也流下来了。一问，原来在课堂上没交出去。我想还有补救的份儿，就马上给我们家的朋友祁秉英打电话，让他无论如何来一趟。祁秉英是我丈夫的小学同学，是西安一个重点中学的高级教师，在教育小孩子问题上比我们有办法。看在多年交情上，这个忙他不帮也得帮，尽管他不是教政治的。

祁老师来了，看了顾大玉的答题，笑笑也没说什么。就拿出顾大玉的政治书，先讲什么是共产党，什么是无产阶级，又讲什么是马克思的生产力和生产关系……

顾大玉听得云遮雾罩，她还跟老师犯矫情，问，为什么谁都得听那个姓马的？

老师说，让你听你就听，甭问为什么。

顾大玉说，我自己也发明点儿理论，也让大家学习行不行？

老师说，只要您的理论有道理，能成立，也行，但眼下您得先学这理论。

说罢，老师在书上用红笔画出重点，让顾大玉背会。

顾大玉惊讶道：政治还要背吗？

老师板着脸说，当然要背，下礼拜我来检查你。

顾大玉：能怪我吗？政治课本上写的是“说说你是怎样理解剩余价值的”，那我就说我的理解嘛，它又没让我写书上是怎样评价剩余价值的。我又不知道照书写就行，早知道照书写就行，还省我的事了。

我很感激丈夫的这个朋友，我们平时极少来往，真遇到事了朋友自然不同于一般人。不为利害所左右，招之即来，挥之即去，没有客套，不装腔作势，始终不渝，彼此理解得深而且透。朋友的帮助，让我度过了回国后面对顾大玉的第一关。

但是顾大玉不感念人家，她对这一切均不以为然。她对我的另一个叫作黄卫平的文学朋友也不感兴趣，因为那个朋友送了她一套《几何》《数学》的参考书。当时那套书很难买，也很贵。人家好心好意满世界淘换来了，她却认为给她上了套。这让我很尴尬。

顾大玉的心不在学习上，全在玩儿上。

顾大玉：那是在日本养成的习惯。在日本中学里，每天的作业很少，学生还必须参加课外活动小组，画画，打球，计算机，想干什么都行。其实那不能算玩，那是扩大知识面，培养广泛的兴趣，而不是死读书。现在国家不也在提倡减轻学生负担吗，那么学生多出来的时间干什么呢？总不会是在家睡觉吧？

顾明耀：不管是家长还是老师，都应该把重点放在帮助孩子克服惰性上，帮助孩子培养对学习的兴趣，培养良好的学习习惯上；而不要把课堂学习、书本学习提到不适当的高度。可是，在顾大玉的教育上，我们却把课堂学习、书本学习看得太重了些。

顾大玉在日本迷恋的是不男不女的歌星美川宪一，回国后又立即投入了BEYOND乐队的怀抱。她房间的墙上，均被那些疯魔般的人物占领，一个个披头散发，张牙舞爪，说不上是人是鬼。我说，你的这些BEYOND还不如美川宪一呢。美川再怎么怪，他还是美的，唱得也很有修养，你这一帮半疯算怎么档子事？

顾大玉说美川太传统，太保守，不如BEYOND有个性，有时代感。

BEYOND人物的生日、血型、星座、爱好她记得一清二楚，她同学的生日、血型、星座、爱好她也记得一清二楚。有一天我问她，你爸爸的生日、血型、星座是什么，她答不上来。我说，你爱这些星星儿们胜过爱你的父母，其实这些星星儿们根本就不知道你是谁。别忘了，每天供给你吃穿的还是我们，墙上这些东西，都是表面作秀，被歌迷们宠坏了的娇纵的大孩子。将来你真嫁了一个这样的人物，不出三天就得打离婚。

顾大玉说，三天的时间足够了，三天以后我死了也情愿。

我目瞪口呆。

有一天，我听见顾大玉在和她的爷爷谈判，顾大玉说她要组织一个“零的摇滚乐队”，需要电吉他，需要架子鼓，希望老爷子能赞助两万块钱。会算计的老爷子当然不给，老爷子说，两万块，我攒了一辈子的数，都给了你，那不打水漂了吗？顾大玉让老爷子将目光放远，说将来她的乐队起来了，她唱一首歌的收入就是两万。目前有名歌星的价码都是这样。

老爷子说，唱一首就两万？会有这么好的事情？

顾大玉说，您当是骗您呀？说着指着电视里正唱着的某星星儿说，您瞧这位，不说唱，往台上一站，光出场费就是八万。

老爷子说，唱歌倒是不用费什么劲，要这样你一天还不唱个十首二十首的。

顾大玉说，就是呀，您还怕还不上您的钱？

老爷子说，那你得多还我。

顾大玉说，十倍，行了吧？

老爷子被哄得高兴，转身就要开小箱子拿存折，我这时推门而入说，您真信她呀，您知道她的摇滚乐队是什么吗？

老爷子说，不就是电视上那些唱歌的吗？

我调节电视，恰好上面有个外国摇滚乐队正在演唱，那些红头发、绿头发们抱着吉他在闪烁的灯光里正在痛苦地挣扎，轰轰的鸣响，立时使房间里乱成一片。我说，您瞧瞧，这就是摇滚乐。

老爷子一下傻了眼，看了半天说，这些人怎么跟蝎拉虎子（壁虎）喝了烟袋油似的，他们抽什么？

顾大玉赶紧说，这就是艺术，现在最时兴的艺术，没有水平的人看不懂。

老爷子说看了这些心里闹得慌，说如果顾大玉要是办个评剧、河北梆子什么的小班，他可以出点儿钱，要是弄这样的摇滚乐，他一分不出。

老爷子不但再不投资，还加强了革命警惕性，时常地处于一级战备状态，把个硬木的小箱子牢牢看住，使顾大玉的阴谋难以得逞。

在这里不能不说说我们家老爷子的宝贝箱子，这箱子是从旧社会过来的物件，大小抱在怀里正好逃跑。一看见它就让人想起地主老财打开它数地契、数元宝的情景。老爷子将箱子看得比命都重要，那里边不光装着他在北京的房契，还装着他全部财产和存折，还有婆婆的金戒指等物。平时这箱子就放在老爷子的床头，放在他一睁眼就能看得到的地方。作为媳妇，我从来不接近那个箱子，虽是一家人，该避嫌的时候也要避。我很喜欢我们家的老爷子，说是我的老公公，不如说是我们家一个很固执、很有意思的大孩子，用顾大玉的话来说：这是个“家宝”。

原先，顾大玉跟老爷子是“一个战壕里的战友”，从日本回来以后，两个人关系发生了变化，变成了“不共戴天的仇敌”，老爷子将饱满的抗日热情全倾泻在顾大玉身上。在谈论他们之间的“战争”之前，我应该花点儿笔墨说说九十岁的老爷子在改革开放新形势下的状况。

老舍先生的作品《四世同堂》里那位祁老人的形象给读者留下了深刻印象，我的同事们都知道，这位“祁老人”在我们家里至今还硬硬朗朗儿地活着。老爷子自从退休跟我们一起生活以来，成了我们家管理的中坚，成了一家的大拿，成了家中举足轻重的人物。老人不图别的，就图一个尊重，以显得他的重要，显得他还是个很有用的人。老人的这个心情我们都能理解，但是顾大玉却不行。

顾大玉：老是哄小孩一样的，什么都百依百顺，惯出了一个唯我独尊的坏毛病。九十多怎么啦，九十多也是社会一分子，也得讲民主，也不能跟皇上似的。

老爷子年岁大了，经历过满清、民国和共和国三个时代，他说他当过梳辫子的宣统的臣民，举过孙大总统的旗子，游过十一国庆节的行……漫长的历史，造就了一个国家忠诚百姓的形象，不犯上作乱，不违纲乱纪，安身立命，克己修身，与世无争。年纪大了又加上一条：知足常乐。用他的话说是：布衣暖菜羹香，诗书滋味长。人老了，便常常有他自己的特殊思维和特殊行为，跟老舍小说里那位祁老人积粮攒煤防兵乱一样，我们家的老爷子最大的乐趣也是积攒。

每年夏天一到，我们的家里就该“群魔乱舞”了：粮食出蛾，上下翻飞，扑怀撞脸，让人生厌。尤其是你铺开稿纸，酝酿情绪，准备进入创作状态的时候，两只小蛾在你眼前梁山伯祝英台般翩翩起舞，做种种依恋状，任你清兴雅致一概皆无，一双眼只能随着那对蛾儿乱转，直逗得你火冒三丈，不把梁山伯祝英台拍死掌中誓不罢休。为此我和顾大玉一起做过一次扫仓挖潜活动。翻检旧粮，找出了五年前存放的一缸大米、七年前存放的黄豆和结成络丝可以用手提起的棒子面。粮袋上都用纸条写了年月日、粮食种类，档案般地细细收藏着。至于阳台上那数百块蜂窝煤，是老爷子以五十块两毛的价格，雇顾大玉搬上楼的。现在，做饭有天然气，取暖有暖气，蜂窝煤已属多余。但老爷子对煤仍有偏爱，仍不停地买，仿佛这样他的心里才踏实。我不好说什么，我是儿媳，他的儿子为此跟他有过一通好闹，说五年前的大米净是黄曲霉素，吃了得癌，说搁了数年的蜂窝煤连火苗也冒不出，根本无法烧。老爷子说，谁说不好烧，这些煤在地底下埋了千百亿年，也没有过期一说；你们说吃陈粮食得癌，我都九十了，还怕得癌？

顾大玉没有眼色，立即接上一句：您九十了是不怕，我才十九！

老爷子除了攒大米和煤以外还攒肥皂。前几年肥皂凭票供应，老爷子凭着关系购得数箱“中华”牌肥皂和当时公众认为最好的“上海”香皂，收着，很节省地使用。有熟人来便拿皂类相送，大声说这是他走后门搞来的，言外之意是他很有本事。而今再无人要他的肥皂，街上各类洗涤剂品种繁多，国产的，进口的，不惟色香俱佳，也较他那些老掉牙的牌子好用。老爷子那些陈年的香皂不但没了香味儿也干裂死硬，任你怎样搓，不出半丝泡沫……女人挡不住新鲜物件诱惑，我买回一块“力士”香皂。盥洗室里立时香飘四溢，一家人争相使用，再没人理会那块死眉瞪眼的干皂。顾大玉是个追新潮的人，为了这块香皂一天要洗八九回手，让这块皂三天就成了小胰子头。老爷子不高兴了，敲着桌子对顾大玉说，使完了旧的才能使新的！

顾大玉不说话，跑到阳台上去翻看旧皂，回来后嚷嚷：老“中华”还有一箱半，旧“上海”还有大半箱。以每月一块计，大约还得使用八年半。

八年半，整个一个抗日战争哪！

老爷子是穷怕了，经历了那么些朝代，经历了那么些世事，当然积累了不少经验，而且他的经验大多与战争、动乱、饥馑有关，放置今日有些格格不入。九十多年的阅历与习惯不是一朝一夕能改掉的，我们家老爷子只要在一日，煤、粮、皂必将存一日，无可更改。老爷子说他这辈子最爱的人有两个，一个是邓小平，一个是李叶。他说邓小平受了很多苦，受了很多委屈，到底人家还是把个中国治好了。以他的亲身经历，这些年是中国最好的时候，他什么也不信，就信自己的体验。由此看，邓小平了不起。

至于老爷子爱的另一个李叶，实让人费解，打听许久我才闹明白，那个李叶是电视台《每周一歌》的女主持人，一个二十出头的小姑娘。老爷子天天看《每周一歌》，为听歌更是为看李叶。老爷子说，李叶小小的人儿有能耐，对着电视讲话张口就来，不紧不慢的，人稳重长得又好看，她不但会说话，还是编辑呢。

顾大玉说，我妈也是编辑。

老爷子说，你妈怎么会是编辑，你妈就是你妈。

在家里，老爷子从来没问过我是干什么的，他只将我认作是“在单位上班的”，是个会做饭的儿媳妇。

因为老爷子的喜爱，我也看了几回李叶，人是不错，浓眉大眼，跟杨柳青年画上的美人很近似，是老派眼中的理想美女，与如今屏幕上出现的洋而嗲、不知大便为何物的女星星儿们完全是两回事。唯此，才对了老爷子的口味，逢李叶必看，常跟顾大玉为争电视而打架。顾大玉就对那个李叶很反感，电视里《每周一歌》一播出，她便在一边起哄：李叶奶奶出来啦！李叶奶奶出来啦！

老爷子说，出来就出来，我就是爱看李叶。

顾大玉说，您是不是爱上人家啦？

老爷子说，我就是爱上她啦，怎么着？

由于李叶的引导，九十多的老爷子竟然迷上了流行歌曲。有一回我听到老爷子在和顾大玉赛歌，听到老爷子唱出“妹妹你坐船头，哥哥在岸上走”时，我吃惊得说不出话来，人活到这个程度大约是从必然王国到了自由王国，何等的自在，何等的潇洒，我辈不如。

老爷子什么都不怕，什么话都敢说，任谁拿他也没办法。我们家常来客人，往往不甘寂寞的老爷子就要表示一下他的热情，横出一杠子跟人聊天，聊的内容是逮着什么说什么，不管不顾。

有一回我们家来了一个在西安交大执教的日本老师，老爷子横出来了，跟那位老师从南京大屠杀说到“731”细菌部队，从他挨日本兵的打到被抓入日本宪兵队，把那个老师弄得不住鞠躬谢罪。说老爷子不该这么说吗？该说。可跟人家教师有什么关系呢？把人家搞得诚惶诚恐，不知所措，何苦！

有一回，一个从美国回来的学生来看我丈夫，提了一盒糖果，给顾大玉送了一件T恤。老爷子见了说，你这人真怪，大老远地从美国弄了一盒子猫屎来，美国人他送礼就送这个？不过这件印着猪脸的大背心倒还挺厚实，大概得三块多。当下就把那学生弄得很尴尬。我说，这盒里弯弯曲曲的不是猫屎，是巧克力，大背心是美国迪士尼的名牌，上面印的是米老鼠，不是猪脸……老爷子不以为然，最终仍拒绝吃“猫屎”。

旧社会老爷子在山西开鞋铺，连做带卖，对鞋很有研究，动辄便说，中国最好最舒服的鞋是尖口布鞋，要的是黄牛皮的底子、美国礼服呢的面，上海小细布的里儿。

顾大玉说，穿这种鞋的只在电影里有，穿的人多梳大中分，身着绸裤褂，扎裤腿，戴墨镜，腰挎盒子枪……汉奸一个！

儿子出差去北京，老爷子让儿子去前门“内联陞”给他买一双千层底礼服呢布鞋。儿子回来将鞋奉上，老爷子以内行眼光反复审视说，面子不是美国产，里子也不是上海细白布，鞋边刷的白浆不匀，底子麻绳勒得不紧。再一看价格，大惊失色——七十八块！老爷子拍着鞋说，这么双玩意儿七十八，“内联陞”的掌柜的真敢要，我那时一双牛皮底的才卖一块六。

顾大玉在旁边又搭茬儿：要是“内联陞”的掌柜的今天还卖一块六，日本鬼子又得再上一回卢沟桥！

老爷子最不能理解、最难转弯的就是当今的价格问题。有一天，老爷子突然说头昏，一家人全体出动，陪着他去军医大学看病。医院让做脑CT，老爷子躺在检查台上推进又推出，大夫说好了，老爷子却不下来。老爷子说，二百多交了，也不给治，推进去送出来，不疼也不痒，谁知道你们都干了些什么。军医很年轻，他拿这位祖爷爷辈的老头儿也没办法。好在儿子、儿媳妇在跟前，又哄又劝，总算把老爷子请下来了，军医捂着嘴偷偷乐。

顾大玉远远地看着，她嫌她爷爷丢人。

顾大玉从日本回来后，自认为是现代派，现代的顾大玉和保守的老爷子开始产生了矛盾。90年代中期，我们家进行着一场“爷孙之战”，这场战争时激时缓，终无停歇。到后来，爷孙彼此矛盾之深，已达相当尖锐程度。两个人，老的倚老卖老，小的倚小卖小；各抱地势，互不相让，每日除了抬杠以外再无其他言辞。

老的说，看你这扮相，披发左衽，满身爬小鬼儿（圣斗士图案），袁世凯当皇上登基也没你穿得花哨。

小的说，您穿上您的长袍马褂找张艺谋去吧，他那儿正缺一个男主角呢。

老的说，你这不吃，那不吃，饿你三天，吃屎甜如蜜。

小的说，都像您似的一顿吞两大碗面，撑一肚子碳水化合物，中国人百分之八十都得成横路敬二（日本电影《追捕》中一形象丑陋的人物）。

老的说，你唱歌时别抽筋行不行，我瞅着心慌。

小的说，要是把抽筋的专利让给您，您还得加上翻白眼儿呢，谁瞅着都心慌。

…………

由话不投机到不搭话，到写小字报往墙上贴，“爷孙之战”发展到了一个更高的层次。

我在报社上班，累了一天回到家，实在是懒得听双方那些毫无逻辑的即兴汇报，他们俩之间的那些破事连他们自己也说不清。这天我回家，见家中走廊墙上贴诗一首，系老爷子所为：

出无言语入无声，
呼人道姓又称名。
缺规少矩不肖辈，
谁是爷爷谁是孙？

我知道，这首顺口溜是针对顾大玉的，顾大玉在筑波住得时间长了，受了那些波兰、美国、俄罗斯邻居的影响，对家里人的称呼往往直呼其名。洋人不以为怪，在中国的家庭里却是绝对不能允许的。回国后虽经反复教育，仍时有忘记，难怪老爷子贴了小字报。

孰料，前帖未去，又见一帖。帖上云：

花里胡哨馋似猫，
正饭不吃净零叨。
零食不断兜老满，
修正主义坏根苗。

此帖糨糊未干又上一帖：

狐朋狗友往家招，
不做作业净闲聊。
看表你妈要下班，

掂起书包都跑了。

帖子越贴越多，所涉范围越写越广，最高纪录老爷子一天写过十三张，没有一张不是对着顾大玉的。老爷子反正也闲着没事儿，做顺口溜也是一种消遣。老爷子有个小本子，在誊抄上墙之前先写在本子上，抄出贴上是书面刊出，吃饭的时候老爷子还要拿着小本在饭桌上高声朗读，进行口头发表。有一天老爷子甚至问我，他这些“诗”能不能在报纸上登一登？我说当然能，您给人家钱，按广告算，一个版面八万打住了。老爷子说，给我八万？我说，您给人家八万。老爷子说，你在报上发文章人家怎么给你钱，我发为什么就得给人家钱？

老爷子在说这些话的时候顾大玉一声不吭地吃自己的饭，并不参与。此女子早年便有“敢笑黄巢不丈夫”的肚量，倒也不与老爷子计较。一段时间下来，任着老爷子去写，去贴，任着来客们嘻嘻哈哈地去读。

老爷子的发表欲望愈发强烈了，花样也开始翻新，他要录音了，要弄出些音响效果，历数顾大玉的“罪状”，以寄给在国外的他的儿子。但保守的老爷子不会使用录音机，要让顾大玉教，顾大玉当然不会好好教，于是当日墙上的诗歌就变成了散文。是老爷子工整的小楷：

这天是1995年10月16日，顾大玉休息，我想录音，把顾大玉的行为情况说一说，给她的爸爸寄去。以二十八元的高价让她教给我怎么录，但她却敷衍了事，教了一两遍就再不教了。我老了，记不住，让她再教，她大发雷霆，说再教还得二十八！

顾大玉你听着，你这么厉害爷爷不理你，你以为爷爷怕你，爷爷我一点儿也不怕你。爷爷多会儿死了就把你叫到阴曹地府与你打，我看你往哪儿跑！

我看了这篇散文只是想笑，爷孙俩狗皮袜子没反没正地折腾，也是一种气氛，是我们家独有的气氛。只要顾大玉不把老爷子真气出病来，索性由着他们去打，也是一种能量的释放，一种生命活跃的表现。

这日下班刚推开家门，老爷子已经早早守在门口，一见我就喊：我是蚂蚱！我是蚂蚱！我不知何故，急往墙上看，见众帖周围贴出一副对联，上为："倚老卖老不知老之将至"，下为："管天管地还要管拉屎放屁"，横批为"秋后蚂蚱"。顾大玉的对联也就是顾大玉水平，且不说工整没做到，就是这内容也够粗劣恶心的了。我知道，我必须给顾大玉以颜色才能平息老爷子之愤，否则戏非但收不了场连晚饭也吃不消停。我当下给了顾大玉几巴掌，顾大玉跳着脚地哭，说她冤枉。

顾大玉：爷爷贴了那么多的诗，我也忍了那么长时间，偶尔反击一下，就要挨打，真是不公平！

我说，你贴对联骂爷爷就该揍。

她说爷爷贴了那么些条子骂她怎的就没人揍？

老爷子听了立即收了一脸得意，眨巴着眼睛不说话了。

我说，爷爷就是爷爷，你要能揍他他就不是爷爷了。

顾大玉说，王子犯法还与民同罪呢，爷爷是什么……

我真怕她说出“东西”二字来，赶紧将她推进里屋，拿一把巧克力豆将她的嘴堵住了。顾大玉还在不依不饶，一个劲儿地说，你不要用糖衣炮弹腐蚀我……我不是小孩……

老爷子挣足了面子很高兴，晚上在饭桌上情绪很高，有说有笑。吃着吃着突然指着月份牌说，明天是惊蛰，哈哈，我这老蚂蚱又活啦！

顾大玉立刻毫不犹豫地接上：我听说从下月开始骨灰盒要涨价……

我明白，一场新的战争序幕又拉开了……

顾明耀：“代沟”是70年代才发展起来的词汇，《现代汉语词典》1983年版里也没有这个词，它主要是指父母与子女相邻两代人之间，也指祖孙隔代人之间观念、意识的差距。“代沟”不是我家所特有的，似乎家家都存在着“代沟”的问题。回想起来，我的祖父和我父亲之间，也存在着“代沟”，而且相当深刻，但是那个年代，作为儿子的我的父亲，只有唯唯诺诺，再无其他选择，这大概是那个时代最普通的一种情况。我和我的祖父之间，代沟深刻程度当然更甚，但是已经进入了50年代，封建意识已不再那么浓厚。所以对于祖父，我有部分的唯唯诺诺（这里有一部分属于我的懦弱，也有一部分属于历史的残留），也有部分的辩解反抗（这是时代进步的反映），还有相当一部分的“阳奉阴违”“偷梁换柱”（基本上属于“策略”范畴，既要维持家庭内部的安定团结，维护家庭内部的秩序，保证每个成员的正常生活，又要按照自己的观念、意志去行动而不得不采取的一个策略）。我和我父亲之间也有“代沟”，文章里所写的，我们在消费观念上的差距，在教育子女意识上的差异，乃至文艺欣赏上的不同，都是明显存在着的。可见“代沟”的存在是有普遍性的，而且一般说来，祖孙之间隔代的代沟，更为尖锐、深刻，因为这两代人的差距更大。

既然如此，我们就用不着为“代沟”而惊讶，我认为处理好两代人的关系，关键是多一些理解和多一些尊重。理解是相互的，大人要设身处地地理解孩子，孩子也要理解大人。尊重也是互相的，不要以为对小孩说怎么就怎么；孩子也要尊重大人，往往大人的经验比孩子丰富，看问题也全面。

七　少男少女

十七八岁时，我只听说过“青春”这个词而没有听过“青春期”，那时候“青春”这个词的使用频率非常高，张口闭口便是“将青春献给祖国”“战斗的青春”“战火中的青春”什么的。大家都在说“青春”，却好像没有谁提到“青春期”。现在多了个“期”字，一切便有些复杂化了，便有了许多琢磨不定的为难。据科学划定，“青春期”指的是十四岁到二十岁左右的少男少女，这就使我想到了我的“青春期”。我中学时在北京女一中，后来又到了护士学校，学生都是女的，在所谓的整个“青春期”，都是和同性在一起，没有机会体会少女少男之微妙。于是，人很单纯，学业也很专心，这的确让我的母亲省了不少心。

顾大玉：从社会心理学的角度来看，青春期是形成自我的时期。在父母面前的我，朋友面前的我，在家里的我，在学校的我，当然也包括在异性面前的我。青春期是把这所有的“我”融合起来，形成自我的时期。只有经过了这个时期，才能算是长大成人。虽然您的青春期人很单纯，学业也很专心，让您的母亲省心，可毕竟缺少一种“我”。

到了我女儿这儿，学校男女生混杂，于是对于这些半大不大、半懂不懂的人物来说，感情的成分在这个年龄段就变成了生活的重中之重。“爱你到永远”“你是我一生之最爱”“二十四小时都想你”这样酸溜溜的屁都不顶的“海誓山盟”就常常地在这些“期”中的男女嘴里脱口而出。或许是“期”中人感情的全部，但是让“期”外人听了牙碜。

这些少年男女，谁和谁也不可能“到永远”，甚至维持不了三个月、三个星期、三天、三个小时就会“拜拜”，但那精神实在是耗得厉害。在“初恋”的阶段，他们太认真，太投入，谁的话也听不进，他们只相信他们自己。

这就是走火入魔。

我对顾大玉是充满警惕的，我知道，这个感情型的孩子，在这情窦初开之时，是肯定把握不住自己的，知女莫过其母。家里，电话最多的是顾大玉，顾大玉众多电话中又以男生的为主。那些正在变嗓阶段的大男孩正如一只只正在变化中的小公鸡，给人的感觉是正在换毛学打鸣，有着向成熟雄性进发的追求却没有向成熟雄性进发的准备，一切很有些滑稽。“小公鸡”们来电话，大多没有礼貌，张口就是“我找顾大玉”。逢到这时我便会说，对不起，我们这儿不是公用电话，没有传叫业务。对方听不出我的揶揄，竟然接着问，你这儿不是顾大玉的家吗？我问，您贵姓？“小公鸡”答，我贵姓王。我便说，王贵人，下回您打电话如果是家长接的，您应该先称呼一下家长，再讲清楚自己是谁谁，这是起码的礼貌……

以后再有电话，我一接，对方只要不出声就给挂了，百分之百是“小公鸡”们打来的。“小公鸡”们私下对我女儿说，顾大玉你妈真厉害！

再以后，家里的电话一响，顾大玉就会以百米冲刺的速度奔向电话，以抢占主动权。又后来，顾大玉给她的房间拉了一条支线，到最后，这条支线又被偷偷与我的主线调包，电话一响，她接了，我这边什么也听不着。

对于恋爱的话题，我有意将它搞得很随意很轻松，我不希望在这件事情上，将母女的关系搞得很紧张，甚至出现“你要嫁给某某某就永远别进我这个家门”的决绝程度。虽然顾大玉尚在爱情的萌生阶段，在动荡变幻的“青春期”中滚动，远远没到谈婚论嫁的时候，但对这匹顺毛驴也不能逆着来，否则不成的事也要让我给促成了。

我采取了内紧外松的政策。

有顾大玉的男同学来家玩，来的次数多了我就“参谋”几句。我说，这个某某啊，学习好，长得也不错，就是个子矮了点儿，顾大玉你要是嫁给他，你们的孩子准高不了，上不了一米六零。你看某某的两条腿，这么粗，到了四五十岁百分之百是个腿短腰粗肚大的蠢男人，蛤蟆似的，谈不上一点儿魅力。

顾大玉说，哈，人家上咱们家来，您就光看人家的大腿呀！

我说，我就爱看男人的大腿。

顾大玉说，看不出，您还挺色的。

我说，我很坦诚。

我有意无意还爱跟顾大玉开这样的玩笑：

我说，顾大玉，我看咱们家门口那个卖豆腐脑的小伙子不错，人很清秀，也机灵、和气。他把我认下了，每回我去他都给我多加调料，很知道我的口味。

顾大玉说，您是什么意思？

我说，咱们不如把卖豆腐脑的招赘进家，当咱们的女婿，这样我天天可以吃豆腐脑，还不用给钱。

顾大玉说，行啊，明天您跟卖豆腐脑的拉拉线，看看人家愿意不愿意。

过了一些时日，顾大玉问我，您没跟门口卖豆腐脑的提亲吗？

我说，这事怕不成了，那个卖豆腐脑的媳妇来了，还抱了个孩子，在帮着收钱呢，咱们没戏了。

顾大玉说，那您再看看旁边那个炸油条的行不行？

我说，那个人我也看过了，年纪偏大。

老爷子很认真地询问，有多大？

我说，六十以上。

一家人就这样有一搭没一搭地闲扯，从外表看，这种很宽松的气氛表明了我对顾大玉在男女问题上的不干涉政策和朋友心态，其实我内心的弦是绷得很紧很紧的。

我们家楼梯上常常有人用粉笔做了各种记号，有时写个大大的“YB”，有时画个圈，里面有个“永”字，有时什么也没有，红粉笔画上一个惊叹号……我常常站在新出现的符号前动心思，比如这个“永”，是人名呢还是副词呢？它表达的是一种什么信息，说明了一种什么问题？是传递约会的暗号呢还是表达相爱的程度呢……我认定这些时常变化的符号又是顾大玉的“杰作”，在我们这个单元里，能搞到粉笔并且有“YB”水平的只有上高中的顾大玉。我们的一楼也有一个孩子，那个孩子刚上幼儿园，上幼儿园的孩子大概不会写“YB”。

中午下班时我们家住的最高层楼梯还空空荡荡，下午上班时那上面竟然出现了醒目的蓝色“LOV”，我沉不住气了，喊来了顾大玉，让她给我解释蓝“LOV”是什么意思。

顾大玉说她也不知道。

我说，真不知道？

她说真不知道。

我说，你装得倒很像，是个好演员。

她说她不是演员，她是真不知道。

我说，你不要抵赖，明明是你在给那些“小公鸡”们打暗号，什么时候我当场抓住你，把你的皮剥了。

顾大玉说，我就没皮，不怕您剥。

我利用半天的时间将楼道从一层到顶层的所有粉笔记号都用湿抹布擦拭干净，将那个崭新的蓝“LOV”也斩草除根，清除得没有一点儿痕迹。我下定决心，只要顾大玉前脚走，我后脚就擦，我要让“小公鸡”们从楼梯上得不到一点儿信息。

顾大玉：妈，您累不累啊！

在这段时间里，我的确像一个伟大的侦探一样，干了很多跟踪的事情，跟在顾大玉后面，察看楼梯……

我在电话里跟国外的丈夫谈论这件事，他叹了口气劝我不要这样，说我这样已经属于精神不正常，再发展下去怕是要闹病；还说我和顾大玉两个是两个“期”，即“青春期”遇上了“更年期”，双期相遇，这场乱仗很难打出什么结果。

尽管加强了防范，“YB”之类仍旧在楼梯上出现，它是什么时候被写上的，我总也闹不清楚，那时候我正在写一篇叫作《你找他苍茫大地无踪影》的小说，这是样板戏《平原作战》的戏词，词的下一句就是“他打你神兵天降难提防”。我深深地感觉到，我就像戏里的鬼子兵，被游击队搞得晕头涨脑，狼狈不堪了。这些“YB”真如神兵天降，让我“难提防”得很呢。

我的原则是见着就擦，见着就擦……

有一天，一个小伙子找上门来说，楼梯上的粉笔字是不是你们家擦的？

我说，你是谁？

他说他是送广告的，送上几层要在几层做个送到的记号，以备上峰检查，现在他做的记号都被人给擦了，这就等于他根本就没往楼上送，可他明明是送了……

我说我有清理楼道的习惯。

他说，您有这习惯您别擦我的字。

我说，就是你那些蓝“LOV”？

他说，蓝“LOV”是养血补脑的广告。

……

小伙子气哼哼地走了，我跑到其他单元去看，见个个单元的楼梯上都有“YB”，都有蓝“LOV”，都有用圈圈着的“永”。

自己偷偷乐了半天。

这些发现当然没告诉顾大玉。

顾大玉：我经常受不白之冤，已经习以为常了。

顾大玉事情的“败露”，到底还是败在楼道的字迹上，也就是说我的“多疑”绝对不是空穴来风，不是捕风捉影。

我没考虑到顾大玉迷恋摇滚乐是受了同班某个小男生的影响，顾大玉在迷恋 BEYOND 的背后，实质是迷恋上了会唱摇滚歌曲的小男生。这个男生我至今没有见识过。初时只是以为是顾大玉的一个普通的同学，后来我在我们家楼道里一面刚刚抹过灰尚未干透的墙上，看到了有人刻了一个大大的桃形的心，心里刻了两个字“张赣”。以有在墙上书写“敢笑黄巢不丈夫”的历史，我断定，此非顾大玉莫属。由书写变为镌刻，足见人是在不断进步，感情是在不断加深，已到了刻骨铭心，向世界勇敢宣布“爱”的程度。

我问顾大玉，她矢口否认。

没办法，我又采取了“侵犯人权”的大搜检。

搜出了情书一二三四五……都是写给那个叫张赣的小男生的。

看着那些爱也爱不够的词，我有些发蒙，谈情说爱，对一个高一的学生来说忒早了点儿。面对孩子这份早到的“爱情”究竟如何处理，这是我感到很棘手的事情。讲大道理，以顾大玉的执拗性情，根本就不会听，甚至还会适得其反。无疑她认为她的爱是世界上最纯真、最热烈的爱，崇高极了，她下定决心和那个小男生要白头偕老，要在摇滚乐上比翼双飞……顾大玉的一切都在爱的虚幻当中，她已经听不进别人的任何劝阻了，她要一条道走到黑了。

我想起了《孔雀东南飞》里焦仲卿的母亲，想起了《梁山伯与祝英台》里祝英台的父亲，想起了诸多硬将相爱情侣拆散的老头子、老太太们，突然的，在此时此刻，对他们多了一分理解，多了一分同情。可怜天下父母心，未必他们就全没有道理，就全是错的。

罗密欧、朱丽叶除了爱情没有别的。

顾大玉：有了爱情就够了。

与其扬汤止沸，不如釜底抽薪。对那个同样不爱学习，只爱摇滚的小男生我没有太多好感，也坚信这样的“恋爱”不会有任何结果。只能是一场游戏，一场很吸引人又很伤人的游戏，使参与者在高中的关键阶段丧失时机，最后双双名落孙山。我找到小男生的母亲，那是一名知识妇女，通情达理，我希望她能做做她儿子的工作。那位母亲答应了，用外交词汇说，是“双方达成了某种共识”。

热恋在继续，顾大玉开始组织摇滚乐队了，取名为“零的摇滚乐队”。我一直以为这个名字是她的首创，前不久看到电视上真有一个

“零的摇滚乐队”在演出，于是知道顾大玉一切不过在摹仿。高中的课程紧张得让人喘不过气来，但是我的顾大玉却活得热烈而舒展。她每天晚上都要“学习”到一点钟左右，不是学习，是在给那个小男生写信，一天一封，每封都有数千字，说不完的话语说不完的爱，有一张纸上竟是满篇的“对不起”三个字，不知搞到了一种什么程度。老爷子和她住在一起，这些情报都是老爷子提供的。为此她恨老爷子，两人的关系越来越紧张。

为了打消顾大玉搞摇滚乐团的想法，我跟她正式谈过一次话。我以为她不是搞音乐的材料，唱歌要跑调的她，怎么有条件学音乐？英语考试不及格的她，怎么能理解美国的麦克尔·杰克逊？这些话，顾大玉不以为然，我就利用寒假把她送到朋友鲁日融家小住。鲁日融当时是西安音乐学院的院长，是著名的二胡专家，让专家来调教这个不知天高地厚的“摇滚乐手”大概比我更能奏效。

顾大玉去音乐学院，她背后的小男生当然很羡慕，这样的机会不是谁都能有的。

鲁日融听了听她的声音，试了试她的乐感说，差得太远。又告诉她，不要小瞧了那些摇滚乐手，他们大部分都是正规的音乐学院毕业的，就是那个外表看起来很“随便”的崔健，音乐造诣也相当精深……顾大玉在鲁家住了几天，接受了院长不少音乐欣赏讲座，回来带了几盘民乐和交响乐磁带，带来一把吉他，这些都是院长的赠送。每每想到这些，我都深深感念我的这些朋友们，在孩子的教育上，他们的确给我帮了大忙。

我告诉顾大玉：职业和爱好要分清，爱情和友谊要分清。在这两点上犯糊涂，将来会吃大亏。

小男生那边出现了松动，热情似乎有所减少。顾大玉这边加紧了进攻，形势变作了女追男，追得亦步亦趋，顾大玉的眼睛里已经没有了别人，只有那个张某了。随着小男生的退缩，顾大玉变得焦虑暴躁，情绪变化无常，动辄便是大喊大叫，动辄便是泪水涟涟。老爷子看不惯，火上浇油地题了一首诗：

二八小佳人，终日把心伤。
不能说句话，说话恶如狼。
孙走阳关道，爷过独木桥，
你去嫁张赣，我去见阎王。

这个时候，我们家的空气变得空前紧张，面对着正值“青春期”的女儿，面对着怒火中烧的老爷子，我想起了小时常听到母亲抱怨的一句话：

什么儿女啊，都是冤家对头。

心里满是酸涩。

1995 年除夕，在家家户户都过新年的时候，我们家的顾大玉却为这个家庭制造了一种别样气氛。她一整天也不说话，只是趴在桌上给小男生写信，那个小男生利用假期回江西老家去了，走的时候没有跟她打招呼。顾大玉写信只是一种感情发泄，写了就写了，信并没有寄出去，事后就很随便地扔在书架上，我当然要看，我看到她给那个小男生在信里说：

我的心里只有你，我从小在别人家里长大，我对我的父母没有任何感情，他们就知道给我钱，给我东西，再没有别的。你是我的唯一，我一生之最爱……

……今天是大年三十，我一天都在想着你，对我的家人，我一天也没给他们好脸色，在这个世界上，你对我最最重要……

我感到很无辜，我也为我们家的老爷子、我的丈夫感到无辜，在大年三十的欢乐时刻，我们无端地承受着一个为爱情而煎熬人儿的愤怒移情，我们招谁惹谁了？顾大玉的伤人，有时把人伤得很狠。而做父母的，有时又的确很贱。写到这里我想起昨天我从陕西铜川回西安遇到的一件事：

坐在我前边的一个女孩跟前来送她的母亲闹脾气，女孩大概要回西安上学，周六应该是回家的日子，但那个女孩却执意要走，于是她的母亲便显得很不安，看着女儿不知怎么办才好。母亲说，我给你买筒饮料吧？女孩不理。那母亲想了想还是到车下去买了听可乐，又爬上车递给女儿。女孩不接，态度很粗暴地对待她的母亲。母亲赔着笑，哄着她，女孩对这些不予接受，如同看不见一般。车要开了，母亲匆匆地下车，在车下边很担心地看着女儿。车上的女孩噘着嘴，脸仍旧吊着，委屈得要命。车开出了车站，那母亲从后面追上来，上了车，坐在女孩的旁边说，我把你送到西安。女孩大声地喊，谁要你送！你到了西安我没地方给你住！母亲不说话，很平静地坐着，替自己和孩子买了票。一路上母女俩没有一句话，母亲不时地用关切的目光注视女儿，女儿则没有任何表情，如与一个陌生人同路……

我想揍那个女孩，无论你多么有理，你也不应该用这种态度对待母亲。亲人的爱，这是天地间最无私、最纯真的爱，是最宝贵的爱。而爱情只是生活中的一部分，除了爱情还有亲情，爱情可以变换，亲情是永恒的。我的体会，在父母都已经故去，人又有了一把年纪的时候，就感到兄弟姐妹间的关系变得无比重要，彼此的关切与依赖，彼此的惦念与挚爱，是任何美好的爱情也无法替代的，年轻人往往不懂……

我不知道张小男生的退缩是否和他的母亲做的工作有关系，或许是我与那位母亲的默契，或许是什么其他，或许什么也不是。小男生转学到南方去念书了，这对顾大玉来说，就是天塌下来了。她要为小男生饯行，要为小男生送礼物，要让小男生永远记着她。但是顾大玉没有钱，为了爱情，她铤而走险了。

偷了老爷子的钱。

老爷子的钱就搁在他那个地主式的小箱子里，用铜锁锁着。顾大玉盗窃的办法是从后面将箱子的铜合页撬开，将箱盖从后往前翻，将钱取出，把合页照样钉好。

看外表没有任何异样，但是里面的钱却没了。

老爷子发现钱没有了是一个星期以后，他来到我的房里，嘴哆嗦着，手颤着，半天说不出一句话。我让他歇歇再说，半天，他才说出他的钱没了，他的小箱子里面一分钱也没了。

我知道老爷子的箱子里有不少钱，也知道老爷子将这笔钱看得很重，这回丢了，并且丢得这样从容、地道，谁干的，不用问也知道。

但当问到顾大玉，她说没拿。

我说，你不承认我就报告派出所，人家一立案，到时候你想撤也撤不了。

顾大玉说，报告谁我也没拿。

我说，你没拿难道是我拿了不成？

她说，天知道。

对于这样的无耻行径，我真说不出话来了。老爷子已经急得眼睛发直了，他已经不会作诗，连话也说不完整了。

后来我知道，顾大玉用偷来的钱在西安有名的饭馆请张小男生赴蝎子宴，那桌宴席的价格非我一个月的工资能了得下来……但是小男生没有来，顾大玉不得不临时叫了几个同学，一帮孩子围着桌子吃昂贵的蝎子宴，大概让饭店的人惊奇，想不透这是怎么回事。另一件花费是给小男生买了一个电贝司，这件贵重的乐器到了小男生手里着实把小男生吓了一跳。小男生不敢要，顾大玉说，你要不要，我当时就把它摔了。小男生怕把东西摔了，才勉强收下了。

这是一种什么性情，我一直琢磨不透，换了我，再爱谁，我也不会这么干，这实在是一种傻到家的做法。其中，我总感到顾大玉有个错觉，她认为用钱、用物能换来已经冷却的爱情，能表明自己对对方的看重，结果把爷爷的六千元积蓄打了水漂，却连小男生的一句“我爱你”也没换来。

小男生义无反顾地走了。

顾大玉痛不欲生。

一个小雨霏霏的早晨，顾大玉给我们写了个条子，再一次离开了家。我起床后，立即没头苍蝇一样一通猛找，又动员了邻居，动员了丈夫教研室的人……

到中午，有人从交大学校南面的土塬回来，对我说，看见顾大玉坐在青龙寺后边测量用的高铁塔上，很有些时候了。我赶紧往青龙寺跑，邻居贾医生说，这种情况我最好不要出面，由她和日语系的系主任赵刚出面劝解，或许能有效果。

于是医生与教授来到了铁塔下面，塔有十几米高，需蹬着用铁棍搭制的架子一格格攀上去，才能到顶。两人仰望高高在上，在塔顶端坐的失恋人，大声向她喊话，请她下塔。

塔上人不予理睬。

医生和教授一东一西只好守候在塔下，在蒙蒙细雨中，在唐朝这块叫作乐游原的高地上，在当年密宗名刹青龙寺的后墙，与测量塔上的现代青年形成了一道难描的风景。

时间在一分一秒地过去，塔上的和塔下的衣服均已湿透，医生买来面包，让教授登塔将给养送上。教授把面包系在腰里，爬了两磴，下来了，说是腿打战，手抓不住……

让地里正锄麦的农民上去，农民看了看高塔说，那女子是咋上的来，俄（我）上不去。

医生说，给你五块钱，把这个面包送上去。

农民说，给钱也不上，俄（我）不缺这五块钱。

医生和教授面面相觑，没一点儿办法了。

“一线”的消息传到家里，我对老爷子说，我得亲自上去。

老爷子说，你能行？

我说，不行也得行。

老爷子说，赵刚三十多的小伙子都不敢上，你别冒险。

我说，我不上谁上，谁让我是她妈呢，我就是六十岁了，该上也得上。

我换上了球鞋，换了一身短打扮，在推开房门走向青龙寺的时候心里真是有点儿辛酸和悲壮。养了这么一个女儿，在我五十岁的时候，让我去爬铁塔。命也！出门时老爷子塞给我一个照相机说，要是她从那上边跳下来，你就给她照个相，尸首咱们不要了，她爸爸回来，把照片给他看看就行了……有个交代……

顾大玉把爷爷的心伤透了。

我至今认为，顾大玉应该在适当的时候，要很认真地向爷爷道歉，否则这笔感情的债她将背负一辈子。但是她没有跟爷爷说过一句软话，甚至连点儿表示也没有。她这一代人，没有道歉意识。她可以满篇地跟恋人连着说几百个“对不起”，却不能分一个给她的爷爷。

遗憾。

我来到铁塔下，顾大玉在丈夫的朋友郑永超的劝慰下终于下了塔，总算给了郑伯伯不小的面子。顾大玉下塔的条件是，不许打她，不许说她，从今往后再不许提这件事。答应这些，她才如实向家长交代“问题”并交回剩余“赃款”。

顾大玉：其实那时钱的问题已经不是第一重要了。在上去的同时，我也想到过再不下来，也想到过跳下去。在塔上想要跳下去很简单，只要稍稍挪一下屁股就行，可我最终也没有勇气那样做。自杀并不像人们想的那样简单，它所需要的勇气并不比活下去的勇气少。当我明白我根本就跳不下去的时候，我就决定下来了。无论是死还是活，既然都那么难，那我为什么不活下去呢？毕竟只要活着就还有希望啊。从那次以后，我就再没动过自杀的念头，大概这也算是一种免疫吧。

老爷子的六千元存款，被顾大玉花掉了一千七百元，并且是一个下午花掉的。

老爷子目瞪口呆，心疼得脸变了颜色。

下了塔的顾大玉蒙着头躺了两天，凡人不理。

顾大玉：回想那时，真的是很痛苦。而且直到高二，整整两年时间，我都没缓过劲儿来。还是经常写信，当时的我不相信一段恋情竟可以一下子结束得干干净净，怎么会连一点儿牵挂都没有呢？可是现在，却有些感谢这种痛苦。因为通过那一次，使我学到了不少的东西。谈恋爱其实是一种经验的积累，谈得多了，经验也就多了，也就知道该怎样去对待别人了。算上初恋，我已经换了四个男朋友了，不管结局如何，每一个我都是很认真的。对男朋友的要求也从最初的有爱就成提高到了对其人品、学历、家庭背景、是否有经济头脑的层次。随着人的变化，对恋爱对象的要求也在变。人的成熟是逐渐的，最初的幼稚是必然的，我们不可能一下成熟。所谓的经验是自己体验的，不是“听妈妈讲述”的。

痛苦，太痛苦了，我考虑的是究竟值不值，那个小男生难道就真值得费这么大精神？好男人有的是，为什么非一棵树上吊死？当局者迷，不是假迷，是真迷。这也让我想到了一个文学的基本问题，即究竟是生活来源于艺术，还是艺术来源于生活。对于作家来说，无疑是艺术来源于生活，没有生活做基础，做根基，就不可能写出真正的好作品，这是显而易见的；但是对于顾大玉这样的年轻人来说，他们的生活是来源于艺术的，他们从大量的影视片，从肥皂剧，从俗浅的没有任何背景的文艺作品里学到了不少"应该是……"

这些人张口便是"爹的""妈咪"，是"老爸""老妈""老公""老婆"，是"哇噻——""耶——"，一时中国的纯正普通话都跑了味儿，好像非此而不现代，而不时髦。顾大玉上塔，自有她上塔的道理，那不啻也是一种痛苦的表达方式。电视电影里的人物大凡失恋了，痛苦了，或跑到高山之巅，站在万丈悬崖上让狂风猛吹，振臂呐喊；或站在大海之滨，让海浪猛摧，泪流满面……顾大玉不能上山、下海，便只有登塔了。在她的想象里，她的恋人，那个负心的张小男生在看着这一切，看着她的痛苦，看着她所付出的代价。她是在为小男生而表演……

其实那个小男生什么也没看见，人家在家里或者在听音乐，或者在吃他妈给做的热汤面，或者在悠闲地和另一个小女生聊天……

痴心女子在给她的家人表演登塔。

我跟朋友屈雅君说过此事，屈雅君是研究妇女问题的。她说，小青年大概都得经过这个阶段，有早有晚而已。初恋的情人，百分之九十都不会成功，但那个伤痛却是刻骨铭心的，关键是能不能够学会自拔。能够从这刻骨铭心中解脱出来，不断地寻找，不断地完善，不断地修补，就逐渐走向了成熟。怕就怕永远地走不出初恋的情感纠葛，永远在原地踏步，那才是让家长揪心的。

水到渠成，不必大惊小怪。

顾明耀：广芩说了她自己的青春期是怎样度过的，其实不仅她一个人是这样，那个时代的大多数青年人都是这样。大学里不主张学生谈恋爱，中学里对此更是给予严厉禁止。文艺作品固然也有歌唱爱情的，但是更多的是“个人情感（自然包括爱情）应该服从于革命”。

我曾经在北京二十一中（当时是男校）读书，并且在那里搞过一段专职的共青团的工作。我看到有些同学对朋友班活动（以班级为单位与女校的交往）的过分投入而使学习受到影响，曾向团中央的负责同志张黎群（《中国青年报》总编）请教过。大致的结论是应该引导学生把绝对多的精力放在学习上，应该更多地组织学生参加各种社会性活动，从时间安排上，从学习任务上，给他们制造谈情说爱的“障碍”。

学校里，社会上，对学生的恋爱都明确地不予支持，这就使得当时的青年男女“开化”较晚，即使对谁有些爱慕之情，也不敢公开表示出来。

而到了顾大玉的中学时代，情况完全不同了，中学生的谈情说爱已经不是少数人的行为，大学生的爱情更是普及而又普遍。中国如此，世界也是如此，这是潮流。由此看，帮助孩子树立正确的恋爱观是当前家长的一项重要工作。要让孩子们知道，男女之爱，不仅不是人生的全部，也不是人生的第一位，要让他们知道人生中最短暂最珍贵的青春时代应该怎样过才有意义。

帮助孩子树立正确的恋爱观也是社会的事情，现在的影视、歌曲中，抒发爱情的内容很多，而引导正确恋爱观的显然少了些。当然，爱情是文学艺术的一个重要主题，但是不是也应该有一个平衡的问题?

八　高考变奏

高考前几个月我们家进入了临战状态，平日顾大玉所分摊的家务诸如打开水、倒垃圾、刷碗一类全由我和老爷子接替，以保证考生的充裕时间和精力。到最后阶段，我索性放下手里正进行的长篇创作，将工作重点移向了菜市场和厨房。红盐白米，鲜虾嫩鲤，每天变着花样地做吃的，认真计算营养成分，生怕有所亏待。我早先学医时读过营养学，在医院工作一直没有使用的机会，没想到在这个时候派上了用场，也称得上是好钢用在了刀刃上。

只要顾大玉在家，全家人就怕惊了驾般，说话自觉地压着嗓子，不敢大声喧哗，避免给考生造成干扰。怕影响顾大玉的情绪，她平日的冤家对头——我们家的老爷子也敛声静气，一改宝坻人的高腔，赔着笑脸嘘寒问暖，使得爷孙的位置彻底倒置。

私下里老爷子问我，考大学是不是跟中状元相当？

我说不。

老爷子问相当于怎样一个水准。

我说大概跟过去中举的情景近似。

老爷子说，一天光菜钱要花几十块，才是个举人；人家孔子的徒弟颜回都当了贤人了还箪食瓢饮不改其乐，也没见颜子他妈拿着计算器计算卡路里。

我说时代不同了。

老爷子说都是惯的。

跟迎香港回归似的，顾大玉屋里的墙上也安了倒计时的装置，以计算日期，增强紧迫感。负责此装置的是老爷子，每天他老人家当着顾大玉的面，郑重地将自制的大月份牌翻过去的同时，便用浓重的宝坻口音朗朗宣布：离高考还有几几几天。

此时的考生正在黑甜乡里遨游。

对顾大玉不紧不慢的节拍，我看着有些心急。我不知她心里是怎么想的，在大人心急上火的时候，小小的人儿竟是满不在乎的沉着，不是好事儿！不敢深说，问讯单位同事成德超，他的儿子今年也考大学。成德超说他的儿子也是这个德行，不同的是他和儿子订了“合同”，父子俩认真地在上边签了字，“合同”上写着：成果（他的儿子）考上了大学，一切费用由成德超供给，维持父子关系；考不上，卷铺盖走人，去自食其力……“合同”压在儿子的玻璃板底下，让他随时看到，以增加压力。

我不知成家的“合同”是否奏效。总之，在高考阶段，各家都有各家的高招。

这天，顾大玉早晨背着书包去学校，我向她征询当日食谱，是吃馄饨还是吃打卤面。

她懒懒地说，都吃厌了呀，要不今儿个我在学校食堂吃吧。

我说换换口味儿也行，但中午一定要休息一会儿，要不晚上精神不好。

她答应着走了。望着顾大玉那鼓鼓囊囊、略显沉重的书包，我只感到考生的不易，小小年纪，其实也活得很累。要是我当时知道她的书包里背的是什么东西，我一定会拦住她，阻止了再一次出走的发生。

中午顾大玉没有回来，这是自然。

晚上，顾大玉还没有回来，这就很不自然了。

我给她的同学李勇、李静、李文玉等人打了电话，他们都说不知道。

一个大活人，早晨背着书包走出了家门就不见了，如同一滴水融进河里，捞也捞不出来了。我急了，在这关键的时刻出走，意味着什么？意味着高考的泡汤，意味着十几年的心血白费！上高中是为了什么，上高中不就为了考大学吗！可你跑什么？

顾大玉：学习目的不明确，上高中不全为了考大学，您还是作家呢，连这点儿浅显的道理都不明白，写出来不怕人笑话！

我到老爷子的房间，想问问他的小箱子是否又遭了洗劫，老爷子正抱着他的箱子发呆。我说，她又拿了您多少？为了避免刺激，我用了“拿”这个词。

老爷子说，怪了，这回她没拿……

我说，没拿就好，省得让您生气。

老爷子说，她应该拿，不拿她在外头怎么活呢？

…………

我翻看家里的其他杂物，发现顾大玉经常使用的一些物件都不见了，诸如毯子、毛巾被和衣服……无疑，这是一次有计划、有目的的出走，其准备工作已经不是一天两天了。

老爷子说，咱们没训她也没逼她啊，她为什么又走了呢？

我说，她是走习惯了，不走她憋得慌，这就跟抽大烟似的，上瘾了。

老爷子说，你别这么说她，她到底是你的女儿。

我几乎是用哭腔大声说，我没有这个女儿！

老爷子说，要不咱们报告公安局？去找那个小刘，让刘警察替咱们找，他比咱们有办法。

老爷子说的“有办法”是有根据的，高考前一个寒假顾大玉也走过一次，说是自己要“实现价值”，利用寒假出去打工，挣些钱，学习美术，开学就回来。怕家里不答应，所以事先就不打招呼了。她的信是让一个叫李静的女孩带回来的，我问李静顾大玉究竟上哪儿了？那个孩子对顾大玉的一切守口如瓶，什么信息也不提供。我只好一通钻天入地地寻找，当然没有任何消息。在春节的朋友聚会上，大家见我有些郁郁寡欢，就问怎么了，我说起顾大玉的事情，小刘说他有办法将这个孩子找回来。我有些将信将疑。果然不到晚上，小刘就将顾大玉给“捉拿归案”了，用汽车送了回来。我问小刘采取的是什么“战术”，小刘说找她的同学分别谈话，只要是知情的，就不敢不说。小刘是公安局的，公安局的问话，没人敢打马虎眼。

至今，顾大玉对公安局不感兴趣，谁只要一提“公安局”，一提小刘，她就翻白眼儿。有一次我说，我想挂职到公安局锻炼，她揶揄道：您是到公安局去学习寻找出走少女吧，您有那时间干点儿什么不好？

我说，我的事情你不要干涉。

母女俩的感情总是不融洽。

顾大玉：出走是一种对疲倦的暂时解脱，并不是您说的什么“上瘾”。高中的生活枯燥又累人，让人有挣脱镣铐、高声呐喊的欲望，用日本话来说是ストレース（压力累积）。

对顾大玉高考前的这次出走，我实在没有勇气再找公安局的小刘，朋友倒是朋友，你不能一次两次总为孩子的事去麻烦人家，让人家看，你们家的顾大玉是怎么的了？老出走。但毕竟让人着急，顾大玉几天没回家，平时与她见面就打的老爷子，此时竟是老泪纵横，不吃不喝地在屋里乱走，一量血压一百八。小的且不说，老的真有好歹，让我如何向在外头的丈夫交代？

那倒计时的牌子，竟有几日没翻。

我学着公安局小刘的工作方法，找到学校，让学校协助找人。也找到顾大玉的班级，在同学中广泛调查，大做工作，晓之以理，动之以情，甚至说了放下屠刀、立地成佛、坦白从宽、抗拒从严、既往不咎、立功有奖这样很不着边儿的话语。但是没人理我的茬儿。

于是又将丈夫的朋友、教中学的祁老师请了出来，想他在对待中学生问题上应该有经验。

祁老师在晚自习的时候来到了顾大玉的班级，学生们都在学习，其中没有我的女儿顾大玉。祁老师在班上待了许久，了解到，顾大玉在出走以前就有好几天没来上课了。一个叫穆云静的孩子拿出一封信给他说，这是顾大玉写的，让在适当的时候再交给家长，不要一开始就拿出来……

祁老师将信拿回家，我拆开一看，是写给她的父亲的，信中说：

……我不想考大学了，我不是学习的材料，但我是画漫画的材料，我要当职业漫画家，这并不一定要大学文凭，也并非得美术学院出来的人才能干。画漫画有份稳定的收入也不是不可能。中国的漫画和日本相比，差得太远，还有待发展，还有潜力可挖。我会依靠自己的力量去奋斗，不依赖任何人。考大学那种无聊的事情留给除了学习以外一无所长的学生吧，学位也留给那些想得到它的人吧，我对它们不感兴趣！请妈妈对我放心，我不会任人摆弄，任人玩弄，我会对我最后的恋人负责，我也会为我所做的事情负责，绝不会要你们来替我收拾。说实话，最近一段时间我没有到学校去上课，我是出去画画了，当我学了一天画回到家，面对您的充满期望的面孔时，我的心里很不是滋味。我愧对您又无可奈何。留下来，做您的好孩子，认真考上一个好大学对我已经成了太大的负担和压力，我对这不抱任何希望。出去，会有生机，会有希望。您放心，我在外头会和女孩子们在一起，不去歌舞厅，不去酒吧那样的地方打工。在我的第一篇美术作品发表时，我会打电话回家的，我已经快二十岁了，会小心的……

天哪，真是想起一出是一出，主观随意性难道也是可以这样发挥的吗？我火极了，这是闹着玩吗?!

祁老师说，你先别生气，这儿还有一封补充信件呢。

我抽出另一封信，较短，一张纸，是对我们家庭成员的个人评价：

爸爸：您太爱以自我为中心，总喜欢用自己的方法、意志去约束别人，拿您自己去和别人比较。因为您是杰出的，别人很难和您比，但您的杰出绝不是一朝一夕得来的。每个人都有上进心，他们会去努力的，当他们到了您现在的年龄，不一定会比您差。爸爸，其实没人喜欢您的高温高压，只不过大家都很怕您罢了，我也是。

妈妈：其实这个家中您最了解我，有时我都惊讶，了解一个人竟可以到如此境界……可惜，您没能善用这份了解，对此我很遗憾。在我朋友中能了解我的人不多，但了解以后只有两种结果，一种成为密友，一种绝交。当一个很了解自己的人成为对手时，是一件很可怕的事……不过，今后我会改变得让别人摸不透的。同时，既然知道了您了解我，我也就知道了您下一步会怎样走……

爷爷：您保护好身体就行了，平时给您说的一切都是真的，我有自己的打算，自己的梦，不管别人怎么说，我都会走我自己定下的路，不达目的誓不罢休。这是我的性格，也是我的座右铭，下学期开学时我会回来的，放心!!!

走得多么心安理得，走得多么冠冕堂皇。我想，这是一个太自私的孩子，她想的只是她自己，她从来没有为这个家庭着想过，没有为别人着想过。她不对任何人负责，她只对她自己负责。二十年的养育之恩，就这么一走了之，让人心寒……

顾明耀：抚养孩子绝不是图她的什么，让她“报恩”思想要不得，你这个受党教育多年的知识分子，观念怎么还这样陈旧?

我很快从顾大玉的同学嘴里套出了一些情况，原来，顾大玉的这次出走，她的同学几乎全部知情，有几位甚至是参与谋划的智囊人物。这蓄谋已久的计划，绝不是心血来潮的灵机一动。

我对顾大玉钟情的日本式漫画有自己的看法，实话说，我对于这种并无甚艺术水准的“漫画”是百分之百看不上的。画上的人物如同复印的一般，一律的大脑袋三角脸，外星人式的大眼睛足足占了半张脸，小嘴一点点儿比眼珠还小，没有说明，只有“哇——”“啊——”让人摸不着头绪甚至找不着一二三。顾大玉喜爱的就是这些没有头绪、并不存在的人物，一张一张地临摹，一张一张地欣赏，那些半人半鬼的东西只是倒人胃口。我却不明白小孩子们能从其中看出些什么。我们小时候，漫画也有，小人儿书也有，华君武、李滨声、苗地、丁聪诸位大家的漫画，让人百看不厌，回味无穷；《三国演义》《杨家将》《红楼梦》成套的连环画，是老老少少的不能释手之物。这些从青少年时代就伴着我们成长的读物和画家，什么时候想起来，什么时候有一份崇敬和亲切。到如今，中国的这些画都哪儿去了，竟是让小鬼子的大眼睛，三角脸，让东洋的披头散发给挤没了！面对这些，我真感到不可思议。

百花齐放也不能净是人家的花不是？

通过顾大玉的同学我与失踪的顾大玉间接取得了联系，顾大玉提出条件，要回家可以，但必须答应她改行搞美术，再不学理工科。

我说，不就是画画吗，只要回来，这条件我们答应就是了。

顾大玉说，我们还要为她搞美术提供一切方便。

我说，当然。

顾大玉说，她回来要享有比以前更多的自由。

我说，可以。

…………

不像是谈论回家的事，倒像是国共两党的谈判。

接下来，是我与各美术院校联系，在当时的情况下，各艺术类院校都已提前考过，根本没有机会了。都到了什么时候了，谁会等着你。问到最后，只有西安大学美术装潢设计专业还没有进行考试，我问什么时候考试，人家说明天早上8点。

我赶紧让祁老师设法将顾大玉请回家来，这样才能应付第二天的美术考试，否则没有一点儿机会了。

祁老师骑着车，顶着大太阳，到一个模特开的服装店去找顾大玉，听同学说她在那儿给人家卖服装。祁老师去了，没找着，又找到她的同学，找到她的班主任，由她的同学们分头满城去找顾大玉……

那个不安的，炎热的高考前夕啊……让人糟心。

顾大玉在众人的簇拥下进门的时候已经到了晚上11点钟，老爷子见了顾大玉很激动，问我要不要给她下碗挂面卧俩鸡子儿。

我说算了吧，深更半夜的，留神撑着。

回来的顾大玉呈气宇轩昂状，不拿正眼看我们，并没有什么愧疚与不安。那理直气壮的神情，刀枪不入的劲头，倒显得我们像是逃跑的，而她却一直在家坐镇。依着我的脾气，该是给她一顿臭揍。但为了安定团结，为了局势稳定，我不露愠色，心里说，等高考完了咱们再算总账！

第二天早晨，我将顾大玉押赴西安大学美术考场。

考场的老师问，你们报名了吗？

我说没有。

老师问，有美术基础？

我说没有。

老师问，参加过培训班？

我说没有。

老师问，带纸了吗？

我说没有。

带笔了吗？

没有。

颜色呢？

也没有。

老师说那你们干吗来了？

我说考试来了。

老师面有难色，说你们这叫什么事儿啊，连规矩都不懂。

我就跟人家说好话，说只要先让考了，一切手续我后边补……

在我和老师这般费嘴磨牙的时候，顾大玉就傻愣愣地在一边站着，仿佛这一切都与她无关，我和老师是在谈一个不相关的人。这也让我来气，现在的孩子怎的都是这样，她以为她是谁，皇上吗?!

老师大概也有孩子，对这一切尚能理解，再没说什么，自己从宿舍拿来纸、笔，让顾大玉进了考场。

考试两天，我在考场外头陪站了两天，每天将考生按时押去押回，须臾不敢离开，怕的是考生再度逃跑。最后一场考完，我问顾大玉考的是什么，顾大玉说是工业造型设计。

我问她设计了什么？

她说设计了六颗心。

我问六颗什么心？

她说是火热的心、受伤的心、冷酷的心等等。

我久久无语，想这“冷酷的心”不知让工厂如何做法，难为了。自知录取无望，却又不能说破，只得说专业课也考过了，下边就该全力以赴对付高考，再不要胡乱跑了。

顾大玉说那自然。

将理工类转为艺术类，也并不如想得那样简单，这中的复杂周折我不想再说。总之，心里除了憋气还是憋气，咱这是干吗呢，吃饱了撑的吗？顾大玉自没有我这么多烦恼，每天照吃、照喝、照睡，照和老爷子抬杠拌嘴，气得老爷子再不搞什么倒计时。

我将心里的窝囊向湖北作家邓一光诉说，邓一光来信“为顾大玉的胜利而欢呼”，气得我恨不得踹这个九头鸟一脚。跟北京《小说选刊》的冯敏说，冯敏说：“小孩子很有眼光，要是他，他也这么干。”我想，事情没有发生在他们身上，这些人当属于站着说话不嫌腰疼之辈。

一家不知一家的难。

专业考试提前发榜，设计六颗心的主儿竟然榜上有名。

这出乎我的意料。私下偷偷问，这样水平的你们也要？学校说，主要是看孩子很有艺术悟性，有培养前途，至于技巧，到学校以后会学习到的。学校是什么，学校就是把不会的教会了，都是绘画精英，这儿就是美术家协会了。

说得也有道理。

接下来是三天高考，我当然是好吃好喝好待承，倒也没见顾大玉怎的花大力气，更没见有什么精神压力，只是胃口比平时猛烈，一顿能吃十几串烤羊肉。

老爷子为此惊奇，到底搞不清羊肉串和考大学的关系。

顾大玉接到西安大学录取通知书那天，也到了我清总账的时候，我将她一二三的不是一一摆出。她不接受，她说，我自己的命运应该由我自己主宰，你们让我学理工科，你们让我将来当科学家，当工程师，那都是你们的理想。你们实现不了自己的理想却要我来实现你们的理想；我实现了你们的理想就失去了我的理想。到时候，你们高兴了，我得窝囊一辈子，我这一辈子是你们替我活呢还是我自己活呢？

顾大玉的道理一时还不太好驳。

老爷子在旁边插言，不管怎么说，你也不能跑！

顾大玉说，我不跑，你们能改主意吗？

看来顾大玉学习美术的决心已经坚不可摧，能有此勇气也让人佩服。但愿后头的晚辈不要学她，这招儿毕竟忒损。

这是前年高考的事，现在您一定以为我们家那位能折腾的孩子在西安大学里心满意足地学习美术专业，为她的理想实现而努力拼搏了吧？

错了！

接到录取通知的顾大玉并没有去报到，她说她又改主意了。

又是一场空前的，让人不堪回首的斗争。

如今我们家的顾大玉，在日本山口大学社会学专业学习，专攻《华严经》。

这世界让人越来越琢磨不透。

也许这是一块永远琢不出来的玉。

顾大玉：学画画是因为我想画漫画，我喜欢漫画。在日本从大人到小孩，都喜欢看漫画。现在中国有十二亿人口，爱看漫画的比例越来越大，再过几年，中国一定会拥有很大的漫画市场。

好的漫画书对青少年、对社会是都有好处的；而且漫画中的知识应该是丰富的，天文地理，风土人情，都包在其中。为了能画出这样的漫画，我才决定去学社会学。因为绘画的技巧可以自己练，而这样的东西会对社会产生怎样的影响却是要通过学习才能知道的。

由于家庭不同，性格不同，成长经历也不同，所以每个人走的道路也不同，我相信，并不是谁都会像我一样，要走“逃离”这条路，这并不是一条上好的路。我希望所有家庭的孩子和家长多有沟通，别像我们家似的，走过了，才明白……

我的父母都是很优秀的人，他们是很敬业、很善良、很普通、很中国的知识分子。我的爷爷也是很可爱、很传统的中国老人。他们组成了我们这个家，组成了我们这个社会。

走出了中国，离开了家，我才深刻体会到了什么是“国、家”。

我爱国与家所包含的一切……

顾明耀：顾大玉在高考前夕的出走，直接原因是对高三的学习丧失信心，在考什么专业的问题上与父母有不同看法，而她自己又坚持自己的意见。

关于这次出走的原因，我问过顾大玉，她说，我想上美术类的大学，我不想学理工，也不想学文科。她说：“我要画画，我知道你们不会同意我的，所以我非出走不可。”

顾大玉上高三要分文理班的时候，曾经征求过我的意见。我说，我建议你上理科班，第一，高中学的都是基础的东西，这些基础的东西应该扎实、应该全面掌握。第二，如果将来到外国去留学，高中的各门课都可能成为测试内容，现在不学好，将来肯定吃亏。第三，就她上的高中来看，当时理科班的学习气氛比文科班好，上理科班有利于培养自己的学习习惯。顾大玉接受了我的意见，上了理科班。但是由于她基础较差，又缺少坚韧不拔的毅力，缺乏迎着困难上的勇气，还由于交朋友、谈情说爱花去了大量精力，她渐渐地就跟不上了。本来，正确的做法是跟家长商量，跟老师商量，以求妥善解决。然而她却采取了离家出走的办法，使得高考协奏曲变成了杂乱荒唐的变奏。

我为什么不赞成顾大玉学美术呢？上音乐、美术等艺术类的专业要有天分，要有基础，而这两条顾大玉都不具备。如果依了她让她去学艺术类，她的路很可能越走越窄，甚至很难走下去。我的同窗好友李福根有个女儿叫李蕾，李蕾是上海复旦毕业生，现在在美国读研究生。李蕾说，您如果一时迁就顾大玉，很可能惹来她终生的埋怨，也许顾大玉认为可以不妨上艺术类弄个学历，将来干什么以后再说，这是很不可取的。是这样的，以我在大学搞了多年教育工作的体会，大学阶段的学习主要不是知识的学习，最重要的在于通过具体课程的学习，学习认识事物的方法，分析问题、解决问题的方法。这种学习差不多是通过什么课程都能进行的，唯独艺术类的学习有些不一样。前几天，我跟顾大玉谈了我的看法，她表示完全能理解。现在看来，如果在她高三的时候就让她理解这些，或许出走的事情就不会发生了。所以问题的发生还是因为两代人之间的沟通不够。

我对顾大玉最不理解的就是动辄出走，更不可思议的是她跟我说，她前几天又想出走来着。她一个人在日本的山口大学，她的一切行为完全自主，就这还想出走！我问她后来为什么没有出走？她说，反正我一个人，我走了，你们也不知道，也不找我，没意思。似乎她的出走，只相当于捉迷藏的游戏，我觉得孩子的出走，大概是以下几种思想支配下的行动：

1. 想逃避现实，摆脱现状，一般发生在学习、生活遇到一些困难，信心不足甚至丧失信心的时候。其实这是一种懦弱的表现，真正勇敢的人应该勇于承认现实，敢于直面现实，鼓起更大的勇气去克服困难，改变现状。

2. 想“独立”，想“走自己的路”。按说这是一个好想法，任何一个家长、任何一个老师都期待着自己的孩子，自己的学生独立起来走自己的路。但是，你有没有足够的可以“独立”的能力呢？你所走的路是正路还是邪路呢？你所走的路每一步是否经过了细针密缕的计划呢？多问几个问题你就会发现，你的所谓独立，所谓走自己的路，不过是一种盲目冒险，其直接原因是未能正确估计自己。把自己的“计划”看得太高，对自己的能力估计得太高。

3. 想看看家里怎么着急，然后提出“交换条件”，以达到自己的目的。作为很小的小孩，出自想强烈表现自己的存在，有一两次这样的做法是不难理解的。广芩在《水下房上》里写了她躺在房上任家里人寻找，就是不吭声的心情，也属于这一类。而明确地以此为手段来达到自己的某种目的，就很不好了。因为这已经变成了一种要挟，实际上是对父母对自己的真诚、无私的爱的亵渎、戏弄、恶用。

顾大玉跟我说的出走的事情有一点儿让我吃惊，她说，出走靠我一个人是很难实现的，每次都有朋友帮助，有的事先帮忙出主意，有的提供种种物质帮助。对于顾大玉的这些“铁哥们儿”我想说两句话：一是感谢，毕竟在顾大玉最困惑的时候，他们给了她以温暖和关心；二是想请他们回过头想一想，光听顾大玉的一面之词就做结论是否草率了一些？帮助顾大玉出走是否就是最佳选择？为什么不能在两代人的互相理解上做点儿什么呢？话又说回来了，顾大玉当时是孩子，她的朋友当时也都是孩子，我们不能对他们提出更高的要求。我想，今天他们大概已经十分清楚了吧。

太太与姨太太

——老辈故事

无论是当面直呼还是背后指谓，满族人都称祖母为太太。我小时候也一直这么叫，自己未觉得丝毫别扭，因为那里毕竟是北京，是旗人集中之地。我说我太太如何怎的，尽人皆能理解，无一产生误会。

我们家有太太和姨太太两位祖母。太太是旗人，娘家有权势，其娘家兄弟来探望时每次均备厚礼，肃容上座，气焰逼人。人们称太太时爱在前面加上一“秃”字，我以为是无发或少发，但自从在一张照片上欣赏过伊那满头翠钿与珠花之后便大惑不解。问家人：如此绿云绕绕何以言秃？答曰与祖父口角，一怒之下剪断青丝，因获秃名。祖父崇信释氏，常居寺院不归，尤常去西山潭柘寺。逢有重大节气，寺里也有人来家走动，彼此往来，互有利用。清末，传言潭柘寺出了“大仙爷”“二仙爷”，且甚灵验，由此京西路上，善男信女接踵于途，酒肆茶棚相挽于路，很是热闹。所谓“大仙爷”与“二仙爷”，实则是两条菜花蛇，被和尚们宠在神龛内，用玻璃罩儿罩住，供人瞻仰，其情其景大约与今日在动物园爬虫馆观蛇相差无几。那两条蛇终日盘作一团，偶尔缓缓移动，吐吐芯子，就算给足了面子，惹得一帮男女受宠若惊，叩首拈香，欣喜若狂。我的祖父最后一次赴潭柘寺即在此时，虽是京城显贵，也给庙里送了不少钱米，不过却也未见受到怎样的热情款待。大寺院的僧人与国家政治有着千丝万缕的联系，其敏锐的嗅觉绝非一般人可比。对于祖父，他们深知此时之爷已非彼时之爷，那炙手可热的权势亦将随着大清江山国势的倾颓而消失殆尽。结果，那漫不经意的冷淡，那推以各种说辞的怠慢，使我的祖父在这座自元朝起便名驰遐迩的古刹中生活得并不愉快。加之京城太太吵闹，姨太太的推波助澜，祖父愈加不快，矛盾愈加深化。有人传言，祖父去庙中居住，是为了某一小尼。其实潭柘寺是僧寺而非尼庵，潭柘寺附近更无尼众，此类传言纯属子虚乌有。然而我的太太却坚信不疑，着人将祖父拉回家中要他“说个明白”，吵闹激烈时太太用剪刀剪去了头发，理由是既然祖父喜无发之尼，她不如也了却青丝，博祖父之爱。众人畏惧太太刚愎自用的性情，无人敢拦。

此类戏剧在这个家庭中并非首次上演，专利权应归乾隆之后那拉氏——本族姑奶奶。在当时，乾隆与她的长期不睦已经众所周知，当乾隆正以中华帝国自得，欣赏自己的“十全武功”时，后院起火，即便是万乘至尊，也不得不急急回銮，关起门来处理家事。后宫内燃起的猜疑、嫉妒之火，使那拉氏将自己一头乌发剪却，与皇帝从此恩断义绝，再不相亲，以致死后陪葬东陵，也冷冷地远离着她的大行皇帝。

或许仿此先例，太太便毫不犹豫地，轻松地将头发剪得乱七八糟，不成模样。这在当时颇为轰动，西城的舅爷带人来家中一通好闹，致使这个家族元气大伤。自此，人们呼太太时往往爱在其前加

“秃”字，虽难免有失敬之嫌，但太太乐于接受，她要以此“秃”字与祖父较劲，也与那压根儿没出现过的尼姑抗衡。这一切我当然没见着，这场纠纷在叶氏家族展开时，我尚不知以何种形式在冥冥中飘荡。当我以人的形骸在这个家族出现时，祖父与太太均已作古多时，去了另外一个世界，我见到的祖辈只剩下了姨太太一人。听说姨太太进这个家门的时候貌甚美丽，做饭的老王初见姨太太，竟吃惊地将一摞细瓷碗打碎。那时伊只有二十六岁，其时祖父已是步履迟缓，须发皤然的老翁了。老夫少妻，我难以想象他们之间究竟有多少共同语言。但也正因了这悬殊的年龄，才使我与姨太太在这个家族中得以相见。母亲说，我尚在学爬时便由姨太太看护，那时她下肢已瘫，终日靠在窗前的炕上，观树影的移动，数雀儿的飞落，寂寞无比。我每被母亲放在她身边，她那冷漠的眼神才有了些许生气，对她来说我毕竟是个活物啊。我在懵懂中能有此“善举”，能给一个行将就木的老妇人以喜悦和安慰，这不能不感激我贫苦家庭出身的母亲，感激她之所以为“南营房的穷丫头”才有的善解人意，感激她的爱心与善良。母亲说，每天早晨姨太太都早早地用刨花水梳了头，将身子周围收拾干净，就眼巴巴地盼着我了。母亲抱我进屋，先给姨太太请安，再由我给姨太太表演“虫虫，虫虫飞——呀，拉屎一大堆呀”之类的把戏，然后才将我放到炕上。母亲用长枕头将炕沿堵了，怕的是万一我掉到地上，姨太太无法把我“捞”上来。堵过炕沿，母亲再为姨太太沏茶点烟，待她抽过几口说：你忙去吧。这才道声：让您受累了，缓缓退出。

接下来便是我的节目了，偌大土炕几番纵横爬滚之后便在姨太太的扶持下开始学习站立，而后便会自己扶着窗台蹒跚移动，而后又学会撕窗户纸，捅窟窿，实在无奈了便是哭喊浑闹。这时，姨太太就会拿出一些她认为不会使小孩子发生危险的物件给我玩，诸如铸着福寿字的小银锞子之类。据说我当年曾毫不犹豫地撕过一张某皇帝写的斗方，母亲吓得变了脸色，并非认为大逆不道而是视为不吉。姨太太却说，撕就撕了吧，这位皇上也不是中兴时期神强力固的君主，窝窝囊囊的，写下的字有此结局也不为怪。倒是这丫丫有此奇举，将来不知应在什么上。母亲拍打着我说，一个丫头，能怎么样？的确，撕过皇上手迹的我却也并没“怎么样”，倒是随着时代前进迈进了新社会，当了真正的国之主，家之主。

我曾问过大伯母，自家人为何毫不避讳地在太太前头冠以“姨”字，且“姨”全然不含血亲之语义，纯属鄙视不屑之口吻。大伯母说，妾终归是妾，到死这个“姨”字也是去不掉的。姨太太出自苏州，并非京师人士，汉人，是祖父从八大胡同的妓院买来的，其家世情形从未听她谈及过。不过从女孩时即被卖入娼家，也可见其家境之贫寒悲惨，内中的隐痛想必难与人言。姨太太被买入时，祖父已有四子一女，看来绝非为延续子嗣而纳。有亲戚说，祖父所以敢置太太之醋雨酸风而不顾，很大原因是倾倒于姨太太那口漂亮苏白和那使人柔肠百转的昆曲。然而姨太太自进入叶赫家门，一改过去做派，敛气吞声，谨慎度日，再不开口吟唱。为此祖父大为恼火，却又奈何不得，很快对伊失去了兴趣，令其独居西跨院小屋。姨太太深知祖父年事已高，难以长久凭恃，太太性情又烈，非容人之辈，遂竭力奉迎几位儿媳，以求在家中立足。其用心之良苦，想来让人心酸。

在很长时间内，太太的刚强猛烈与姨太太的凄婉柔弱成了这个家庭色彩鲜明的对照。响亮京腔与绵软苏白的强烈反差，使得这个家庭的孩子们常常发生语言上的混乱，发生北调南腔、不伦不类的情况。太太在性情上冷峻刚毅，在政治上，在子女教育上也是一点不糊涂的。清室退位前夕，京城有人密传，说袁世凯要将诸皇亲显贵驱进皇宫，关在北五所的空房里，断绝与外界一切联系，不共和便不放人。这一来非同小可，各王公近支纷纷逃避，醇王缩在府中再不上朝，恭王避往日本人占领的旅顺，肃王去了德国人占的青岛，庄王住进了天津租界。大部分与清廷有瓜葛的人也躲进了东交民巷……

当时有人奉劝祖父寻地暂避，祖父说，时至今日躲避岂能奏效，覆巢之下焉有完卵？依着旗人的心愿自然盼的是大清国兵强马壮，铁打江山一辈辈传下去，皇上存在一天，大家就跟着享福一天。可问题是眼下要钱没钱，要兵没兵，人心全变，连王爷们都跑了，偌大江山让个不懂事的孩子和女人撑着，孤儿寡母，又向谁要主意去？识时务者为俊杰，只要革命党答应不伤皇上和太后，还是以退位为上策。若是硬抗，京畿地区必定兵祸大起，百姓受害。太后能使江山社稷善始善终，德莫大焉。有人说这番话实则是太太说的，因为祖父那时已病体沉重，昏迷糊涂，病榻之上绝说不出这等有板有眼的言辞。总之，究竟是祖父还是太太所发之议论，对这个家族已无多大关系和实际意义。

事实上，精明的太太早已将她的儿女做了安排，留洋的留洋，学工的学工，除了大爷从政以外，三个儿子均各有所长，与一般只知提笼架鸟熬大鹰的八旗子弟拉开了距离。太太的逝去正如她的性格一样，干脆利落，不拖泥带水。据说伊一日正坐在炕桌前抽烟，大爷将荣获袁世凯所授文虎勋章的事说与伊听。太太接过那张证书，视之良久，未发一言，最终用手点了点那上面的字，要说什么都未道出，就溘然去世了。有人说是乐极生悲，因喜而伤心，但更多的人说是气的，长子为袁世凯谋事，已为不肖，又弄出个什么勋章来，气也把老太太气死了。我去年回京省亲，七兄把这张证书拿给我看，这是太太临终时的症结所在，我企图从这张极平常的文件中寻出那位经历过改朝换代的太太的思绪，但是没有做到。

儿时我曾听父亲和三大爷谈论过他们的母亲，如何有胆有识，如何怜爱他们，如何含辛茹苦，如何是巾帼佼佼者。但我从未听他们谈过姨太太。有一回我指着西跨院的小屋问他们姨太太是不是像人家说的那样漂亮，他们说，姨妈嘛——她自然漂亮，丑夫人俊太太啊。我注意到了，他们对姨太太称“她”而不是“您”。“他”与“您”在老北京人口中正如“你”与“您”，是很有分寸，很有讲究的，不可随便乱用。父辈们对姨太太称呼的一字之差，使我对姨太太在儿子们心中的分量、在这个家族中的位置一目了然。母亲说，姨太太不知害了种什么病，晚期十分可怜，口腔里的肉一块一块往下掉，全身糜烂，体无完肤，脓血满炕，污秽不堪。除了我的母亲送茶送水，去照顾外，西跨院终日无人迈进。最后几日，姨太太拼着力气向人哀求：疼啊——来个人哪——看看我……没有人应声，没有人去，更没有医生到来，致使这位在这个家庭中做了几十年姨太太的江南妇人在凄苦孤寂中带着对人世的无限嫉恨与绝望愤愤离去，死不瞑目。每次回家，望着几经易主的西跨院小屋，我都在心的深处为那位曾爱护过我的姨太太而心伤，甚至产生过将她的故事讲给今日之新房主听的冲动。细细一想，摇头作罢，今日之人谁肯倾听一个数十年前毫不相干的老女人的故事呢？就逝世这件事来说，姨太太较太太也是受尽痛苦与煎熬的，这大约就是命了。至于她的陪葬，更不能与太太相比，一口薄棺，四个杠夫，棺内除了她用过的水烟袋再无其他，连衣裳也是旧的，那双脚因肿烂而无法穿鞋袜，便光着……就这，下葬后不久的姨太太又经受了另一次劫难，墓穴被盗，骨错尸移，惨不忍睹。对此我不再赘言，那是我另一篇文章《祖坟》里的内容了。我曾探询过姨太太姓名籍贯，全家数十口，竟无一人说得出。只是我的母亲告诉我，说有一次姨太太跟她提过，说在家做女孩的时候小名叫"随风"。我总觉得这个名字太怪，不像人名，特别不像女孩的名字，问母亲是否记错。母亲说绝对没有，是姨太太亲口说的，"随风，而不是什么别的。"尽管母亲很坚决，我总认为百余年前人的名字，口误总是有的，况且姨太太又是南方人，"风""凤"未必分得清楚。及至不久前我读清末某人笔记时，见到有"珠玉随风""书香满纸"二句，才猛有所悟，能以"随风"二字为女命名者，必是书香门第而非一般草舍人家。既是如此人家，为何又使女儿落此下场？这个谜至今难解，怕永远也解不开了。

两位太太已随着祖父连同他们的时代匆匆走去，留给后人诸多的思索与遗憾。望着他们的背影，我在想，我，连同我的时代不知将给我的后人留下些什么……

不可小知，而可大受

给别人的丈夫打分或许容易，给自己的丈夫打分，难。

我丈夫，河北人，个头一米八几，伟岸齐整，在电影里演个救少女于水火的侠士之类绝对是好角色。但这位“侠士”却怕耗子，怕蟑螂，怕飞蛾，怕一切活动的小东西，真让人不可思议。前几天我从汉中出差回来，进家门见墙角放个小碟，里边搁了一块豆腐。问其由来，女儿说那是她爸爸给耗子备的礼，一日一换，已经一周了。原来我走这几日，屋里钻进只耗子，每晚由柜后出来散步，丈夫不敢打，又怕耗子乱啃乱咬，遂每日赠送豆腐一块，以求达到一种默契。是晚，小鼠又出，在屋内遛来遛去，呈气宇轩昂状。丈夫见鼠，立即将脚跷起来，指鼠疾呼：快替我打死它！我好气又好笑，男儿堂堂五尺，张嘴便让女人“替我打死”，甭管被打对象是鼠是虎，怎的就能说出口？笑他这般没出息，他说，“君子不可小知，而可大受也。”击鼠区区小事，非不能也，是不为也。其不为的事还有很多，其中也包括带孩子。后来孩子大了，他竟不知是“怎么大的”。有客来，惊异道：你的女儿都这么大啦！他便也跟着人家惊异，是呀，怎么就突然变大了呢？人家问孩子几岁了，他说让他算算看，认真地算了半天，告诉人家：十四了。我很尴尬，来人是我们的结婚介绍人，人家知道，我们结婚不过十二年。

斯人既“可大受”，其“大受”的内容便也自认很崇高——教书。他说，讲台前一站，几十双眼盯着你，你把自己的知识掏给人家，那种自豪，那种快乐，局外人自无福感受。又说去年江泽民来交大，仍念念不忘老师沈尚贤。可惜老师已在他来的前一天去世，师生未能相见。虽系憾事，但也足见为人师表影响之深远。不论何等人物，别人都可忘却，唯父母不可忘，师长不可忘。教书尽管清贫，却是天下最伟大的行当了。对事业执着的追求精神，是我所敬重他的优点之一，也许那时正是因此才嫁了他。因为那时女孩子们推崇的偶像是陈景润那样的“事业型”。

尚谈恋爱时他便坦率宣称：我不会洗衣。我当时被爱情冲昏头脑，大包大揽曰：我来洗！一语既出，后来才知一生承诺这三个字的分量，这是件何等艰苦卓绝的悲壮之举。丈夫对洗衣的参与表现在买洗衣机上，先是单缸的“五叶”，后是双缸的“海鸥”，最终换了全自动电脑控制的“万宝”。当然一步比一步省事，这按电钮的工作不但我连女儿也可以担当了。丈夫说那洗衣机就是他的替身，他是干大学问的，不能为这些琐碎家务太分心。在不分心之基础上其成功得很辉煌，被誉为有特殊贡献的中青年专家学者，很为同行称道。殊不知，当奠基石的便是我，尤其专家那奖金，“奠基石”是月月没见过的。

丈夫对我写的文章十有八九看过，说净是些胡吹冒撂的玩意儿。

及至翻开书一看，病句、白字随处可见，实在让“严肃的，有科学意识的”语言学家也就是他不忍卒读。逢有我的文章刊出，拿给他看，他往往不屑地说，某某词是我给你改的，某段落是我帮你润色的，没我的教导你这个连语法也搞不清楚的人就吃不成写作这碗饭。

当然，他的“教导”多极了，电灯泡坏了，明明他手里拿着螺口的灯泡却说这个卡口的灯泡怎的卡不上，喂，你装装看。我只好换个卡口的上去重干。保险丝坏了，他在外头转了几个圈儿，把所有保险盒盖全拔下来也未见断丝，害得一个单元黑灯瞎火，骂声不绝。我说咱家的电表在三楼装着呢，你在一楼折腾什么？他一边上楼一边嗔我不早说，过来就拔闸盒。我说行了行了，我早接上啦。就这样，在他的“教导”下，我不但学会了换灯泡，接保险丝，还学会了补自行车胎和开汽车。我很诚恳地对他说，你什么也不会修，就会修理我！他说那当然，女人的完美都是男人造就的。

我说，离了他我照旧可以活得很好；他离了我，一天便也活不下去。

这话说得有点早，记得说过没几天我就碰上这么一档子事，在深山里迷路了。那是在日本，他在筑波大学教汉语，我在千叶大学当研究员，各有各的事，都忙。我去群马县搞调查，在山里转了大半天却找不到要去的村庄，当时天快黑了，又下着雪，我在山里胡跑，急出了一身又一身汗。后来发现了个公用电话亭，我如获至宝般奔过去，电话亭里有当地警察局的号码，只要拨通那几个数，一会儿呜呜叫的警车就会开来，把我领出去，那样我将彻底摆脱这尴尬的险境。然而我却选择了丈夫，因为在警察与丈夫之间，后者似乎更为亲切可靠，尽管他不会派警车，更不会由遥远的筑波赶到这荒僻的野山来。从电话里他听出我的呜咽，感到了我的紧张与慌乱，便告诉我事情并没有多么严重可怕，这样的事谁都有可能遇着。听着他那镇定自信的声音，我迅速冷静下来，透过风雪弥漫的山林向四周搜寻，终于在五百米外的山脚见到一束灯光。我把这情况告诉丈夫，他让我立即放下电话朝那光亮跑，不要停歇，不要犹豫，到了那里就给他挂电话，他在电话机前守着，半个小时内接不到我的电话，他就去报警。我就朝那救命的亮光猛跑，边跑边呼喊着丈夫的名字，以给我壮胆。尽管他怕耗子，尽管他不会安电灯泡，尽管他算不清女儿的年龄，尽管他看不上我写的文章，但他毕竟是男人。男人自有男人的清醒，男人的决断，男人的智慧，男人的魄力。正如他所言，男人“不可小知，而可大受也”。是的，丈夫永远是妻子的靠山，是妻子的主心骨，女人没有男人，不行。

通过这件事我彻底了解了自己，了解了自己骨子里的软弱。从今往后，至少再不敢翘尾巴做浅薄状。至于该给我那位小不知、大可受的丈夫打多少分，实难下笔。当局者迷，旁观者清，让读者去评吧。

寻找结婚证，找出一部卖座电影

一

根据我的作品改编而成的、由著名导演黄建新执导的电影《谁说我不在乎》在全国各地上映后取得很不错的效果。影片中，男主角冯巩那张无奈的脸，勾出了多少现代丈夫的“苦大仇深”；女主角吕丽萍那双焦虑的眼，博得了多少中年妇女的理解与同情。有人说这部电影情节幽默，既有大片的故事架构，也有普通故事的特殊视角，是一部很有现实意义的电影。

对我来说，这部电影就更现实了，因为它是根据我家的真实故事改编而成的。

我们家一共三口人：丈夫顾明耀，女儿顾大玉，还有我。人口虽简单，生活内容却很复杂，每个人都想有自己的小世界，每个人的个性都很强，就像一个大圈里面套着三个小圈，这三个小圈有时套在一起扯不开，有时索性谁也不碰谁。顾明耀是我们家的顶梁柱，属于挣钱养家的那种，而我则是户口本上的户主，家里吃什么、添什么，非得我说了算不可。

顾明耀是电影中顾明的原型，没脾气，业务上是尖子，是享受国务院特殊津贴的专家。在家里常常摆出“好男不跟女斗”的姿态，而这姿态往往让女人更恼火。与电影不同的是，他是大学教授，不是医生。我才是医生，有过接触精神病人的经历，干了十六年医务工作。

影片中的女主角姓谢，我姓叶，取了个谐音。吕丽萍演得很到位，我在家里跟丈夫说话就常是这种语气：矫情，幽默，废话连篇，还有一点儿蛮不讲理。其实，中年夫妻的语言环境大多是这样，没有卿卿我我，只有柴米油盐。谁跟谁成不了两口子就得上吊抹脖子，这样的傻话谁也说不出来，都知道那是假的。但是真要离了，没准儿会有一个上吊抹脖子，往往闹成真的。

电影里顾小文的原型就是我女儿顾大玉。顾大玉因为想不通一些问题，曾经上家门口那几十米高的铁塔去表演她的痛苦。顾小文为抗议家庭分裂而上了建筑中的高楼，彼此有异曲同工之妙。电影里的顾小文离家出走，我们家的顾大玉也离家出走，并且走得比电影还精彩。这点，我没顾得上跟黄建新细说，否则他非用上不可。

二

事情的起因是：我丈夫那里要给结婚二十年以上的夫妻以奖励，需以结婚证为依据。这本来是好事，偏偏我不知道我们的结婚证放到哪里去了。二十年前的两张纸确实很难找，我上下搜寻、翻箱倒柜，都没找到，而越找不着便越上火，便越要跟这两张纸较劲。我承认，当时我确实是为这张结婚证钻了牛角尖。没有结婚证，我和顾明耀这几十年算怎么一回事儿？我们的关系还受不受法律保护？

找到最后，二十年不二十年已经不重要了，奖品不奖品更无足轻重，重要的是怎么能说明我们是夫妻。有人说公证书同样具备法律效力，我就在单位开了一张介绍信，说明我和丈夫自70年代结婚后无离异，然后拿到公证处去请求公证。公证员说："单位介绍信不能算数，得有结婚证。"我说："要有结婚证，我还找你干吗？"公证员说："如果没有结婚证，到开证的单位查底，开具证明也可以。"我们当年是在街道办事处办证的，现在那条街道已经拆完了，变成了广场，连地名都没了。再说，办事处如今早已不管结婚的事了，全交到区里了，这叫我去哪里查底啊？公证员看我真为结婚证着急，就出主意说："既然你不在乎二十年的问题，不如重新办结婚证吧，这样反而简单。"我问："办结婚证要什么手续？"她说："双方单位开介绍信，拿两张合影到区里登记就行了。"我回家认真地找出当年我与顾明耀的黑白照片，又去开介绍信。

单位的同事听说我要"结婚"，嘻嘻哈哈不当回事，有几个好事之徒还要凑份子、送礼，完全是起哄。

开介绍信的小孙在填写时问我填初婚还是再婚，我说："当然是再婚，要是初婚，我的女儿算怎么回事呢？二十岁的私生子吗？"小孙说："要是再婚，登记时恐怕还得交离婚证，要办离婚证先得交结婚证……"

我陷入到一个解不开的怪圈之中，着急、生气、无奈，看什么都不顺眼。那些日子，家里老是乱糟糟的，心里也是乱糟糟的，家里人对我没办法，只好小心地伺候着。这绝不能像影片中简单地归入更年期范畴。这是一种心理压力，高速发展的社会环境，快节奏的生活规律，往往使我们异化，变得神经质，变得不能自已。

在我为结婚证而烦恼的时候，顾大玉离家出走了，是寒假一开始就偷偷走的。她想试试自己的生存能力，到外面打工去了。她的同学都支持她，帮她策划，几乎全班都知道她去了哪里，唯独瞒着我和她父亲。我们疯了一样地找，还惊动了公安局……并不像电影中说的是夫妻间的感情危机。我们夫妻间的感情一直很好，是一个战壕里的战友，只是生活有些平淡，复印机印出般的日复一日。顾大玉的出走使我们的生活翻起大浪，找孩子的行动让我们协同作战，更加团结。

这是生机，也是色彩、动力，当然也是生活。

三

后来我写了一篇小说《你找他苍茫大地无踪影》，用的是“文化大革命”期间样板戏《平原作战》里的一句戏词，详细描述了找结婚证这件事。我在小说里设计了精神病院这样一个特定的背景。美丽无比的芭蕾女演员、唱样板戏的老王都是病人，也是我们生活中的常人，我在医校当学生的时候看到过他们的“文艺演出”，给我的震撼极大。

有一次，在西安碰到浙江作家叶文玲大姐，她夸赞这篇小说写得好。我有些迷惑，不知好在哪里。后来有几家影视公司要改编成电影，我的兴趣也不大，主要是觉得家庭琐事，难弄出什么名堂，那些精神病人大概很难表现。后来西安电影制片厂进行体制改革，想改编这篇小说。我是西安的作家，不能跟家里人讲外家话，就答应了。另一层，把小说交给黄建新，我很放心。事实如我所料，电影使小说增色不少。

现在，我们的结婚证还没找着，这恐怕要打持久战了。我的丈夫还在教书，再过三年就该退休了。退休后，他就有更充足的时间帮我寻找了。如今，我在陕西周至县挂职当县委副书记，副书记的生活写不出什么电影，但是有机会思考结婚证的意义。

顾大玉已经上大学，学习日本历史。我问她为什么不学中国历史，她说五千年的事太复杂。我说要这样你不如学美国历史，总共才两三百年，省事。这孩子怕吃苦，老想走捷径，患着典型的独生子女症。我想，下篇小说应该是《他打你神兵天降难提防》。这也是《平原作战》的戏词，或许也能成为好看的电影。

云想衣裳

每年换季都要把衣裳折腾一番，这对我是体力活，得忙活一天。衣裳多，一开柜门，就往外流，得用身子顶着，狼狈不堪。找衣裳得从里头往外掏，懒得麻烦，就从浮面拿。结果穿来穿去老是那几件，常对着整柜的衣裳感叹：没衣裳穿。

喜欢臭美，爱买衣裳，固然是重要因素，但也不乏贮存备用的想法在作怪。之所以有贮存衣裳的念头，大概跟从小衣裳不够穿有关，是缺怕了，与有人爱攒米面油、爱攒钱如出一辙。

有关衣裳的记忆都是片断，有时候把它们连起来一想，挺有意思。

我们家里孩子多，我的印象中，除了过年一件花罩衣，一年中就再不会给我添什么衣裳了。我承继的衣裳，是上一个哥哥老七的，老七是男孩，所以我的穿着也基本是男装。加之自己长相平庸，性情淘气，不招人待见，母亲图省事，给我剃了个分头，很是不伦不类。四岁，已经有了记忆，记忆中的夏天穿着西服短裤，套着一件印有足球的跨栏背心，度过了北京的炎炎夏日。这套衣钵当然来自老七，他穿小了，给了我。西服短裤的前头有开口，为这个开口，我没少受女孩子们的奚落，以致我至今都讨厌前头有开口的裤子。但是现在的牛仔裤，无论男女，基本都是前头开口的，没有挑选余地，也有松紧带的牛仔裤，这样的裤子都是没有形状的大裤裆，穿上显得很蠢。小时候希望有条带松紧带的裤子，但根本不可能，男孩是不能穿这样的裤子的。就是这条西服短裤和足球背心，也是白天穿，晚上洗，要是阴天不干，就得光着上身等。好在是独门独院，没人笑话。我们家后院有棵枣树，我光着脊梁爬树摘枣，遭到父亲喝斥，慌忙往下出溜，结果将肚子、前胸划得稀烂。老七给我的肚子抹了半瓶紫药水，我挺着个紫肚子很有个性地满屋窜。这样一来，连足球背心也不让穿了，怕染了。出门有件粉绉纱的连衣裙，来自上边的姐姐，我姐姐比我大九岁，所以这条裙子到我手里时长达脚面。我很喜欢这条裙子，这是我唯一的礼服，逢有重大庆典、重要仪式才在母亲的应允下穿着。我不因它的长度感到不便，感到不合时宜，穿上它，我很高兴。我知道母亲是不会将它裁短的，那样虽然好看，但是太浪费。现在想，那模样实在不咋的，一个梳分头的小丫头，穿着件拖到脚面的连衣裙，那种邋遢，那种别扭，实在没有一点儿美感。可是我当时却觉得很美，跟着父亲走亲戚穿的都是它。那条连衣裙一直穿到我上小学二年级，母亲不裁它是很高明的，它已经由脚面到了膝盖以上了。

上小学四五年级时有过一条好裙子，小碎花的绸裙，是邻居的馈赠。我们家的隔壁住着一个苏联专家，他们家的穿着跟我们不同，衣着鲜艳，式样新奇，用母亲的话说是很各色。有一天，矮小的苏联女主人买菜回来掏钥匙开门，腾不出手，我跑过去帮了下忙。下午，那个女的就给我送过来一条俄国小碎花的裙子。这条裙子对我太重要了，参加少先队，队服就是白汗衫花裙子。我没有裙子，只好跟男孩一样穿老七留给我的蓝裤子，这让我很自卑，很难堪。特别是裤子前头的开口，简直让我不能忍受，而且白汗衫还要扎在裤子里头。我的白汗衫是母亲将面口袋拆了做的，样式简单，没有任何装饰，穿在身上硬邦邦的，纸糊的一样。苏联碎花布在当时是很时髦、很受推崇的，苏联女人送的裙子是斜裙，不像我的同学们是省布的筒裙。斜裙转起来可以像喇叭花一样张开，所以和女伴们在一起，我便经常炫耀地给她们转裙子，感觉得意而自豪。有个很会讲故事的老人叫孙敬修，有一回在少年宫，主持故事会的老师见我穿戴很规范，就让我代表孩子们到休息室去请老先生，还让我一定要给孙爷爷先敬礼再说话。苏联花裙子、面口袋白汗衫，这套衣裳，伴随着我走过了少先队时代。

后来的衣裳有点儿麻烦，困难时期，每人每年只有几尺布票，根本不够做衣裳的，衣服破了只好打补丁。穿补丁裤子是太自然的事儿，膝盖两块，屁股后头一块，母亲让邻居用缝纫机将那补丁砸了一圈又一圈，线路摊大饼一样地铺张着。我穿的衣服是用几块手绢连缀起来的，手绢不要布票，可以随便买，巧手的主妇们便打起了手绢的主意。我穿的手绢是母亲托人走后门从北新桥商场买来的，比较整齐划一，都是齐白石画的牵牛花，红花黑叶，色彩鲜明。母亲为牵牛花的排列费了心思，前头四朵，集中在肚子上，后头四朵集中在后背心，两个袖子各两朵，不仔细看，真看不出是手绢做的。穿手绢衣裳的不止我一个，我有个同学叫苏玉珍，她的妈妈属于“东市买骏马，西市买鞍鞯”的那种。她身上的手绢来自四面八方，因此她的身上很热闹，有兔子、有鲜花、有汽车、有房子和小路等等，整个儿一童话世界……手绢的衣裳很薄，洗几水就变形，能凑合一个夏天就算不错了。

手绢衣裳很快被人造棉替代，人造棉是什么质地我到底也没弄清楚。就是今天商店里也仍旧有人造棉在卖。人造棉的衣裳穿上舒服，适合做裙子，做上衣没型，我的中学时代基本是穿人造棉。一件黄人造棉的短袖上衣，一条几何图案的人造棉裙子，便是我夏日的全部家当了。日日如此，没有改变。那时候在北京女一中上学，有一天学校请作家王愿坚给我们做报告，大家都坐在操场上。夏日的傍晚，小飞虫很多，不知怎的，全冲着我身上的黄色飞来，害得我净顾着赶虫子，没听见作家说了些什么，遗憾极了。那时，我最向往的是能有一件灯芯绒，又叫条绒的上衣或裤子，灯芯绒很贵，比较挺拔，穿上很帅气，同学中穿灯芯绒的没有几个。那时我的父亲已经去世，母亲没有工作，家境很差，连学杂费也要申请免交，家里根本没有条件给我置办什么灯芯绒。我座位前面的同学叫王智一，偏偏穿了件花灯芯绒外套，我羡慕极了，常常望着王智一的后背发呆。今天，已经有了能力的我，购买了不知多少灯芯绒的衣裳，从裤子到上衣到外套到棉袄，灰的、绿的、粉的、咖啡色的……在家没事，我喜欢穿它们，穿着灯芯绒上衣和宽松的布裤子坐在电脑桌前敲字，是件很舒服的事儿。

20 世纪 60 年代初期，市面上有一种叫黏胶布的布料出现，黏胶布怎么造出来的不知道，一尺布票可以买三尺黏胶布，这在一定程度上缓解了衣裳不足的问题。黏胶布耐磨性差，不结实，下到水里很硬。我有条黏胶布的裤子，跟着学校下乡参加劳动，回来膝盖就破了，母亲埋怨我不是穿衣裳是吃衣裳，搞得我很委屈。黏胶布之后不久，出现了的确良，我们同学中第一个穿的确良的叫陈丽珠，她的父亲是干部，她本人长得也漂亮。当她穿着的确良第一次出现在班上时，全体女生都为她的衣裳惊呆了。我还记得那是一件隐花的的确良衬衫，平整、舒展、华贵、高雅，随着她的转动，花色在变化。我们都挤上去摸，摸那从没有见过的质地，摸那想象不出的神奇。我当时觉得，布料虽好，但是名字没取好，“的确良”，这叫什么名字啊？真没水平，比织锦缎、春绸、香云纱、阴丹士林什么的名字差远了。到了70年代初，我才穿上第一件的确良，是母亲认为参加了工作的我应该有件像样衣裳，从每月十元的生活费里硬省出来给我买的。那是一件天蓝色的的确良衬衫，我很珍惜它，轻易不穿。现在，没有谁肯为的确良而激动、而动心了。历史转了一大圈，又回到了开始，人们崇尚原生态，崇尚朴实自然，棉织品成为服装的首选，价格远远地超出化纤。我想起了我那件面口袋白衬衫，搁在今天，应该是时髦加前卫。

“文革”开始了，同学们的服装变作了单一色的军装，我所在的卫生学校前身是解放军的护士学校，仓库内不乏退役的女式旧军装。同学们每人一套地发了，到我这儿不给，说我出身不好，不能进入红卫兵行列。从那时候开始我就被单列出来了，我没穿过红卫兵服，大家站队时只有我一个人着便装站在队伍的最后。一条补丁摞补丁的蓝布裤子，一件肥大的紫棉布外套，如果大家知道我外套的里面是用父亲礼服呢马褂改的夹袄，蓝绸内里，上面钉着黄铜的雕空盘龙扣，恐怕一顿批斗是逃不掉的。生活就是这样的巧妙，这样的富有戏剧性。现在想来，常常让人忍俊不禁。这件夹袄我保留至今，这是父亲留给我的念想。这件衣裳至少有百十年的历史了，褪色的军装们也走得远了。

进了工厂，所见的都是劳动布工作服，厚厚实实，硬硬展展，穿在身上一动弹唰唰响，洇湿了放在水盆里能站着。我不知道，劳动布和今日的牛仔布有什么区别，大概是属于同一类吧。工人们以有劳动布工作服为自豪，工厂里大家都穿劳动布，没有谁例外。不同的是内里，女性是衬衫，男性就是背心了。衬衫的花色极其单调，以格子居多，极少有花朵，那时大家对服装式样的追求特别强烈，甚至在朝鲜电影《鲜花盛开的村庄》里看到女主角的别样领子也要模仿一番。假领子是那个时代的特产，从南方传过来的，很省布，穿上可以乱真，但是不能脱衣裳，一脱就露馅儿了。在工厂，下班以后有大量的时间无法打发，就做假领子，各样花布、白布的领子一做好几条，看上去里面每天都换新衣裳，很能满足女孩的虚荣心。另一件事就是拆了劳保线手套打线裤，每人都坐在自家的单人床上打线裤。大约一礼拜打一条，快手四五天可以完成一条。那时候青工们几乎没有谁穿棉毛裤，都是自家打的手套线裤。给自己打，给师傅打，给对象打，也给朋友打。自产的线裤穿上暖和、合身，越洗越软和。不光是打线裤，还用细线钩花，各样图案，钩出桌布、床单、窗帘等等，同宿舍有快结婚的女友，曾为自己钩了满满一纸箱子，连茶碗垫都钩出来了，丰富极了。我记得自己给宿舍钩了一个窗帘，图案是将《芥子园画谱》

上的竹子替下来，描在坐标纸上，照着坐标纸钩，竟然也惟妙惟肖，十分精彩。前不久，在北京某早市摊上，见有扒堆处理出口线衣，十五块钱一件，是真正纯棉线织成的。想及早先的线裤，有似曾相识之感，一下买了五件，回家洗净，穿上挺舒服。小字辈不能理解，说老太太穷到了买扒堆衣裳的地步，真寒碜。我说，你们知道个屁！

80年代，国门稍稍开了条缝，我丈夫出国，领了出国服装费，要到指定的服装店去做西装。西安的指定服装店是“东亚”服装店，指定的老师傅姓王，上海迁来的。老先生做的西装中规中矩，做工无可挑剔，有着老上海的传统，那是代表中国的礼服。我托老先生给我也做了一套短裙套装，穿在身上，果然精神利落不少，像换了个人似的。尽管是出自名家，但出去和真正洋装一比，仍显宽松肥大，有些晃荡。1985年，我去日本东京，在大街上常常看到一群群来考察的中国代表团，人人都是西服革履，领带扎得规矩严谨。而日本人却穿着随意，趿拉着拖鞋满街转。想来，那时候的中国人在穿着上还没有场合意识，就像是90年代女性敢穿着睡衣进商店一样。我佩服我外甥们的新潮，80年代他们几个曾穿着大喇叭裤，戴着蛤蟆镜，提着双卡录音机，扛着我三岁的女儿，热热闹闹地去逛北海。我不知道安静的北海公园，架不架得住这一帮人的闹哄。21世纪，看过美国歌星迈克尔·杰克逊的演唱，迈克尔穿的也是喇叭裤，可那喇叭裤竟是那样的得体，美妙，与北京那几位爷的喇叭裤截然不同，这也怪了！

现在，不再为穿衣伤神，在国外生活期间，我一度大买特买衣服，主要是看上了国外的样式和做工。回国后发现，现在国内的衣裳不比国外差多少，而且便宜。每回出差，必逛的就是服装店，我丈夫对此不理解，嫌花钱太多。我就打埋伏，两千的说五百，五百的说一百，让他的心理有个平衡。我知道，所有的女人在穿衣上都是不会吝啬的，云想衣裳花想容，一件得体可心的衣裳（并不一定要多贵），能够衬出一个人的气质和心境，给人增加信心，不信你就试试。80 年代在报社工作，写过一篇散文，《做个漂亮老太太》，那时便决心老了的时候绝不能让自己在穿着上黯淡无光。诚然，人与岁月竞走，永远是输家，但是那穿着、那心态却是完全在于自己。我六十多岁，在穿戴上已经成熟，知道该用什么样的色彩，用什么样的饰物搭配装饰自己。穿戴是一种语言，一种艺术，职业、场合、气质、心情，尽在其中表现出来。

已经不会盲目地追求时髦了，如今的内衣外穿、外短内长的时尚装扮于小青年们是活泼、随意，展现的是个性，是张扬。这是小字辈的心路历程，他们赶上了好时候。

戏　缘

我爱戏，爱得如醉如痴。

这种爱好，从很小的时候就开始了。

我父亲有本叫《梦华琐簿》的书，闲时他常给我们讲那里面的事情，多是清末北京梨园行中的逸事，很有意思。我大约就是从这本书，以及父亲那颇带表演意味的讲述中认识了京剧，迷上了京剧。同时，将那本书看作神奇得不得了的天下第一书。“文革”破四旧时，这本发黄的线书又被翻腾出来，我才知该书出自蕊珠旧史之手，知道“旧史”便是清末杨懋建氏。翻览全书，发现并无多少深刻内容，盖属笔记文学之类。文字也嫌粗糙肤浅，我遂明白，当初对它的崇拜，很多原因是因了父亲的缘故。

我的父亲在美院从事陶瓷美术的教学与研究，艺术造诣甚深。不惟画画得好，而且戏也唱得好，京胡也拉得好。我们家是个大家庭，几重的四合院幽深幽深，晚饭后，父亲常坐在石榴树前拉胡琴自娱。那琴声脆亮流畅，美妙动听，达到一种至臻至妙的境界。几位兄长亦各充角色，生旦净末丑霎时凑全，家庭自乐班就此开场，热热闹闹一直唱到月上中天。我在其中充任裹乱的角色，所以不太受欢迎，往往开戏不久，就被母亲哄进屋去“睡觉”，声称晚上院里有狐仙，且以白胡子老头儿的形象出现，专跟小孩子过不去。躺在床上，听着外面悠扬的乐曲，我的心一阵阵发痒，以致怀疑父亲是为狐仙之化身，因了他的白胡子，因了他与兄长们的亲热——这不是跟我过不去嘛！

日常我最企盼的莫过于回姥姥家。姥姥家在北京朝阳门外坛口，那里有个剧场，经常轮换演出一些应时小戏。我常常跑到剧场后面，隔着门缝看一个名叫李玉茹的演员化装。现在看来，李玉茹不过是京郊戏班的一个普通旦角，但当时在我眼中却是辉煌至极、伟大至极的人物。开演前半个小时，李玉茹来到后台，从画脸贴片子到上头面穿戏衣，我都看得特别仔细。想象那些东西装扮到自己身上也一定不会逊色，于是就有些莫名的嫉妒。后台门缝的宽度容不下一只眼，所以看李玉茹如同看今日之遮幅银幕。不过那银幕是竖着的，恰如徐悲鸿画的那幅“吹箫”写生画，细长的一条，大部分被黑遮盖着，给人留下了无穷无尽的遐想。一天奇热，后台的门大大地敞开了，整个后台连同李玉茹便一览无余地暴露在我面前，我终于看到了一个全面、完整的李玉茹。那天她演的是《穆柯寨》里的穆桂英，一身锦靠扎得匀称利索，一对雉尾在头顶悠悠地颤，威风极了。李玉茹看了我一眼，使我至今记忆犹新，难以忘怀。看过我之后，她走到水池边朗朗吟道：“巾帼英雄女丈夫，胜似男儿盖世无；足下斜踏葵花镫，战马冲开摆阵图。”对李玉茹来说，这或许是上场前的情绪酝酿，或许是一般的发声练习，但我则认为她这一举止是专门为了我的，是专做给我一个人看的。我在门缝里向她张望了这许多时日，她自然是知道的。

总之，为了她吟的那两句诗，我丢魂落魄般，整整激动了一天。

后来我问父亲，全中国，戏唱得最好的是不是首推李玉茹。父亲说他不知道李玉茹，他只知道马连良、裘盛戎、叶盛兰、谭富英……这都是当今名角，他们合演的《群英会》是名副其实的“群英会”。集中国京剧艺术之大成，称得上千古绝唱。我问父亲喜欢谁，他说谭富英唱腔酣畅痛快，他喜欢谭富英。我说那我就当谭富英，何况这人的名字跟李玉茹一样的好听。父亲就教我唱谭富英的《捉放曹》，大意说东汉时曹操刺杀董卓未遂，被下令捕拿，曹操行至中牟县被捕获。中牟县令陈宫私自将曹释放并与曹同逃。途中过吕伯奢家，承吕热情款待，曹却疑心吕要害他，杀死吕之全家，陈宫怨曹操心狠不仁，乘夜丢下曹操自己走去。

父亲教的是陈宫见曹操杀死吕家数口后的大段唱词“听他言吓得我心惊胆怕，背转身自埋怨我自己作差”。我唱不好，用父亲的话说是生吞活剥走过场，又说这两句西皮慢三眼并不是谁都能把谭老板那“云遮月”的韵味儿唱出来的，叶家门里除了老四，谁都不行。父亲说的老四是指我的四哥，四哥整大我二十四岁，我们都是属耗子的，性情上就有些贴近。他在故宫博物院工作，长得帅气，人也清高，三十多了，还没对象。老人们常为此事操心，我想，恐怕只有李玉茹那样的漂亮姐儿才配得上他。

有一回他业余演出《四郎探母》，将演出剧照拿回家来让大伙儿看，母亲和大伯母举着照片细细地瞧，不是瞧四哥，是瞧他旁边坐着的铁镜公主，看“公主”跟“四郎”是否相配。两个老太太将“公主”姓字名谁家住何方兄弟几人父母做甚问了个遍。听说“公主”尚待字闺中又穷追不舍，问是否有可能真嫁四郎成为叶家媳妇。四哥说那女的个儿太矮，穿着花盆底鞋还不及他的肩膀。母亲说个儿高了不好，女孩家大洋马似的看着不舒坦。四哥说那女的才十八，母亲不再吭声了。是啊，岁数太悬殊了过不到一块儿去怎么办？我为四哥感到遗憾，安慰他说我将来一定长得很高，陪他去唱铁镜公主一定很般配。他对母亲说，丫丫这模样演刘媒婆不用化装。我不知刘媒婆为何许人，想必与父亲喜欢的谭富英，与我喜欢的李玉茹一样，是个娇美俊俏的花花娘子。

每日跟父亲学唱“听他言”，并自报家门系谭派正宗。逢到我唱兄长们便撇嘴起哄，说刘媒婆的“痰”派的确唱得无与伦比，一遍跟一遍毫不相同，比天桥的绝活还绝。父亲的琴拉得很认真，托、随、领、带一丝不苟，并不因了我的稚嫩而稍有疏忽，我便也唱得极努力，信心不为兄长们的讽刺与挖苦所动。父亲说过，学戏与做人事理相通，凡事都得尽力，都得用心，不能投机取巧。

有一日随父母去吉祥剧院看戏，听说里面有谭富英，有刘媒婆，所以一整天都在盼着，不敢淘气，怕父母生气变卦而换了别的孩子。吉祥剧院在东安市场，老式的。我个子小，坐在椅子扶手上，垫着父亲的大衣，高出别人一头，就看得极清楚。台上有花花绿绿的男女在转来转去，我果断地推定那个穿粉衣的喂鸡小姑娘为刘媒婆，父亲说小姑娘是《拾玉镯》里的孙玉娇，刘媒婆是那个脸上有黑痣穿肥短衫的。肥短衫是个又丑又老的婆儿，扯着公鸭嗓，挤眉弄眼很不中看。我很生气，敢情憧憬了许久的刘媒婆竟是这般嘴脸，当下我眼里便含了泪。第二折是《捉放曹》，一个戴黑胡子的男人出场，唱出我熟悉的“听他言吓得我心惊胆怕”，我才知道这就是父亲喜欢的谭富英。数日来我效仿的竟不是什么美娘子而是这么个半大老头子，窝窝囊囊地追着个大白脸，该睡觉的时候不睡觉，一个人站那里傻唱……现实与想象的错位对我是个沉重的打击，一种失望的悲哀终于使我失却了看下去的愿望，我将身子缩进座位，盖着大衣，在“背转身自埋怨我自己作差”的慢板中昏昏睡去……

按说我的“戏剧生涯”到此该画个句号打住，孰料，一个出乎意料的转机将我对京剧的热爱推向了更新的高度。还是那天晚上，一阵紧锣密鼓将我催醒，直起身见台上一着白甲英俊男子正平地跃起，横身悬空又旋转落地，游龙似的洒脱，比穆桂英更有吸引力。我马上问这是谁。父亲说那是《长坂坡》里的赵云，独闯重围，单骑救主，是个了不得的英雄。我说我就当赵云了，再不更改。父亲说你怎么能当赵云？武生可是不好演的。看戏回来问遍兄长，果然无一人会演赵云，都说没那功夫。我很瞧不起他们，决定自己练，遂脱了小褂，掂来根扎枪，嘴里给自己打着家伙点儿，围着院里的金鱼缸跑开了圆场。不知是谁按下了快门，至今给这个家庭留下了一张小丫头光着膀子耍扎枪的照片。二十多年后，我领着还未成亲的爱人进门，便有好事者将此照片拿给他看，倒把他弄得很不好意思。

八九岁时，中国戏曲学校招生，我决计去报名。那时父亲已去世，便与母亲商量，她不答应，一气之下我在墙上拿大顶抗议，声称不答应就决不下来。母亲不睬我，也不让大家睬我，人们从我身边过来过去，任我头朝下用胳膊支撑着身体，竟没有一个肯为我说句话的。我下不来台，开始寻事，喊着七哥的小名开骂。七哥过来，揪着我的两条腿把我摔在砖地上，使我一颗门牙脱落，我号啕不止，扯住老七让赔牙。母亲说我们不懂事，她一个寡妇拉扯我们已经很不容易，我们却还要这样让她为难，说着掉下了眼泪。七哥在母亲的泪中认了错，我也在母亲的泪水中绝了唱戏的念头。这一念之差是否使中国京剧界失了一个角儿，我不知道。

“文革”时都唱样板戏，我也进了文艺宣传队，人们赞赏我这一口脆亮京白，就让我演阿庆嫂。有小时的戏曲功底，演阿庆嫂也没费多大力气，那大段的二黄慢板“风声紧雨意浓天低云暗”唱下来也很自如，自我感觉颇为不错。给兄长们写信，告知演阿庆嫂的事，以期得到祝贺。然而却如同当年在墙上拿大顶一样，没得到一个人的反响。演出在即，队长找我谈话，说让我演沙奶奶，将阿庆嫂角色交一王姓女子担任。王系广西人，说话带有明显的咝咝腔，而且台形也略显粗短，与阿庆嫂形象相差甚远。我谈了自己的看法，队长似无商量余地，我则只好由青衣改唱老旦。临上戏前，队长又让我改演革命群众，即初场迎接伤病员，末场迎接新四军……后来，我得知这一串的更改是因了我的家庭出身和社会关系时，我便离开了宣传队，自此再不唱戏，连口也懒得张了。紧接着是一场大病，嗓子被彻底摧毁，由此唱戏的一颗心终究是冷了。

转眼年已不惑，一切也都看得开了。现今五彩缤纷的舞台和电视屏幕较几十年前丰富多了。我的女儿当然再不会出现当年刘媒婆、谭富英一类的错位，这个追星族所追的星星儿也已不是她母亲当年推崇的穆桂英与赵云，而变作郭富城、张学友之类，其热烈程度较我当年有过之而无不及。我还是爱看戏，爱看谭富英、梅兰芳后代传人们演的戏。从那些艺术家们的精湛表演中，体味到中国古老民族文化的深厚底蕴，体味到昔日无数个甜酸苦辣的梦。

前不久，有人说我长得与某历史人物相像，就有人想邀我去演电视剧。照例写信给诸兄长，征求意见。哥哥们的回信如出一辙，均持反对态度。我亦就此罢休。

我的家庭使我认识了戏，爱上了戏，却又阻碍了我与它的亲近，有时把我推入很尴尬的境地。遂得出结论：此生与戏无缘。

棋 趣

见稿纸上写下此题，丈夫站在身后窃笑，说以我那臭棋作此棋（奇）文果真是奇之又奇了，刊登出去难免不遭长安文人雅士耻笑。我说不怕，正因不会下棋，写此棋文才更有人看。成了内行再写，那只有刊在棋类杂志上，让方家们去评论了。他说此言虽不无道理，但不知下文如何作法。我说秦岭大梁上那盘棋是必写的，因那是我弈道精神之所在，跟日本武士道有异曲同工之妙。他又笑，说如此说来却也该写。

去年夏天，我去秦岭搜集素材，适值暑假，丈夫便与我一同前往。一日晚饭后，二人在山上下棋（无樵夫观赏），没走几步，我的老将就被将死。情急之时，我指着落下的夕阳和纷乱的群山说：棋有善阵者不战，善败者不乱一说，始以正合，终以奇胜。将军虽去，大树未必飘零，壮士不还，寒风也未必萧瑟。而今老将虽死，尚有卒众英勇奋战，力夺对垒之帅，困兽犹斗，何况万马千军。丈夫一拱手说，领教了，便继续与无将之军作战。那一局杀得十分惨烈，最终只落得士绝象死，车马无声，偌大秦岭梁上唯两只小卒在棋盘上纵横驰骋。他起身赞曰："精神可嘉，精神可嘉，此棋配以此时此景更显悲壮，堪入《中国名局棋谱》矣。"我尤不服，说敢与我作黑白战吗？他言不敢，又言好男不与女斗，好人不与狗斗……

我爱围棋，水平与前述象棋相差无几。且懒懒散散不背定式，大大咧咧不计输赢。随手而下，不思而应，全无别人惴惴小心，如临渊谷的谨慎与思虑。文友中会围棋者不少，我敢与之交手的却不多，但爱看别人下，且有瘾。去年省作协在大厦开四届代表会，常见有人逃会，躲在房内布阵运子，任凭会场上谈论什么"大气魄大作品大作家"而全然不顾。那日，见几位"大作家"着了背心蹲在地上开战，便也凑上去看。只见双方犬牙交错，短兵相接，攻守交替，触目惊心。战者面色铁青，咬牙切齿；观者大汗淋漓，不敢言传。遂思量，观者战者皆省内乃至国内名士，能把棋下到这种赤膊上阵的份儿上也堪称陕西文坛一绝了。想那历代文人，取梅竹掩映之处，处高山流水之旁，宽服展袖，淡泊清心，以黑白相搏，何等儒雅，何等飘逸。而轮到我辈文人，不知为何却变作这等模样。

北京的白描曾与我在北郊共同执笔一电视剧。他自言善弈，问为几段，答曰五段，我遂吓得再不敢提棋之半字。据我所知，丹舟君围棋下得不错，才是准初段，我已不敢与之交战。眼前这位是五段，当然更得退避三舍了。现在想来，白描君之言未必都属实，其中难免没有先声夺人之势。写至此处，立即打电话问丹舟，以解疑惑。恰巧丹舟与贾平凹正在家中对弈。平凹闻言，大呼言过其实，说白描君不过师从五段，只数日便不再学，那五段乃是其师傅而非白描。我遂明白白描系成心唬我女流之辈是了。

在国内似乎什么都怕，主要是因了这些抬头不见低头见的熟人。走出国门，一切顾虑全都打消，呈勇猛无畏状。客居扶桑时，留学生们常在一处摇头晃脑地谈棋，我亦在其中猛吹神侃。

出访福岛时，曾遇酿酒界资本家高田宗彦，视其为大款，必不懂棋，便有意将他一军，大谈围棋之道，贵乎严谨，虽黑白数子却备天地之理，内中精髓与宇宙、社会相通……高田笑而不语，将身边小桌盖布取了，此桌竟是一精美棋盘！其随手又拈一黑子放在左上角星位之上，稍候我出子布局。我没料到高田会来这一手，暗自叫苦时已无路可退，只有硬着头皮与鬼子相搏了。遂相对跪坐蒲团之上，取一白子，在棋盘上飞舞数圈，最终落正中天元之处。高田一愣，思索良久，问是什么战法，我言此乃名局之一招，效吴某某是也。虽有金边银角草肚皮一说，然君不知高者在腹，下者在边，中者在角之理吗？高田无言，在白子边又置一子，于是双方舍弃四周，专在方阵中心部鏖战。知鬼子高田从未与中国人对过弈，我更放宽心肠，凡于我有利者一概冠以“中国规则，无可更改”。这样一来，在我信马由缰的下法前，高田变得稀里糊涂，不知所措，甚至连我的疏漏也被他认作“弃小而不救，有图大之心”。然对方毕竟是老手，很快看破我之根底，遂戏掌中之物般拿我开涮。我意引征，反为其补棋足厚；我两生欲连，则为其拦腰斩断。几手下来便阵脚大乱，击左而不能顾右，攻后而不能瞻前，着着失误，步步不利。眼见黑势在迅速扩大，白棋已无力回天，任何“中国规则”皆无济于事，不过苟延残喘，空耗时间而已。虽是冬月，我竟热汗淋淋，耳赤面红，自知把中国人的脸面丢尽，把中国围棋的名声也丢尽了。唉，亏得前头有聂卫平、马晓春们扛着，否则人家会视中国棋界无人矣。

及至惨兮兮下完那盘棋，我才发现墙上挂着日本棋院为高田颁发的段位证书，不禁埋怨自己一时鬼迷心窍，瞎了眼睛。更恼的是这位高田君的做法竟与白描君相反，不显山露水却变着法儿地让你上当受骗，一步步往圈里钻。看来，为人处世还得多长几个心眼儿，免得再出乖露丑，真应了清朝吴瑞征先生之言：盖人世之险阻，世态之翻覆，物情之变幻，可以一弈悟之。

两处家乡

电视连续剧《家族》在北京播放的时候，我恰巧在北京出差。所认识的几位曾在陕北插过队的北京知青及在京陕西籍乡党多爱看此剧，不为那情节，只为那乡音，为了听剧中人那口纯正的、不夹一点儿杂色的西安话。剧中，作家幸子和四叔的西安话对白，着实让外地的陕西人过了一回家乡瘾。一位在干部管理学院工作的老西安对我说，说实话，戏一般，但语言让人觉着亲，听着让人心里发烫。这感觉没离开西安的人大概没体会，出来了才知道什么是故乡，什么是割舍不断的根。饰幸子和四叔的演员张喜前和张矩，一个是中央戏剧学院的教师，一个是中国铁路文工团话剧团的团长，他们接这个戏，很大程度是冲了这陕西话而来，冲了这乡音而来。只这一点，就让我十分的感动了。

俗话说，人有双重父母，两处家乡。我便常想自己，想我来西安以后的三十年，想这三十年里的苦辣酸甜，由此生出“但使主人能醉客，不知何处是他乡”的感慨。的确，家乡是离得远了，再回到京城，竟有种说不出的陌生，有种客居的浮躁。于是我明白，我已不属于那里，几十年前，在户口被注销的刹那便已宣告故乡已成为履历书中的一个符号。我真正的家在这里，在西安。

稍微有些年纪的西安人都会记得1968年那场整整下了两个月的秋雨。我就是在那绵绵的雨水中夹着铺盖恓恓惶惶进城的。伤痕累累、惊心未定的我，不敢问命运，不敢谈前程，只希望活着，平平安安地活着，以告慰家乡同是伤痕累累的老母亲。这里是西周的镐京，汉、唐的长安。土厚水醇，崇尚实际，古老的城以它的宽厚、朴实、诚挚、热情接纳了我，使我在这里得以生存和发展。在农场种地，在工厂做工，在报社当编辑，无不感到这种大度的存在，这怕也是走出西安的陕西人至今不能忘却故土的原因之一。如那骊山的华清池，如那老孙家的羊肉泡，深深地刻在骨子里了，成为生命的一部分。西安自古以来便接纳各地来客，那气势包容了整个世界，包容了天下，自然也包容了我……“丈夫重知己，万里同一乡”，这是一种精神上的认可与融入，不是户口簿上的简单迁入迁出。这正如在北京的西安籍演员专意要用西安话演出表现西安市民生活的电视剧一样，是一种情结，一种难以说清对这座城的爱，包括它的进步与不足。同样，一种责任也重重地压在肩头，那是市民的责任，作家的责任，是赤子对于家乡的责任，这责任直到永远。

我以西安人自居，外出开会拿手的表演节目便是说西安话（当然是在没有秦人同行的情况下），说西安话时的那份惬意，那份自得，难以言表。有湖北作家刘醒龙、邓一光等人也对大唐的语言感兴趣，鹦鹉学舌，将西安话拿到福建去学说（自然是我没有同行的情况下），后来打电话来说，不行，出不来那味儿。我说那味儿岂是想学就学得来的，非到刻骨铭心的程度而不能够。同声相应，同气相投，是人文精神的凝聚，也是血脉的相连，拆也拆不散的。惟荆楚之地，水势浩荡，杳冥深远，其声舒缓轻柔；难比西秦，皇天后土，坚忍不拔，其声宽广雄厚，地、势使然也。西安这块地方，神奇得很呢。

出国留学数年，在东瀛所做思乡之梦，背景竟是西安。

旧家拆迁杂感

北京市城建改造的速度让我吃惊，今年年初回家还在东城的老屋与老七聚首，喝着专门从东直门打来的豆汁，吃着青豆羊油炒麻豆腐，听着小孩子一声声“姑奶奶”的喊叫。8月再回来，老旧的宅子便荡然无存了，变作了一片瓦砾场，变作了一片拾掇不起来的苍凉。

“回廊四合掩寂寞，碧鹦鹉对红蔷薇”，那经过锤炼的美丽再难寻觅了。我居住的老宅是一座带花园的三进四合院，前庭有海棠丁香，后园有柳树榆树。前廊后厦，磨砖对缝，青石台阶，朱红漆柱，体现出叶氏家族昔日的殷实严整和传统的生活情趣。叶家的十四个孩子曾经在这里出进盘桓，哭笑玩闹，争打吵斗，几无一刻安宁。我的兄弟姐妹们在这里演绎出了多少故事，生化出了多少情感，数不清了。默默无语的院落，百余年来容纳了太多的欢乐和辛酸，太多的浮躁和沉重……

也就是今天吧，随着文化环境的宽松，随着人民对传统文化的进一步理解，这座宅院和这些人成了我创作的不尽素材，成了我的作品中一道深厚的文化背景。那些陈年的人和事，如久存的佳酿，不绝如缕，由那尘封的坛子里冒出，让人心醉。如今，院子没有了，人也早已四处分散，空剩一片旧址让人伤感。我想象着最后的留守者老七离开这里的情景，步履蹒跚的老七拄着杖一定在大门前伫立了许久。这个家族也只有他，有缘分和这座老宅告别。

北边的拆迁还在继续，墙壁倒塌的声音不绝于耳。我站在夏日的骄阳下，在暑热中寻找昔日失落的阴凉，狗一样在废墟上寻嗅，寻找家的气息，寻找那落于砖头瓦块中记忆的丝丝缕缕。两个逃避午睡的小孩子，在树荫下远远地看着我，一脸的不解。他们是胡同里谁家的孩子，谁的后代，我不知道，也不想知道。对他们来说这里或许比游乐场好玩，他们只是因了这断壁残垣而兴奋而新奇，跟我完全是两种心态。东面环城路上车来来往往，嘈杂烦乱，现代气息的声浪阵阵逼人。原本这里是条静谧的深巷，房拆了，遮挡没有了，就显得空旷而直接，就有了抬头见南山的突兀，有了光天化日的惶恐。让人感到历史进程的脚步，迅猛、粗犷，甚至有些无情。

我们毫无办法，我们别无选择。

屋的残骸中，有棵枣树伸出怯怯的荫，张开弯曲的枝，召唤着我，我走过去，抚着它粗糙的满是尘埃的干，心里涌出无限留恋。“庭树不知人去尽，春来还发旧时花”，枣树的枝头已经结出了青青的小枣，即便到熟，它们也是那种既不甜也长不大的极普通的枣。这种没有经过调教的枣树，北京城的老院子里，几乎家家都有。

枣树的年龄比我大，日本占领北平前夕，我的父亲领着儿子们在后院挖防空洞，在洞口的位置，突然发现了一棵小苗，本可以一锹铲了它，三哥却生出恻隐之心，跟父亲商量将它留下。于是它就留下来了，并且一天天长大，像要急着报答谁似的，匆忙地结出了许多丑陋的小枣，年复一年，从不间歇。

如果说是父亲和三哥保留了它的生命，那么我便是对它最为关注的伙伴了，我们成了这座宅院里最相得益彰的一对物件。爬树的本事就是在它身上练就的，它细嫩的枝干，不知经了我多少回的上上下下，我对它每一个突起，每一个分杈的熟悉，就像我自己的胳膊腿。有一回光着脊梁在树上摘枣，遭到父亲呵斥，慌忙中抱着树干滑下，整个前胸被划得鲜血淋漓。母亲心疼得掉眼泪，说一个小姑娘家弄成这样怎么得了，责备父亲不该那样凶狠地呵斥我。父亲说全北京也没见哪个姑娘光着脊梁在树上坐着，荒腔走板得过头了。母亲气得一天没理父亲，让老七带着我上医院去抹药。老七领着我出门就把钱买了洋画，在胡同口刘太太家给我抹了一肚子紫药水……我挺着一个紫肚子进了家门……

现在，父亲不在了，母亲不在了，三哥也不在了，枣树还在，还倔强地站立在废墟之中，承载着它的感激，也承载着无人能记起的紫色肚子……

一片碎瓦在我的脚下滚动，竟然发出了清脆的金属般的音响，让人的心猛地一颤。我弯腰将它拾起，沉重得如同拾起了整座屋宇。雕花的滴水瓦应该是第二进堂屋檐上的旧物，质地坚硬，击之如石，有着音乐的素质。百年来，高高在上的它饱受了戏曲的浸润，看遍了生旦净末丑的表演，称得上是老戏迷了。在我的记忆中，每日晚饭之后，是父亲领着他的一帮子侄们消遣的时光，他们常坐在石榴树下，金鱼缸旁，拉琴自娱。家里的女孩们从来充当观众的角色，宁可让五哥男扮女装唱青衣，我们也不张嘴。叶家敢站出来当众唱的女子只有两个，即大姐和我。大姐叶广英是真唱得好，她有一副好嗓子，好身段，直到老了，还能在她所在的大学演沙奶奶。我是属于起哄一类，大言不惭地吹自己是“谭派”，唱的“昨夜晚吃酒醉和衣而卧”一遍跟一遍不一样。哥哥们背后戏称我是“痰派”，母亲当面说我是“人来疯”。家庭的戏曲娱乐是一种潜移默化的艺术熏陶，是一种渐渐的艺术积累。我写过小说《谁翻乐府凄凉曲》，凭借的就是家庭的戏曲场面。正因为有此感受，写起来才觉得得心应手，不觉难为。

50 年代，哥哥姐姐们都成了家，搬出了老宅，父亲也去世了，“家戏”再难凑得起来。过年哥哥们来看母亲，谁跟谁在母亲这儿遇上了，偶尔还唱一出。但人已不齐，也没了伴奏，而且他们一唱还引得母亲伤感，后来索性不唱了。“文革”时候，我和四哥将那些锣鼓家伙用平板车拉到废品站，按废铜烂铁卖了。那个鼓人家不收，拉回来就扔在院子里，风吹雨打，散了架……

东城这一带要拆迁的事北京早有风闻，只是没有想到这样突然。我原本想将家里尚存的弟兄姐妹们聚齐，在老屋前做最后的合影留念。我知道，在叶氏家族中能够做这件事的只有我，但我却没来得及。我的那些七零八落的手足们现在依然七零八落，如同眼前地上散落的碎砖，再也收拢不起来了。母亲活着的时候这里是个据点，母亲死后这里是个念想，是个象征意义的家。虽然只有老七在这里住着，虽然院落已被分割得面目皆非，虽然芍药台变作了下水池，游廊扩作了小厨房，但老宅的气质是无可改变的。每回我由大西北回来，一走进院落，就闻到了熟悉的气息，这是家的气息。这气息无时无刻不在这个家族的各个角落存在着，时光荏苒，世事更迭，却仍旧顽强执拗地存在着，熏染着来到这里的一切人和物。在外面，不管我是什么角色，有着怎样的荣誉与委屈，一进门，浑身的燥热便立即褪去，沸腾活跃的思考也仿佛化为固定的符号，在脑海中淡化、隐退，浸来的是淡淡的哀愁和悠久的凝重。我惊叹角色的转换竟会这般快捷，惊叹这几十年风雨的浸淫对我无多的改变。是的，从这里走出去的哥哥姐姐们极少再回来过，我与同父异母的哥哥也大约有三十多年没见过了，这个家族留给我们的唯一遗产，就是冷漠。除了血缘上的连接，再没有别的。只有我，还自作多情地在这片碎砖中蹚来蹚去，还做着废墟上大团圆的美梦。

文人的气质，多么的幼稚可笑。

这里将要建成整齐划一的居民小区，老七是否搬回来我无从知晓。即便回来，这里也不再是我的家，我的家永远消逝了。我在一块砖垛上坐下来，身边塌下来的纸棚下隐约露出了砖墁的地面，这是母亲住过的小西屋。“文革”后的日子里，她在这间不足十平方米的潮湿小屋里带着一身病痛苦苦煎熬，我离家奔赴大西北就是在这儿和她告别的。我走的那天早晨，母亲没有起床，脸朝着墙躺着……

至今，我仍在西地游荡，京城熟识的朋友说，落叶归根，你应该回来了！我苦笑着摇摇头，他们怎知我内心的酸楚。走出去了便就走出去了，何必再撩起心内的阵阵凄凉。老宅的消逝，也是好事，断就了回首的苦辣酸甜，成就了“一为迁客去长安，北望京师不见家”的潇洒，弟兄们失去了老宅的撕扯牵绊也是一种轻松。其实，家只是在心里。

可爱又苍凉。

红炉上的一点雪

二十余年前正值“文革”，太多太多复杂的社会关系压得我抬不起头，加之同室操戈，因为“诗”的问题被人从背后狠捅一刀，立时使我陷于无回身之地的绝境。于是被贬到黄河三门峡库区收麦、种玉米、打胡基、放猪，还捎带着干搬运工和修架子车一类的工作。

我常常独坐河滩，望长河落日，观凄艳晚霞，想自己许许多多的事。那些不公正的待遇与委屈酸涩的泪，在山野硬风的抹拭下，在霞光如火的熔烤中渐渐消融，代之以与自然化为一体的平静与坦然。毁人者不美，而受人毁者遭一番诽谤便加一番修省，可以释回而增美；欺人者非福，受人欺者遇一番横逆便长一番器宇，可以转祸为福。这话说得极有道理，但我那时绝没意识到，畏惧文学的我实则已被文学所攫取，远离诗歌的我，本身就已经成了诗歌的一部分。

不少劳动的人都被单位召回，偌大农场只有我与炊事员、指导员、保管员和拖拉机驾驶员在留守。生活是寂寞难耐的，我的任务是饲养员，负责照看四头猪，打草煮食，垒墙垫圈，每日活计干完，时间仍富裕得无法打发。写信向家中诉苦，于是在农场的后一段生活中，我每周都能收到一份寄自湖北咸宁的日语讲义。讲义是用四个孔的活页纸所写，还编了页码，我将它们用纸绳穿起来，在没人处读阅，怕人说是“里通外国”，更有“投敌叛国”之嫌，自然一切都偷偷摸摸，做贼一般。讲义是我的四哥叶广明所写所寄，他在北京故宫博物院工作。“文革”期间，文化部各色有名望者均被下放湖北咸宁走“五七”道路，他便随“文博口”众员来到云梦泽之地放鸭。他早年留日，日语颇精，尤擅长文语语法，闻我寂寞，年纪又轻，总觉不该负此大好光阴，便于放鸭之际，在沟塘河汊之间；于放牧之后，居蚊帐内于手电微光中，为我撰写日语讲义。为兄为长之苦心，骨肉亲情之关切，相濡以沫之激励，至今仍让人感动。凭着咸宁的鸭倌与华阴的猪倌之间扯起的这条线，凭着讲义上罗马字注音，我艰难地学会了五十个假名，拼出的日语第一个单词是“绿”，之后是“火焰”。是的，在苍凉的河滩上，在冷硬的人情中，我憧憬着充满生机、能给人以希望的绿；在步履颇艰一步一个陷阱的无可依赖中，我渴望那充满热情，给人以欢快和温暖的红炉。

红炉是没有的，有的是滔滔的河水和往来歇息的雁。

我被召回西安，别无所获，除了一柄大雁羽毛做的扇子外，就是一包在农场学日语作为练习而翻译的科普通俗读物的译稿。党的十一届三中全会以后，我利用回北京探亲的机会，将这包稿子分别送往教育出版社和商务印书馆，并无心出版，只是请专家给予指正。其时，内心对自己之所学是否是日语仍持怀疑态度。教育出版社编辑尹学义和商务印书馆编辑李思敬或许为我的精神所感动，或许是带有鼓励性质，更或许是当时出版业百废待兴，稿件匮乏，竟然拍板出书，一下子我在两个国家级出版社有了三本译作问世。这实出乎我之所料，更出乎“教师”四哥所料，一时在家中名声大噪，大家都说我因祸得福。后来在一次峨眉山会议上，我见到了已成为商务印书馆总编的李思敬，谈及当时情景，这位王力先生的高足说：君子不学，不成其德。立志者，为学之心也；为学者，立志之事也。虽引鉴之语，我亦牢记至今。

由翻译起步而向文学创作靠拢，试投了第一篇小说，被《延河》编辑王晓新由众多稿件中选出，送往负责人路萌老师案前，他们不相信这是一篇处女作。路遥曾充满好奇心地写信给我，问：“你是个什么样的人?”路萌老师也对我充满猜测，推荐我进了省作协办的读书会。直至读书会的开幕式上，我才与王晓新们得以相见，彼此释然。他们说我的文笔老到，大约只有我明白，这一切与生活的磨砺，与经验的积累，与大量译作的练笔有着难以割裂的关系。作家冯骥才说过，谁是生活的不幸者，谁就有条件成为文学的幸运儿；谁让生活的祸水一遍遍地洗过，谁就有可能成为看上去闪闪发光的福将。当生活把你肆意掠夺一番之后，才会把文学馈赠给你。文学是生活的苦果，哪怕这果子带着甜丝丝的味儿。冯骥才说文学是苦果，我却觉得文学似一炉红火，在人生漫长艰辛的跋涉中它伴着你，在你迷惘困惑时它伴着你，在你孤单寂寞时它也伴着你，那屈辱，那犹豫，那灰心，那自卑，犹如“红炉上一点雪”，虽是佛家偈语禅机，然俗人自可为俗事所悟透。

十余年来的创作已有四部长篇和数十中短篇问世，社会反应一般。文友田长山坦诚地说我的文章“在潇洒之中缺乏厚重，在有趣之中尚欠有力，在清新之中缺少深刻”，更“缺少鸟瞰的胸怀和升腾的理性”。此友为人属“当为知我者讥弹，不当为流俗人貌誉”之辈，故而在挚友之批评面前我不得不搁笔深思许久。后来虽有《同根生》之类文章问世，得到文化圈子内一些人的赞誉，然只有我，才能知晓内中的硬伤和难以弥补的缺陷，它本来可以更完美……

十年前，我的领导因我钟情这炉火而将我由工厂推向报社；十年后，我的领导又因这炉火而再次将我热情推出，推入专业创作之列。懵懵懂懂的我于是明白，残雪早已化尽，该是自身投入熊熊烈焰的时候了，欲作精金美玉的人品与文章，当从烈火中煅来。

我当奥运火炬手

知道自己被西安市推荐为火炬手的消息是在年初，开始以为是哪个朋友开玩笑，一落实，是真的，陕西文学界一共有两名，我和陈忠实。立刻有些受宠若惊的感觉，回来跟孩子们一说，年轻人说，哇噻，老太太您行啊！

后来来了正式的通知，上面一条一款写得清清楚楚，通知上写明每名火炬手传递距离200米和严格遵守纪律的话。我不知道200米有多长，晚上让孩子带到学校操场去实地考察，她告诉我："半圈。"我说我得感觉一下，就跑开了。我平时根本不锻炼，也没有任何体育爱好，这一跑才觉出自己的差劲。当时左腿胫骨骨折刚刚痊愈，跑几步就觉出这条腿吃不上劲，姿势有点摇摆，"半圈"于我也有些漫长，跑下来除了一身汗以外还呼呼地喘。吃力的跑姿谈不上健康，更谈不上风采。我明白了，火炬手不单是一种荣誉，更是一种责任，一种精神的展现。我代表的身份是作家，跑出新时代作家的风貌，是我的同仁们瞩目又关切的，不能让大家失望。

于是每天开始了跑步练习，在日本居住写作期间这种锻炼也没有停止。名古屋家附近的庄内通车站有广告："离北京奥运会开幕还有166天"、"还有140天……"变换的倒计时数字对我是一种催促，也是种鞭策。国外老百姓尚是如此，何况我这个要参与其中的火炬手！奥运是世界性的，几乎所有的人都在关注着2008年8月8日的到来。一想到这儿，我跑得就来劲了，每天从家跑到车站再跑回来，少说也有600米了。练了有两个多月，自认很能跑出文学风度了。

西安的火炬传递是7月4日。7月3日下午2008名火炬手便到宾馆集中了，报到后组委会给大家发了传递火炬的衣裳，几乎所有的人都迫不及待地"武装"起来，我也不例外。傍晚到会场集中，我在玻璃中看到自己的影像，明朗、精神、干练、健康，这是与往日不同的形象。会场上见到了陈忠实，陈老汉也是同样打扮，彼此对视都觉得年轻，都觉得陌生。两人双手对击说："嗨！"打了个与往日不同的招呼，挺时髦。

7月4日早晨，5点30分我就起来了，仔细检查装备，把鞋带牢牢系好。按火炬传递规定不能戴帽子、墨镜、手机、相机、首饰……一切要大方严肃。8点多，汽车把我们依次"撒"到各自的位置上，每人发了一把祥云火炬。火炬里面装了燃料盒，沉甸甸的，我举着火炬，心里挺紧张，也很激动。周围是热情的观众，举着旗子，身戴着各样披挂，让人目不暇接。"中国加油"，"奥运加油"，一阵阵声浪袭来，我脑袋有点儿发蒙，只知道向着朝我们呼喊的人群傻笑，感觉到这些人很亲，很可爱，个个都是朋友，个个在感情上都没有距离。此刻有电视台记者非让我谈"奥运精神"，我哪儿顾得过来，对着伸过来的话筒不知说什么，他们大概想听慷慨激昂的豪言壮语，可偏偏这时候我心里在想另外的事。我想我真是有福气，有运气，有史以来，中国的大文学家多了，在长安生活过的就有李白、杜甫、白居易。后来还有鲁迅什么的，他们都是名垂千古的大家，我无法与之相比。可就是在脚下这片土地上，换了时空，我这个名不见经传的小文人竟然举起了奥运会的火炬，这又是他们与我不能比的，作为文人，我感到自豪！

火炬传过来了，四周欢呼一片，口号更猛，身后的工作人员将我的火炬后面一个小洞用钥匙拧了一下，对我说，可以点了！

前面一棒的火炬手举着火炬跑来了，我把自己的火炬也举起来，凑过去，在我的火炬点燃的那一刻起，一种神圣之感油然而生。我知道，在熊熊火焰照耀下，奔跑的不是我一个，我的身后有一群作家，那是一支浩荡的队伍，其中自然有李白、杜甫……

被人拦住，据说我已经跑完了我的一段，新的火炬手朝前去了。我还站在那里发呆，不知自己究竟跑了没有。旁边的人告诉我，跑了。我说我怎没感觉？旁边的人就笑，我说，可能是我跑得太快了，两根电线杆的距离太不禁跑！

回到住地看了实况转播，我确实跑了，跑得有点儿傻，但是很有风度。

那根很有纪念意义的火炬就送给了我们，对我来说，这是太宝贵的东西，是要保存一生的。

火炬拿回来，立即被人们传递开来，谁都要摸一摸，看一看。我的外甥从北京打来电话说，给我好好留着，我要到西安去，跟火炬照一百张相！

震中访旧

5 月 12 日汶川地震，震撼人心。电视中反复报道的地名：北川、映秀、青川、绵阳、都江堰、绵竹，于我都是熟悉的，都是曾经细细踏访过的地界。

一切都是为了长篇小说《青木川》。这篇小说使我与那片山水人情结下了不解之缘。

青木川位于川、陕、甘三省交界之处，南与四川青川、西与甘肃文县接壤，是个风光秀丽的古朴小镇。青木川与青川和文县不惟土地犬牙交错，老百姓的亲戚关系也是犬牙交错，难以理得清楚。所以，我在青木川采访当地魏辅唐的旧事，自己也常常搞不清哪些时候是在青川，哪些时候是在文县。

地震袭来，震中在汶川，波及之广，青木川也在其中。令我担忧的是青木川那些熟识的老人、数座民国时期存留的老旧宅院以及那所带有巴洛克廊柱的学校，他们能否经得住这地动山摇的考验？地震当日往青木川挂电话，没有回音，这使我忧心更甚。

最让我担心的是魏辅唐的大女儿魏树金，即我小说中魏金玉的原型。按年龄推算，老太太今年应该是八十四岁，住在震情严重的青川木鱼镇，那里是这次地震的重灾区。以前我见过魏树金几次，《青木川》一书的许多内容都来自她的提供，一个很有大家风范的知识女性。幼时在“土匪”父亲的钟爱下，在自家办的私塾中读《三字经》《百家姓》，读《大学》《中庸》，习得一手好字。十八岁，小说中的魏金玉拒绝了父亲为她指派的与杜家坝杜公子的婚事，而与胡宗南副官远走他乡。实际中的魏树金则遵从父命，嫁给了杜家坝的杜国祥，后夫妻一同去成都读书。“土匪”父亲以他的眼光，为女儿成就了一段美满姻缘。1952 年魏辅唐作为土匪恶霸被镇压，枪毙在他亲手盖起的中学操场边。在他面对家乡跪下的那一刻，心里究竟想了什么，我们无从知晓。来收尸的只有他的大女儿魏树金。魏树金说她用几十层麻纸将父亲的头裹了，那些纸被一层层渗透，她父亲的手还是温软的……魏树金平淡的叙述给我印象深刻，这个曾经是大宅院里的千金小姐，经过了命运的悲喜颠簸，已经到了静观庭前花开花落的散淡境界。晚年散淡中的她在强烈地震中，是怎样一种情景，让人惦念。木鱼镇的灾情让全国人民揪心，几百小学生被埋在废墟中，温家宝总理亲赴木鱼镇指挥抗灾。八十四岁的魏树金老人会躲得过此劫吗？

另一位让我惦念不已的人是徐种德。我最初在青木川采访时镇书记把他介绍给了我。徐老汉八十多岁了，是地道的青木川贫苦出身。酒席上徐种德滴酒不沾，谈吐儒雅。夜深之时他的儿子为他送来大衣和手电，我夸赞他教子有方，养出如此孝顺懂事的儿子。他谦虚地说：“犬子无能。”分手时徐种德跟我说“Good night”，令我吃惊和不解。后来才知，他在魏辅唐赞助下读完初中、高中，直念到了四川大学历史系。解放前，魏辅唐为改变家乡面貌，在镇上开办学校，聘请山外教师，课目开设广泛。外语有英语、俄语；音乐有京剧、秦腔。学得好的被魏辅唐推荐山外，资助上学。解放前夕，魏辅唐召集在外的青木川学子回乡，帮他度过这一特殊时光，别人都没有回来，只有徐种德回来了，即将大学毕业的他被这位民团司令委任为少校参谋主任。少校参谋对魏辅唐的投诚起了关键作用，但在以后的历届运动中成了不变的“运动员”，时时受到冲击。我问徐种德为什么要回来，徐种德说：“知恩图报。”我听说，那些拒绝回来的青木川学子，后来有的成了专家、学者，成了很有成就的人，但他们没有一个人承认自己是“土匪”供给出来的。我在周至县有不少农民朋友，其中有个叫雷继敏的六十八岁老汉，听说了徐种德的事情，写了一首诗说：“十人受惠九飘翛，跋涉归来恶路遥。交信谋忠蒙圣训，贫甘贪鄙厌尘嚣。白牙红口知其何，奇辱苦劳岂自招。深谷有松欣霁雪，斯文道义一肩挑。”两位老人虽然没有见过面，没有通过信，但我想那心路是一致的。颇具传奇色彩的徐种德在此次地震中是否安然，成为我内心的又一个不安。

魏元霖是解放初期青木川的第一任文书，今年亦是八十多了。几次去青木川，老汉都是骑着自行车沿着山路风尘仆仆赶来，让人感动。魏元霖最大的愿望是让儿子给买辆摩托，他要骑着摩托周游陕西、四川。每次见他我都要关注他的“摩托”，而每次都是“儿子不给买”，这似乎成了他与儿子矛盾的焦点。儿子的观点很简单，“八十多了骑啥子摩托，连自行车也不要骑了！”《青木川》小说中的魏元霖连名字也没有改，是一个风趣执拗、放眼世界的乡村老汉。周至的雷继敏老汉说魏元霖是：“当年伟业岂能忘，跃上碾盘骂白狼。秦皇汉武皆狗屁，曹操秦桧算他娘。窝鼠却嫌天地窄，耄夫偏发少年狂。这点薪金亏老子，龙肝凤髓亦应尝。”这些青木川的朋友，素材无须装饰，便如此鲜活，跃然纸上。是他们给了我一个又一个创作的激情和灵感，没有他们，作品无从诞生。

去青木川，与他们每每相别，辄依依不忍去。彼此互道珍重，相约再见时硬朗依旧，安然依旧。而彼此心里明白，毕竟都是耄耋之年，孰在孰留，是顷刻间的事情。就怕再见面少了谁。

丈夫重知己，万里同一乡。在地震的特殊时刻，我不能不出现在青木川，不能不和那些故旧们共同度过艰难时光。对那片山水和人物，仅有作品的回报是不够的，彼此需要的是精神的沟通和友情的传递。

正好中国作协组织作家深入灾区采访，一队人马已经开赴陕西宁强，我的临时加入让同伴们高兴，队伍临时改变计划，第一站便直奔青木川。

出宁强县城，沿嘉陵江而行，沿途所见倒塌房屋甚多。越走越接近四川，灾情越严重，心也越发沉闷。下午时候到达广坪，我和《青木川》的编辑韩霁虹决定去探望当年这里的第二任乡长曹宏孝。1951年，广坪发生过反革命暴乱事件，土匪李树敏和他使双枪的妻子刘芳，扬言要在广坪挂人肉架子，在镇政府杀害了不少乡镇干部。第一任乡长被杀害，曹宏孝是当时的继任乡长，他亲历了那场血腥的屠杀，每每谈起，仍旧激动不已。曹宏孝是《青木川》书中曹红萧的原型，后来弃绝仕途，回乡务农，至今仍是个朴实的农民。他的儿女们都当了干部，远远地走出了大山，他自己留守在几间老屋中，过着平淡的日子。下了汽车，韩霁虹到坡下村里去看老汉在不在屋，我站在路边等待。正在徘徊间，猛然一阵轰响，像有万千铁甲车在脚底滚过，大地震动，崖上山石朝下滚落，我惶恐地躲闪着那些石头，有种听天由命的无奈。地动山摇就是十几秒，惊魂未定中，韩霁虹跑回来了，曹宏孝跟在她的身后，老爷子拉过我的手，将我引到他家屋后的防震棚中。老人说："吓着你了吧，其实没甚，我们都惯了的，莫怕啊！"下来慰问，不是我在安慰老汉，是老汉在安慰我，整个颠倒了。曹老汉的棚子顶上一片塑料布，一面用沙发挡着，三面通风，棚内难以转身，却还安置着电视和锅灶。老汉说儿子回来给他搭了这个棚棚就走了。孩子们太忙，有自己的工作。经历过生死劫难的老汉，如今寂寞清冷地孤守在简陋的小棚子里，淡淡地望着他那几无支撑能力的旧屋，那屋随时就要倒塌。老人说："这样很好了，比南边（四川）强了百倍。"贫而无怨，难！这境界，非一番修炼不能达到。给老汉送了些吃食，说了些苍白的话语，只是不想离开……

大震后必有大雨，不一会儿云翻一天墨，急雨如注。急急赶到广坪，与作协的队伍汇合。我的计划是当晚赶到青木川，但是团长王蓬无论如何是不放我走了，他说刚才的地震是6.4级，山路上难免有塌方险情，他有责任负责大家的安全。此厮在平时与我稍有芥蒂，而此刻听了他的一番话语心内竟有些温热，毕竟曾经是同学啊！

躺在广坪镇政府搭建的帐篷里，周围是哗哗的雨声，风掀得篷顶忽扇忽扇的。陌生的多人的气息，潮湿的被褥，泥泞的湿地。想着门口楼上那块三分之二悬在外头的垒砖以及那块只连着一根钢丝的预制板；想着数里外的曹宏孝老汉，一人在那小棚里如何抵挡这凄厉的风雨；想着解放之初在这个院子里被杀害的先辈们，他们倒下的位置大概离此仅几尺之遥；想着冒雨还在中学操场上挨个帐篷巡视的乡镇干部们和不远处烈士陵园被震裂的地面；想着二十里外的青木川……黑、寒，风萧萧；清、寂，雨萧萧。余震摇摇，一夜无眠。

第二天早晨刚明，我和韩霁虹及周至司机政社驱车往青木川赶。出门看那危砖与吊板，已被干部们半夜清理掉，摇摇欲坠的楼房不知还能否经受下一次余震。

到青木川，先奔镇政府。见了书记冯元明，看得出冯很疲惫，声音有些哑。他说昨天的6.4级余震给了青木川再一次致命打击，本来的危房基本全塌了，一个下午就倒了四百间，全镇已经没有一间完好的房屋了。帐篷有限，救灾物资有限，镇上每人只能给一尺塑料布，两桶方便面，一斤多米……正说着，几辆小汽车开进镇政府，车身上用红涂料写着“抗震救灾”的字样。尘埃未落，下来几个年轻人，二话不说，就卸东西，都是崭新的毯子和凉被，还有食品。跟年轻人交谈，他们说是志愿者，来自西安，旅游时来过这里，这里给了他们感动，这儿受灾了，他们得为这里的乡亲做点什么。镇上的干部认真地登记送来的东西，交接之后那些年轻人立即开车走了，没喝一口水，我甚至没来得及和他们交换姓名。眼睛有些湿，心里却很热。

镇干部告诉我，木鱼镇的魏树金就在青木川，这有点出乎我的意料。原来震灾前一天，老太太突发奇想，要回娘家看看。十几年没回来的她难以遏制回来的冲动，就让亲戚送了来。也是老太太的造化，刚一到青木川，那边就震了，房屋被夷为平地，等于是捡了一条命。我在帐篷里见到了魏树金，与前次见面不同，老人的头发全白了，神情有些木然，怀里紧紧抱着刚从木鱼镇逃难出来的八岁重孙魏国。帐篷是借来的，一老一小相依在闷热的帐篷内，坐在小床上，眼神内满是悲伤，这样的画面让人不能忘却，永远定格在我的脑海中。我问魏国，地震的时候他在哪儿。魏国说他正背着书包上学，当时他是迟到了，心急火燎地往学校跑。地震了，学校塌了……我问他的同学们在哪儿，魏国哽咽了半天说："他们都躺在了操场上！死了！"魏国身体颤抖着，努力压抑着啜泣，最终哇地大哭起来。望着孩子身上被玻璃割出的一道道伤疤，帐篷内的人无不为之动容，唏嘘声一片。我拉过魏国说："孩子，咱们不说了，不说了，阿姨不该问你这个，真的很不该！"我告诉孩子，亲情和友情是不死的，它不会因为离别而中断，他那些走了的同学到另一个地方去读书了，他们以后会时时地看着他……

地震中，孩子和老人受的伤害最大。我知道，安抚孩子心灵创伤不是一时一刻、一人两人能解决的，这需要我们所有的文化工作者、思想教育工作者，需要社会上的无数志愿者来共同做这项艰巨的工作，帮助他们从阴影里走出来。这其中，要尽量避免让他们讲述当时情景，因为每一遍诉说都是一次伤口的撕裂，那种痛是撕心裂肺的。灾区需要粮食和水，需要帐篷和解放军，需要记者，也需要作家。需要物质的和精神的支持。

魏树金惦记着木鱼镇的家，即便成了废墟也还惦记着。我对镇书记说，就让老太太留下吧，这边毕竟是娘家，青木川的姑奶奶在外头遭了难，不回娘家回哪儿呢？将来老宅院修复了，还让她回去住，给她一个舒展的晚年。临分手，魏树金怯怯地提出镇上能否为她解决一顶帐篷，在这里，她没有户口。镇人大主席张正富说这事情包在他身上。

没有帐篷，镇上领导说帐篷下午才能运到。张正富就一趟一趟地跑，看帐篷来了没有，直到半夜，才回来说魏树金的帐篷落实了。

张正富是个热心的干部，刚刚退休，还没有找到退休的状态，常常忘了自己是谁。前几年我到青木川，都是张正富领着我走东串西，召集座谈会，没有他，我如同“鬼子进村”，两眼一抹黑。听说我要写青木川的小说，张正富不无担忧地说：“叶广芩，你这小说写好了便罢，写不好挨骂的是我，我成了青木川的汉奸，把底儿都兜给了你。”

谁也没想到，青木川为人所知后游人大增。那些古宅深院，那些传奇逸闻，使不少人来寻找旧日痕迹。镇上几乎家家办起了农家乐，豆豉腊肉土鸡蛋，猪血熏肝泡酸菜，吃得城里人不想离去。这其中，办得最红火的就是张正富，他的小院两层小楼，屋后是青山翠竹，房前是绿荫菜畦，萝卜青菜洋芋，牡丹芍药杏花。就是他家那只叫苗苗的小白狗，已经被游客们惯得连骨头也不屑啃了。我问张正富一年收入多少，张正富顾左右而言他，倒是镇长说，青木川在五一、十一两个黄金周，个别农户的收入上万元。

一场地震，让青木川没有一间完整的房屋了，粮食腊肉都被埋在房子里，所有的屋顶几乎都与蓝天相接……张正富的新屋是全镇最结实的，就这，内墙也裂了大缝，西山墙整个闪出去了。他和家人都住在院里的防震棚内，问我住哪儿，我说就住你们家。于是和韩霁虹就住进了墙裂的房屋，想的是再震也不过如此，高不过8级吧。张正富的屋还相对站立着，仍旧能够维持正常饮食，这是我的福分，尽管晚上只有洋芋稀饭和咸菜，这对灾民来说已经相当奢侈了。我知道，张正富在木鱼镇的亲人在地震中罹难了，他才从那边回来。吸取魏国的教训，除非张正富自己说，我绝口不问他亲人的情况。这里离木鱼镇二十三公里，道路已经不通，白龙江的大桥被震塌了，我过到青川的鱼渡，解放军正在抢修变了形的公路，不能再往前走了。魏树金说她的老伴儿还在那边……

还是张正富，这次依旧带着我在镇上寻找熟识的故人。震后的居民居住秩序被打乱，一个一个的棚子，想找谁相当不易。在青木川中学的操场上，在离当年处决魏辅唐不远的地方，我找到了徐种德的棚子，他的孙女正在读英语。棚内溽热难耐，地上泥水湿滑，物件零乱，人声嘈杂，不少人在光着膀子大声说话。问及老汉，说是正在学校的树荫下读书。想起了孔夫子对颜回的称赞：一箪食，一瓢饮，在陋巷，人也不堪其忧，回也不改其乐。大概就是如此了吧。孙女将爷爷叫来了，当年的少校参谋主任已经八十四岁，一身灰衣，裤线笔直，仍旧是儒雅倜傥，不失风度，让人感到了一种文化的浸润，一种人格的操守，一种宁静的心态。老汉将地震说得很轻松："我坐在屋里看书，觉得凳子摇晃，以为是猫儿捣乱，说刚喂饱你怎又要吃，后来一看，不对了，房上的瓦落了，有的屋垮了，老天爷这个玩笑开得有点大了。"徐种德防震棚的小桌上摆放着墨汁和毛笔，他的书法在宁强是数一数二的，青木川"辅仁中学"的校匾，礼堂里的字迹，都出自他手。地震袭来，他仍没忘将这些“宝贝”携出一同逃难，足见爱得至深。那位以孝顺闻名，当年送大衣和手电的儿子，在昨日震后轰鸣的暴雨中，将他的母亲背到了山坡上学校的棚子里，他身后紧随着拄着拐杖的老父亲。那是一种什么样的情景呢？不壮烈，不张扬，平淡中透出了关切，透出了相濡以沫的亲情。有了亲情，生命便显出了它的价值，想必“少校参谋主任”是相当知足了。

到了魏元霖家，魏元霖正在棚子里写日记，房子当然是塌的，他领着我看“土地爷的伟大壮举”，指着锅台说：“这里做不成饭了，我可以在外头做，做一回吃三顿！”我看那锅台，已经被屋顶的瓦砾砖头砸塌，案板上厚厚堆了一层瓦，要重新恢复正常生活只有重建。八十三岁的老“文书”，还有这能力吗？魏元霖老汉见了我很高兴，说正百无聊赖地待在棚子里，就来了作家。他说要给我写首诗……看来老汉的心情不错。几个即将中考的女学生将我围住，问外边的情况。我让她们咬咬牙，度过这特殊的关头，这是人生的关键时刻，一定要考出好成绩，以慰藉无数关心青木川的人们。邻居一个大嫂，从废墟里捞出一包茶叶给我，说是今年自家种的新茶，没有化肥，自己炒制的，绝对绿色。到灾区访旧，访出了宝贵的新茶，让人惭愧！一个老汉说：“看样子，老天爷这回非要把我们震趴下才算完喽！”老汉的房塌完了，牛也压死了，整整一生的积蓄在顷刻之间化为乌有，人却依旧诙谐乐观，让我敬重。我说：“大爷，趴下就趴下吧，事儿过去了，咱们掸掸土再爬起来。”老汉说：“只好这样啦！”

我刚回到张正富家，魏元霖骑着自行车就赶过来了。我说：“还没有换上摩托吗？”老汉说：“龟儿子不给买，现在连车也不让骑了，这车是我借的。”魏元霖的诗是这样写的：“……作家编辑叶与韩，辛劳驱车青木川。昨日冒险广坪河，今日烈阳魏家砭。勤告学生好好学，农民围听一大圈。作家农民两阵线，亲密团结无界限。灾难之期有人问，和谐社会在今天。”

该见的都见了，该问的都问了，青木川的房虽然塌了，好在人还在，人在希望就在。人与人的温情，生命与生命的联结，使我们的民族在此刻显出了其悲悯和坚韧，众人的火热情怀积聚成了炙热的火山，烧灼着我们每一个人。

在返回西安的途中，车行至佛平，接到张正富从青木川打来的电话，说青木川又发生5.7级余震，他的房塌了。

清涧路上

1998年夏天，我因为采访石油的事情到陕北。汽车在土路上轰隆隆地开，太阳在头顶白花花地照；干燥、闷热，我变得无精打采，昏昏沉沉。车窗外是一抹的黄天厚土，单调枯燥，偶有绿树也仿佛被日头晒蔫了，像是打不起精神的病人。我半闭眼睛问司机，这是什么地方。司机说是清涧。

在清涧途中我睡去。

昏睡中好像没了车子，我走在松软的土路上，一路是小坡，脚下的暄土烫脚，一脚踩下去，土将脚面都没了，一步一步走得很艰难。我不知到这里来干什么，我的目的地又在哪里，心里很茫然。猛抬头，见坡上悠闲地坐着一个穿夹克的汉子，一双白旅游鞋在山区土路上显得很独特。汉子抽着烟，背对着我，没有风，他吐出的烟将他自己缠绕住，缥缈得有些恍惚。我停住脚步，想这个熟悉的背影是谁，我们为什么会在这样荒僻的地方相遇。我抬了抬手招呼他，嘴里却发不出声音，一时，彼此又像隔得很远很远……汽车一颤，我倏地睁开眼，头脑竟是万分的清醒，想着刚才那个梦，后悔没有继续做下去，终没看清楚山峁上的人。

路边有碑，唰地闪过去了。我问是什么碑，司机说大概是村名碑。我说我觉着不像村名碑，好像是什么纪念碑。我要求司机回去看看，司机说，几公里都出去了，算了吧。我坚持往回开，凭一种很奇妙的感觉，我认为我应该回去看看。

司机不得已往回折，终于来到那碑前，我一看，慌忙下了车。

路边黑色的大理石碑面上刻着四个字：

路遥故里

路遥活着的时候跟我说过他那贫困闭塞的故乡，我没想到竟是这里。记得当时他还跟我说，他们家乡的人种是汉人和匈奴的杂交，男的彪悍精良，女的美丽干练，非关中人能比，为此他戏称自己是“杂种”。当时我的回应是，“杂种好啊，就跟陕单玉米 1 号似的，高产，在西北地区普遍推广，颇有市场。”他还说《三国》中的吕布和貂蝉都是陕北人，陕北人不光有英俊的外表，内心还有一股韧劲儿，别的地方人不行。因为熟，说话都没有遮拦，常常是信马由缰地胡扯。现在，无意中来到了他的故里，心里一阵发慌，竟不知如何是好。我对司机说，这是我的朋友。司机说，险些错过了。

路边有家小饭铺和一家小卖部。小饭铺经营的是羊肉饸饹，小卖部卖的是手纸和白酒。这些东西和这黄山峁，和这干涸的川道很是相得益彰。两个女人站在各自的铺子门口看着我，也不招呼，原因是知道我肯定不会在这儿吃、在这儿买。从她们壮硕的身材上我找不到貂蝉的影子，这里大概离那位美女的家乡还远。

我问她们路遥的家离这儿有多远，她们指着马路对面的土山峁说，上去走半个钟头就是。我问家里还有谁，说是老人还在。我要上去看看，女人们说，那家的老人出门去了，屋里没人。

望着那荒蛮的山峁，望着那迤逦而上的小路，我有些感慨，从这条简陋单调的小路上走出了路遥，走出了一个作家，走出了一个朋友。而这个朋友与我们共同走了一段路之后又匆忙地离开了，留给我们的是文学的轰响和难以忘却的精彩。我们今天再想起他的时候，已经有了相当的距离，是时间的距离。他初离去时的大悲大痛已为平静所替代，十年，生活在雕刻着每一个人；十年，世事的变化太大，我们的变化太大。不变的只有路遥，死亡为他留住了美好的年龄，四十二岁；死亡为他留住了改革开放刚刚起步的年代 1992 年。

十年前的我们，就是今日的路遥。

1992 年 4 月，我刚从日本回来，对国内的一切都觉得新鲜，无论走到哪儿，人们都在谈论改革。《延河》的子心陪我一块儿去看路遥，是晚上，他正在洗脚，弯腰很困难，脸色青黄，这是肝气瘀滞，肾衰竭的症候，我想他是病了。他说，你回来了？我说，回来了。他说，不走了？我说不走了。他说，你在日本鬼子那儿都学了些什么？我说，历史，主要是研究“二战”。他咧了咧嘴，表示不理解。我祝贺他得了“茅盾文学奖”。他说，奖金一万块，还没出北京，一半就请了客。我说，这奖金没有我在日本打工刷碗挣得多，但是我刷碗没有你得奖有名。大家就笑，路遥说，回来好，咱们搞的是中国文学，不能老在外国待着，那样就没根了，飘着。

路遥的话很对，我后来在日本也写过一些国内题材的小说，例如长篇《注意熊出没》和大宅门的《不知何事萦怀抱》等等。写作的艰难阻涩，言语的枯竭贫乏，是从未有过的。这些作品，虽然发表了，但是反应平平。我就想到了“飘着”的话，作家的语言环境、生活环境一定要浸润在所表达的作品中，那样才能真正地文思泉涌，才能真正地得心应手。当然，也是因人而异，有些作家可以脱离环境写作，但是我不能。我太敏感，太在乎环境和氛围，这或许是我没出息的表现。

去拜访路遥的那天晚上，是个黑暗的晚上，尽管路遥矢口否认自己有病，我还是提醒他应该到医院去查一下身体。我告诉他，日本那位研究他作品的美丽女教师吉冈由纪突发心脏病，永远地不在了。吉冈平时使用的书籍全部送给了西安交大，是我一本本挑选整理，寄回国内的，那些书上还沾着死者的手痕……路遥听了许久没有说话，脸色变得更加灰暗。吉冈是子心、路遥和我共同的朋友，他们曾经在我简陋的家里一起吃日本饭“鸡素烧”。由吉冈主炊，材料都是新从日本带来的，我们喝的是“大关”清酒。饭桌上，日本人唱的是中国歌“崖畔上开花崖畔上红”，路遥唱的是日本的《四季歌》。

那天晚上从路遥家出来，心里总是有些不踏实，但我绝没有想到，这是我与路遥生前相见的最后一面。后来听说他病了，住在第四军医大学医院里，守护极严，不让人探视。我能理解病人的心态，这种心态我也有，特别是对于要强的、自尊心很强的人，极不愿意将自己虚弱、无助、悲凉、倒霉的一面示人。躺在床上接受别人言语苍白、千篇一律的安慰是一种尴尬和难堪，是一种无奈的应酬，没意思极了。很多人去看望他，都碰了钉子，我也不敢去贸然探望了，想的也是对他的一份尊重。有得到允许进去的人告诉我说，路遥瘦得脱了形，但精神还好；有的说已经出现了语言障碍……言语各式各样，路遥在我的心里，仍然是那个丰满、鲜活、诙谐、热情的朋友。我想，以他的毅力和心劲儿一定能熬过这一关，四十二岁，年轻得很……

我是在渭北煤田听到路遥去世消息的，是早晨的广播，播音员的声音很沉重，我的心也很沉重。当时跟我在一起的还有作家董川夫，川夫说，可惜了。我没有说话，后悔没有到医院去看看路遥，有时候希望也能误事。渭北塬上的11月，天气已经很凉，一条薄雾的带子裹着不幸的消息在田野间飘荡，在散落在地头的枯黄的苞谷秆间穿来绕去。这使我想起我在《延河》发表的第二篇小说《飘荡的烟》，编辑就是路遥。小说里说的是人死了，往事升华散净，便化作清纯细致的烟，到它该去的地方去。

现在，路遥也化作轻烟，走了。

那篇小说写得、编得都实在的不吉利。

我的第一篇小说编辑也是路遥，那时他是《延河》编辑部小说组组长。小说是寄给编辑部的，那时我是医院的护士，对于编辑部完全是陌生的。我的第一篇小说经过编辑王晓新的手到了路遥跟前，他看了稿子觉得很奇怪，文笔是熟练的，风格是京腔京韵的，从作品看，不应该是初学，但是他实在不知道叶广芩这个人是谁。他给我很郑重地写了封信，称赞了这篇小说，信的末尾又加了一句：真的很不错。问我是个怎么样的人。我没有回信，因为我不是文学圈子里的人，也压根儿不关注当时的作家有谁谁。事情就搁下了。后来，没见过面的路遥推荐我加入了省作协的读书班，脱产三个月，集中学习，专门研究文学创作。学习班的学员都是发表过许多作品的作协会员，只有我是个只发表过一篇小说的“白丁”。我胆怯地问同在一起学习的诗人马林帆，参加省作协得有什么条件，他说得有大量有影响的作品，要出过书，有两名会员推荐，还要上作协的正规会议讨论才行。

我知道我是没戏了。

直到三年后，我才第一次见到路遥，是在作协的新春茶话会上。他特意过来跟我打招呼，人与我想象中的样子相差无几，性格却是出奇的活泼，第一次见面，便很熟悉地跟我开玩笑，仿佛我们早就认识了。80 年代，几乎每年作协都搞新年茶话会，大家见面的机会比现在要多得多，作家之间的关系也紧密得多。我和子心、王观胜、冯积歧、黄卫平、文兰……属于作协扶植的新一茬儿作者，人称我们是第某某梯队。我们对梯队没有兴趣，用自己的话说，我们是一拨子“小泥鳅”，在泥塘里拱来拱去的“小泥鳅”。“小泥鳅”们没负担，快快乐乐，经常在一块儿聚会，喝点小酒。那时候路遥已经成了龙，他的小说《人生》得了全国中篇小说奖，在国内影响很大。成了龙的路遥在我们这群“小泥鳅”里混得很滋润，很有人缘，跟着我们一块儿逛临潼，一块儿到家里喝酒。我相信，至今不少“小泥鳅”的手里都存有当年鱼龙混杂的出游照片。

细想我能走上文学道路，从一个普通的护士到一个专业作家，跟路遥大有关联，不是他的认可，我发不出第一篇小说，不是他的推荐，我进不了“读书会”。他是我进入文学之门的领路人，是我应该永远记住、永远感激的朋友。

90年代，是陕西文坛的一个太灰暗、太悲哀的年代，蒙万夫、李建民、杜鹏程、魏钢焰、路遥、邹志安、李佩芝、李昶怡、王汶石……相继离开了我们。大家接二连三地到三兆去送葬，已经送得让人有些怕了，走的人当中，大部分是中年，其中不乏我们中的“小泥鳅”……

在感受到生命沉重的同时，也让人悟出：活着，便好好地活着。享受生命，享受生活，珍惜每一天，珍惜爱情和友谊。善待自己，善待家人，善待朋友，让心永远处于舒展之中。去了，便就去了，不留遗憾，顺其自然。

我记得，1998年那个夏天，我从“路遥故里”登车继续上路，再没有睡意。天阴了，西边天际出现了浓密云朵，滚滚雷声。我明白了，是路遥，等在家乡的山峁上，安排了我们这次相遇。

他又回到了家乡，回到了黄土地……

清淡如水的朋友——殷慧芬

往来日本探亲，都要经过上海，每每在飞机上俯视那座高楼林立的城市，总要想，脚下的繁华中，殷慧芬此时不知在干着什么。上海朋友不少，熟人也多，而让我常常思念者只有一人——殷慧芬。的确，不是文学，我们此生绝难在人世间相遇。殷慧芬寡言爱笑，从长相到装扮，从言语到做派，无不透着江南女子的清秀、聪慧，透着南国女儿的水灵、俊美。我与之相比有些粗糙、简单，不修边幅的外表加上大而无当的性情，像是黄土坡上“放羊的”。可是，我们竟然是朋友，这让圈内人很难理解，这样的两个人怎么能“说到一块儿”去。

北京人和上海人，北方人和南方人。差的不是一点儿。

我的印象中，上海人过于精细，过于讲究，过于追求完美。像山水画中的小品，就是一块石头也得匠心独运，安排得非常到位。我的五姐嫁了个在北京工作的上海人，那个文雅的“阿拉”姐夫初进叶家的门，竟然处境尴尬，很长时间融不进我们兄弟姐妹之中。没有谁瞧得起那带南方口音的普通话，说他是“装腔”，是想“体现文化”，是“臭美”，以致他到丈母娘家里，竟不敢张嘴，所说话者只有东屋的邻居。东屋是一家上海人，“文革”前期搬进我们的院子中，老爷子在“浦五房”做酱肉，姓于。“阿拉”们坐在院里用上海话交谈，叶家没人听得懂，大家就很不屑，觉得这女婿是个另类，他不喝豆汁，不吃麻豆腐，不能理解爆肚，不能体会涮羊肉，当然更玩不来蛐蛐儿和风筝……

文化和见识的差异使彼此常常处于互相审视的状态。就像我们喜欢于家老爷子做的酱肉，却接受不了他们那简单的生活方式。论收入，我们远不如于家，可我们的母亲隔三岔五则要于老爷子从“浦五房”代买货真价实的酱肉，一家人吃得酣畅淋漓，全不顾明天要借钱去买棒子面。母亲说，于家有那么好的手艺，挣那么多的工资，屋里却没一件像样的家具，没身能上场面的衣裳……后来的结果是，于家的孩子全部大学毕业，个个比我们有出息，母亲再不提家具和衣裳一类的话语。

跟姐夫不能理解豆汁一样，我也不能理解一小块咸鱼能就一碗米饭，指甲盖大的小汤圆会有馅，两条裤子套着裁能省出半尺布，粮票竟然还能分出“半两”……

我想，我大概不能和上海人做朋友，也不会嫁给上海人，为我们这个家族引进第二位“阿拉”。

偏偏的，人到中年以后，我就有了一个上海朋友，并且这个朋友让我开了眼界，认识了上海人的另一面。90年代在庐山笔会上认识了殷慧芬，我们俩年龄相同，办笔会的《百花洲》编辑就安排我们住在一个房间里。那房间有个向阳的大阳台，窗外有树，有叽叽喳喳的鸟，有湿润温暖的风。站在阳台上，可以看到苍莽的群山，看到谷间渐渐涌起的云雾……我们俩都喜欢这个阳台，没事儿就靠在栏杆上聊天，她谈上海，我谈西安，有一搭没一搭地聊，聊上海的流行服装，聊西安的羊肉泡馍，聊城隍庙的小笼包，聊华清池的杨贵妃，那种南北文化的碰撞实在是很有意思。我们共同的话题大概只有工厂和文学，而对这个我们恰恰谈得很少。我们对庐山的阳台都充满了感情，现在想来，是阳台营造出的轻松随意的话题，营造出的舒展与温馨，这种氛围感染了我们，展开了我们的心扉，使我们走进了对方。我们都很留恋那个地方，离开的时候请人给我们在阳台上合影留念，谓之“记住我们的家”。庐山分手后没有多久，殷慧芬说想来西安看看，就来了，挤在我们狭小的住房里。白天出去逛，晚上跟我们一家人围在饭桌前吃着简单的饭食。那时我在报社当记者，丈夫在外地工作，家里只有一老一小，繁忙的工作使我很难有时间招呼这位上海来的朋友，心里常常愧疚。殷慧芬是个细心、随和、有眼色的人，她住在我们家，时时关注到老的和小的。闲了的时候，她会坐在桌旁用她那不标准的普通话跟我们家九十五岁的老公公聊天。来了个殷慧芬，老爷子从宣统说到袁世凯说到蒋介石说到抗日战争说到“文化大革命”，都是他自己经历的事……殷慧芬引着老爷子说，她笑眯眯地听。寂寞的老爷子每天都盼着殷慧芬回来，早早地煮好稀饭等着，以继续昨天的话题。在我的众多文学朋友中，老爷子能记住的，只有殷慧芬。能和九十五岁的老人扯些家长里短，柴米油盐，这使我感到殷慧芬是个很平民化、很生活化的朋友，距离一下拉近了。有一回在武汉遇上《上海文学》的周介人老师，我跟他谈到了对上海作家殷慧芬的感觉。

周老师说，殷慧芬是个从基层上来的作家，她在工厂干过，能吃苦，有韧劲，有灵气，有生活，创作前景十分广阔。是的，车间那种生产环境对人禀性的磨炼和人格的锻造是刻骨铭心的。就像在部队当兵的经历会成为一个人终生的烙印一样；在工厂干过的人，他的作品、他的人，会有一种经得起摔打的坚硬，有一种钢的性情。

我与殷慧芬的联系是极疏淡的，双方都忙于自己的创作。殷慧芬从西安回去后，我收到了她寄来的长篇小说《汽车城》，在收到寄件的同时，从电视里也接收到了她眼睛近乎失明的报道。右眼黄斑穿孔，看着电视里她戴着墨镜的画面，我惊呆了，没想到她会病成了这样……老公公也看到这则专题，从房间奔过来，一遍遍地说："她来时还好好儿的呢!"命运的安排往往就是这样让人猝不及防，对病人来说或许是一种缓慢的循序渐进，但是对我来说，实在是没有任何准备的突如其来！我不知殷慧芬怎么样了，电话打过去，没有人接。只能将无限的担忧和挂牵转移到手中这本厚厚的《汽车城》上。

《汽车城》，名字取得很工业，很有力度。原以为，殷慧芬这样的纤细女子，一定是以家庭生活为主体，以工厂为背景，制造出一个凄美婉约的故事。不料，一读便让人震撼，这女子，竟是直面大工业题材，直面企业的改革，让读者一下就进入了上海中外合资的汽车制造工业，气魄之大，让人刮目。《汽车城》谈的是汽车工业的发展，谈的是一个中外合资的典范，如何冲破对先进企业管理文化理念对抗的事情，这是个企业改革的大命题。啊呀呀，这个殷慧芬，简直是了得！

1968 年，殷慧芬进入上海齿轮厂当学徒的同时，我进入了西安黄河机器制造厂，在车间保健站当卫生员。我们都是从基层干起，闻惯了润滑机油的气味，听惯了机床转动的鸣响，见惯了钢铁撞击的火花，我们都是从零件堆里爬出来的。在文坛，工厂出身的作家很有一批，工业题材的作品也很有一批。但是如此单刀直入，将企业写得如此淋漓酣畅的，殷慧芬的《汽车城》当是很突出的一部。在工厂干过的人，阅读工业题材小说常常带了挑剔的眼光，作者稍有荒腔走板，稍有不到位就会被行内人笑话，被认作硬伤。不但是企业的管理、政策的理解，还有技术的准确、氛围的把握、人情的展示……总之，工业题材的博大精深是让从“零件堆里爬出来的”作家也常常望而生畏的。殷慧芬的《汽车城》提升了工业改革题材的艺术审美水准，引发了我们这些对工厂“还算熟悉”的作家的沉重思考……掩卷后我自愧不如，在工厂干了十五年的我，是永远写不出《汽车城》这样的大作品的！叙述者的大手笔、大气势、大眼光，非我所具备。殷慧芬在工厂劳作三十年，从学徒到统计员到宣传干事，凭借三十年对汽车工业的了解，三十年对工厂生活的积累，三十年对一个企业的思考，使《汽车城》得以问世，从而也将她的写作上升到一个崭新的高度。我没想到，给我以江南柔弱女子形象的她，笔下竟是如此的大气阳刚，恢宏壮阔，如此的不同凡响。想起殷慧芬在西安独自乘公共车上乾陵的事情，眼前竟映幻出乾陵御道的石狮。那些盛唐的石刻，反映出一个上升时代的气度，石狮挺胸后坐，线条简约，刀法利索，厚实雄壮，有一种张扬自信的“势”，是明清时候的石狮所不能相比的。宋以后的石狮，多是精雕细刻，玲珑剔透，俯首含胸，蹲伏在豪门门口，失了狮子的本真，倒像只乖巧的巴儿狗。读《汽车城》读出了乾陵狮子的感觉，而它竟是出自一位江南女作家之手，这让我对自己的想法发生了动摇。也想到了我那位柔韧刚强的阿拉姐夫，在我的姐姐去年因“非典型性肺炎”离世之后坚强地生活着，从来没向我们诉说过悲哀与愁苦，他默默地承受着……我们家人都知道，他们夫妇生前是那样的相爱，那样的须臾不能分离……

我想，我应该重新理解上海人……

殷慧芬不愿意人们提起她的眼睛，但是谁都知道眼睛对一个作家的重要，她总是以笑颜面对每一个人，这使我对她更加敬重。我的这位上海朋友美丽、亲切、不俗、坦诚，她才气纵横、赏心悦目，她温柔敦厚、快乐开朗。我看重我们的友谊，这是上天的赐予，是我的福分。我们之间没有客套，不装腔作势，彼此理解得深而且透，我们在一起，无须遮掩什么，也无须隐瞒什么。彼此充分展示着自己的真性情，谁都处于最大限度的放松状态，这种状态是我们现今社会生活中极其难得的。招之即来，挥之即去，淡淡的水一般的思念，不经意间环绕在你的周围，这是一种多么美好的感觉。平静的心灵，还有朋友的感情，使我的生活充满魅力。

在中国作协代表会上，我和殷慧芬相逢在京西的某宾馆，她摆脱许多干扰，径直来到我的房间。我们俩拉着手，相视一笑，许多言语，尽在不言之中。我知道，此时此刻，彼此想的是庐山上那个绿荫遮护下的阳台和那夕阳余晖中满山的灿烂霞光。

2004 年 2 月于西安

图书在版编目(CIP)数据

没有日记的罗敷河 / 叶广芩著. — 北京：北京十月文艺出版社，2022.1
(叶广芩文集)
ISBN 978-7-5302-2015-3

Ⅰ.①没… Ⅱ.①叶… Ⅲ.①散文集—中国—当代
Ⅳ.①I267

中国版本图书馆CIP数据核字(2021)第064530号

没有日记的罗敷河
MEIYOU RIJI DE LUOFUHE
叶广芩　著

出　　版　北京出版集团
　　　　　北京十月文艺出版社
地　　址　北京北三环中路6号
邮　　编　100120
网　　址　www.bph.com.cn
发　　行　新经典发行有限公司
　　　　　电话(010)68423599
经　　销　新华书店
印　　刷　河北鹏润印刷有限公司
版　　次　2022年1月第1版
　　　　　2022年1月第1次印刷
开　　本　880毫米×1230毫米　1/32
印　　张　14
字　　数　306千字
书　　号　ISBN 978-7-5302-2015-3
定　　价　58.00元
质量监督电话　010-58572393
如有印装质量问题，由本社负责调换。